金色夜叉

こんじきやしゃ

[日] 尾崎红叶 著
魏丹宁 译

陕西师范大学出版总社

图书代号：WX21N1984

图书在版编目（CIP）数据

金色夜叉 /（日）尾崎红叶著；魏丹宁译 . —西安：陕西师范大学出版总社有限公司，2021.11
　ISBN 978-7-5695-2436-9

　Ⅰ.①金… Ⅱ.①尾… ②魏… Ⅲ.①长篇小说－日本－现代 Ⅳ.① I313.45

中国版本图书馆 CIP 数据核字（2021）第 175660 号

金色夜叉
JINSE YECHA

［日］尾崎红叶 著　魏丹宁 译

出 版 人	刘东风
责任编辑	宋媛媛
特约编辑	孟家琦
责任校对	高　歌
封面设计	吴黛君
出版发行	陕西师范大学出版总社
	（西安市长安南路 199 号　邮编 710062）
网　　址	http://www.snupg.com
印　　刷	北京雁林吉兆印刷有限公司
开　　本	620mm×889mm　1/16
印　　张	20
字　　数	299 千
版　　次	2021 年 11 月第 1 版
印　　次	2021 年 11 月第 1 次印刷
书　　号	ISBN 978-7-5695-2436-9
定　　价	59.00 元

上 篇

第一章

夜幕刚刚降临，装饰着松枝的大门就全都紧紧地关上了。笔直而漫长的大道自东向西延伸着，仿佛扫过了似的，悄无人声。这条冷清的大道上，偶尔也有那么一两辆华丽的马车疾驰而过，或许是急着赶路的人，又或许是贺年时多喝了几杯正要回家的人。舞狮子的大鼓声隐隐约约地传来，哀怨而微弱，仿佛在抱怨新年这三天过得太快，听得人愁肠寸断。

元旦，晴。

二号，晴。

三号，晴。

日记本上一连三天相同的记录，今天被打破了——从黄昏时分开始，寒风就瑟瑟地刮着，现在已经听不到"风儿不要吹，哎呀不要吹"这样温柔的歌声了。装点在大门上的竹子仿佛被激怒了一般，干枯的叶子嘶哑地怒吼着，在狂风中乱舞，忽而抱成一团，忽而四下飞散。薄云微露的天空，也仿佛被这声音惊醒，露出满天的繁星，锋利的冷光散发着逼人的寒气。整条街在暮色的笼罩下，如同冰冻了一般。

站在这寂寥空虚之中举目四望，谁能想到这就是人世、社会、都市、街道？从混沌初开到天地分明，万物却尚未完全化生。在这片没有意识、没有秩序、没有趣味的广袤无垠的大荒原上，风儿第一次试吹，星星第一次发光。白日里那些兴致勃勃的人们，尽情地欢笑、嬉闹、狂歌、烂醉，此时却不知身在何处，孤独地做着各自的事。

长久的寂静之后，远处传来几声梆子的声音。声音刚落，在大街的尽头处，忽然出现了一丁点儿灯火，晃动了几下，横穿过街，消失了。在这星月夜下，只有刺骨的寒风仍在呼呼作响。小路上的一家澡堂急着打烊，从墙脚边的下水道口喷出一股热气，就像一团云雾袅袅升起。令人恶心的微温的气息带着油垢的臭味向四周扩散，罩住了一辆碰巧路过的人力车。那人力车刚好从街角转过弯来，一时来不及躲避，只得飞奔着穿过这团热气。

"哎呀，真臭！"车上的人骂道。

车子疾驶而过，从车上丢出一个烟蒂，闪着微弱的红光，轻烟袅袅。

"澡堂放水了？"

"是啊，年初头儿上嘛，关门会早一些。"说完，车夫便默不作声地拉着车子向前驶去。

车上的绅士穿着一件双层风衣，他紧紧地揪着两只袖子，将整个脸深深地埋进獭皮领子里。他膝上盖了一条十分华丽的横格花纹毛毯，灰色毛皮垫子的一端则被拖到车后。灯笼上漆着由两个"T"字组成的徽章。车子向前奔驶着，在小路的尽头向北一拐，转进一条略宽的街道，走了不多远，又一拐向西去了。这条街上有一家坐南朝北的店面，门口的灯笼上漆着"箕轮"两字。人力车由此穿过装饰着松竹的大门，向院子里驶去。

入口处的格子门窗映现着屋子里的灯光，一个车夫上前敲着门喊道："开门，开门啊！"

屋里人声嘈杂，但无人回应。于是两个车夫一齐连连敲打着门窗喊着，总算听到了急匆匆出来的脚步声。

开门的是一个四十来岁的女人，身材娇小，皮肤白皙。她头上梳了一个圆形的发髻，身穿一件茶色小花的绸面和服，外面罩了一件绣着花纹的黑色短褂，看样子是这一家的主妇。她急忙拉开格子门，那位绅士悠然地正准备跨进门槛，一看满地都是鞋子和木屐，踌躇着不知往哪儿插足。主妇连忙走下过道，亲自为这位尊敬的客人殷勤地开出一条路来。等他进了门,她又特地拿起这位绅士脱下的木屐,将其单独放在隔扇里。

箕轮的住宅内是一间十叠[1]的客厅和一间八叠的房间,两间屋子被打通后连成了一片。宽敞的客厅里立着十座黄铜烛台,半斤重的蜡烛高高地燃烧着,仿佛海滩上的渔火。两间屋子的天花板上,各吊着一盏汽油灯,光彩耀眼,将整个屋子照得如白昼般明亮。三十多个年轻男女围成两个圈,兴致勃勃地玩着纸牌[2]游戏。蜡烛的火焰和炭火的热气混杂着人群蒸发出来的热气,使屋内的空气混浊不堪。加上纸烟的烟雾和灯火的油烟,整个屋子烟雾缭绕。人群吵吵嚷嚷地聚在一起,特别惹人注目的,是那些靠打扮修饰的女人。她们现出各种洋相——有的脸上的白粉已掉落,有的头发散乱,有的甚至衣衫不整。男人们呢,有的衬衫腰线处已被撕破,背心都露在外面,他们自己却全然不知;有的脱了短裤,解了腰带,高高地耸起屁股,双手拿满了纸牌。尽管空气闷热混浊,烟雾弥漫,令人难以呼吸,可是大家似乎完全不在乎,一个个都像疯子一般,高兴地争吵着,嬉笑着,打闹着,甚至笑得连腰杆都直不起来。在一阵阵的哄笑声中,他们三三两两地扭打成一团,推来攘去,闹得天翻地覆。这般情景,简直就是打翻了修罗道场,斯文扫地,哪里还有什么"三纲五常"可谈!

在海上遇到大风浪时,只要在航路上浇些油,波浪便会不可思议地平静下来,从而使船在九死一生中逃过灾难。在这乱哄哄的屋子里,有一位女王,也仿佛具有这般威力——不论多么凶猛的汉子,在她面前都会自然软下心来,最终不得不拜倒在她的石榴裙下;女人们虽然嫉妒她,却也不得不表现出敬畏。她在靠近正中央的人群围绕的柱子旁占了个座位,饶有兴致地睁大眼睛,看着面前这一片骚乱。她顶着一个沉甸甸的夜会结[3],上头系了一条淡紫色的丝带,身穿一件带红点的灰色绉绸短褂,显得那么安

---

[1] 十叠:日式房间以"叠"计算大小。"十叠"就是十张榻榻米(大的房间),一张榻榻米长一米八,宽九十厘米,厚五厘米。

[2] 纸牌:此处是指印有日本古诗的纸牌。

[3] 夜会结:两侧的头发梳至头顶拧在一起,用发卡或丝带固定,其余的头发束在脑后,是明治时期曾流行一时的女性发型。

静文雅。从妆饰到相貌，她都如此惹眼娇媚，凡是初次见她的人，内心都不免有些怀疑：莫不是妓女假装出来的吧？因此，一局纸牌还未分出胜负，"阿宫"这个名字却早已无人不知了。今天来的女人不算少，有些长得丑的，看上去像滑稽戏的女角儿，连身上的衣服都像是从老妈子那儿借来的。不过也有几个漂亮的，可以说是二十挑一，甚至五十挑一的美人，穿得比阿宫华贵好几倍。在这里，阿宫的穿着打扮顶多算个中等。那位贵族院议员家的千金，虽说长得奇丑无比，但穿的却是绫罗绸缎。她那高耸的肩上披着一套三件式的宴会礼服，上面还绣了家纹；紫色锦缎的大腰带上，是用金线绣成的凸起的百合花。可惜无论衣着再怎么光鲜华丽，也改变不了叫人恶心皱眉的长相和打扮。与这些千娇百媚、光彩夺目的女人相比，阿宫的装饰不过是一颗晓星的微光而已。可是她那白皙的肤色，比任何颜色都美；她那端丽的秀颜，比任何纺织品都要整齐。正如人的丑陋并不是衣饰可以掩盖的一样，她的美丽也不是任何着装可以遮得住的。

在壁龛和隔扇之间的角落里，一位男子正围着用来暖手的小火盆剥橘子。他神思恍惚地遥望着阿宫的侧脸，禁不住自言自语道："美！太美了！虽说'人靠衣装马靠鞍'，但真正的美哪里用得着衣装呢？倘若天生就是个美人坯子，穿什么都美，哪怕什么都不穿也很美。"

"要是裸体就好了。"说这句话来支持他的，是一个美术学校的学生。

坐马车而来的那位绅士稍稍休息之后，在主妇的陪同下来到客厅，紧随其后侍奉的，是之前一直未露面的男主人箕轮亮辅。客厅里一片混乱，大家正为了最后的胜利全力奋斗，因此这位新客人并没引起注意，只有在角落里交谈的两个人，瞟了一眼这位绅士的风采。

这三个人站在门口的姿态，被客厅里的灯光照得分外鲜明。那位皮肤白皙的瘦弱主妇，抽搐的嘴唇有些㖞斜；她的丈夫从额际开始，整个头顶都光秃秃的，在灯光的照射下闪闪发亮。和一般女人相比，主妇偏矮小，而主人却肥头大耳，不像妻子那般心事重重的样子。他那开朗乐观的神色就像弥勒佛，很有福相。

绅士看起来应该有二十六七岁，个子高挑，肥瘦适中，面若白玉，两颊微红，宽额大嘴，腮骨略突，脸庞宽广而稍显方正。他那波浪般微微带卷的头发从左鬓角分开，薄薄地涂了一层发油，梳得油光可鉴。他嘴唇上留了一溜不太浓的胡须，笔直的鼻梁上架着一副金边眼镜。他穿着一件带小花的黑绸短褂，内着绣有家纹的绸袍，织锦腰带有六寸宽，外面垂着一条黄金的表链。他大模大样地抬起头，扫了屋子一眼，容光焕发的脸上显出一副无所不能的神情。在座这么多人，却没有谁能长得像他这般皮肤皙白，身材匀称，也没有谁能打扮得比他更华丽。

"怎么回事，哪来的家伙？"在角落里交谈的两个人中的一个，带着厌恶的神情低声嘀咕道。

"真是个讨厌的家伙！"那个学生"呸"了一声，故意转过脸来，连正眼也不瞧他一下。

"阿俊，快过来！"主妇向人群中招着手，叫唤着她的女儿。

阿俊看到父母陪同着一位绅士进来，慌忙起身迎过来。她长得虽算不上标致，但像她的父亲，不乏魅力。她梳了一个高岛田发髻，穿着一件肉色的绉纱短褂，肩上还留了一条小小的褶子。她红着脸来到绅士面前，双膝跪下，毕恭毕敬地叩头行礼，而那位绅士却只是微微弯了一下腰。

"您请！"

阿俊等着为那位绅士当向导，但他却只是无所谓地点了点头。

主妇那咼斜的嘴唇奇怪地动起来："这个……哎呀，他可是给了我们很多年货和礼金呢！"

阿俊又一个劲儿地叩头道谢，绅士只是含笑着用眼神还了个礼。

"请，快请，请到里边来吧！"

主人在一边热情邀请，主妇催着阿俊。阿俊替绅士带路，陪着他来到客厅的柱子前的大火盆旁边，主妇就在这里侍候着。在角落里交谈的那两人，看到绅士受到如此恭敬的接待，感到非常惊讶。从他进门到就座，他们始终盯着他的一举一动。虽然人们只能看到他左面的侧影，但当他穿过人群往里走去时，无名指上那个不同凡响的东西，在灯光的照射下，闪烁着耀眼的光芒，使人眼花眩晕，几乎无法正视。他那得意扬扬的神情仿佛在说:"瞧见了吧,天上最耀眼的明星可是在我手上!"——他手指上戴着一只黄金戒指,上面嵌着一颗罕见的大钻石。

阿俊重新回到牌局,碰了碰身边那位姑娘的膝盖,在她耳边悄悄地说了几句话。那姑娘赶忙抬起头来,往绅士的方向望了一眼——使她吃惊的并非那位绅士,而是那个光芒四射的东西。

"啊,那只戒指!难道是钻石?"

"可不就是钻石!"

"好大啊!"

"听说要三百块钱呢!"

听阿俊这么一说,那姑娘感觉浑身的汗毛都竖起来了:"天哪,多好啊!"她连一只镶着芝麻粒般大小的珍珠戒指,都梦寐以求多年而不可得,如今看到这么大一个钻戒,内心最后一道防线被冲破了似的,神思恍惚,心跳加速。正当她茫然若失之际,忽然从邻座伸过来一只手臂,嗖地一下将她面前的一张纸牌抢走了。

"哎呀,你怎么啦!"阿俊着急地拍了拍她的腿。

"算了,算了,我不玩了!"

她这才从空想的睡梦中醒来。她知道以自己的身份高攀不上,但这颗心被钻石强烈的光芒灼烧过后,仿佛连知觉也失去了。虽说现在她已经醒来,但战斗力已大不如前。也就是从这个时候开始,她不再是那个能同阿俊患难与共的好姐妹了。

于是,这个消息从她这儿四处传播开了——

"钻石!"

"可不是?钻石!"

"这是钻石?"

"当然,如假包换!"

"啊,这是钻石啊!"

"那个是钻石?"

"你瞧啊,难道不是吗!"

"天哪，这就是钻石？"

"多耀眼的钻石啊！"

"真是光彩夺目，这钻石！"

"三百块呢！"

一时间，三十几个人你一言我一语，无不对这位绅士的富有表现出赞叹和羡慕。

绅士看到人们争相朝他看过来，便用左手夹起一支雪茄，姿势很是优美，右手插在袖兜里。他带着飘飘然的神情倚靠在柱子上，两只眼睛就像从天上俯瞰人间，从眼镜底下环视着四周。

这样一个惹人注目的人物，他的名字也无须多问，早已从阿俊的口中传开来了。他叫富山唯继，是下谷区家喻户晓的暴发户资本家的大少爷。区里的富山银行便是由他父亲独资经营的——他的父亲叫富山重平，在市议会的议员名单中一定会有这个名字。

正如阿宫总是受到所有男人的追捧一样，这位富山公子的名字也立刻在女人中传开了。若是能和这位绅士成为一组，能在咫尺之距看着这颗举世无双的宝石，哪怕只是一次，那也是莫大的荣幸——怀着这种心思的人不在少数。只要能接近他，不仅能大饱眼福，而且还能闻到任何鲜花都没有的异香，那真是无上的殊荣。

男子们见钻石牵走了所有女人的心，不禁激动起来，有的嫉妒，有的悲叹，多少都觉得有些扫兴。在众多女人中，唯有阿宫一人不为眼前这番骚乱所动。她那清澈明亮的双眸，仿佛要和钻石争夺光辉似的；她那稳重而令人鼓舞的神情，使她的崇拜者们越发爱慕——看啊，我们还有可以效劳的对象，为何不把我们的忠诚全都献给她？让我们来撕开那个道貌岸然之人的臭皮囊，让美貌和财富在此一决胜负吧！男子们个个摩拳擦掌，准备开战。

于是，阿宫和富山如同太阳和月亮，势均力敌。现在，大家最关心的是：阿宫会和谁一组，富山又会和谁一组。谁知，抽签的结果完全出乎大家的意料——这对备受关注的绅士和美人，竟和另外三个人成了一组。起初围成两圈的人们，这时已经聚在一起，围成一个大圆圈。富山和阿宫并肩而坐，这就像黑夜和白天同时来临一般，使人们更加惊慌失措，骚乱不安。

富山和阿宫这一组旁边，立刻出现了自称"社会党"的小组。他们的主张是"打抱不平"，目的是"破坏"——换言之，他们准备用暴力手段来妨碍别组的安宁。在他们的对面，也成立了一个小组——一个女人独自守在中间，四个强壮有力的男人组成"远征军"，分列两旁，左翼号称"狼藉组"，右翼号称"蹂躏队"。实际上，他们的目的也无非是想挫一下钻石的锐气。

混战的结果是，富山和阿宫这一组一败涂地。那位目中无人的绅士惊得目瞪口呆，面露怯色；那位美人更是满脸羞赧，坐立不安，无地自容。就在这混乱之中，那位绅士却不知何时溜走了。看到这情形，男人们高呼万岁，而那些女人，则像是丢失了手中的宝贝似的，有些失落难过。

富山在来自四面八方的攻击、破坏、蹂躏下，被这种不够文明的游戏吓得七魂丢了六魄，悄悄溜到主人的房间里去了。他那梳得油光发亮的头发，乱得像一把棕榈扫帚；掉落了环扣的外褂，像长臂猴在水中捞月似的，摇摇晃晃地向下垂着。

主人见状，惊慌失措道："这……怎么玩成这样啊？哎呀，手上还流血了！"边说着边丢下旱烟管，急忙站起身，显出一副丝毫不敢怠慢的样子。

"哦，被那些坏家伙整得够呛！从来没见过这么暴乱的场面，真叫人无语。除非穿着消防队员的全套装备，否则根本没法玩。一群浑蛋！脑袋被揍了两拳。"

富山吮着指甲缝里渗出的血，满脸不快地在主人特意为他准备的位子上坐下来。所有的一切都是一早就备好的：褐红色绣花的绉绸坐褥旁边，放着一只七宝烧[1]的椭圆形大火盆和一张漆着泥金画[2]的小饭桌。主人拍拍手，唤进女佣，命令其赶快准备酒菜。

---

[1] 七宝烧：类似中国的景泰蓝，是特种工艺品之一，分为有线七宝烧、透明七宝烧、透胎七宝烧等。

[2] 泥金画：日本独特的漆器工艺装饰技法之一。用漆画好图案后，再用金、银、锡等的颗粒及色粉涂在上面以表现图案。

"实在对不住,还有什么地方受伤了吗?"

"不然我还能忍到现在?"

确认了没有发生其他意外,主人也无可奈何地苦笑道:"我马上去给您拿伤膏药。真是的,还是学生,玩起来就这么不知分寸,一点儿规矩都没有!您特地来寒舍一坐,我真是诚惶诚恐。您也别再去同他们玩啦,虽然有些招待不周,您就将就着在这儿喝一杯吧!"

"不过,我倒是还想再去看看。"

"哦,还要去吗?"

富山没有回答,但脸上已经浮现出笑意。

主人读懂了他的心,两只眼睛眯成一条线,满脸堆笑道:"这么说,您还满意啦?"

富山愈发笑容满面了。

"是吧?一定是这样的!"

"为什么?"

"这还能有什么理由,一看就知道了!"

富山点了点头道:"也是。"

"她,不错吧?"

"确实不错!"

"您先趁热喝一杯吧。您眼光这么高,能得到您的夸赏,这位小姐定是人间尤物,真是难得啊!"

这时,主妇惊慌失措地走进来,不想富山也在这里。

"啊,您也在这儿啊?"

主妇之前一直在厨房里忙着给客人们准备休息时吃的点心。

"吃了大败仗,逃到这里来了。"

"还真是让您逃走了呢!"

主妇紧紧地抿着那张㖞斜的嘴,挤出个笑脸。她忽然看到绅士短裤上的纽带断了一边,一问才得知纽带上的环扣被扯掉了。那可是个纯金的环扣呢!她惊慌地站起身来,可是富山却满不在乎地说道:"没什么大不了的,随它去吧。"

"那怎么行！那环扣可是纯金的呀！这下可糟了！"

"没什么，算了吧！"

主妇哪里听得进这些，早已向客厅飞奔而去。

"话说回来，不知对方是什么身份？"客人问。

"这个嘛，算不上差，不过……"

"不过怎样？"

"嗯……其实也没什么。"

"大概是个什么情况啊？"

"她父亲叫鸭泽隆三，原来在农商部任职，不过现在靠收地租和房租度日。听说手中也有些积蓄，就住在我们隔壁的那条街，因为勤俭持家，日子也还过得不错。"

"哦，那也不过如此。"绅士说着，摸了摸下巴，手上的钻戒闪闪发亮。

"那些暂且不提。他们家是打算嫁女儿，还是准备招赘？"

"听说是个独生女。"

"那可就麻烦了。"

"具体的我也不太清楚，让我再替您去打听打听吧。"

不一会儿，主妇就把金环扣找回来了。也不知道是谁搞的恶作剧，金环扣已经被拉直，像一只掏耳勺。主人忙向妻子问起阿宫家的情况，妻子便把自己知道的从头到尾讲了一遍，还说女儿知道的比她多多了，一会儿再找女儿来问。她一面说着，一面不时地为绅士添酒。

事实上，富山唯继今夜光顾此地的目的，既不是拜年，也不是玩什么纸牌游戏，而是得知有很多姑娘聚集在此，想借机物色一个媳妇。前年冬天从英国回来后，他就四处托人说媒，可是由于要求过高，虽有二十多位姑娘许婚，却没有一个合他的心意。所以，他的亲事至今没有着落。当时在芝区匆匆忙忙建的婚房，一直没有去居住，如今已被太阳晒得发黑，有些地方甚至被雨侵蚀了，只有一对看家的老夫妇，住在一间昏暗的屋子里，终日皱着眉头，聊聊昔日的往事，打发寂寞的日子。

第二章

　　纸牌游戏一直持续到半夜十二点，不过差不多从十点钟起，人们就陆陆续续地走了，不知不觉中，人就少了三分之一。只有那些还未尽兴的人，仍在这里兴致勃勃地决一胜负。他们不知道富山是躲起来了，还以为他是吃了败仗逃走了。阿宫一直玩到最后。富山用傲慢的口吻对主人说，如果这位姑娘早就回去的话，恐怕坚持到最后的人连三分之一都不到。

　　阿宫的爱慕者们看到她在深夜回去，都不免为她担心。每个人都在心里暗暗祈祷：让我来送她吧，哪怕送到海角天涯，我也愿意。可惜，他们的好意全都白费了。阿宫回去的时候，有一个男人陪她一起走。那个身穿高等中学制服的男生，看起来二十四五岁。他是在座唯一一个能够和阿宫亲热的人。除了钻石之外，就数他们的一举一动最能牵动人们的目光。不过除此以外，那个男人便没有什么引人注目的地方了。他沉默寡言，从容稳重，自始至终都很谨慎安静，直到场终人散，也没有显露他是阿宫的同伴。他一直孤孤单单地待在一旁，因此，当看到他和阿宫结伴出门时，大失所望的人着实不少。

　　阿宫头上裹着一块灰紫色的头巾，肩上披了一条带白花的浅黄色羊毛围巾。那学生穿着深褐色外套，缩了缩身子，躲避着扑面而来的刺骨寒风。等落后几步的阿宫一到身边，他便迫不及待地开口道："你觉得刚才那个戴钻戒的家伙怎么样？我觉得他装腔作势，叫人恶心，是不是？"

　　"是啊。不过他被大家当作众矢之的戏弄了一通，也有些可怜。我坐在他旁边，也不能幸免呢。"

　　"还不是因为那家伙太过傲慢无礼？其实呢，我也朝他的腰上捅了两下。"

　　"哎呀，你好过分。"

　　"那种家伙，就连男人看了都觉得恶心。不过你们这些女人是怎么回事呢……他那种样子，反而会招你们喜欢吧？"

　　"我不喜欢。"

"浑身飘着浓郁的香水味，戴着钻戒，打扮得跟个官老爷似的，你们一定觉得很好吧？"学生讽刺般地笑着。

"我可不喜欢哦。"

"既然不喜欢，那为什么还和他一组？"

"和谁一组是抽签决定的，我也没办法啊。"

"就算是抽签抽到的，可是也没看出你对他有丝毫的厌恶感啊。"

"你怎么这样无理取闹啊！"

"那只钻戒可是要三百块呢，我们无论如何也买不起。"

"不知道你在说什么！"阿宫往上拉了拉围巾，把半个鼻子都埋了进去。

"好冷啊！"男子耸了耸肩，靠近阿宫。

阿宫沉默不语地走着。

"好冷啊！"

阿宫还是不搭话。

"好冷啊！"

阿宫这才转过脸来，看着男子道："你怎么了？"

"好冷啊！"

"啊呀，真讨厌。到底怎么了？"

"冷得受不了了，我也钻到里面来吧？"

"什么里面啊？"

"围巾里面啊。"

"讨厌啦，羞死人了。我不要！我不要！"

男人一把拉开围巾的一端，把自己的身子也包在里面。阿宫笑得连站都站不稳了。

"哎呀，贯一，这样没法走路了……对面有人来了啦！"

他们就这样旁若无人地嬉戏着、打闹着。女人没有责备男人，任凭他去。这两个人到底是什么关系呢？原来，这个名叫间贯一的青年，十年来一直寄居在鸭泽家，等今年夏天进入大学后，他就可以和阿宫结婚了。

第三章

　　间贯一之所以寄居在鸭泽家中，是因为已无人可依。他幼年丧母，初中尚未毕业，父亲也因病与世长辞。悲痛欲绝地埋葬父亲时，他就已经意识到，自己已无什么前途可言。父亲在世时，家里已一贫如洗。为了筹措学费，父子俩绞尽了脑汁。当年，贯一继承户主的身份时年仅十五岁。对他而言，比求学迫切的是吃饭，比吃饭更迫切的是丧葬费。何况之前为了替父亲治病和请护理，他已经伤尽了脑筋，对一个尚未成年的孩子来说，再没有什么能力来应付这些事情了。

　　不错，靠贯一自己，确实没有这种能力，但这些问题都得到了解决，那是因为有鸭泽隆三的百般照顾。原来，贯一的父亲是隆三的恩人，隆三为了报答昔日的恩情，不但为恩人求医治病，还负担了贯一求学的费用。贫穷的父亲一离世，贯一便被富裕的鸭泽领回家去照顾。隆三想：既然没有办法在恩人生前回报这份恩情，那就尽心培养他的遗孤吧，希望他长大后能够成为一个出色的人，以继承亡父的遗志。

　　贯一的父亲在世时就常说："我们出身于武士家族，要是你将来受人轻视，遭人欺凌，那我有何颜面去见先祖啊！所以，一定要成为一个博学之人，位居四民[1]之上，这也是我毕生的愿望啊！"贯一一直用这些话来勉励自己；隆三每次见到他，也会用这些话来鼓励他。恩人溘然长逝，临终也来不及留下只言片语，隆三觉得，他生前常挂在嘴边的这几句话，就是他的遗言。

　　贯一寄居在鸭泽家，境遇倒也不坏。没有人把他当成累赘，也没有人讨厌他或者暗中孤立他。因此外头的人也都说：与其当一个糟糕透顶的继子，倒不如像贯一那样，多少还能幸福一些呢！事实上，隆三夫妇也确实是把他当作恩人的遗孤，亲亲热热地待他。看到夫妇俩这么疼爱贯一，有

---

[1] 四民：指士、农、工、商，意即一般平民。

人暗自猜想：老两口大概是有意把他招为女婿吧？起初，老两口并没有这样的想法，但是后来看到贯一如此勤奋上进，他们也渐渐有了此意。到贯一考上高中之后，这个主意被敲定了。

贯一勤奋好学，为人正直，要是能获得一个学士的头衔，那真是不可多得的乘龙快婿。老两口心中暗喜。弃户籍、改旧姓，入赘别家，对贯一来说是种屈辱，他不屑做那种事。但是，只要能娶美丽的阿宫为妻，也就无所谓屈辱不屈辱了。因此他更加努力地学习，看得老两口更加欣慰。而阿宫呢，她并不讨厌贯一，但是她对贯一的爱，恐怕还不到贯一对她的一半。阿宫深知自己的美貌。世上的女人，哪一个不看重自己的美貌呢？可悲的是，很多人往往自视过高。阿宫当然知道自己的美貌值几斤几两，不过在她看来，凭自己这份姿色，如果只换取父母这份微薄的资产和一个随处可见的学士身份的丈夫，这绝不是自己最高的期望。高贵的夫人很多都出身低贱，富家公子都厌恶丑陋的妻子而宠爱貌美的侍妾。这样的例子，阿宫见得很多了。她坚信，正如男子只要有才干便可立身于世一样，女子亦可凭借自己的美貌而享受锦衣玉食的生活。她曾见到过很多姿色不及自己的女人，都以此来换取荣华富贵。何况，不管走到哪里，她都能听到人们对自己的美丽赞不绝口。

还有一件事使她感到得意。她十七岁的时候，在明治音乐学院求学。有一个教小提琴的德国教授，曾经写了一封情书暗暗投入她的衣袖。他当然不是图一时之乐，他是真心实意地想和她白头偕老。几乎与此同时，一位年过四十的院长，因为前些年丧偶，正想续弦，竟也对阿宫有意，把她请到一间密室里，万分恳切地向她表明心迹。

当时，这些事在她那小小的心海里掀起了汹涌的波涛。因为她第一次碰到这种事，难免有些害羞，不知如何是好；但更多的是，她忽然对自己的美貌有了一个新的认识，欲望也开始膨胀。从那时开始，她便深深地相信：凭着自己这份与生俱来的美貌，至少也能找一个地位在奏任[1]以上的名

---

[1] 奏任：日本旧制，由内阁总理大臣推荐任命的三等以上高级文官。

流为丈夫。为阿宫的美貌所倾倒的,不仅仅局限于她的教授和院长。男生部和女生部只隔着一垛矮墙,男生们常为一睹阿宫芳容而吵吵闹闹。这种情形,阿宫自然看在眼里。

若嫁给教小提琴的教授或四十多岁的院长为妻,其荣誉和地位,自然不是一个继承鸭泽家微薄资产的学士妻子所能比得上的。自从意识到这一点以后,就算是大白天,她也沉迷在美梦中:那些达官显贵、财主富豪,又或是社会名流,只要看到我这个天仙般的美女,一定会用八抬大轿来抬我进门。这种天定的姻缘,终有一天会轮到自己,她对此深信不疑。也正是因为这样,她对贯一的爱始终不像贯一对她的那样真切。不过,她不讨厌贯一,也知道如果和贯一结为夫妇,一定会生活得很快乐。就这样,她既满心期待着梦想中的好运降临,又不放弃对贯一的爱情。当然,贯一并不了解她的内心,还以为她也全心全意地爱着自己。

第四章

漆黑中,贯一书房里的闹钟敲了一下,已经十点了。他下午四点就去向岛的八百松去参加新年宴会了,到现在还没有回来。

阿宫从里屋拿了一盏洋灯,走进贯一的书房,点亮桌上的灯,然后把女佣拿来的一铲子炭火倒进火盆里。

"对了,帮我把里屋那只水壶也拿来。都这会儿了,爸妈应该已经睡了吧。"

在空荡荡的屋子里憋了好久的寒气,现在一触碰到人身上的温暖气息,便欣喜若狂地朝她身上贪婪地袭来。阿宫觉得好像有什么东西在撕咬着皮肤,她忙靠近火盆,抬头看着摆放在书架上的那只钟。

夜深人静,她那美丽的脸蛋在灯光的照射下,显得无比动人。因为是新年,她穿得比平时讲究一些,而且略施粉黛,犹如月光下的含露娇花,连映在背后墙上的影子,也仿佛散发着醉人的花香。

她那能与钻石争夺光彩的明眸,凝视着钟上的秒针盘。在炭火上取暖的两只素手，光润如白玉。她那藏在花绸衬衣后的芳心，正在思量着什么呢？它正在盼着那个不太讨厌的人归来呢。

一阵寒气袭来，她这才回过神来，把目光从钟上挪开，站起身子，走到火盆对面，在贯一的坐垫上坐下。这个坐垫是她亲手缝制的，也是贯一最喜欢、最常用的坐垫。今晚，就让它成为自己的坐垫吧。

忽然传来马车的声响，自远而近，越来越大，一直到家门口停住了。阿宫毫不迟疑地站起身来，却听到门外传来醉汉的胡言乱语。贯一是滴酒不沾的，更不曾有烂醉而归的事。阿宫失落地坐下来，看看钟，马上就要十一点了。

大门被强行拉开，醉汉的脚步声从客厅里传来。阿宫不知是怎么一回事，急急忙忙拿着洋灯赶出来。这时，女佣也从厨房里出来了。

进来的不是别人，正是贯一。他醉醺醺的，仿佛踩在云端上一般，斜搭在额角上的帽子眼看着就要掉下来了。他左手提着一个用手帕包着的小盒子，像祭礼的彩车上放着的人偶一样摇摇晃晃。他的脸涨得通红，红得仿佛就要炸裂了一般，口干舌燥，嗓子冒烟，不停地打着空嗝。

"回来得有点迟了吧。瞧，这是送给你的！'带回去送给妻子吧'，真是好心肠！"

"啊呀，醉成这个样子！这是怎么了！"

"醉了……喝醉啦！"

"哎，贯一，你怎么在这儿睡下啦，真糟糕。啊呀，快起来呀！"

"就这样看着，连脱鞋的力气也没有，醉了！"贯一仰面朝天地躺着，阿宫抱住了他的腿，好不容易才给他脱掉了鞋子。

"我起来，哎哟，现在就起！看吧，起来啦！起是起来了，可是没人搀着，我走不了啊！"

阿宫让女佣拿着洋灯，自己准备去牵贯一的手。就在这时，贯一一个步子跟跟跄跄地扑到阿宫身上，勾住她的肩膀不肯放开。阿宫差一点就要被他撞倒，就这样总算慢慢地把他扶回了书房。

贯一在垫子上坐下，把瘫软的身子往桌边一靠，一边打着嗝，一边低吟着:"劝君莫惜金缕衣,劝君惜取少年时。花开堪折直须折,莫待无花空折枝!"

"贯一,你怎么醉成这个样子?"

"醉了吧?阿宫啊,我……真的……很醉了吧?"

"是啊!胸口闷吗?"

"是啊,好难受啊!醉成这个样子,也不是平白无故……而且,能得到阿宫的照顾,这里面大有缘由呢,阿宫啊……"

"我可不喜欢你醉醺醺的样子!你不是一向不喝酒的吗?为什么喝这么多?谁让你喝的?端山?荒尾?白濑?你跟这些人在一起,他们却让你喝得这么醉,真是太不应该了!你不是说十点钟一定回来吗?害我一直等你,现在十一点都过了!"

"你真的在一直等着我吗,阿宫?谢谢……谢谢你。若真是这样,我就死而无怨了。被大家灌得这么醉,其实正是为了这个!"他情不自禁地拉起阿宫的手,紧紧地握着。

"我们的事,除了荒尾以外,没有别人知道。而且,荒尾不是多嘴多舌的人。他们是怎么知道的?大家都知道了……我也觉得奇怪,大家都纷纷向我祝酒,十个,二十个,一时间所有的酒杯都送到我面前。我举着双手,连声说:'没什么值得庆贺的,没有的事。'可没人信我!"

阿宫偷笑着,一心一意地听他讲。

"于是,他们改变了祝酒的借口,说什么'和那么一位美人住在一处,寝食与共,单凭这一点就让人羡慕了,所以应该喝一杯!再说,你身为男子汉,理应再加把劲儿,早日抱得美人归!和她一起住了十年,若被别人抢走了,那可不是你一个人的耻辱,而且关系到弟兄们的面子!不单弟兄们,甚至有损我们高等中学的名誉!为了你能早日和这样一位美人结为夫妻,我们齐心协力为你祈祷,求得神酒一杯。你要拒绝,那就太失礼了!而且,如果你不接受,是要受到上天的惩罚的!'虽然我明知他们是在开玩笑,但这些话听来那么有趣,于是就一杯接一杯,全部一饮而尽。要是不能和阿宫成为夫妻,哈哈哈哈……连高等中学的名誉都要受损呢!这些话真叫我惶恐不安啊……你可要帮帮我啊！"

"啊呀，贯一，别说了！"

"在朋友圈里，我们的事已人尽皆知，若不能结为夫妻，我这个男子汉活着也没意思了！"

"这都是早已决定的事，现在还……"

"恐怕不是呢！最近伯父伯母的样子，总觉得怪怪的……"

"绝没有的事，你别整天瞎想了。"

"其实，伯父伯母怎么想都没关系，我只要阿宫一个人的心。"

"我早就心意已决了。"

"真的吗？"

"你还问这种话！真让我寒心！"

贯一醉得支持不住了，一头倒在阿宫的膝盖上。阿宫伸手抚摸着他那火烧般的脸颊、额角。

"喝点水吧？哎呀，又睡过去了！贯一！贯一！"

这才是最纯洁的爱情啊！那种潜藏于阿宫内心的肮脏的期盼已消散得无影无踪，她那美丽的双眸仿佛已经看不见其他东西。她所有的柔情、所有的爱意，都倾注在贯一那已经入睡的脸颊上。富贵荣华和利欲熏心的邪念，全被膝上那一团温暖所融化。这如甘露般香甜美妙的梦境让人沉醉，其他的任何念头都化为乌有。

在这暗夜之中，一切可怕的妄想都闭上了眼睛。在这间屋子里，只有他们两人，仿佛这世间已经没有别人存在一样，那明亮的灯光，似乎也只为他们俩而亮着。

第五章

一天，箕轮太太突然到鸭泽家来。她的女儿阿俊以前是阿宫的同学，和阿宫常有往来，但两家长辈之间却从未有过交集。即便在她们上学途中相遇，也不打招呼。最近，阿俊和阿宫比之前疏远了，而在这时，她的母亲却忽然到访，到底是为什么呢？阿宫和父母心里都觉得奇怪。

箕轮太太在阿宫家待了大约三个小时。让女主人最吃惊的，不是这位不请自来的稀客，而是这位客人所谈之事。当时贯一不在家，自然不知道这位稀客来访的事，而阿宫也不敢把这件事告诉他。

时光流逝，两天过去了，三天过去了。

自那日起，阿宫就变得茶饭不思，寝食难安。贯一不知此事，阿宫也越发难以启齿。在此期间，阿宫的父母不知在一起商量了多少次，但始终没有做出最后的决定。

贯一虽然不知道在背后到底发生了什么，也无法得知人家那颗看不穿、猜不透的心究竟在想些什么。可是，让他时时担忧、无法忘怀的是，阿宫在变。看出这一点并非难事。阿宫花容失色，举止无力，哪怕是笑容中都带着抹不去的忧伤。

阿宫没有自己的起居室，但她有一间放置衣柜和日用品的小房间。房间生着暖炉，闲来无事时，人们便在这里烤火取暖。阿宫在这里做针线活，困倦时弹琴解乏。而现在，她喜爱的插花已有些倾斜，竹制花瓶的水面上漂着灰尘。面向院子的矮窗上糊了一层纸，阿宫的膝上放着一个打开的红绸包袱，她拿着针线，却懒洋洋地将身子倚在暖炉边。

自从茶饭不思、寝食难安以来，她就喜欢一个人待在这间屋子里，陷入深深的思考之中。父母了解女儿的心思，对她这个样子并不感到奇怪，只是由着她去。

一天，贯一参加了开学典礼回来。时候尚早，客厅里一个人也没有，只听见阿宫的咳嗽声从小房间里传来，之后又安静下来。贯一心想，她大概还不知道我已经回来了，于是蹑手蹑脚地走到小房间，从纸隔扇的小缝中往里窥视。只见阿宫倚在暖炉边，时而抬头望着玻璃窗，时而低头沉思，而且似乎胸口苦闷难耐，不时仰头长叹。她忽而又像在倾听什么似的，睁大她那美丽的眸子。她一定是在为什么事苦苦思索。阿宫不知道有人在窥视她，樱桃小口微微张开，仿佛要向什么人倾诉心事，她那排遣不去的苦闷样子一眼就可以看出。

贯一觉得奇怪，屏息凝神地继续看着。过了一会儿，阿宫把腿伸进覆在暖炉上的棉被里，把头伏在暖炉的木框边上。

贯一身子倚在柱子上，侧过脸来窥视着屋里的阿宫。他皱着眉头，内心充满了疑虑。她到底为什么这样心事重重？若是真有心事，为何不和我说呢？贯一怎么也猜不透个中缘由，也难以相信阿宫真的有什么极心烦的事。于是，他又低下头来思考，最终打定主意：还是亲自去问阿宫吧。他又向屋里窥视，只见阿宫还是把头伏在暖炉的木框边上，连绘着泥金画的梳子掉落了也全然不知。

当阿宫觉察到有人而吃惊地抬起头来时，贯一已经在她身边了。她慌忙藏起忧伤的神色，装出一副什么也没有的样子。

"哎呀，吓我一跳！什么时候回来的？"

"刚刚。"

"是吗？我一点儿也不知道。"

阿宫看到贯一一直盯着自己的脸看，有些难为情，便说："干吗这样看着我啊，真讨厌！"

然而，贯一丝毫也不挪动目光。阿宫故意背过身去，摆弄着放小织物的纸包。

"阿宫，你是怎么了？是不是哪里不舒服？"

"没什么呀，怎么啦？"

她这样说着，一心只顾摆弄那个纸包。

贯一连帽子也顾不得摘，把胳臂肘撑在暖炉架上，歪着脑袋看着她的脸说："总觉得我们之间有点儿生分，可我一说，你马上就说我'整天疑神疑鬼的''神经质'之类的话。难道我说得不对吗？"

"但我确实没什么……"

"要是没有心事的话，又怎会这般茫然若失、唉声叹气，一副郁结难解的样子呢？刚才我一直在隔扇外看着呢。是身体不适，还是有什么心事？就不能说给我听听吗？"

阿宫不知道怎么开口，只是一个劲儿地摆弄着膝上那块红绸。

"生病了？"

她摇摇头。

"那么，是有心事？"

她还是摇摇头。

"那到底是为什么呢？"

阿宫只觉得心里仿佛有成千上万的马车碾过一般不知所措，是向他如实坦明好呢，还是找个借口来敷衍一下呢？她感觉自己就像个罪人，不得不将暗中犯下的罪行公之于世，内心充满了恐惧。她越是犹豫，一旁的贯一就越是紧追不放，逼得她冷汗直流，喘不过气来。

"你说啊！到底是怎么一回事？"

贯一的声音变得更加焦躁不安。他看阿宫迟迟不肯开口，内心的疑虑就更深了。

惊慌失措的阿宫不禁开口说："连我自己也说不清这是怎么了……这两三日，不知怎么的……常常会想到各种各样的事……人生在世为何这么无趣！难免觉得悲从心来。"

贯一呆呆地听着，连眼睛也不眨一下。

"所谓的人生，就算此时此刻还健在，可是不知何时便会死去。像这样活着的话，虽说也有快乐之事，可是那些痛苦、悲伤、辛劳，也是人之常事。我越想越觉得心中不安，无依无靠。我每日每夜不停地思考，弄得情绪很低落，连我自己也不知究竟是怎么了。我看起来像病了吗？"

一直闭着眼静静听着的贯一，这时慢慢地睁开眼来，皱着眉说："这就是病了啊！"

阿宫意志消沉地低着头。

"没什么值得担忧的，老这样念念不忘可不行，知道吗？"

"知道，我没有担忧。"

这么无精打采、空洞寂寞的声音，贯一听在耳中却觉得："要么是生病的缘故，要么是脑子出了毛病！成天想这些事，又怎能高高兴兴地过日子呢！人生在世本就不是件趣事，况且再也没有比命运更让人猜不透的事了。虽然事实如此，但大家若都抱着这种心态，那这世上也就处处都是寺庙了。

人生苦短，要有所觉悟，在这短暂与乏味之中追寻乐趣，才是我们生活的目的。虽然一想到这里难免忧伤，但既然来世间走一遭，再为生命的短暂而郁郁寡欢又有什么用呢？所以，就算世界再无聊，我们也要高高兴兴地活下去，除此之外，别无他法。要想高高兴兴地活下去，就要自己找乐趣。只要有了一种乐趣，这个世界也就不会那么无聊乏味。阿宫，你难道没有这样的乐趣吗？若是没有这样的乐趣，人生也就没有丝毫欢乐可言。"

阿宫那美丽的眼睛，像在寻找什么似的，偷偷地看着贯一的脸。

"一定是没有吧？"

他含着笑意说，但神情中却带着痛苦。

"没有吗？"

贯一抱住阿宫的肩膀，把她转向自己这边。阿宫虽然没有反抗，但还是慢慢地转过身子，含羞地把脸背过去。

"问你呢，有还是没有？"

他紧紧抱着阿宫的肩膀，不停地摇晃着。阿宫觉得仿佛被铁锤子重重地敲了一下似的，心里不安极了，又出了一身冷汗。

"这怎么可以呢！"

阿宫担忧地看着他的脸。贯一还是平常那副爱开玩笑的样子，和颜悦色的，一点儿怒气也没有，嘴角还带着笑意。

"我呢，倒是有一件无比快乐的事，所以觉得这个世界充满了欢乐。只恨日子一天天过得如流水般飞快。我并不是因为觉得这个世界无聊难耐才创造这种快乐，而是因为有了这种快乐，才让我能活下去。若是这份快乐被夺走，那活着就没有任何意义了，我间贯一也就不存在了！我把这种快乐看得如同生死一般重要。阿宫，你很羡慕吧？"

阿宫只觉得全身的血液瞬间被冻结了似的，寒气刺骨，难以忍受，一个劲儿地打着寒战，但又怕自己的心思被贯一识破，好不容易才勉强而虚弱地说："真让人羡慕。"

"如果阿宫羡慕，我就把这份快乐分给你。"

"谢谢！"

"好吧,全给你!"

贯一从外套的衣兜里掏出一袋酒心巧克力放在暖炉架上。他一松开袋口,玉石般红白相间的糖果就一颗颗蹦了出来。这是阿宫最喜欢的糖果。

第六章

两天后,阿宫在贯一的劝说下去看医生。医生说她得了胃病,开了一瓶药水。贯一当然相信阿宫真的得了胃病。阿宫虽觉得自己并非生病,但还是服了药,从表面上看不出什么变化,但她内心却饱受烦恼和忧郁的煎熬。内心深处那种水火不相容的苦痛越来越强烈,她无法抑制。

贯一是她的恋人,可奇怪的是,对自己如此喜爱之人,她却害怕得不敢见面。他不在的时候,她常常思念他,迫不及待地想见到他,但一见面,又心生恐惧,吓得冷汗涔涔。每当听到他那充满热情的话,她就觉得心如刀绞。她害怕见心地善良的贯一。自从阿宫心情不佳,贯一对她比平时更温柔体贴,百般呵护。这让阿宫觉得不知如何是好。万般无奈之下,她最终只好向父母说了内心的痛苦。

一天,母女俩草草地收拾了一下行李,带着一个不小的旅行箱,匆匆搭上火车出门了。

家里仿佛被大风扫过似的,空荡寂寞。隆三留下来看家,他寂寞地坐在棋盘边,翻开《棋经》独自研究着。他虽未到花甲之年,但已是满头白发,长长的胡须也有六分花白了。不过他虽消瘦,倒还未见衰老之态。他眉目温和,颇有古井般沉稳的风度。

贯一回到家,见母女俩不在,非常奇怪,于是向主人询问。主人悠然地将着长须,面带笑意:"她们啊,今天早晨看到报纸,忽然想到热海去散散心。听说昨天医生也说温泉对阿宫的病情有好处,劝她多泡温泉疗养。她突然想到医生的话,心里就像长了翅膀一样,立刻就走了,搭的是十二点半的火车。唉,一个人还真有点寂寞呢,沏壶茶喝吧。"

贯一觉得事有蹊跷,心里狐疑不解。

"噢，这样啊，真没想到。"

"是啊，我也有同感呢！"

"不过，温泉确实对身体有益。她们打算逗留几日？"

"这个嘛，说是要住个四五天，不过，就穿着身上那套衣服出门的，要不了多久就会感到无趣吧，也许住不到四五天。比起出门疗养，在家修身岂不更好？她们或许是想出去尝点儿什么新鲜的东西，是吧？"

贯一回到书房换衣服，想着阿宫可能会留下书信，但是没有。他又到阿宫的房间去找，还是什么都没有。贯一心想："她们急急忙忙地出门去，哪里顾得上留书信呢？明天一定会有信。"但他仍感到闷闷不乐。他在学校里待了六个小时，之所以急着赶回来，就是因为一直念着那张美丽的脸。现在，他觉得心里空落落的，得不到一丝安慰，不由得在桌前呆呆地坐了下来。

"太冷淡无情了吧！不管怎么匆忙，难道就不能在出门前留下只言片语吗？又不是出去片刻的小事！一去就得四五天……撇开留言不论，既然到温泉去养病，事先也该有个商量啊！一时兴起？就算是一时兴起，也没有到非走不可的程度啊！难道不该等我回来说清楚再走吗？这一走就要四五天，离开之前连面也不见一见，她心里真的觉得无所谓吗？

"按理说，女人的感情本来就比男人的感情更深厚，更强烈。若是感情不够强烈，那只能说明一点，就是爱得还不够深。不过，要说她不爱我，那是万万没有的事；可要说她对我的爱很强烈，似乎又不见得。阿宫的性情向来比较冷淡。她不太有那种小鸟依人的柔情。我觉得她的爱不够强烈，恐怕原因也在于此。年幼时，她就有这种倾向，但现在似乎很少见到这种情形了。如果说孩童时期是这样，那么现在更应该是这样才对。这样想，就有些可疑，不得不怀疑了。

"而我自己呢？我全心全意爱着她，几乎……不！不是几乎，而是完全，完全沉溺在爱情之中。我自己也不知道为什么会这般迷恋她。我爱她爱得如此情深意切，那她对我的爱，是否也应该更真挚热烈一些？可有些时候，却有一种难以逾越的距离感。像今天这种情形，难道不过分吗？这像是恋人之间做的事吗？对自己深爱的人居然做出这样的事，真是太可恨了。

"或许就像小说里的故事，像《八犬传》[1]中的滨路，听说信乃明天一早就要走，瞒着双亲，半夜偷偷去和他道别。我们之间难道不也是这般情投意合吗？哎呀，这真是妙极了！我的身世和信乃有几分相似呢！年幼时和父母分离，寄居在鸭泽家，和他的女儿订婚……太像了，太像了！

"可是，我的这位滨路真叫人为难，成日让她的信乃提心吊胆，真是可恨得不得了，太让人失望了！不如把这些想法写在信中告诉她吧！可是她虽然可恨，但终究有病在身，要一个病人担心，那她也太可怜了。再说，我自己也过于多虑了。这一点，她也经常说我。可是到底是我想太多了呢，还是她对我的爱太浅了呢？这还是一个疑问。

"我有时会想，她对我冷淡，多少也有些看不起我吧？我是一个寄居者，而她是千金小姐。主人和食客终归有别……不对，她之前已经说了多次了，要是真有那种想法，从一开始就不会让我寄居了，更不会有许婚之事……啊，对了！每次我谈到这件事，她就大发脾气，可见她从来不曾有过这样的想法。这完全是我的偏见吧！一不顺心就胡乱发牢骚。不过，如果她有一丝这样的想法，我就和她断绝关系，毫不留情。我可以成为爱情的俘虏，但绝不做奴隶。或许和她一刀两断，我也会因忘不了她而忧郁致死；就算没有死，至少也会发狂吧。但这又算得了什么呢？不管怎么样，都要和她撇清关系，不断个干净，怎么能忍受得了！

"这当然只是我一厢情愿，她是绝不会有这种想法的。对于这一点，我也非常了解。只是，她对我的爱不够热烈，这是事实；她对我态度冷淡，这也是事实。态度冷淡正好说明爱得还不够热烈吧？她对我的爱还没有热烈到足以打破这种冷淡呢，还是冷淡之人本来就不可能爆发出爱的热量呢？这是一个值得研究的问题。"

贯一每次遇到不顺心的事，总会想到这些问题，觉得必须要加以研究，不过始终没有答案，现在又怎么可能立即得到答案呢？

---

[1]《八犬传》：十九世纪时的日本读本，是江户时代戏剧文学的代表作。

第二天，果然从热海来了消息，不过只有一张明信片，报了个平安，通知了住所。收信人写的是隆三和贯一的名字，确实出自阿宫之手。贯一看了之后，马上把它撕得粉碎丢掉了。要是阿宫在这儿，无论如何也得让她拿出个解释来！不管多么愤怒，只要听到阿宫亲切的解释，他的怒气就会瞬间消散。在阿宫面前，所有的烦恼、怨恨、忧愁，都可以忘得一干二净。现在，贯一本来就因为看不到那令人无限爱怜的脸蛋而感到失望，再加上这样一张单薄的明信片，身边又没有一个安慰他的人，因此，他内心的愤怒如野火燎原般燃烧起来。

晚饭后，隆三留他喝茶，一起聊天、说笑话，排解寂寞。他看到贯一愁眉不展、神思恍惚的样子，便问："你怎么啦？看起来无精打采的。"

"没什么，只是胸口有点儿疼。"

"那怎么行呢？严重吗？"

"不，没什么，已经好了。"

"那么，不喝一杯吗？"

"陪您喝一杯吧。"

贯一暗想，把自己的愤怒转嫁到别人身上太没有道理，还是克制一下的好。与其回到书房中去独自悲伤，还不如在别人面前暂时忘了忧愁。他尽量装出一副无事的样子，可是内心空荡荡的，主人的话，他一句也听不进去。

"如果今天阿宫寄来的是一封长长的信，详细地写着她的所见所闻，真诚坦率，那我该有多么高兴啊！平日住在一处，朝夕相见，今天忽然分开，正好可以体验一下一日三秋的乐趣。如此，我也能忘记因她的不告而别而产生的恨意。在这分离的三两夜，以书信来传诉相思之情，倒也算是一种乐趣。这样突然不辞而别，会让我产生怎样的想法，她当然能猜到。既然如此，她为何不写一封书信来安慰安慰我呢？她怎会不知，看到她的来信，我将会有多么欢喜！如果深爱我，为何不这样做呢？世上难道真会有这么冷酷的爱吗？可疑，太可疑了！"

一想到这里，贯一心乱如麻。这时，主人的声音传来，他这才回过神。

"我是有些事情想和你谈谈，嗯，也算是件大好事吧。"

隆三似笑非笑，也没有皱眉头，而是稍带着自嘲。贯一觉得他那张脸在灯光的照射之下，显得有些异样。

"哦，是什么事？"

隆三有些慌乱地捋了捋那缕长须，又从下巴处徐徐向下理着，正思考着从何讲起。

"我要说的，是关乎你前途的事。"

刚说了一句，他又迟疑起来，那缕长须像是被牛虻叮咬不放的马尾似的，被他向两边甩动着。

"今年，你就要高中毕业了吧？"

贯一瞬间觉得敬重之情油然而生，不由得端正了姿势。

"因此，我也放心了，总算报答了你父亲对我的恩情。从今往后，你还得百尺竿头更进一步。无论如何也要读到大学毕业，在社会上谋个好地位。否则，我也脸上无光啊！我觉得，最好能让你出国留学，成为出人头地的栋梁之材。所以啊，责任尚重，今后我还得竭尽所能培养你，帮助你。"

贯一听了这些话，觉得浑身上下好像被铁索紧紧捆住似的，沉重得无法忍受，内心很是苦恼。他承受主人的大恩大德，却身在福中不知福，回顾过去种种，他实在惭愧得很。

"承蒙您厚爱，我的感激之情，真是难以言表。我虽然不知家父过去做了什么，但您这样厚待我，实在愧不敢当。父亲留下的恩德是父亲的，我是我，对于您的养育之恩，有朝一日，我定当涌泉相报。家父去世后，如果不是您把我带到府上，那么今时今日，也不知我会变成什么样子。每每想到此处，我就觉得世上恐怕再也没有比我更幸运的人了。"

自己从一个十五岁的少年成长为堂堂男子汉，看看身上的衣服、身下的坐垫，最终还将和美丽的阿宫共同成为这个家的主人——想到这一切，贯一不禁眼睛湿润。——"七千元的嫁妆，万金难求的美娇妻，世间所有的好事居然都降在我一个书生身上！当初，我不过是一个清贫的少年，在月夜下拎着装米的小布带，里面的大米少得可怜，走在回家的路上。陪伴我的,只有一只骨瘦如柴的小狗而已。"

"你能这么想,我很高兴。接下来,我还有一件事要和你商量,不知你肯不肯答应。"

"什么事?您请说吧。只要是我能办到,必当竭尽所能。"

贯一虽然嘴上答应得爽快,心里却多少有点儿担心。他知道,一个人用这样的口气提出的请求,恐怕会使人为难。

"正是阿宫的事。我想把阿宫嫁出去。"

贯一那目瞪口呆的样子,让人看了着实揪心。隆三顾不了那么多,慌忙接着说:"关于这件事,我已经权衡了很久,但我还是觉得,先把阿宫嫁出去吧。等你大学毕业,我就送你去欧洲留学个四五年,等功成名就了再回来结婚成家,你看怎么样?"

如果有人逼着你交出自己的生命,你该会怎样想呢?惊吓过度而面无血色的贯一,只是呆呆地盯着隆三的脸。隆三也显出一副十分为难的苦恼样,不断地理着他的长须。

"之前已许下承诺,事到如今忽然又有改变,说来也确实过意不去。我也是深思熟虑了很久,总之不会让你受委屈的。可以吗?阿宫的事,希望你同意,嗯?"

隆三等着贯一的回答,可贯一还是一言不发,隆三不禁感到更加不安。

"你要是有什么误解,真是太为难我了。把阿宫嫁出去,并不意味着要你和这个家断绝关系,明白吗?虽然家产并不殷厚,但这个家所有的一切都是你的,你仍是我们家的继承人啊!所以,我会想尽办法供你出国。你要是总往坏处想,那真是辜负了我的一片苦心。

"你和阿宫有婚约,我们又要把她嫁给别人,听起来好像是因为对你有所不满,但我压根儿没有这种想法。你要是不能谅解这一点,甚至还误解我们,那真是太糟糕了。对你而言,最大的理想莫过于做好学问,早点儿出人头地,是吧?只要能达成这个目标,能不能和阿宫在一起,也不是什么值得一提的事。嗯?是吧?不过,你也许不服这个道理。我多少能料到这一点。我刚才说有事要拜托你,就是指这一件。

"我一直照顾你到现在,往后也会照顾你。你就看在这一点上,答应了我的请求吧?"

贯一紧紧地咬着哆嗦的嘴唇,尽量表现出一副和缓的样子,但声音已经变得和平日不同。

"这么说,您的意思是,无论如何也不能把阿宫嫁给我了?"

"这个嘛,也不是说没有商量的余地,要看你的意思了。你要是不听我的请求,影响了自己的前途,那真是得不偿失啊!你是非阿宫不娶吗?"

"……"

"不是这样的吧?"

"……"

贯一虽然沉默不语,但心里却对隆三提出的无理要求感到极度愤慨,责难、追问、咒骂、反驳、羞辱等想法充斥着他的心。但对方是比神佛更让自己尊敬的恩人啊!不管有没有道理,他都不想违抗。贯一的舌头被咬得几乎都要出血,但他还是敢怒不敢言,决心不顶撞。

但贯一又想:"恩人虽然把用恩德制成的枷锁硬套在我身上,我表面上表示屈服,但他总不能把我和阿宫的爱情用斧头砍断吧?阿宫对我的爱,虽然不似我希望的那般深厚,但也不至于薄情寡义地将我抛弃。只要她不抛弃我,那么不管是枷锁,还是蛮横无理的要求,都没有什么可怕的!我应该相信的是阿宫的心,我可以依赖的也是阿宫的心。"一想到可爱的阿宫,贯一勉强克制了对她父亲的怒气。

"我常怀疑阿宫对我的感情不深厚。正好现在趁她父亲提出这种无理的要求来考验一下。不经历风雨,怎么能知道什么是真爱呢?"

"您说要把阿宫嫁出去,那么对方是个怎样的人呢?"

"还没有完全敲定。在下谷有一家富山银行,就是富山重平家的少爷想娶阿宫。"

那不就是在箕轮的纸牌会上炫耀钻戒的家伙吗?贯一不禁暗暗嘲笑。刚开始他对这个人的意外出现感到吃惊,但再一想,又不禁觉得自己可笑。"这绝非什么意外。我的阿宫如此美丽动人,只要有眼睛有心,不管谁见了都会爱上她的。让人觉得奇怪的是隆三。他轻描淡写地撕毁了十年的婚约不说，还要将独生女嫁到别人家去。这可不是儿戏，难道不是疯了吗？"贯一怀疑这件事并非出自鸭泽本意。

贯一刚听到"钻戒"这个竞争者时，一度觉得这是在侮辱自己，异常愤怒。但转念一想，这件事胜负早已明了，无须自己动手，身单力薄的敌人就会自然倒下，因而他安心了些。

"啊，原来是富山重平啊！听说他是个家财万贯的大财主。"

这么一说，隆三的脸上火辣辣地发起烫来。

"这件事，我也是经过再三考虑的。阿宫与你有婚约在先，阿宫又是我的独生女。我是考虑你的前途和阿宫的情况。我们老两口一天天老下去，以后该怎么办，这些问题不得不考虑。你也知道，我们鸭泽家，本来就没什么可依靠的亲戚，心里难免有些落寞。如果能和富山家结亲，多少觉得老有所依。虽然有些过意不去，但取消婚约，把独生女嫁出去，说到底，也是考虑到大家的未来，没有其他想法。

"何况，富山家也诚心想结这门亲。他们还说，如果我们把女儿嫁过去，那小夫妇俩也就像鸭泽家的孩子一样了。两家亲如一家，不会疏远了我们。要是因为女儿不在家而有所不便，再大的困难也会想办法替我们克服。你听听，能说出这些话，也算是至仁至义了。

"我不是为了一己之私，而是能有一个好亲戚，就和一个人希望结交良友是一个道理。你不是也一样吗？如果能有一位好友，什么事都能有个商量，必要时还能助一臂之力。亲戚就是一个家庭的朋友啊。

"对你将来立身于世来说，这也是百益而无一害的。不管从哪方面考虑，我都觉得与其把女儿留在家里，不如把她嫁出去。既然对谁都有好处，我也就下了决心，把她嫁出去吧。

"这就是我心里想的。如果你总往坏处想，那就真难办了。我已经一大把年纪了，不可能只顾自己，不为你们着想。你也应该从各方面权衡考虑。

"我这样请求你，当然也愿意听听你的要求。如果你希望高中毕业后就马上出国，我也会竭尽所能支持你。与其让你马上就和阿宫结婚，使我们老两口心安，我们宁愿暂时忍受这些痛苦，等你学成归来，获得博士学位，那才是给我们最大的安慰！"

隆三似乎想一吐为快，悠然地捋着胡子。

贯一听他慢慢说着，对他的心思早已了然于心。他滔滔不绝，究其根源不过是想掩盖一个"利"字！

"贫者为盗，此乃人之常情，不穷怎么会去做盗窃之事呢？我们在这个污浊的人世苟且，因为不知世界的污浊，或是不知羞耻，才会做出羞耻之事。哪里会有明羞耻之理却做出不知羞耻之事的人啊！卖妻求荣！这不是最最令人羞耻之事吗！

"世风污浊，人们亦不知羞耻，我一直深信，我的恩人出淤泥而不染。他不忘昔日的恩情，把一个孤苦伶仃的孩子抚养成人，这不就是活生生的例子吗？是他卑鄙，还是我愚笨？残酷得连我也要欺压。当今之世，已全无廉耻可言。可悲的是，我就生在这样一个无耻的世界上！我怎么会喜欢这个无耻的世界呢？可是，这样无耻的世界上，有一个未被染污的人，一个让人无限怜爱的人。"

贯一想起了可爱的阿宫。

"我的爱情，是哪怕付出生命也决不屈服的纯洁的爱情；阿宫的爱情，是皇冠上镶嵌的举世无双的钻石也无法换取的爱情；我和她的爱情，如同淤泥中的美玉般纯洁耀眼。只要将这样一个纯洁之人拥入怀中，便可以忘记这世界的污浊。"

贯一这样安慰着自己。尽管隆三的花言巧语让他感到可憎可恨，但他还是表现出一副无所谓的样子听他把话讲完。

"那么，阿宫也知道这件事了？"

"多少也知道一些吧。"

"那么，还没有问过阿宫的意见？"

"这个嘛，也稍稍问了一下。"

"阿宫怎么说呢？"

"阿宫啊……她没有别的意见，只说终身大事由父母做主。她没有反对，我把那些道理跟她说了，她表示理解和接受。"

贯一虽然觉得这完全是一派胡言，心却不由得咚咚直跳。

"哦，阿宫已经同意了吗？"

"嗯，她没有反对。所以，你也算是同意了吧？这些话初听之下可能会觉得有些不合情理，但仔细一想，也不是没有道理的。你能理解，对吧？"

"嗯。"

"既然已经理解了，那你就是答应我了，是吧？是吧，贯一？"

"是。"

"这么说，你也同意啦？这样我就放心了。至于细节，日后再慢慢商量吧，如果你有什么要求也提出来。你先回去好好考虑一下再告诉我吧。"

"嗯。"

第七章

热海的温度要比东京高十来度。正月已过了大半，梅林里的两千株梅树怒放，在阳光下玲珑剔透，可以借用"人面桃花相映红"这个诗句来形容。幽幽小路上清香满地，让人不忍踩踏。这里是梅的花海，其他的树木一棵也没有，只有一些乱石，随意地堆放着。花园的草地，平坦得像铺了一层毛毡；一条蜿蜒的溪流，缓缓流过，溪水潺潺，翻溅得水花四溢。花园后是松树和杉木，青翠的枝干高耸入云，树梢上挂着白云，如熟睡般地懒倦。没有一丝风，但花瓣不时飘落，黄莺唱着歌，在散落的花瓣中翩翩起舞。

阿宫在母亲的陪伴下缓缓走着。她们蹀过小桥，朝放着几只船板做的长凳的地方慢慢走去。她仿佛病体未愈，略施粉黛，脸色如落花般苍白无力，步子也懒散，低着头，有时又像想起什么似的眺望着树梢。平时思考问题时，她就喜欢咬着唇，这会儿她更是时不时紧紧地咬着嘴唇。

"妈妈，该怎么办呢？"

母亲正在尽情欣赏怒放的梅花，听到女儿的声音，转过脸来说："要说怎么办，还得问问你的心。当初说要嫁给他的是你，我们也就顺了你的心意，如今……"

"话虽如此，可我总是放不下贯一。不知道爸爸和他谈过了没有。妈妈，您觉得呢？"

"大概说了吧。"

阿宫又咬着嘴唇。

"妈妈，我再也不想见到贯一了。要是嫁的话，就直接嫁过去，别再见面。这样安排吧，我不想和他再相见了。"

她的声音变得微弱起来，美丽的双眸含着泪水。她没有忘记，这块抹着眼泪的手帕，正是她不愿再相见之人送给她的礼物。

"你这样惦记他，为什么又要说出嫁人的话来呢？这么犹豫可不行啊。剩下的日子不多了，到底怎么打算，趁早拿个主意吧。要是你实在不愿的话，我们也不会逼你出嫁。但是你如果想拒绝人家，也得早点儿吧？可是，现在再提拒绝……"

"不用了，我要嫁过去。只是想起贯一的事，又觉得他好可怜……"

说到贯一，母亲的心里也不是滋味。每次女儿提起他的名字，她就像听到了罪犯的控诉一般。虽然她对女儿的这桩好亲事满心欢喜，但毕竟不能表现得太露骨。她勉强找了些话来安慰阿宫，实际上也是顺便安慰一下自己。

"爸爸自然会找贯一说的，只要贯一能理解，那就万事大吉了。再说，你嫁到那边去，对贯一的将来也是有好处的，这是对双方都好的事。若是能想到这一点，贯一也……而且，男人嘛，总能想得开的，你也无须担心。要是连面也不见就嫁过去，反而不好。还是见个面，把话说清楚，再干脆利落地分手吧。从今往后，你们还得像兄妹那样经常往来。总之，不是今天就是明天，一定会有音信。等弄清了情况，就可以回去了。"

阿宫斜倚在长凳上，一边听一边思考。她拾起飘落在膝盖上的花瓣，像代替自己的嘴唇般，把它咬了个粉碎。在这莺声流转之中，不时传来水流的悲泣。

阿宫无意地抬起头来，蓦地望见对面树林子里出现了一个男子散步的身影。男子在树丛花海中穿行，身影越来越近。阿宫一眼认出了这个人，慌忙不安地告诉母亲。母亲急忙从长凳上站起来，向前走了五六步。

对方也看到她们了，打招呼道："原来你们在这儿啊！"

他的声音在寂静的树林里回响。阿宫听到他的话，有些怯懦地缩到长凳的一端。

"是啊，我们也是刚到，您也来散步啊？"

母亲一面恭敬地打招呼一面迎上去。阿宫不敢正视他，只听见急促的脚步声越来越近。

出现在母女俩面前的这位绅士，无须再多介绍。他手指上那枚醒目的大钻戒正闪着耀眼的光。他拿着一根象牙般光润的白手杖，手柄上雕着一个翡翠色的狮子头，手杖的一端把低处枝梢上的花朵打得七零八落。

"刚才上你们那儿去，没想到扑了个空。听说你们上这儿来了，我就过来看看。今天还有点儿热呢。"

阿宫好不容易才转过脸来，娴静地站起身子，恭敬地行了一个礼。富山唯继满脸悦色地接过对方的行李，但还是没有忘记摆出一副高高在上的样子。他腮帮宽阔，嘴唇两端略微向下倾斜，特别是那副金边眼镜，无疑为他那妄自尊大的姿态增添了不少光彩。

"啊，原来是这样，真是抱歉。我们也是看到今天天气好，闲着无事就出来散散心。还真有点儿热呢。啊，您快请这边坐吧！"

母亲赶紧抹了抹板凳，阿宫让出路，伫立在一边。

"你们也坐吧。今天早晨我收到东京来的信，说有些急事催我回去。其实最近我在筹备一家公司，专向外国出口日本的漆器。从去年年中就开始筹划，到今年三四月，总算一切都准备妥当。我自己担任总经理，因此也更加忙了。有些要事不得不亲自出面解决，所以那边一直催我回去。我明天一早就得走了。"

"哎呀，那一定是重要的大事了。"

"你们也一起吧？"

他偷偷看了看阿宫的脸色。阿宫没有回答,母亲赶紧接过话:"谢谢您的好意了。"

"这么说,你们还要住几天?住在旅馆里不太方便,玩得不尽兴吧?明年我打算在这里建一座别墅,反正也不是什么大不了的事。选一块宽广的地基,造一座田园风情的别墅,吃的东西都从东京运来。要是不能达到这个标准,怎么能用来休养呢?等别墅建好了,就可以来这里尽情游玩了。"

"那真是太好了!"

"宫小姐,你觉得怎么样?你喜欢安静的田园雅舍吗?"

阿宫笑而不语,母亲在一旁代她回答:"只要是游玩之事,哪有不喜欢的道理呢?"

"哈哈哈,谁都一样吧!那以后就过来畅游吧,反正也没什么事,乡下、东京、西京,只要是喜欢的地方,都可以去玩。不讨厌坐船吧?那太好了!只要不晕船,那就从中国游到美国去,四处参观旅行,那真是一件莫大的趣事啊!在日本国内游山玩水也不过如此。多花几个钱,算不了什么。

"回到东京,来我家赤坂的别墅玩吧?那可是赏梅的好地方。那片梅林有两百多株老梅树,都是精心挑选出的名种,每株都不相同。这里的梅花简直没法看,尽是些柴禾一样的树苗,怎么配栽在庭院里呢!热海的梅花也太不像样了。请您一定来我们家玩,来看看我们家的梅林。我会备好酒菜招待你们。宫小姐,你喜欢吃什么?最喜欢什么菜?"

他想借机和阿宫多聊几句,但阿宫只是害羞地含笑不语。

"你们打算哪天回去?明天一同回去不行吗?有什么事非留在这儿吗?要不就一起回去吧,怎么样?"

"哦,谢谢您的好意。家中有些事情还在处理,这两三日就会有信,我们要等来信。承蒙您关怀,真是不胜感激。"

"这样啊,那就请便吧。"

唯继仿佛在看天气似的,仰起头望了望天空。他抚摸着手杖上的狮子头,神情傲慢。沉思片刻,他不慌不忙地取出一块折成两折的手帕,用手指夹着在空中挥了一挥,然后抹着鼻子。一股浓郁的紫罗兰香气飘来,简直让人窒息。

阿宫和母亲都被这刺鼻的香味吓到了。

"对了,我还想再散会儿步。从这里出去,沿着溪流往前,一直走到水田那儿,听说那里景色不错。本想邀您一同前往,但又怕太远让您受累。所以,能不能让宫小姐陪我两个小时?我一个人散步觉得无聊。散步也是治疗胃病的良药呢,怎么样,一起去走走吧?"

他拿过手杖,准备站起来。

"啊,谢谢您。阿宫,你就去吧。"

看到阿宫还在迟疑,唯继故意先站起身来说:"那出发吧。嗯,这可是胃药呢,不要犹豫啦!"

他说着走过来,轻轻拍了拍阿宫的肩膀。阿宫立刻满脸羞红,惊慌失措:"在母亲面前,这个男人居然这样肆无忌惮,随随便便,虽然也谈不上讨厌,但我可不是轻薄的女子!"

让不知所措的阿宫感到奇怪的是,唯继眼中不知为何闪现出了非同一般的微笑。他一想到自己可以牵着美人柔软的手,在人迹稀少的野外慢慢谈心,快乐之情岂能用言语形容?他那颗心早已飞到九霄云外去了。

"那快走吧。既然你母亲都已应允,你还有什么可顾虑的?这样不是很好吗?"

母亲看到阿宫还在犹豫,便说:"你还去不去了?怎么啦?"

"伯母,您不该问'去不去',应该下命令说'快去吧'。"

阿宫和母亲都笑起来,唯继也笑起来。

阿宫忽然觉得好像有什么人来了,她偷偷向四周探了一眼,不见人影,只听见皮靴的声音。是赏梅的人吗?不像。似乎有什么要事,脚步声急匆匆的。

"那你就陪他去吧。"

"好啦,我们走吧,就在那边不远。"

阿宫轻声对母亲说:"妈妈,一块儿去吧?"

"我就不去了,你快去吧。"

母亲同去太煞风景,唯继觉得有些不妙,阻拦说:"要是令堂也去,怕会让她老人家受累。山路不好走,令堂的身体恐怕吃不消。我是考虑到这一点才没劝她去。我们也只是在这附近走走,没有令堂陪同也没关系。我好不容易想去走走,你不愿意陪我一会儿吗?反正不会走得太远。要是你觉得无趣,我们马上回来。那一带风景确实不错呢,你就当我在胡说,姑且跟我去看看吧,怎么样?"

这时,急促的脚步声戛然而止。看到这边有人,他在离此一丈远的树荫下止住了,悄悄向这边窥探,而这三人却全然不知。树荫下的人穿着高级中学的制服,罩着焦茶色的外套,背着一个橡皮做的书包——这不正是贯一吗!

急促的脚步声再次响起。突然听到有人走近,三个人都吓了一跳,向脚步声传来的方向望去。

踩着落花而来的学生脱下了帽子说:"伯母,我来啦!"

母女俩吓得浑身冰凉。母亲仿佛失去了视觉,只是茫然瞪着对方,身子如石化了一般,一动不动。阿宫恨不得此刻化为尘土,无颜面对贯一。她紧紧地咬着苍白的嘴唇,好像想把它咬碎似的。母女俩内心的惊愕和恐怖,就像见到被自己杀死的人又忽然活过来一样。母亲梦呓般地断断续续说:"哦……你,你也来啦……"

阿宫想极力避开对方的视线,把身子隐藏在树荫下,用手帕掩住嘴,连大气也不敢出。她低着头,忍不住偷偷看着贯一那看了叫人难受、不看又让人痛苦的脸,一会儿又担心唯继的脸色。

唯继并不知道,贯一的到来,在她们心里掀起了轩然大波。他听过贯一,知道他是鸭泽家的一个食客。他那只戴着钻戒的手拄着手杖,微仰着脸,一副傲慢自大的样子。

贯一对这件事情当然是一清二楚,对唯继也有所耳闻,因此对眼前这番场景,也心中有数。不过有些话还是等到日后再说才好,眼前还得装得若无其事。他强压着胸中的万丈怒火,苦笑着说:"阿宫的病好些了吗?"

阿宫再也忍受不住了,紧紧地咬着手帕。

"啊，好多了，正打算再过两三日就回去呢。你来得正巧，学校那边怎么样了？"

"教室要改建，所以今天下午和明后天都放假。"

"噢，这样啊。"

母亲夹在唯继和贯一中间，左右为难。她的处境就好比掉进荒山野外的一口枯井里，没掉下去，也爬不上来，好不容易抓住一簇草根想靠它活命，不料草根又被耗子咬断。这该如何是好？她时而恐惧，时而困惑，可事到如今，也没有别的办法了。她总算定下心来，对唯继说道："真是不凑巧，家里有人来了，我们得先回旅馆了。改日再到府上拜访，真是抱歉。"

"啊，这样啊。这么说，明天可以一块儿动身回去啦？"

"嗯，还得看具体情况吧，虽然不知道能不能跟您做伴，但一定去拜访……"

"要是这样，真是不巧。我也不去散步了，现在就回旅馆。我在旅馆等你们吧，待会儿一定要来啊！好吗，宫小姐？待会儿你也一定要来。今天真是太遗憾了。"

他正要走，又转身走到阿宫旁边说："待会儿一定要来，好吗？"

贯一在一旁盯着他们，阿宫窘得不敢吭声。唯继还以为这是出于少女的害羞，因此愈发挨近阿宫，在她耳边温柔地说道："好吗？你可不可以不来，我会一直等你。"

贯一的眼里就像要喷出火似的，死死地盯着阿宫的侧脸。阿宫吓得连眼睛也不敢斜一下，就怕唯继再说出什么话来难以收场，暗暗担忧。对母女俩来说，最值得庆幸的是，唯继对贯一没有丝毫怀疑，他的心思全用在可爱的阿宫身上。

贯一狠狠地盯着唯继的背影，茫然地呆立不动。母女俩猜不到他的心情，因此一句话也不敢说，只能听见耳边嘈杂的溪流声。

贯一总算转过身来，因过分激动而血色全无的脸勉强挤出一丝微笑："阿宫，这家伙就是那次来玩纸牌的'钻戒'吧？"

阿宫低着头，咬着嘴唇。母亲装作没听见，望着正在树间啼叫的黄莺。

贯一见此情形，又不屑地冷笑着说："晚上看起来不觉得什么，白天一见，真是令人作呕！那种高高在上的样子，有什么了不起！"

"贯一！"母亲忽然开口了。

"嗯。"

"这次的事情，她爸爸已经跟你说了吧？"

"嗯。"

"那就好。随便说人坏话，可不像平时的你。"

"嗯。"

"好了，回去吧。你也累了吧，先回去洗个澡。对了，还没有吃午饭吧？"

"我在火车上吃过寿司了。"

三人一起走着。贯一觉得外套的肩上被人拂了一下，回头一看，正迎上阿宫的目光。

"花瓣飘落到肩上了，给你拂去了。"

"谢谢……"

第八章

天空飘着薄云，皎洁的月光铺洒下来，使原本虚无缥缈的微白的海面显得更加无边无际，宛如梦境。潮水拍打岸边，仿佛带着一丝倦意，迎面吹来的微风，让人陶醉。贯一和阿宫手牵着手，在岸边愉快地散步。

"我很苦闷，但无话可说。"

两人又向前走了五六步，阿宫终于开口说道："请你原谅我。"

"恐怕现在道歉为时已晚，但这件事，究竟是伯父伯母的意思呢，还是你也默认了？"

"……"

"其实来这里之前，我非常相信你，相信你绝不可能有那种想法。不过这也不算什么相不相信，夫妻之间本来就是心照不宣的。昨晚，伯父把事情的经过都详细和我说过了,而且他还拜托我帮忙。"

他含泪用颤抖的声音说道。

"伯父伯母对我有恩,既然是他们拜托的事情,我定会赴汤蹈火,在所不辞,我都做好心理准备了。但是唯独这件事,我难以从命。因为这是比赴汤蹈火更极端的无理要求,我实在难以接受,而且对伯父充满了怨恨。更令我难以接受的是,他竟然说只要我答应这件事,就可以供我赴洋留学!就……就……就算我贯一从小到大是一个以要饭为生的孤儿,我也从没想过用这种卖老婆的钱赴洋啊!"

贯一停下脚步,面向大海痛哭起来。阿宫开始慢慢地靠近他,担心地窥伺着贯一的脸色。

"原谅我吧……还请原谅我。"

阿宫突然拉住贯一的手,把脸偎依在他肩上,也抽泣起来。波浪缓缓涌向远处缥缈的雾霭,朦胧的月光洒在这一弯海滩上,白茫茫的天空和海边,以及呆呆伫立的两个身影,宛如一幅水墨画。

"于是我猜想,肯定是伯父来劝说我,而伯母为了说服你就把你硬拉到这里来。对于伯父伯母所提出的要求,我肯定是无法拒绝的,只能不情愿地去应付。但是我想,阿宫你肯定会拒绝的。如果你坚持不肯嫁,那么相亲也就无济于事了。他们肯定在担心,如果我在你身边,会给你出主意来阻挠他们的计划,所以才把你带到这么远的地方来逼你答应。我一直很担心这个,晚上睡不着,怕他们逼你,怕你也许会出于无奈而答应。我越想越不安,所以假装去学校,特意来这里看看。笨蛋!我真是笨蛋!世上再没有像我贯一这样的大笨蛋了!我活了整整二十五年,从来不……不……不知道原来我是这样一个大笨蛋!"

在悲伤和恐惧之下,阿宫默默地哭泣着。贯一难以抑制心中的愤怒,连呼吸都变得急促。

"阿宫,你骗得我好惨!"

阿宫不由得颤抖起来。

"借生病来这里,就是为了和富山见面吧?"

"……怎么说出这样的话……"

"这样说怎么了？"

"你过分猜忌了，确实有些过分了！总把事情往坏处想！"

贯一用轻蔑的眼神看着双眼含泪的阿宫："你也知道什么叫作过分？阿宫，如果这种程度就算过分的话，那我这个大笨蛋……我……我岂不死不瞑目了！要是你没有默认的话，那么来这里之前，你也不会一句话都不和我说了吧？即使匆忙出门，没有来得及说，那之后给我写封信也行吧？你悄悄从家里溜走，而且一封信都没有……从一开始你就和富山约好了在这里见面吧？当然也可能是你们一起来的。阿宫，你就是淫妇！你的所作所为和通奸有什么区别？"

"你说得太难听了，贯一，你太过分！太过分了！"

阿宫已经哭花了脸，想要靠近贯一的时候，贯一却一把推开："失去节操的人，难道不是淫妇吗？"

"我什么时候失去节操了？"

"就算我贯一是个大笨蛋，也绝不会站在一旁，眼睁睁地看着自己的妻子失去节操！我是你名正言顺的丈夫，但你却从丈夫旁边溜走，和其他男人来温泉。你能拿出你们没有通奸的证据吗？"

"既然你这么说，那我也无话可说。但是，我和富山事先约好见面什么的，那只是你自己的臆断。其实富山是听说我们来到这儿才过来的。"

"那为什么富山后来会来这里呢？"

阿宫紧咬着嘴唇，又默不作声了。贯一相信，严厉的责备，一定会使她反省自己的过错并道歉，也希望她能发誓将自己的一切托付给他。虽然他不敢保证她会这样做，但至少在心里希望她能这样做。然而，她没有悔改的意思，她的心就像是无法离开篱笆的牵牛花一样顽固不化，贯一对此感到难以置信。

"阿宫把我抛弃了！我的妻子被人抢走了！我用性命换来的最爱的人，现在竟然把我视如草芥！"怨恨浸透骨髓，胸中充满愤怒，他一时忘记了一切，只想把这个淫妇身上的肉啃下来，以泄心头之恨。他感到头痛欲裂，痛苦地僵坐在地上。

看到这景象，阿宫吓得慌忙俯下身子去抱他，只见贯一那紧闭的双眼中不断有泪水滑落，脸色苍白。冰冷的月光把他心中的悲伤、彷徨，以及急促的呼吸，传到她心里，久久回响。阿宫从背后一把把贯一扶起来，紧紧抱着他，摇晃着他的身体，用哆嗦的声音呼喊着，但是越呼喊反而越颤抖。

"你怎么了？贯一，你到底怎么了！"

贯一无力地抓着阿宫的手，阿宫细心地为他擦拭已被泪水模糊的脸。

"哎，阿宫，我们能像这样在一起，恐怕也就今晚了。也就只有今晚，你能这样照顾我，我能这样和你说话，只有今晚而已了。今天是一月十七，阿宫，好好记住这一天！恐怕明年的这个时候，我还不知道在哪里看这个月亮呢！后年，甚至十年以后，我一辈子也不会忘记今晚！怎么可能会忘记呢？我到死也不会忘记！记好了，阿宫，一月十七日。每年的今日，你一定会看到我的眼泪蒙住了月亮。要是月……月亮被蒙住的话，那你就知道，一定是贯一在什么地方恨着你，像今晚一样地哭泣！"

阿宫紧紧搂住贯一，疯狂地哽咽着。

"不要这么伤心，贯一！我也有自己的想法，你对此生气那也无可厚非，但是还请你原谅，务必请你再忍耐一下，我还有很多话想和你说，可是那些难以启齿的事情我实在无法说出口，所以现在我唯一想对你说的，就是我不会忘记你——今生今世永不忘记！"

"我不想听！既然无法忘记，那为什么要把我抛弃呢？"

"都说过了我是绝不会抛弃你的啊！"

"什么？不会抛弃我？不会抛弃我的人会嫁到别人家里去吗？少放屁了！难道你想要一女侍二夫吗？"

"所以我都说过了，我也有自己的想法，请你再忍耐一下，我把……我的心袒露给你看。你一定会看到我忘不了你的证据！"

"无聊至极！又不是山穷水尽到必须要卖身，为什么要嫁到别人家里去？你家不是还有七千元的家产吗？你还是家里的独生女，况且，之前丈夫都已经定了。这个丈夫再过四五年就会拿到学士学位，将来也不用愁。你刚才不是说，这个丈夫你一生都不会忘记吗？既然如此，还有什么不足使得你非嫁到别人家不可呢？世上恐怕没有比这更难理解的事情了！我无论怎么想，都觉得你没有非得出嫁的理由，但事到如今，你又非嫁不可，我想一定另有隐情。"

"难道是对我这样的丈夫不满意吗？还是另想高攀有钱人？除此，我实在想不出别的原因！不必顾虑，把你的想法说出来。说吧！说出来吧，阿宫，没必要顾虑那么多。既然你都敢把已经选定的丈夫毫无顾忌地抛弃，那么对这种事应该没什么感觉吧？"

"都是我的错，请你原谅我！"

"那么，是对我不满意吗？"

"贯一，没有，你要是对这一点也表示怀疑，那我可以证明给你看！"

"不是对我不满意？那就是因为富山家有钱了？这么看来，你结婚完全是出于你个人欲望吧？你和我解除婚约，也是因为这个吧？那么，这桩婚事你也已经答应了，对吧？如果你是被伯父伯母强迫，逼不得已，那么，有很多办法能使其成为空谈。而且，我可以承担所有的责任，绝不会给伯父伯母，还有你带来任何困扰。所以我希望听听你真实的想法，然后想出相应的对策。你能亲口告诉我吗？"

贯一把全身的精力都聚集在眼中，凝视着充满烦恼的阿宫。他不时在阿宫周围走动，阿宫始终沉默不语，贯一只能仰天长叹。

"好吧，已经够了！你的心情我明白了。"

贯一认为现在说什么都已经没用了，他也不想反复追问了。为了平复杂乱的心绪，他勉强把视线转向大海，眺望着远方，但终究还是忍不住回头，却发现阿宫不在身边，而是在离他十几尺远的海边掩面哭泣。

月光下，清风吹拂着驻足在海边的阿宫那哀伤、迷茫、可怜的身影，海浪拍打着岸边，散成一朵朵白色的浪花。贯一不知不觉中也被这种极尽哀伤之美的画面吸引，一时忘记了心中的愤怒和怨恨，静静欣赏着这唯美的画面。可是当他意识到这个美人从今往后不再属于自己时，不禁怀疑自己是否置身于梦境中。

"是梦,原来是一场梦啊!我做了一个很漫长的梦!"

他低头向海边走去,不知不觉中便和抽泣着过来的阿宫走到一起了。

"阿宫,为什么要哭?现在能有什么事情让你哭成这样?假装的吗?"

"就算是假装的好了!"

泪水让她的话变得含糊不清。

"阿宫,我本来以为你不会同意这件事,我曾深信这点,如同深信我自己。不过现在看来,你终究被你的欲望征服了,被你对金钱的欲望!不管怎么样,你太无情了,阿宫,你这样做对得起你自己吗?

"你有出息了,可以享受荣华富贵了。为了换取这种荣华富贵而被你无情抛弃……我又能怎样呢?悔恨也好,遗憾也罢,阿宫,我甚至想一刀把你杀掉——这都不足为奇!——然后自己也一了百了。可是我忍住了,眼睁睁地看着你被别人夺走,却无可奈何,你知道我是怎样的心情?是怎样的心情啊!

"难道说你为了自己的快乐,就可以完全弃别人于不顾吗?我贯一在你心里到底算什么?我对鸭泽家来说,只是一个碍眼的食客,但对你来说,也是你未来的丈夫啊!我不是你手中的面具,阿宫,你从头到尾都把我当猴耍,是吗?我平时总觉得你对我有些见外,现在看来,倒是不无道理。你从一开始就仅仅把我当作你的玩物,从来就没有真正爱过我吧?我却毫不知情,还傻傻地把你看得比自己都珍贵。我把你当作唯一的快乐,想着你……我这样为你,阿宫,你怎么忍心把我抛弃?

"当然,论金钱,我和富山无法相提并论。人家可是屈指可数的大财主,我只是一介书生。但是阿宫,你应该好好想想,幸福——唯有这样东西是无法用金钱买到的!幸福和金钱是两码事。幸福,最重要的是家庭和睦。家庭和睦是什么?就是夫妻能相互深爱!单从爱你这点来说,就是有一百个富山也不及我的十分之一!如果富山以财产为傲,那我就以我对你的爱来与他相抗衡!而恰恰这一点,超乎他们的想象。夫妻间的幸福,靠的是爱情的力量;如果没有爱情,也就无所谓夫妻了。

"我把你看得比自己更珍贵,然而你却轻易地舍弃了这份感情。这对于夫妻间的幸福不但没有任何好处，反而更伤害彼此。为了巨额财富而结婚，阿宫，你到底是怎么想的？金钱这东西最蛊惑人心，智者、学者、豪杰，那些比一般人更优秀的人都会为了金钱而做出伤天害理的事来。想想这些，你突然变心也不是没有道理的了。我不想责备你了。不过我还是想重申一遍，阿宫，你再好好想想吧。那些财产——富山的财产，在你们夫妻间，究竟能发挥什么作用？

"麻雀啄米，一次只不过吃十粒、二十粒而已，如果把一担米摆在它面前，它一下子是吃不完的。我即使没有鹎泽家的财产，但十粒、二十粒，我想我还是有办法的，绝不会让你挨饿。我不是那种没有志气的男人。连十粒、二十粒都没有办法弄到，那我宁可自己不吃，也不会让你受苦！阿宫，我是这样……这样深爱着你啊！"

贯一擦了擦泪水，接着说："你以为嫁到富山家就能过上舒适快乐的日子，享受荣华富贵了吗？多年积攒下来的财产，绝对不是用来给你这样的儿媳妇挥霍的！毫无爱情可言的夫妻之间，还谈什么富足的生活！谈什么荣华富贵！世上有坐着马车却满脸愁云地去出席宴会的人，也有让妻子坐在车上，亲自拉着车子陪妻子去赏樱的车夫。富山家人多，往来进出的人也多，你一旦嫁到他们家，一天到晚都会受气吃苦。在这样的家庭环境中，有这样一个对你毫无爱情的丈夫，你只会感到伤心，还有什么快乐可言呢？

"就算吃尽苦头，你觉得那些财产将来就会属于你吗？做富山的妻子也许很体面，但其实你和麻雀无异，只能吃十粒、二十粒！就算你可以自由使用那些财产，区区一个女子，面对这万贯家财又能做什么呢？你能凭借那几十万的财产让自己快乐吗？这和让一只麻雀一口气吃掉一担米有什么区别呢？没有一个好丈夫，女人是无法立足的。对生活是酸是甜都要依赖别人的女人而言，丈夫不就是她人生的至宝吗？即使家财万贯，如果丈夫不是妻子的至宝，那么妻子一定会切身感受到，还不如那些坐着洋车出去赏樱的车夫的妻子吧？

"听说富山的父亲家里有两个妻子，外面还有三个小妾。有钱人都是这样。家里的老婆如同摆设，和被抛弃无异，然而却比那些被丈夫宠爱的小妾承担更重的责任，承受更多的痛苦。她们没有快乐。你所要嫁的唯继，也许最初是真的看中你，我也相信他一开始会很爱你，但这种爱，你觉得会长久吗？只要有钱，他可以装出一副爱你的样子。但当他另有新欢，他的热情也就会一落千丈，这是一定的！想想那时候你自己的心情吧！富山家的财产能把你从痛苦中解救出来吗？就算再有钱，一旦被丈夫抛弃，被视作摆设，你还会快乐吗？你这样就满足了吗？

"你被别人抢走，我很痛心。三年后，如果我看到你后悔，虽然我仍会因为你的变心而憎恨你，但也会对你产生怜悯——我说的这些都是心里话。

"如果你是因厌倦我而爱上富山，所以才嫁给他，我也不再多说了。阿宫，如果你认为自己嫁到了一个好地方，那就错了，大错特错！没有爱情的婚姻只会给你带来无穷无尽的后悔！你今晚所做的抉择，会决定你一生的命运是甜还是苦！阿宫，如果你也认为这件事关系到你自己命运的话，就应该也想想我的处境！求你了！我真的求你了，再想想吧！

"七千元的财产以及学士的地位，足以保证我们过得幸福了。即使是现在，我们不也过得很幸福吗？作为堂堂男儿，只要有你，富山纵使再有钱，我也不屑一顾。阿宫，你到底怎么了？真的要把我忘了吗？真的不爱我了吗？"

贯一像是要把即将失去的东西夺回来，把阿宫紧紧地抱在怀中。热泪不断地划过他的脸，一滴滴落在阿宫的脖子上。他的身体就像在风中摇曳的芦苇，不断地颤抖。阿宫也紧紧抱着贯一，和他一起颤抖。她咬着他的胳膊，不断地抽泣。

"我究竟该怎么办？如果我真的嫁过去了，那贯一你怎么办啊？告诉我吧！"

听到这话，贯一如同裂开的树一般，一把推开阿宫。

"这么说你还是决定嫁过去了？我刚才所说的话，你一点儿也没有听进去吗？真是个没良心的女人！你就是个荡妇！"

话音未落，贯一一脚向阿宫腰上踹去，阿宫重重地横倒在沙滩上，忍着疼痛，泣不成声。贯一就像打倒了一头猛兽，但心头的痛与恨却仍在，他一动不动地盯着地上那个柔弱而僵硬的身影。

"阿宫,你……你这个荡妇!就因为你变心,我堂堂男儿竟失望到要发疯!我这宝贵的一生就要断送在你手中!学问有何用!统统难平我心头之恨!我已经想好,只要我在这世上活一天,我就要化身恶魔,啃掉像你这样的畜生的血肉!富山的妻……妻子!我们以后再也不会见面了!你把头给我抬起来,趁我现在还是人的时候,好好记住我的样子!我长期承蒙伯父伯母的照顾,本想和他们见一面,当面谢他们,否则我怕难以释然。可是这种种原因,我不得不和他们就此别过,让他们保重……阿宫,你一定要把我的话转给伯父伯母。如果他们问起原因,你就说贯一那个大傻瓜在一月十七号晚上发了疯,在热海的海边分别后就不知所踪了……"

阿宫突然站起身来,可是由于腿上的疼痛,没有站稳,立即又倒在了地上。她只好慢慢地爬到贯一脚边,紧紧地抱住他的腿,声泪俱下:"贯一,请等……等……等一下。你从今以后……打算去哪里?"

贯一吃了一惊,因为从阿宫敞开的下襟可以清晰看到她雪白的膝盖已经沾满鲜血,整个腿都在颤抖。

"啊,你受伤了!"

贯一俯下身,扶起靠近他的阿宫。

"我没事。你准备去哪里?我还有话要跟你说,今晚能不能先回去?贯一,我求你了!"

"你有话就在这里说吧!"

"我不要在这里说!"

"哼,你还能有什么话?还不放手?"

"我不放!"

"别等我发火把你踹开!"

"那你就踹吧!"

贯一用尽全力一甩腿,阿宫被踢得打了个滚,又躺在了地上。

"贯一!"

贯一急着离开,阿宫拼命挣扎着想站起来,但是由于腿上有伤,试了几次,刚站起来又倒了下去。

"贯一,我不是要留你!只是我还……还有些话要和你说!"

再次倒地的阿宫没有力气再爬起来,只能扯着嗓子呼喊贯一。在朦胧的月色中,贯一的影子已经上了远处的山冈。阿宫还在挣扎,在不断地呼唤着他。黑影站在山冈的顶端,回头注视着这边,阿宫还在全力喊着,山冈那边终于传来了贯一的声音:"阿宫——"

"哎!哎!贯一——"

她伸长脖子,睁大眼睛向那边望去,但在那一声呼喊之后,黑影消失了,只剩下静静站着的树木,格外寂寞。

海浪的声音如此凄凉,一月十七日的月亮如此苍白而哀伤。

阿宫留恋地一遍遍呼唤着贯一的名字。

中 篇

第一章

新桥车站的大时钟,指针指在四时零二分。开往东海道的列车已关门,列车喷着浓烟,三十多节车厢弯弯曲曲地连成一条,停靠在月台边。秋日的晚霞映在车窗上,玻璃燃烧似的泛着红光。站台的工作人员前后奔走,大声喊着:"赶紧的!赶紧!"一个大腹便便的欧洲老头挺着啤酒桶一般的大肚子,带着一个身穿桃红色衣服的少女。少女十七八岁,腋下挟着一柄日式彩绘阳伞,伞柄上系着一条橙色丝带。两人不紧不慢地走着,没有丝毫慌张的神色,好像这是他们的专车。一个来赶火车的女人跑得满脸通红,气喘吁吁,生怕错过了开车时间。她手里抱着一个巨大的包裹,背上还背着一个四岁左右的孩子。车厢门已关上,她惊慌失措,最后被列车员硬拽上了车。不久,又来了一个五十多岁的老头,带着一个拖着两条鼻涕的小女孩。他在火车边转来转去,转了好久也找不到车门,好不容易被站台的工作人员塞进车厢,可衣服却被车门夹住了,急得他大喊救命。火车还未离开都市,旅途的艰辛却显而易见。

在二等车厢的角落里,五个年轻人围成一圈坐着。只有一人带着行李,像是出门旅行的。从衣着上看,好像都是到横滨去的。一人穿着绣有家纹的大褂,一人穿着斜纹西装,一人穿着和服裙裤,还有一人穿着大岛绸做的长外褂。坐在带行李的人对面的,是唯一穿礼服大衣的人,那人把在候车室里收到的饯别的洋酒、点心之类的礼品放在网架上，拂去手上的灰尘，从窗边探出脑袋，仿佛在找什么人似的，向站台望去，然后又抬起头来仰望着漫天晚霞。

"奇怪，天气居然转晴了，这样的话，应该没问题吧？"

"今晚要是又下雨的话，倒也有趣，对吧，甘糟？"

说话的人穿着绣有泽泻花家纹的黑绸外褂，若有所指地露出微笑。名叫甘糟的人穿着一条茶色的仙台绫裙裤，是几人中唯一蓄胡须的。

甘糟还未说话，穿西装的风早先开了口。他很年轻，但声音嘶哑："甘糟那点儿乐趣，也是你想要的吧？"

"胡说什么呢！是我眼尖，一眼就看出了甘糟在想什么。"

"那真是不好意思。"

穿大岛绸外褂的男子原本紧靠在椅子上，这时却突然跳起来说："风早，你我今天其实是他们的牺牲品。佐分利和甘糟不是一直说要到横滨去吗？说什么最近在那里发现了游仙洞，非把我们拉去。你看他俩那神气十足的样子！"

"哪有！如果说你们是他们的牺牲品，那我就是上了你们四人的当！我还一直说不用客气，你们却坚持要送我到横滨，我还觉得过意不去呢！现在看来，你们几个是打着送我的幌子……真是乱来啊！从学生时代起，我就深知你们几个的性情，所以很为你们的将来担心呢。本来，在保全名誉的前提下，适当玩玩也没什么，不过你们几个真得多加小心啊！"

说这些老实话的，是间贯一四年前的同学荒尾让介，贯一把他当作兄长来看待。荒尾去年获得了法学学士的头衔，又在内政部的考试中榜上有名，现在已经荣任爱知县参事一职，正在赴任途中。由于他较年长，性格稳重，为人真诚谨慎，很受同学们的敬佩。

"这是我对各位的忠告，还望你们自重啊！"

大家本来兴致勃勃地聊着，被他这么一说，有些扫兴，只能抽闷烟。列车疾驰，激起了一股逆风，飘出车窗外的轻烟像飞云似的散去，掠过六乡川。

佐分利连连点头:"说起来确实让人不寒而栗呢!刚才在车站边,我们看到了那位'挤牛奶的美人'[1]。她的声音那么柔美,谁又能想到她是靠吃蜥蜴[2]过活的呢!她的美貌真是让人惊叹,而且完全是上流贵妇的打扮。特别是今天,浓妆艳抹,一副能说会道的样子。要是落在那个家伙手里,真是死路一条。都说忠言逆耳,荒尾这番话,的确是金玉良言。"

"真想见一见啊,那样的女人。她名气可大着呢,我早就有所耳闻了。"

穿大岛绸的还想继续说,但被甘糟打断了:"宝井受到退学处分,听说就是因为那家伙欠款实在太多。那女的可相当厉害,听说她手上还戴着黄金的手镯呢!真有一手哪!简直是女魔王阿松[3]。佐分利明知她的厉害,却还要和她往来,那是因为在冒险背后有更大的目的。不过,没有一定的决心,恐怕是不行的。"

"应该有谁在暗中给她撑腰吧?丈夫?情人?她总有后台吧?"嗓子沙哑的人突然提出这样的疑问。

"说起这个,还真有点儿像小说。为她撑腰的不是情人,而是她的丈夫。那家伙在我们上一代就是个出了名的高利贷者,叫赤樫权三郎,是个无法无天的狂徒,而且色胆包天。"

"果然。一个是色鬼,一个是财迷,还真是天造地设。"

大岛绸最擅长说这种含沙射影的笑话,连一直沉默的荒尾也忍不住笑起来。

"那个叫赤樫的家伙,专借放高利贷之机玩弄女人,并以此为乐,被他糟蹋过的人不在少数。那个'挤牛奶的美人',也是被他玩弄过的其中之一。她本是没落士族家的女儿,为人也算本分,结果被老奸巨猾的赤樫看到了,一时色心大动,想把她据为己有。于是,他借了一些钱给她父亲。

---

[1] 挤牛奶的美人:指放高利贷的女人。
[2] 蜥蜴:指借高利贷的人。
[3] 阿松:久保田彦作的小说《鸟追阿松海上新话》中的主角,原为歌女,姿色美,不少人曾为她倾倒,甚者为她而丧失生命。她本人最后也发疯而死。

自然，还款的期限到了，那个士族也拿不出钱。赤樫不仅毫不在意，还继续借给他，等到时机成熟，便说，家中人手不够，希望让他女儿去帮忙半个月。纵使她父亲知道那家伙心里打的是什么算盘，但为情势所迫，也不好拒绝。这是六年前的事了。当时那姑娘才十九岁，可赤樫那老头都已是花甲之年了，连头发都掉光了。真没想到他还会做出这种风流事！就这样，赤樫把那姑娘硬带回家，又想尽办法哄骗她。他没有妻子，只有一个为他烧饭的奇怪女人。不知什么时候，那姑娘也成了他的侍妾，可见手段颇高呢！"

荒尾在一边听得入神，这时若有所思地点点头："女人嘛，不都是这样吗？"

甘糟仰起脸望着他："真没想到，你也会说出这种话。想不到荒尾对女人也有自己的见解呢！"

"怎么说？"

佐分利正准备说下去，火车突然提速了。

大岛说："听不见了，大声点儿！"

风早说："哎呀，大家挨紧点儿！"

佐分利说："荒尾，把那瓶葡萄酒拿出来喝了吧，渴死了。现在故事正渐入佳境呢！"

甘糟说："这样敲竹杠，真受不了！"

"蒲田，把你抽的好烟也给我来一支！"又是佐分利。

甘糟说："不给，你还得寸进尺了！我还要整理东西。"

"甘糟，有火柴吗？"

"哎！看吧，来伺候你了。"

佐分利盛气凌人地说："给我点个火！"

佐分利喝着红葡萄酒，吐着紫色的哈瓦那烟，接着说下去："俗话说，一枝梨花压海棠。那个叫满枝的姑娘最终成了老头的囊中之物。当然，是瞒着她父亲的。起初还三天两头想回家，后来无论她父亲怎么叫，她都不愿回去。不久，事情败露了。那位具有武士气质的父亲气得五脏六腑都要炸了，几乎闹得父女反目。当他知道姑娘在秃头家里不过是个小妾，怎么受得了这个窝囊气！于是想同秃头谈判，非要他明媒正娶，让女儿入户籍。可是当他去找女儿商量时，女儿却说'爸，你就别多事了'。老头大吃一惊，怒火中烧。就这样，被魔鬼所魅惑的女儿和父亲断绝了关系。可怜他就一个独生女，却葬送在比他自己还要大十岁的高利贷老家伙手中！从那以后，满枝得到了秃头更多的宠爱，家务都由她自由处理。而对娘家这边呢，除了名分上的赡养义务，她可是一毛不拔，这当然让秃头更满意。满枝对高利贷这一行业渐渐熟悉起来，觉得这买卖很有趣。她觉得，这些财产都是用自己的身体换来的，在金钱面前，父亲又算得了什么呢？"

"有这种事！"荒尾厌恶地嘟哝着，露出不快的神情。

"不过这个女的脑筋也确实灵活，彻底了解了高利贷这一行。后来业务繁忙，满枝就成了秃头的代理到处跑，真是叫人吃惊啊！就在前年，秃头患了中风，半身不遂，连大小便都要人照顾。所有的生意全靠她一个人。大概是去年，听说她的父亲也去世了，临终时就躺在一块薄板上，连个草垫都没有，惨不忍睹。在她父亲得病之前，父女俩就似乎不大来往了，没想到她竟会变得如此无情，真是让人难以置信——不过，这是事实。那秃头既然卧病在床，一切大小事务自然就交由女的处理。这就是'挤牛奶的美人'这个称呼的由来。

"年纪嘛，听说已经二十五了，不过看上去顶多也就二十三。温柔可人，娇声细语，但一开口却是能说会道，伶牙俐齿，不是普通人呢！看到银币，她会装得像外行一样说：'哎呀，这是哪个国家的勋章吧？'可是，一遇到财产过户、票据贴换这种关键问题，她却是手腕高明，毫不含糊，好像有麻醉人心的毒药似的。俗话说柔能克刚，我也曾被她麻醉过三次呢！这样一个美人做高利贷生意，真是太妙了！一个国家能有一位这样的人物，就好比出了一个克娄巴特拉[1]，纵使男人有千军万马，也将臣服在

---

[1] 克娄巴特拉："埃及艳后"，埃及的最后一代法老。

她脚下。"

风早听得越发兴致高昂了。

"你们说，那秃头中风躺在床上不能动，这是前年的事吧？这么说，那女人一定又有外遇了。有，肯定有！像这样的女人，难道会没有独特的手段？表面上看起来没有，实际上有！这才是克娄巴特拉。不过，真是个精力旺盛的女人啊！"

"精力太旺盛也吃不消啊！"

佐分利双手抱着后脑勺，仰脸靠在椅背上哈哈大笑，大家也跟着笑起来。

佐分利在大学二年级时就坠入了高利贷的火坑，现在连个人借贷、为人做保在内，共有五笔债务，款项达六百四十余元。他被这重担压得精疲力竭，脂膏也被榨取干净。甘糟欠了四百元；"大岛绸"毕业前借了一百五十元，之后又借了二百元；只有风早和荒尾从不蹚这浑水。

火车到达神奈川。一个在一旁笑听他们谈话的商人模样的乘客，似乎对他们排解了旅途的寂寞而表示感谢，诚恳地作了一个揖后下车了。在谈话暂时中断的间隙，荒尾思考着什么似的，眼神茫然地望着前面，好像喃喃说："那以后，有没有间的消息？"

"你是说间贯一吗？"那个沙哑的声音反问。

"忘了是从谁那里听来的，他好像在给放高利贷的当经纪人还是伙计。"

蒲田说："对，对！我也听说了。不过，像间贯一这样的性格，是当不了高利贷者的经纪人的。他心肠太软、眼泪太多，不是做高利贷这一行的料！"

荒尾听他这么一说，不出所料似的点着头，又陷入了沉思。佐分利和甘糟比他们高一级，所以并不认识间贯一。

荒尾说："他去干高利贷？应该不会吧？他的眼泪，也不是'一点'多啊。可惜一位难得的才子，如果当时能好好读下去的话，到今日……"

他忍不住轻叹了一口气："现在再遇见他，应该还不至于认不出来吧？"

风早说："当然记得！微微上翘的眼角不正是他的特征吗？"

蒲田说："他的发型也很有意思。他总是坐在桌前，双手托腮，听得那么认真。说起来，真有点阿尔弗烈德大帝[1]的感觉。"

荒尾大笑起来："你还真是妙语连珠。阿尔弗烈德大帝吗？这可真是个奇特的想法。把我的好朋友比作古代的英雄。来，我敬你一杯，以表敬意！"

蒲田说："是啊，你把他当成兄弟，一直挂念着他。"

"自从和贯一分开，我对他的想念比对死去的亲弟弟还多。"荒尾忽然忧伤地低下头。

"大岛绸"拿着荒尾给他的酒杯，又把佐分利手里的酒杯拿过来递给荒尾："好吧，为了安慰你，让我们为间贯一的健康干杯！"

荒尾的脸上洋溢着喜悦，连声说："嗯，谢谢，非常感谢！"

他们高举酒杯，又互相碰了一下，斟得满满的红葡萄酒甘露般溢出来。他们连忙把酒杯凑到嘴边，一饮而尽。佐分利看到这情形，碰了碰甘糟的膝盖说："蒲田可真有一手，虽然相貌平平，但有点儿能耐，总能捡大便宜。从他嘴里说出来的这些话，谁不爱听呢？"

甘糟说："不愧是个见习外交官！"

佐分利说："见习见习！"

风早说："见习见习，于人前站着哭泣……"

"少说废话！"荒尾突然换了个话题，"刚才我在车站看到间贯一了，现在想起来还有些不敢相信。一定是他！"

刚才还在举杯为贯一健康祈祷的蒲田，这时却望着荒尾的脸，扫兴地说："是吗？那真是难以置信，他没注意到你吗？"

"起初是在候车室的入口处看到他的。我觉得太意外，所以马上从沙发上站起来，可是他已经不见了。过了一会儿，又无意中看到了，但再一看，又不知他上哪儿去了。"

甘糟说："像侦探小说。"

"第二次也是正要站起来时又不见了。后来从检票口一直走到站台，都

---

[1] 阿尔弗烈德大帝：古代英国西撒克斯的国王，曾抗击入侵的丹麦人，文学上亦有成就，以散文著名。

没有见到。我心里挂着这件事，到了站台后又回头看了一下。忽然看到一个人站在栅栏的柱子边，向我挥着一顶黑色的帽子。就是贯一！他都向我挥帽子了，难道还能有错吗？"

"横滨！横滨！"

快慢不一的叫喊声从窗户外传来。车站上就像是打翻了玩具箱似的，一片混乱。黑压压的人群瞬间拥出。在这嘈杂喧闹的人声中，有尖锐刺耳的铃声传来。

第二章

在月台的栅栏边向荒尾挥帽致意的，的确是间贯一。四年来，贯一生死不明、音信全无，完全把自己隐藏起来。他不跟亲戚朋友见面，也没有书信往来，但在暗中时刻关心着荒尾，丝毫没有懈怠。他得知荒尾荣任参事官的事，并将搭乘下午四点的火车去赴任。他之所以到这里来，一是想默默地和这位朋友道别，二是想一睹他荣耀的样子。

为什么四年来贯一杳无音信？为什么他见到了一直挂念的昔日好友却又不上前道别？只要了解他今时今日的处境，这个疑问也就迎刃而解了。

站在栅栏外面目送列车远去的，当然不止贯一一个人。聚集在这里的男女老少，无论贫富贵贱，目的都是送人，心情却各不相同。他们有的欢喜，有的忧愁，有的焦虑，有的却面无表情。经过几分钟的混乱之后，列车开动了，来送行的人们三三两两地散去，只有贯一伫立着。当他总算回过神来准备离开时，双脚却像灌了铅一般沉重。聚集在栅栏附近的人们已悉数散去，只剩三四个车夫拿着扫帚在清扫站台。

贯一拭去泪水。当他发觉站台上已没有人时，不免有些吃惊。他急忙往外走去，出了蓬莱桥口，正要走上石阶，忽听见从中等候车室传来叫他的声音："间先生！"

他慌忙朝声音传来的方向看去。

"请留步！"

一个盘着秀发的女人一边喊，一边弯腰从候车室里探出身子。她手上戴着一只闪闪发光的金镯子，手中的丝绢掩在唇边，娇艳的脸蛋上浮现出难以形容的微笑。

"啊，是赤樫夫人啊。"贯一冷冷地说，连眉毛也没有动一下，和笑脸相迎的女人形成了强烈的对比。

"能在这个地方遇见您，真是太巧了。我有些重要的事情想和您谈一谈呢。您能上这边来吗？"女人回到候车室，贯一不情愿地跟她进去。她在长沙发上坐下，贯一只能无奈地坐在她身边。

"其实我想跟您谈谈保险建筑公司的小车梅一事。"她从黑花绸腰带里掏出一只金手表来，看了一眼又收起来。

"还没有吃饭吧？这里说话不太方便，不如找个好地方，边吃边聊吧？您觉得呢？"她拿起那只镶着金扣的紫绸皮包，从容地站起身来。

贯一满脸疑惑："去哪儿？"

"哪儿都行。我对这些不太了解，就到您喜欢的地方去吧。"

"我也不熟。"

"哎呀，别客气！我去哪儿都成。"

贯一抱起膝盖上那只粗革制的手提包，心里还在思量着。他不是在考虑去哪儿，而是在犹豫要不要跟她去。

"哎呀，不管怎么样，先出了站再说吧。"

"嗯。"

贯一不得已，跟着女人走出候车室。这时，一个人迎头撞来，差点儿把贯一的脚尖给踩断。贯一吃惊地抬头一看，是一个身材高大的老绅士。他连声说："对不起，没留神！"那双色眯眯的眼睛却紧盯着她不放，显然已经被赤樫满枝的美色迷住了。贯一和赤樫已经走远了，他却还没回过神来，呆呆地目送着那曼妙的身影。

贯一和赤樫出了车站，朝新桥的方向随意走着。

"您想去什么地方？"

"哪儿都行。"

"瞧您，总是这么客气。干脆点儿，决定个地方，先坐下来再说吧。"

"嗯。"

满枝察觉到贯一对她没有意思，但为了达到目的，她心甘情愿地忍受这种冷冰冰的待遇。

"您喜欢吃鳗鱼吗？"

"鳗鱼吗？可以。"

"鸡肉和鳗鱼，您更喜欢哪一样？"

"都可以。"

"您能不能别这么客气？"

"为什么？"

这时，贯一才正眼瞧了一眼满枝。她那娇媚的双眸正含情脉脉地看着他。满枝没有回答——此时又何必多说呢？这双明眸已经诉尽了她的心思。贯一了解满枝的为人，觉得她连畜生都不如。可看到满枝那娇媚的样子，贯一还是有些心动。

满枝莞尔一笑，露出贝壳般的门牙和一颗金牙："既然您说吃什么都行，那我们就吃鸡肉吧？"

"也行。"

出了三十间堀，走二百多米，向西一拐，在小路口能看到一个干净整洁的店面，玻璃门的房檐上挂着印有鸡肉店标志的灯笼。他们走进去，伙计一看他们的穿着打扮，知道不是普通顾客，就把他们领到最里面的一间雅座。那个房间足有六叠，与大堂隔开，是个说话的好地方。

贯一的神情，既不是恐惧，也谈不上困惑，可是又似乎两者兼有。此时此地，和这样一个女人在一起，他总觉得放心不下。他一直沉默着，小心谨慎。满枝安排好了酒菜，两人却又无言以对，只有放在他们中间的百合香飘起了袅袅轻烟。

"间先生，请您随意一些吧。"

"哦，这样就行了。"

"哎呀，您快别这样说，来，别客气。"

"平时我在家也是这样的。"

"您说谎!"

贯一还是正襟危坐,丝毫不敢大意。他伸手摸出卷烟盒,可不巧的是一支烟也没有了。正想喊女仆,满枝赶忙递上烟说:"您就凑合一下,先抽我的吧?"

那烟袋的头上装着金烟嘴,在灯光下闪闪发亮,仿佛是位高权重的官老爷用的。金牙、金腰带扣子、金戒指、金手镯、金怀表,连这个烟袋也是金的!黄金啊黄金,无处不在的黄金!她的心也一定是金子做的吧?想到这里,贯一不由得暗自发笑。

"不用了,我不抽旱烟。"

话未说完,满枝就抬起头来凝视着他:"这绝不是什么脏东西。哎,也怪我一时疏忽。"

她从怀里掏出纸来,仔仔细细地把烟嘴擦了个遍。贯一反而觉得有些不好意思,忙解释道:"我不是这个意思,是因为我不抽旱烟。"

满枝又凝视着他:"您啊,要想说谎的话,可得先熟悉自己的记性。"

"什么?"

"前几日在鳄渊先生家里,您不是也抽的旱烟吗?"

"是吗?"

"您拿着一个瓢箪般的烟袋,烟管上还卷着纸呢。"

"哦……"

贯一叫了一声,顿时说不出话来。满枝却一副不记仇的样子,掩嘴笑着。贯一被迫吸了三袋满枝给他点的烟,作为说谎的惩罚。谈笑之间,酒菜都已上齐。贯一和满枝的酒量相当,都喝不到三杯。

满枝拿起一只洗净了的酒杯放在贯一面前:"您先请吧。"

"我不行。"

"怎么又说这种话啦?"

"这是真话。"

"那来点儿啤酒吧?"

"不行了，不管是清酒还是洋酒，我都喝不了。您随意吧。"

喝酒本来就有许多繁文缛节，就算自己不喝，也一定要为他人斟酒。贯一却只说了句"您随意"，便两手抱胸，什么也没做，一副悠然自得的样子。满枝不仅没有不快，反而觉得贯一很有情趣。

"我也不会喝酒。既然人家诚心诚意地敬您，您就赏脸喝一杯吧？"

贯一没办法，只得接过酒杯。酒已下肚，可满枝所说的非常重要的事，怎么还不说？

"你刚才提到的小车梅一事，到底是怎么回事？"

"您先喝了这杯，我们再说吧。哎呀，您酒量不错嘛！再来一杯吧？"

贯一马上就皱着眉头说："真的不行……"

"那就由我来喝吧，麻烦您给我满上。"

"那么，小车梅一事？"

"除了那件事，我还有一些话要跟您说。"

"看来事情还不少啊。"

"要是不喝醉的话，有的话恐怕难以启齿。带点醉意不是更好吗？真对不起，您再给我满一杯吧？"

"要是喝醉了就麻烦了，还是趁清醒的时候，把该说的都说了吧。"

"我早就下定决心了，今晚要一醉方休呢。"

她的眼角周围渐渐泛起了桃红色，眼含媚态，身上散发着阵阵香气，风情万种。酒劲上来，她感到有些热，脱下藏青绣花的斜纹外衣，里面没穿短褂，只有一件绣着家纹的夹袄，那黑花绸的腰带上，又系了一条华丽的红花细带。她举起左手，轻轻地撩了撩耳后的鬓发，那只雕有蝴蝶图样的金镯子，在她手腕上闪着耀眼的光芒。贯一平时最讨厌这些明晃晃的东西。他不悦地皱着眉，偷偷把目光转向了别处。贯一和满身贵气的满枝形成了鲜明的对比——黑绸的纹章短褂、细条的花绵绸夹衣，以及腰上那条用了很久的白束带。

认识贯一的人，如果见到现在的贯一，一定会非常吃惊。短短几年，他怎么会变化这么大？四年的辛酸和痛苦将他可爱的一面抹去了，取而代之的是一张愁眉不展的脸。虽然他的脸上还留着几分坚忍,可他眼中对阿宫含情脉脉的温柔,却再也看不到了。现在的贯一,冷淡而谨慎,没有人敢冒犯他,他自己也不愿和人亲近。同行都觉得他性格古怪,对他敬而远之。贯一的心,是因为失去深爱的恋人而变得脆弱不堪、千疮百孔了吗?

贯一一脸严肃,而满枝却兴致勃勃地喝着酒。

"再给我满上吧?"满枝脸上荡漾着笑,微带醉意的双眸有些发红,别有一番风情。

"就喝到这里吧。"

"只要您说不要喝,我就不喝。"

"我不敢叫你不喝。"

"那么,我是要醉了。"

贯一没有回答,满枝便自斟自饮起来。喝到一半,她脸上的红晕愈发明艳了。她用手掩着脸:"哎呀,真醉了!"

贯一就像没有听见似的,自顾吸着烟。

"间先生……"

"嗯?"

"我今晚有几句心里话一定要跟您说,您愿意听吗?"

"我跟你来这里,不就是为了听你说话吗?"

满枝自嘲似的微微一笑:"我喝醉了,说话或许有失礼的地方,还请您不要放在心上。当然,也不是醉话,希望您能理解。"

"这不是自相矛盾吗?"

"别这样说啊。我不过是一介女流,不会说话。"

事情似乎越来越麻烦。贯一低头不语,一副事不关己的样子,想着该如何脱身。满枝挨近他:"就再喝一杯吧?喝了这杯,我就不再请您喝了,您就喝了吧!"

贯一没有回答,接过酒杯。

"您是答应了?"

"小事罢了。"贯一忍着笑似的咬住嘴唇,只是苦笑了一下。

"间先生。"

"嗯?"

"这样问可能很失礼,您别往心里去。您真的准备在鳄渊先生那里长期做下去吗?恐怕迟早还是要独立的吧?"

"当然。"

"那么,您打算什么时候自立门户。"

"总要等手头上的资金够运转吧。"

满枝忽然不说话了。她低着头,用手中的烟管拨弄着烟盘里的烟丝,像在思考什么。正在这时,电灯突然暗了一下,她吃惊地抬起头来,屋子里又恢复了光明。

她把烟管搁在桌上,思考了一会儿,说:"我知道这很失礼,但是,与其在他那儿一直这样待下去,不如早些开创自己的事业。只要您明天一决定,我……这样说有点儿唐突……虽然帮不上您什么大忙,但只要是您的事,我一定会竭尽所能助您一臂之力。您觉得怎么样?"

听了满枝的话,贯一感到非常意外。他放下筷子,盯着满枝的脸。

"您就这么做吧?"

"原因呢?"贯一不知道如何回答,只好这样问。

"原因?"满枝有所顾虑似的顿了一下,接着说,"就算不多说,您也应该能看出来。我不想一辈子都待在赤樫家,这就是原因。"

"我不知道。"

"您怎么能说这种话呢!"满枝恨恨地说完便不再开口,一个劲儿地捻着烟丝。

"不好意思,我先吃饭了。"

贯一正要去拿饭桶,满枝一手抢了过去。

"吃饭这种小事,让我伺候您吧!"

"不敢当。"

满枝把饭桶拿到自己这边,把碗倒盖在饭桶盖上,又把它推到角落里。

"时间还早呢,再喝一杯吧。"

"太饿了,头都痛了,你就放过我吧。"

"腹中空空如也,却不给您饭吃,您一定觉得很痛苦吧?"

"当然。"

"您也知道这个道理呀!我告诉您自己的心中所想,您却不理不睬,我的心情,比饿着肚子却吃不到饭更痛苦。既然您饿了,我给您盛饭吧。但刚才我提出的要求,您也该给我一个答复吧?"

"我不了解你的本意,又怎么能给出答复呢?"

"您怎么会不了解呢?"满枝带着责备的神情,抬头凝视着贯一。

贯一也用责问的表情看着她说:"叫我怎么理解呢?我们非亲非故,可是你却说要为我提供资金。我问你原因,你只说是想离开赤樫家。对不起,我实在无法理解,你还是先把饭给我吧。"

"怎么会不了解呢?您这样说,太过分了吧?我看,恐怕是不合您的心意吧?"

"这不是合不合心意的问题。你我交情尚浅,你却愿意为我出资,这太不合常理。"

"哎呀,我并不是指这件事。"

"唉,我真的饿得受不了了!"

"我是说,您是不是已经有意中人了?"

对方步步紧逼,但贯一还是装出一副毫不知情的样子:"你怎么说到这个问题上了?"他苦笑了一下,没有再继续说下去。

满枝生怕他岔开话题,有些不知所措地说:"如果您没有意中人的话,我……我有一个请求。"

这时候,贯一还是不慌不忙地说:"嗯,了解啦!"

"是吗,您真的了解了吗?"

满枝喜形于色,端起酒杯,喝得滴酒不剩,又把这只杯子递到贯一面前:"您也要来一杯吗?"

"当然!"贯一顺势毫不犹豫地接过酒杯,让满枝斟满,一口气喝了个干净。

满枝望着他，满心欢喜地说："这只杯子可不干净呢。"

贯一知道这个女人句句话中有话，烦恼着如何处理这个棘手的问题。

"既然已经了解，那么您的回答呢？"

"如果是那件事的话，就请你到此为止吧。"

贯一冷冷地说了一句，又严肃地默不作声了。这时，满枝的醉意已经下去了大半，她观察着贯一的神色，不想再这样沉默下去，便说："既然我厚着脸皮把话说出口了，那就表示，我不会就此罢休的。"

贯一轻轻地点了点头："从一个女人的嘴里说出这些话，的确不是一件容易的事，我知道你的为难之处。不过你到底在盘算什么，应该向我说明，让我心中有数。这可不是酒桌上的玩笑，请你再考虑考虑吧。你能对我说出这番情深意切的话，我当然不会不高兴。不过，我也应该告诉你我的真实想法，就当是报答你这份情谊。你应该知道，我性格乖僻，想法也和一般人不太一样。

"第一，我早已下了决心，终身不娶。你可能不知道，我原本是个读书人，中途辍学，才开始从事这一行业。但是，这并不是因为我不务正业，挥霍无度，也不是因为穷得无以为生，只能靠此度日。如果说是因为想做生意而不愿读书，那正当的好生意多得是，我又何必选择这一行呢？走上高利贷这条路，就等于走上了自毁名誉的不归路。强取豪夺，为了钱，什么坏事都得干，否则就死无葬身之地。这是一条万劫不复的道路！"

听贯一这么一说，满枝更加清醒了。

"与其说它不正当，不如说它十恶不赦。我并不是今天才知道这些，我是明知它如此，却甘愿堕落。当时，我受了极大的打击，万念俱灰，一心想杀死对方，然后自尽。我那么信赖他们，以为他们也是真心对我的。没想到他们居然为利益所惑，背信弃义，彻底出卖了我！"

贯一的眼中忽然闪现出怒火般的怨气。他尽量避开灯光，不愿让满枝看到。可是，昔日的仇恨霎时浮上心头，泪水不禁涌上来。

"这个世界，人情真是淡漠，有谁是可以真正相信的呢？我没有错，可他们却丝毫不念往日的情意，把我活生生地卖了！追根究底，不过是为了钱！我堂堂男子汉，竟像玩偶一样被人随意抛弃了！这种刻骨铭心的恨，我此生此世，永……永生永世也不会忘记。

"这个世界充斥着轻薄、欺诈、利欲、冷酷。也许你会问，既然如此痛恨这个世界，为何不一死了之呢？那样岂不是更痛快？我并非没有想死的心，我苟且偷生，只是因为有些事情还放心不下。我没有想过，有朝一日要把自己受过的痛加倍奉还给他们，而是想，无论如何，一定要消除心中的恨。我靠着这一丝念想支撑到现在。如果一个人时时刻刻都要忍受仇恨的煎熬，恐怕会发狂。而高利贷这一行，视财如命，冷血无情，穷凶极恶，干的尽是杀人的勾当。如果不是精神失常的人，是做不出这种事的，所以这是最适合疯子的行业。

"在这个疯子的世界里，钱主导着一切。只要有钱，出卖、羞辱算得了什么！没钱就像下地狱，只要有钱，什么新仇旧恨都会烟消云散，什么仁义道德也都可以抛弃。现在对我来说，名誉、爱情，都没有意义，只有金钱才是我的追求。人心难测，根本无须相信别人。在这个世界上，只有钱才是最可靠的！人心是最不可靠的！

"我是先有了这样的觉悟才进入这一行的。老实说，你说要为我出资，我当然很欢迎你的钱，但你的人，对我毫无用处！"

他仰起头来，哈哈大笑，脸上却带着掩饰不住的痛苦。

满枝相信贾一说的是心里话。他性格孤僻，有这种想法不足为奇。满枝想："他或许没有尝过恋爱的甜蜜，所以才会偏执地躲在自己的世界中。他不知道，在谎言、薄情、利欲之外，还有一个快乐的世界。总有一天我会让他明白的。"这样一想，满枝更不愿意放弃期望。

"这么说，您觉得我也不可信赖？"

"信不信只是其次，自从那次打击以来，我厌恶这个世界，对所有的人都没有好感。"

"如果真的有一个愿意以生命做赌注的人全心全意地爱着您，您也不会改变心意吗？"

"不错！我讨厌向往、迷恋！"

"甚至您知道对方在用生命爱您?"

"高利贷者的眼里没有泪水。"

满枝满腔爱意受到冷待,她感到怅然若失。

"请把饭给我。"

满枝满脸失落,低着头给他盛了一碗饭。

"谢谢!"

贯一旁若无人地大口吃着。满枝的脸上还泛着淡淡的红晕,但已无醉意,她独自思量着。

"你不吃吗?"

贯一已经给自己添了三回饭,正当他嘴里塞满饭时,满枝唤了一声:"间先生!"

贯一一时无法答应,只好睁大眼睛望着她。

"今天这些话,在我心里压了好久。我怕您拒绝,一直犹豫着没敢说。我这么慎重,却还是被您拒绝得干干净净,我觉得很丢脸……我很后悔!"

满枝说了几句,委屈地哭了起来。她慌忙掏出手帕,掩住噙满了泪水的眼睛。

"发生这么丢脸的事,我真是连走出大门的力气都没有了。间先生,您体谅体谅我的心情吧!"

贯一冷冷地看着她:"如果我只是讨厌你一个人,你这样难过,我能理解。但我讨厌的是所有的人!所以,请你不要往心里去。吃饭吧……哦,对了,你所说的小车梅一事……"

满枝拭着通红的眼睛,没有回答。

"到底是怎么一回事?"

"没什么好说的。间先生,我是不会死心的,希望您能记住这一点。既然您不喜欢,那就算了吧,只希望您不要忘记,我的心一直向着您。无论何时,请您一定要记在心里啊!"

"知道了。"

"您跟我说话的时候就不能温柔一点儿吗?"

"这个我也记住了。"

"难道就没有更温柔的话了吗？"

"你的心意，我绝不会忘记。这样可以了吧？"

满枝一言不发，蓦地站起身，挨到贯一身边："不要忘记我啊！"又在他的大腿上使劲儿拧了一把。

贯一被她这出其不意的举动吓了一跳，用力撇开她的手，正想转过身，却发现满枝已闪到一边，好像什么也没发生过似的，拍着手呼唤女佣。

第三章

赤坂区冰川一带的"照相公子"可是家喻户晓的人物。那位公子乘车外出时，总要随身携带照相机，这可逃不出附近居民的眼睛，因此得了这么一个外号。不明底细的人，还以为他是个"将棋的贵公子"[1]，实际上并非如此。他学识渊博，胸怀大志，曾在德国留学五年，受外国文化的熏陶，颇有学者之风，且对世事并不多问。凭借祖上积下的钱财，他出手阔绰，而且他每年的收入超过支出的五倍。他叫田鹤见良春，家道之殷实在子爵辈中屈指可数。

在田鹤见家的大宅里，有一座仿古的东方建筑。公子好风雅，回国后按照德国有名的古堡，又建了一座样式新奇的三层楼砖房，用作书房和客厅。公子在那里或品诗读书，或泼墨作画，或弹筝鼓弦，或静心雕刻，每天都很自在。最近，他又迷上了拍照，成天陶醉其中。他已经三十四岁，但还未娶妻。不论在家还是外出，总是飘飘然的状态。他不像一般贵族那样注重仪表，但毕竟是一位拥有七万石的藩主，自有一种与众不同的风貌。他眉清目秀，鼻梁高挑，可谓玉树临风。他家历代都是美男子，这已是广为流传的佳话。

---

[1] 将棋的贵公子：最早是日本的一个单口相声，现指不学无术的有钱人，多含讽刺意味。

姻缘天注定。来向他提亲的人，就像蛛网般密密麻麻，但他从不考虑，还是成天飘飘然，在外借酒风流，回到家更是高喊"单身万岁"。

不过他在国外留学的时候，曾和一位陆军中校的女儿坠入爱河，并私订了终身。在一个月明星稀的夜晚，他们泛舟莱茵河上，指着清澈的河水发誓："就算流水干涸，我们的爱情也不会消失！"

然而，山盟海誓在现实面前显得那么苍白。公子回国后和母亲一说，母亲大发雷霆："我们田鹤见家可是有头有脸的名门！夷狄外族，怎么敢高攀我们！和下等人结亲，就像把我们家变成畜生窝，实在有辱家门！"她心疼儿子，苦苦相劝，最后悲伤过度，一病不起。

公子很痛苦，但又无计可施，只好和对方通信，以慰相思之苦。一晃就是三年，那位女子饱受相思的煎熬，愁肠郁结，身体越来越弱。前年秋天，在上帝的指引下，她去了天国。公子日夜思念她，得知这个消息，心如刀割，几次昏死过去。从此，他越发厌世，觉得富贵荣华皆是过眼云烟，日日睹物思人，更觉悲伤。他的书房里挂着那位可怜女子的半身像，是她十九岁那年的春天画了寄给他的。那幅画是他唯一的安慰。

公子在极度失落中纵情声色，以排遣愁苦。他终日嬉闹，把身家财产置之度外，甚至一掷千金，买了一架照相机。万幸的是，家里还有个叫畔柳元卫的总管，善于理财，处事机敏。所以虽然田鹤见家出了这样一位不务正业的公子，总算还未露出什么破绽。

畔柳的其中一条生财之道，便是放高利贷。他凭借雄厚的资金，一千、两千、三千、五千、甚至一万，他都能随意拿出来。这种便利颇受高利贷大户们的青睐。不过聪明的畔柳深知，在这个行业中，行事要隐蔽，且不被眼前利益所惑才是上策，所以他从不出面，只是以田鹤见家的一位旧家臣的名义放款。那位叫鳄渊直行的家臣代理了所有的款项。同行不知道他这座取之不尽的金山从何而来，对他一直心存怀疑，但始终没人知道谁是幕后操纵者。

在高利贷这一行，鳄渊算得上是个呼风唤雨的大人物。他有大资本家做后盾，资金运转之快如有神助。虽然他曾是田鹤见家的家臣，但也就是个无足轻重的步卒头目。凭着自己的小聪明,他在废藩之后当了一名小官吏,后来他又做过房地产买卖,在粮食局出入过。结果尝试了各个行业,他仍是一事无成。后来他立志成为一名巡警,最后总算升到了警部[1]。多年的摸爬滚打,使他深深体会到金钱的权威。他用积攒的三百多元钱做本,开始经营高利贷。当时,人们对这种犯罪手段还不太了解。他欺诈威胁,连哄带骗,无所不用其极。他犯下了不齿的罪行,却逃过了法网,攒了五六千的缺德钱。偏巧,他又遇上了畔柳这个大靠山,更是如虎添翼,听说现在他手中的资金已多达数万。

畔柳通过鳄渊之手获得的利润,一半献给主人的金库,一半塞进自己的腰包。当然,鳄渊也从中获了利。多亏了总管的手段高明,才使一笔资金利泽三家,弥补了主人不事生产的空缺。

鳄渊直行有一个伙计,正是那个破罐子破摔的间贯一。贯一从四年前就开始为鳄渊跑腿。他住在鳄渊家后楼的一间八叠大的屋子里,名义上是伙计,实际上却接受着客人的待遇。他既是鳄渊的得力助手,又是资深顾问。在长达四年的岁月中,主人一直视他为左右手,他觉得留在主人那里也并无不妥,没有另立门户的必要。帮主人料理事务的同时,他也顺便经营一些小额贷款。他知道自己羽翼未丰,与其贸然另立门户,还不如静候时机。作为助手,他尽职尽责;作为顾问,他深谋远虑。

鳄渊对贯一的信任并不止于此。一个风华正茂的人,却不近酒色,勤俭努力,凡事亲力亲为,不居功,不贬低他人,实在是世间少有的有为青年。鳄渊看在眼里,心里暗暗佩服。

主人了解了贯一的为人后,不禁心生疑惑:这样一个年轻有为的人,怎会甘愿做高利贷呢?贯一把自己的过去隐藏了起来,没有告诉鳄渊自己是因极端失望才走上这条道路的。不过,他上过高中这件事还是被看出来了。主人虽觉得有隐情,可又不好盘根究底。随着时光的流逝,主人更觉得没必要胡乱猜测,倒是常常为贯一考虑,准备让他独当一面。鳄渊今年

---

[1] 警部:日本警察的等级之一,相当于中国的警督。

五十一岁,手段狠辣,视财如命。他的妻子阿峰今年四十六岁,谈不上温和,作为恶魔的妻子,倒还有一丝人性。她觉得贯一虽然古怪,但为人本分,虽不招人喜欢,但也不让人讨厌,因此对他抱有好感,常为他祈祷平安健康。

贯一算是幸运的人。他痛恨这个世界,在执念的驱使下,恨不能生吃人肉,以发泄心中的怨气。为了治愈那千疮百孔的心,他抱着坠入地狱的决心走上了这条路,上刀山下火海,他都无所谓。但让他万万没有想到的是,主人重用他,待他宽厚温暖。贯一早就做好了受训吃苦的准备,这一点苦难中的安慰,又怎能使他真的心生欢喜呢?他深信,所谓的信任和同情就像云雾,在利益面前终将化为虚无。

常言道,以毒攻毒。在鳄渊的债权者中,有一个某政党的活动分子。三年来,他利用不正当关系四处举债,本利加起来已达五百元之多。他诡计多端,油嘴滑舌,非但分文不还,还大模大样,进出自若,就连鳄渊这样老奸巨猾的人,对他也是无计可施。同行中和他有来往的人,常常被他倒打一耙。鳄渊越想越气恼,对这种无法无天的无赖忍无可忍。为了灭其威风,鳄渊命贯一去催债,顺便来个杀鸡儆猴。

对方气焰嚣张,贯一也不甘示弱,两人针锋相对,僵持了四个小时。对方把贯一当作乳臭未干的小毛孩一般侮辱,贯一咽不下恶气,拔出藏在身后的棍子,站起来道:"你再赖着不还,别怪我不客气!"不想对方也拔出利刃威胁,还叫了三名打手,对贯一一阵拳打脚踢,然后撵了出去。

贯一受伤回家,被这件事弄得神经过敏,一夜未眠,早上更是情绪不佳,向主人请了一天假,连寝具都不收拾,闷在屋里发了一天呆。每次遇到这种事,他第二天总会觉得胸闷气短,头脑混乱,必须休息一整天,以调节内心的气愤,并且怀疑自己是否适合这一行。所以,他入行的头一年,休息日竟比工作日还多,鳄渊至今还把这件事当作笑话挂在嘴上。第二年他渐渐习惯了,尽管心里依然抵制作恶,但也只能硬着头皮学。他承受着压力,整日陷在失望和痛恨当中。为了驱散这种苦闷,他把注意力转移到了别的地方；为了忘却失望和悔恨，他不惜忍受更大的痛苦。可是，即使现在，他也常常对自己的残酷感到懊悔，但他不堪忍受别人给他的侮辱，因此他不得不请一天假来调整。

　　天晴，天空飘着朵朵白云，金色的阳光透过朝南的绿纸窗照进屋来。贯一清瘦的身子横躺在冰冷的被褥上。他脸色苍白，愁眉紧锁，眼神呆滞，仿佛在思索什么。忽然，他抽去支撑腮帮的手，倒下来似的，脑袋重重地落到枕头上。他翻了个身，往上拉了拉棉被，拿起摊开的报纸。可是没读一会儿，他又把报纸丢在一旁，仰起脸，呆呆地望着天花板。这时，传来了上楼的脚步声。是谁呢？贯一闭目凝神地听着。门被推开了，进来的是老板娘阿峰。贯一慌忙坐起来，却被老板娘制止了。她一面说着，一面在桌旁坐下来。

　　"我给你沏了壶红茶，趁热喝一杯吧，我还带了栗子。"

　　她把装栗子和茶具的小篮子放在了贯一枕边。

　　"好点儿了吗？"

　　"嗯，没事了。只是小病罢了，却这样一直躺着……您还拿这么多东西来，真是太感谢了。"

　　"先趁热喝一点儿吧！"

　　贯一点头道谢，端起一杯红茶。喝了几口，他问老板娘："老板什么时候出去的？"

　　"比往日出去得早些，说是去冰川了。"

　　虽然她的话带着一丝不快，但贯一并没有注意，随口问道：哦，是去畔柳家吗？"

　　阿峰苦笑："我也不太清楚。"

　　阳光透过纸窗照在她脸上，每一条细纹都清晰可见。她的头发有些稀薄，打着圆形发髻，一丝不乱。她面色红润，打扮清爽，鼻子旁边有几处痘印，嘴唇闭得紧紧的，牙齿像黑色的玉石一般泛着光。她穿着茶色的柳条花法兰绒单衣，外罩一件御寒的短褂，系着一条染色的绉纱腰带。

　　贯一觉得她话外有音，便问："怎么会？"

阿峰把外褂上的纽结解了又系，系了又解，一副欲言又止的样子。贯一觉得有些事不宜多问，于是从篮子里拿出栗子剥着。

阿峰思量了一会儿，开口道："赤樫家那个美人……外面有些风言风语，你听说了吗？"

"风言风语是指？"

"听说她会勾引男人，把他们当作工具来利用。"

贯一不由得一愣，想起了那天晚上的事。

"你也听说了，是吧？"

"我从未听说过。那个女人自己有钱，何必去勾引男人？我想，这种事不太可能吧……"

"那可不一定！你也要多加小心。做不做这种事，和有没有钱可没关系。我很早就听到这种谣言了。"

"是吗？"

"哎呀，你这么剥下去，怕是要吃不到肉了！来，我给你剥吧。"

"那怎么敢当呢！"

阿峰正想说什么，却又打住了，只是盯着手，思量着该怎么说。她挑了一个更大的栗子，用小刀从顶上削下去。

"她是哪种货色，一眼就能看出来。像你这样的老实人还不要紧，要是一般人被她缠上，估计就要倒大霉了。"

"真会有这种事吗？"

"都传到我耳朵里了，你不至于完全不知道吧？外面都传开了，她专干这种勾当！金洼先生、鹫爪先生，还有芥原先生，都在议论呢。"

"就算有类似的传闻，我也没有听说过。不过，看她那样子，也许是真的。"

"有些话不好跟外人说。这几年，我一直把你当自家人，所以才说了这么多。如今发生了一件麻烦事——我不知该怎么办。"

阿峰拿着刀子的手渐渐慢下来："哎呀，虫子！天哪，你看，这么大！"

"还真大！"

"不单单是栗子，不管什么东西，一长虫子就完了！"

"是啊！"

阿峰又拿起一个栗子，但手里的刀却慢慢停了下来，一副心不在焉的样子。

"贯一，你也知道，我是相信你才告诉你这些，你可千万不能告诉别人啊！"

"我知道。"

贯一正要吃栗子，但他马上又停了下来，把栗子拿在手里。尽管没有第三个人在场，阿峰还是压低了声音，说出了埋在心底的秘密。

"最近，我总觉得我家那口子不对劲。看他那样子，怕是跟那个狐狸精勾搭上了！哼，肯定是的！"她已经气得削不下去了。

贯一禁不住笑道："这种荒唐事，怎么可能呢？您……"

"别人自然不知道，我是他的老婆，难道还会不清楚吗？肯定没错！"

贯一沉思了一会儿，问道："老板多大了？"

"五十一，都是老头子了。"

贯一想了想，又道："您有证据吗？"

"证据……对方没有寄情书之类的东西，不过这还需要证据吗？肯定不会错！"

阿峰气冲冲地说着。贯一低头不语，陷入了沉思。阿峰慢慢平静下来，又开始剥手中的栗子。剥完一个，她缓缓开口："男人嘛，三妻四妾也是常事。艺伎也好，小妾也罢，我都不会说什么。可那个女人不是嫁给赤樫先生了吗？居然还像风尘女子一样！她可不是普通人。我今天说这些话，并不是因为嫉妒，而是不放心。和这种人纠缠，不是吃醋这么简单啊，就怕日后闹出什么事来！我整天担心这事儿，觉得很辛苦。老头子是聪明人，这回也不知中了什么邪。他今天出门的样子有些奇怪，不像是去冰川。他最近开始讲究穿着了，短褂、腰带，从头到脚，整整齐齐。以前去冰川，他哪有这样精心打扮过？这不明摆着不是去冰川的吗？"

"如果这是真的，恐怕确实是个问题。"

"哎哟，看你说得这么轻松！事实摆在眼前！千真万确啊！"

看到贯一轻描淡写的样子，阿峰心里着急得不得了。

"唉，如果这是事实，那就不妙了。和那个女人搞在一起，确实是件麻烦事，您是担心这个吧？"

"我不是吃醋，而是担心我家那口子。说来说去，都怪那个不要脸的狐狸精！"

贯一觉得难以理解。

"什么时候开始的？"

"应该是最近。"

"所以您放心不下？"

"这件事，你一定要帮帮我。本来，我想找个机会，和他好好谈一谈。可是没有证据，不好开口。想暗中调查吧，我一个家庭主妇，实在摸不清外面那些事。"

"这倒是……"

"我知道你是个值得信赖的人，所以想拜托你暗中帮我打听。本来今天有些事要麻烦你的，真是不巧，你生病了。"

这样的"命令"，贯一有选择的余地吗？他暗暗发笑：原来自己就值这点红茶和栗子啊，也太便宜了！

"不，没关系，不知道是什么事？"

"真的？说起来真是不好意思。"她红红的脸上露出了难以掩饰的喜悦。

"不必客气，您说吧。"

"真的吗？真的没有关系吗？"

阿峰见他答应得爽快，反而有些不好意思，把红茶和栗子当酬劳，确实太单薄了。

"那就麻烦你帮我去冰川看看，他有没有去畔柳家；如果去了，是几时去，几时走的。不过我觉得，他十有八九是没去。你把这件事打听清楚了，你的侦探工作就暂时结束了。"

"我这就去。"贯一站起身来，开始解睡衣上的纽带。

"你先别急着走，我叫车送你去。"阿峰说完，急忙下楼去了。

贯一反复思量着这件事的真假。他换好衣服，走出房间时，忽然想到自己被妻子抛弃，学士当不成，沦为高利贷者的伙计，现在又变成老板娘的私家侦探，不禁暗自发笑。

第四章

贯一跳上车，直奔畔柳家。畔柳的住宅在田鹤见子爵的宅邸内，从后门进出，外面围了木栅，是一幢长方形的两层楼建筑，仿古的式样非常幽雅，虽不惹眼，但木材很讲究，听说是子爵公馆改建时换下来的旧料。

凭贯一和他老板的身份，是不能随意进出这座宅子的。每次来访，他们都是从大门旁的格子门出入的。走到门口，贯一看看地上，没有鳄渊的鞋子。他是来了又走了，还是不曾来过？贯一一面想，一面朝屋里叫唤，但无人应答。他正准备再次开口，听到里面传来女主人熟悉的声音。女主人先是连连唤丫鬟，许久没答应，才自己出来开门："哦，是您呀！请进吧，来得正是时候。"

女主人一双眼睛睁得出奇地大，骨瘦如柴的身子如灯芯般摇摇晃晃，但声音很是清脆有力，使人不禁感叹，这声音究竟是从哪里发出来的。贯一觉得她就像怪物。她刚满五十，头发花白，比她丈夫更显老。

贯一学着上流社会的言谈举止，彬彬有礼道："我还有些急事，就不麻烦了。今日来府上打扰，是想问一下，我家主人来过吗？"

"他没来过。其实正好我家老爷有些话要跟你说。他这会儿去子爵殿下那儿了，我马上叫人请他回来，您先进来吧。"

贯一只好随她进了客厅。女主人吩咐女仆去通知主人，自己则拿来烟盘，端出清茶，然后走进里屋，许久都不出来。贯一思量着怎么圆满完成这次"侦探"任务。过了一会儿，女仆气喘吁吁地回来了。女主人回到客厅，用她那特有的声音道："我家老爷现在一时半会儿走不开，还是劳驾您到那里去一趟吧！反正也不远，我让仆人给您带路。阿丰！"

贯一告辞，一出门就看到一个女仆在厨房门口的矮墙边候着。她一面给贯一带路，一面整理着束带。他们沿着矮墙，转了个弯，穿过一条铺着鹅卵石的小径，便到了子爵的公馆。三栋并列的仓库背后，有一排高高的梧桐，树荫下的小路扫得干干净净。小路尽头有一道木栅栏，中间有一扇小门，里面是几间平房，炊烟袅袅。正巧，老爷的轿子从大门进来。贯一走进小门，经过厨房，里面飘来美酒和菜肴的香味。厨房里人声嘈杂，想来是有贵客到了。贯一在女仆的陪同下，来到畔柳的办公间。

畔柳元卫的女儿静绪在公馆里做侍女，今天负责招待女宾。她梳了一个高高的发髻，换了一套新衣，化了淡妆，殷勤地招待着宾客。有客人想参观子爵的公馆，她带她们到三层楼顶上去。在盘旋楼梯的半腰处，静绪看到一位女宾的背影。她头上的圆髻梳得很光滑，就像是一个发套，上面还装饰着珊瑚发簪；她身穿一件绣有五个家纹的华丽白襟绉绸单衣，腰上系着一条青松色锦缎带，背上高高地打了个蝴蝶结；她莲步轻移，粉色的下摆微微掀动，散发着芬芳，那双绸袜仿佛是盛开的山茶花——从穿着打扮来看，她显然是贵族。

静绪想看看这位贵妇人的芳容，靠着墙壁往前赶了几步。那贵妇人头上插着一只泥金画木梳，静绪只顾看那木梳，一不留神踏了个空，差点儿摔下楼梯。在客人面前出了这样的洋相，又让贵宾受惊，静绪顾不得想自己是否受伤，满面羞愧地说："真对不起，不知怎么的……"

"没关系，倒是您，伤到哪儿了吗？"

"没有。让您受惊了，请您见谅。"静绪如履薄冰，往上走了一步。

这时，贵妇人看到她的束带散开了，连忙喊住她："请等一等。"

她走上前，想为静绪系束带，静绪吓得惊慌失措："哎呀，这怎么使得！"

"您客气了，别动。"

"哎呀，真是太不敢当了！"

静绪无法推辞，只好接受贵妇人的盛情，内心感激不尽。贵妇人温柔可亲的样子，就像樱花香，使人难以忘怀。静绪想起父亲常讲给她听的《女四书》中的《内训》，书里有这么一句话："五彩盛服，不足为贵；贞顺守道，是为妇德。"这位贵妇人，不就是书中所说的有德女子吗？静绪在心里庆幸遇到这样一位可敬之人。

到了三楼，静绪走到西北面的窗户边，撩起绿窗幔，拉开玻璃窗。

"请上这边来吧，这里看风景最好了。"

"啊，真是好景致呀！连富士山也看得这么清楚。咦？好香的桂花！是府上种的吗？"

秋高气爽，风景如画，贵妇人觉得心旷神怡，仿佛置身于梦中，伫立在那里看得出神。阳光透过窗户，斜照在她身上，她衣襟上那只珍珠别针，燃烧一般闪着耀眼的光。她身姿婀娜，仿佛插在玉壶里的白色的花，娇嫩脱俗，成了一道独特的风景。静绪虽然也是女孩子，但这样一位德貌双全的贵妇人，依然使她看得出了神。

她眼神含情，弯弯的柳叶眉仿佛是描画出来的一般；她嘴边散发着花蕾特有的清香，鼻梁高得恰到好处；她的肌肤光洁如玉；她的头发美丽而有光泽，却梳着一个沉重的发髻，鬓角处有些凌乱，稍稍有些美中不足；她那窈窕的身姿过于纤细，看起来有些弱不禁风；她的脸颊特别瘦削，心底似乎隐藏着无尽的哀愁，细弱的脖颈仿佛一碰就会折。

静绪第一次看到如此完美的容貌，心里早已被惊讶填满，将刚才在楼梯上的小失态忘得一干二净。她一动不动地盯着对方，仿佛要把这位贵妇人吞下去。静绪想，自己也算得上有几分姿色，但同这个贵妇人一比，真是相形见绌。她就像国色天香的牡丹，又岂是自己这株无名野草所能比得上的呢？静绪不知道自己迟钝，只一心想着别人的命运。这位贵妇人，手上戴的是金表，衣服上别的是珍珠，五个手指上都戴着戒指，进出都乘坐马车。她花容月貌，妇德兼备，再加上这等荣华富贵，天赐的恩德与世间的好运似乎都集于她一身，世上怎么会有这样的有福之人呢？身为女人，能得到命运这般的垂青，其幸运比起男子，可谓有过之而无不及。静绪的心里，既怀着对这位贵妇人深深的敬畏，也怀着年轻女子强烈的羡慕和嫉妒。

静绪沉溺在贵妇人的美貌中，竟忘了自己特地带来的望远镜。这是少爷从法国带回来的宝物，让她随身带着招待客人。她忙取出来，介绍给贵客。别看这宝物小，一只手便可握住，但本事大着呢。就算很远的东西，它也可看得一清二楚。望远镜的镜筒是白玉做的，上面还有一些精巧的黄金做的零部件。

贵妇人对这个宝物爱不释手。她拿着望远镜，一会儿向南，一会儿向北，不停地眺望。在它的帮助下，那些遥远的风景也清晰地呈现在视野中。不过是一片薄薄的玻璃，怎么能这么神通广大呢？她对这个精巧的东西感到非常惊讶："你看，很远的地方不是有一根细得像牙签一样的东西吗？原来是旗杆呀，连旗也看得清清楚楚……黄底红条的，旗杆顶上还有一只风筝，真是一目了然呢！"

"是吗？这种望远镜，听说就是在西洋也很少见呢。据说神社举行祭典时，连烟火中的人都看得很清楚。每当我这样看时，心里总忍不住在想：要是连说话声也能听清的话，那该有多好啊！所有的一切都仿佛近在眼前，所以总觉得说话声也应该听得见的。"

"要是声音也听得见，那这里那里的声音都杂糅在一起，岂不是闹哄哄的！"

这一句话把大家逗得哈哈大笑。静绪虽然带着些少女的羞涩，可是她常常招待客人，因此在应酬谈话上很有一套。

"我第一次看到望远镜的时候，倒真上了少爷的一个大当呢。他问我是不是看到的东西如同在眼前一样，我说的确是这样的。他又对我说，看到东西后立刻把望远镜按到耳朵上，动作一定要够快，这样的话，连声音也能听得到哦……"

贵妇人笑嘻嘻地听着静绪滔滔不绝地讲下去。

"我看了一会儿，便赶忙把望远镜移过来按在耳朵上。"

"是吗？"

"哎呀，哪里听得到什么声音啊。听我这样说，少爷就说是我的移动方法不对，于是他亲自给我示范了一遍。我又一连试了好几次，可还是什么也没听见。我一这样说，少爷又说：'你太不行啦！'于是他又叫陪在一起的亲戚管家们挨个试了个遍。"

听到这里，贵妇人禁不住失声笑了出来。

"啊呀，可不是嘛！于是，少爷一口咬定我们的方法不对，必须再快一些。可怜了我们公馆里的速水先生，因为移动得实在太急了，结果望远镜重重地打到了耳朵上，血都碰出来了！"

静绪看到贵妇人饶有兴趣地听着，便去搬来一张椅子，请她坐下，又接下去说：

"就这样，大家什么也没听见。于是，少爷又亲自试了一番，确实，果然什么也没有听见。为什么会这样呢，少爷装出一副煞有介事的表情，苦苦思索着，最后他说，这恐怕是气候的缘故吧。在法国的时候，的确是听得到的，一定是因为日本的空气状况不利于声音的传播。大家却都还信以为真呢，这个骗局整整一年居然都没有被拆穿！"

贵妇人手里拿着这个宝物，兴致勃勃地听着静绪讲故事，眼前仿佛浮现出了少爷那恶作剧的样子。

"你们少爷可真是个有趣的人呢。常常会开这种玩笑的吧？"

"不过，最近两三年来，他的心情可不太好啊，老是板着脸。"

贵妇人知道，病根一定是书房里的那幅半身肖像。想到这里，她自己也不由得茫然若失起来，脸上又重新流露出悲哀的神情。

过了一会儿，她才慢慢地站起身来。这回，她把望远镜的焦点定在较近的地方，随意眺望着。她的视线偶然落在一处茂密的交让木林上，树上结着一粒粒罕见的珍果。这到底是什么树呢？她正在看个究竟，忽然发现枝叶后面还有一张人脸，再仔细一看，这张脸似曾相识，难道是他吗？

贵妇人慌忙拭了拭眼睛，紧紧地握住了那只望远镜，屏息凝神地往那边望着。可惜有些枝叶挡住了视线，怎么也看不清楚。她着急地左右移动着，总算找到了一处空隙，看清楚了那张脸。那里有两个人相对站着，其中一个是刚才出来应酬过的畔柳总管，他的头发乌黑，但发顶已经光秃；另一个男的三十来岁，浓浓的眉毛，微微上翘的眼角。这张脸，不就是时时出现在自己梦中，让自己无法忘怀的那张脸吗？看到这张熟悉的脸，她不由得惊呆了，她那拿着望远镜的手，也不由得震颤起来了。

四年的流光转瞬即逝，然而对她而言，却是一场漫长的煎熬，是比镜中花水中月更为虚幻的梦境。无数个日夜，无不沉溺在对你漫无止境的相思之中。那个月色朦胧的热海之夜，那张满是泪痕的面影，是我一生都无法忘却的伤痛。我每日风雨无阻地为你祈祷着，祈祷着你的平安，祈祷着你的健康，深信你我重逢的日子定会来到。这份情谊，就算山无陵天地合也不会改变。你知不知道，你所深深怨恨的阿宫，今天也在这里啊！自从那日热海一别，你我从此天涯。你的脸色这么憔悴，是碰到什么烦心事了吗？四年不见，岁月已经改变了你昔日的容颜，你看起来是这么苍老，身上穿着这样的粗布衣裳，是因为生活过得艰难吗？虽然还带着些书生的模样，但你的眼神是那么茫然，好像无所寄托似的。想到这里，她只觉得百感交集，心痛如绞。那个男子似乎和对方聊得正欢，脸上露出了开朗的笑；而贵妇人的眼泪，却像是断了线的珠子，簌簌落下。她难以掩饰内心的悲伤，甚至想放声大哭。她忽然意识到旁边有人，只能强忍内心的痛楚，取出手绢来紧紧地掩住了脸。一旁的静绪被她这突如其来的样子吓得目瞪口呆。

"啊呀，您这是怎么啦？"

"不，没什么，我的脑子有病，不能长时间看东西，否则就会感到头晕，不知怎么的连眼泪也会流出来。"

"那么请您先坐下来，我给您在额角处按摩一下好吗？"

"不，不用啦。我只要休息片刻，就会好的。麻烦您给我一杯冷水吧。"

静绪急忙转身要去倒水，那贵妇人又像想起来什么似的说：

"噢，刚才的事，还请你不要告诉任何人。这只是一点小事，我不要紧的。你千万别告诉人家，就说是我想漱口，所以要一杯冷水。"

"是，遵命！"

等静绪一下楼,贵妇人立刻又拿起望远镜,望着那被树叶掩隐的面影。她一看到对方的脸,抑制不住的泪水就涌上了眼眶,模糊了她的视线。她瘫倒在椅子上,纵情啜泣起来。

这个贵妇人正是富山宫。今天她和丈夫受田鹤见子爵的邀请,前来赴宴。她趁男人们喝着香槟交谈正欢之际,独自来到庭院内游玩。

子爵和富山之前并没有什么交情,但因为他们两人都是日本摄影协会的会员,所以近来有了些走动。他们兴致勃勃地交谈着,任由宫子一个人去游玩。富山有心结交这位贵族,当然要尽力讨对方欢心,而子爵呢,心里虽然觉得对方并没有什么过人之处,表面上也不好太过疏远,因而在所有的会员中,看起来倒和富山最亲密。前些日子,富山借口家中收藏着一幅据说是左乡摹写的古画,以鉴定古画的名义,特地把子爵邀请到他西芝久保的公馆里来,非常殷勤地款待了一番,以表达自己对子爵的倾慕之情。今天子爵邀请他们夫妇俩到自己的公馆来,也有礼尚往来之意。

看到富山如此巴结子爵,摄影协会的会员们都猜不透他葫芦里卖的什么药,在心里暗暗瞧不起他,认为他一定是有求于子爵。其实,他并非带着什么私心才这样,而是出于他自己交友的习惯。富山愿意结交的朋友,至少要在地位、名声、家世,或是资产方面有一样能胜过他的,否则,他是绝不愿结识的。也就是说,他的择友标准,必须是在这些方面中有某一方面能胜过他的。当然,他也确实有一些称得上社会精英的朋友。而且迄今为止,他也从没有干出什么利用朋友的事来。这次能同福泽深厚的贵族结为朋友,他当然也没有抱着利用的念头,只不过是由于符合他的交友条件,于是才同他结识。在他的交友名册里,一个可以共患难的朋友也没有。对他而言,朋友只可共享乐却不可共患难。再说了,他既不缺金钱,也没有什么事有求于人,而且他打心眼里不相信真有什么朋友能在危难之时挺身而出。他从这套交友原则出发来选择的所谓的"精英"朋友,也不过尽是一群酒肉朋友罢了。他在结交朋友的时候,满足于这个原则。那么,他是否有勇气,把这个原则用在选择妻子上呢?现在,他所深爱的妻子,正背着他，在那里为卑贱无耻的放高利贷的家伙，偷偷地流着相思之泪呢。

阿宫看到身边没有别人，便失声痛哭起来，仿佛要把当年她在热海沙滩上被狠狠踢了一脚的伤痛在这里发泄出来一般。这时，隐约听到楼下传来脚步声，她好不容易止住了哭泣，故意在房子中央的桌子周围踱来踱去。她赶紧用静绪拿来的水漱了漱口，又服下随身带着的药片，总算觉得心里好过了一些，倚靠在窗边，往外面眺望着。

"那边的那个地方，你看，就是有两个男人在谈话的地方，也在你们老爷公馆的范围内吗？"

"哪里啊？哦，是的。那是家父办公的地方，好像还有一位客人在。"

"你们家也住在这附近吗？"

"是的，就在公馆里，从这里就能看到。你看，那边库房的左侧，有一排高高的枞树，树荫下有一座两层楼的房子，那就是我家了。"

"原来如此。这样说来，从这儿到府上很近呢。"

"是的，就在公馆的后门边上。"

"这样啊。那您可以带我到院子那边走一走吗？"

"虽说都在公馆里，但是后门那边都是些肮脏的地方，不值得您去一看。"

宫子准备离开这里，又恋恋不舍地望了望树荫后的那张面影。

"我也不过是随便问问罢了。那边和您父亲谈话的年轻人，是什么人啊？"

静绪虽然常常看到父亲和鳄渊往来，但是并不知道鳄渊是个放高利贷的人，她把自己从父亲那里听来的话，一五一十地告诉了宫子。

"在番町那边有一个叫鳄渊的人，听说是从事房地产行业的。正同家父交谈的那个年轻人，好像是他的伙计。"

"这样啊，不会有什么地方弄错了吧？"阿宫暗自嘟囔着，心里有些怀疑，又向那边看去。

"住在番町的哪一处呢？"

"听说是五番町。"

"他常常到您府上来吗？"

"是的，时常来呢。"

从静绪的口中，宫子打听到了贯一现在寄身于五番町的鳄渊家。这个消息对她来说，真是如获至宝。这样一来，相逢之日不就指日可待了吗？不过世事难料，也不知错过今日，何时才能相见。既然天赐良机，又怎能不紧紧抓住呢？这不就是她一直所期待的事吗？哪怕是他用那仇恨的眼睛盯着我，哪怕他对我冷冰冰地不理不睬，但是能见上一面也好啊！四年来埋藏在她心里的那颗爱情的火种，如今燃成了熊熊大火。

不过，若是他仍记着旧日仇恨，这样贸然相见，实在是太危险了。我受邀到公馆做客，身边又有侍女陪同，而他又不过是一个身份低贱的伙计，万一狭路相逢，激起了他昔日的仇恨，发生什么不测，岂不是让我们夫妻俩颜面扫地吗？若是没有别人在场，就算他把口水吐到我脸上，百般羞辱我，我也毫无怨言。放弃这次来之不易的偶遇，实在可惜，眼看今日就要相逢，却要白白错失大好良机。想到这里，她就觉得焦躁不安，心乱如麻。尽管内心备受煎熬，她还是暗自下定决心：无论如何也不能放弃这个难得的机会。她假说想看看静绪的家，让静绪陪她去走一走。于是，她们出了洋房的后门，来到子爵和静绪家通用的门边，穿过那铺着鹅卵石的小路，静绪斜指着父亲办公的房子说：

"那边就是刚才客人所到的地方。"

放眼望去，尽是高高的交让木，一只小鸟飞来，停在树枝上叫着，阿宫觉得胸口堵得慌。

出了洋房，来到这里不过片刻而已。或许他还没有离开吧，如果是正巧从这儿出来，那该如何是好呢？宫子一个劲儿地胡思乱想着。静绪同她说话，她一句也没有听进去，只是心不在焉地走着。就这样，不知不觉来到了后门口。

她低着头，好像在沉思着什么似的，什么风景也没有看，好像并不是来游览的样子。静绪于是担心地问道：

"您还觉得身子不舒服吗？"

"没什么，已经好多了，只是觉得胸口有些闷。"

"那怎么能行呢！我扶您回客厅休息一会儿吧？"

"比起屋子里，还是在外头散散心，更觉得心里舒畅呢。再走走就好了。对了，这是你们家吗？"

"是的，带您到这种寒酸的地方来，真是失礼了。"

"啊，真漂亮呢。木槿花开得正好呢！这样素雅的白色，真让人觉得心旷神怡。"

从畔柳的住宅往前走，虽然前面还有小路，但并非值得贵宾一去。在围墙的那一边，可以看到杂货房、水井和晒东西的场地，在围墙的这一边，地上散落着橡树的果实，几只鸡在水井边的小路上跑来跑去，一只狗懒洋洋地趴在路边打着盹儿。静绪生怕这种沉闷的乡土气息会让贵妇人感到不快，急急地想要赶紧回去。一说要回去，贵妇人的心里又不禁充满了恐惧。

要是沿着这条路回去，他正巧出来，那真是无处可逃，非见面不可了。虽然这是一直以来期盼的事情，可是静绪那双眼睛还在边上看着呢，这该如何是好？就算我装出一副素不相识的样子，又怎么能保证他见到我不会大吃一惊呢？就算他心里再恨我，甚至不想和我说一句话，可也不能装成像路人一般吧？在这里遇到我，他该有多么惊讶啊！那仿佛遇到仇人般的愤怒心情，又将如何抑制得了？静绪若是看到他那暴怒的样子，一定会在心里暗暗怀疑我。阿宫这样想着，心里就像是火烧一样，身上却冒着冷汗，双脚像是紧紧地吸在了地上，纤弱的身子缩成一团，怕得再也不敢想下去。她想走其他岔路避开贯一，可是一问静绪，才知道这里只有一条路。她后悔万分，这不是把自己往死路上推吗，现在真是插翅也难逃了。阿宫不知道如何是好，脸上流露出困惑的神情。她发现静绪在一旁悄悄地看着自己，心里更加慌乱。她心神不宁，脚下却健步如飞。只要能过了那个杂货房的拐角，就能万事大吉。她加快了步子，急匆匆地向拐角走去。这时，在拐角处突然出现了一个人影。阿宫吓得两腿发软，顿时头晕目眩。

贯一心想，回到家后，不管怎样先编一套谎话哄骗住老板娘再说。把话说得圆滑漂亮一些，先安安她的心。他一面思考着，一面把黑呢帽的帽檐往下压了压,用上学时训练出来的步速走着。他拐过了杂货房,又斜穿过一排梧桐树,走到来时铺着鹅卵石的小路上。

四周没有什么人,贯一远远就看到了她们的身影。他一眼就认出了其中一个是畔柳的女儿,而另一个侧转着脸的贵妇人,衣着华丽,一定是子爵家的贵客。他们越走越近,在相距不到两米的地方,贯一向静绪恭敬地行了个礼。一旁的阿宫那瘦弱的身子,紧紧地缩在一边,那双眼睛,偷偷地凝望着贯一。她那吓得惨白的脸,如同凄冷月夜下的牵牛花一样,没有一丝血色,惨淡如霜。她的脚不住地打着冷战,胸口仿佛被撕裂了一般,她越想掩饰自己的心情,却越是颤抖不止。此时此刻,连自己是生是死也不知道了,她的眼里,只有贯一那清晰的面影。当贯一从她们身边经过,抬帽行礼之际,目光不经意地从这位子爵贵宾的脸上扫过,就这样意想不到地打了个照面。是阿宫!这个荡妇!满身铜臭的贱货!贯一的心里又是惊讶,又是愤怒,他瞪大了眼睛,一动不动地盯着阿宫看,止不住的泪水涌上了双眼。他恨不得一把把阿宫抓过来,但最终还是控制住了自己的情绪,紧紧地咬着嘴唇。阿宫的心里百感交集,怀念、恐惧、羞愧,一起涌上心头,不知如何是好。要不是静绪跟在身边,她真想放纵自己,冲上去把贯一抱在怀里。但如今,她已为人妇,又怎能向贯一随意表达她对他的无尽懊悔,对他的无穷思念。只希望他能从自己的眼中,读懂这片心思。

贯一突然踏出了一步,像原来一样从她们身边快步走开。阿宫对静绪背过脸去,咬着嘴唇向前走着。静绪感到非常惊讶,她知道这里面一定有什么缘由。她暗暗推想着其中的秘密,可是看到脸色发青、痛苦万分的阿宫,又犹豫着该不该问出口,只能先小心翼翼地陪着阿宫,总算走到了花园的入口处。

"您的脸色看起来很不好呢!不如先回客厅里休息一下吧?"

"我的脸色看起来那样难看吗?"

"不太好呢,非常苍白。"

"是吗?那可就麻烦了。如果这时候回去的话,会让大家为我担心,扫了宴会的雅兴。还不如先上花园里走一圈吧,等脸色恢复了再回去。说起来，今天还多亏了你的照顾，要不是你一直陪在我身边，我……"

"您快别这么说，这些都只是我分内的事。"

贵妇人从无名指上脱下一枚金戒指，戒指上雕着两只嬉戏的绣眼鸟。她把戒指包在纸里，递给静绪说：

"今天给你添麻烦了，这是我的一点心意。"

静绪一时吓得不知如何是好。

"这可不行……这么贵重的东西……"

"这只是略表我的心意，你就快收下吧！不过，你不要把它给任何人看，哪怕是对父母也不要提起，可以吗？"

阿宫把戒指硬塞在静绪的手里，两人装出一副什么也没发生过的样子，往树林的泉水边走去。当她们走近粗木桥时，听到安静的书房里，传来阿宫的丈夫那高亢的笑声。

阿宫想趁散步的时候，让自己尽力平静下来，慢慢恢复脸色，至少不要在人前露出什么破绽。这就像是一个偷喝了酒的人，想方设法证明自己没有喝醉一样。

刚才发生的那一幕，已经深深地铭刻在阿宫的心里，让她无法释怀。她那生命力顽强的爱情的种子，又重新萌出芽来，让她觉得心烦意乱，痛苦得无以复加。每走一步，就觉得胸口仿佛快要窒息了一般，身体内所有的血液都注入心头，让她生不如死，备受煎熬。这时候，如果能一个人待在家里该有多好啊！那样，就可以任凭心中的痛苦泛滥。而现在，却必须掩饰住内心的悲痛，在人前强颜欢笑，这是一件多么令人心烦的事。她又像之前一样，咬紧了自己的嘴唇。

穿过庭院里的假山，来到一条小路上。这路上杂草丛生，简直没有可落脚的地方，形形色色的草藤、金丝草、紫茉莉，长得到处都是，落满露水的芦苇和茅草湿漉漉的。在泉水尽头的池塘边，生长着茂密的斑竹，竹林深处，隐隐约约可以看到一个不太高的石砌凉亭。好不容易才走到凉亭，贵妇人累得气喘吁吁的，坐下来休息。

她看到静绪还站在亭柱的边上，便对她说：

"你也累了吧，先坐下来休息吧。我的脸色，现在还是很难看吗？"

她的脸色和之前相比，并没有什么改变，仍是惨白惨白的，而且下嘴唇好像还受了伤，在淌着血。静绪惊慌失措地说：

"哎呀，您的嘴唇在流血呢。这可怎么好啊！"

阿宫把手帕摁在嘴唇上，白色的手帕上立时渗入鲜红的血，形成了一片石榴花的花瓣。阿宫从怀里拿出小小的梳妆镜，照了照自己的脸，这才知道刚才咬得太重了。

阿宫看到镜子里自己的脸色那么苍白，知道就算再在花园里走上几圈，也无法掩盖这种脸色。她不由得在心里暗暗地嘲笑着自己。

忽然，从假山那边传来了女人的呼喊声。

"静绪！静绪！"

静绪一边拍手应答着，一边赶紧走过去。她们两人在树荫下小声地说着什么，又一齐回来对贵妇人说："少爷他们已经在客厅等您好一会儿了，请您现在先回去吧！"

"是吗？我只顾着四处闲逛，一时忘了时间。"

静绪带着阿宫，往云带桥的方向走去。过了这座桥，就能看到书房的正门。只见屋子里觥筹交错，丈夫早已列席而坐。

子爵看到宫子，立刻走到外廊边，对她挥手示意说：

"走过那座桥，能看到一个石灯笼，您能先到那边等一会儿吗？我想请您照一张相。"

照相机早已在适当的地方架好，一切都准备就绪。子爵一到花园，就钻到了覆盖在照相机的黑布下面，对着镜头说：

"今天的光线可棒极了！"

富山唯继优哉游哉地从屋子里踱着步子走出来，也想看看拍得怎么样。他一手夹着一支吸了一半的雪茄，另一只胳膊缩在绣着五朵家纹的短褂里。他脸上笑得就像开了花似的说：

"你怎么还往这边走呢？站在那儿不动就好啦！"

这时，从黑布下面探出子爵那张发黑的脸，着急地对阿宫喊道：

"别往这儿走了！待在那儿不动就可以了。什么？'对不起？'——用不了一眨眼的工夫就好了，请您过去吧！"

"哎呀，您用词可真是精妙呢！'用不了一眨眼的工夫'，真是太妙了！"

"不这样请求的话，就照不成了。我四处请人家让我拍照，很少有人来请我呢！夫人，再往那边走几步。静绪，快带夫人过去。"

唯继向阿宫使了个眼色说：

"阿宫，你快过去啊！承蒙子爵看得起你，这样大费周章地请你拍照，你应该好好表现一番嘛。对，对，就站在那个石灯笼边上。这可是上好的照相机呢，你就赶紧拍一张吧。哎，我说，你何必那样一副羞答答的样子，又不是什么见不得人的事，用不着那么难为情。平时在家里，我不也常常给你拍照吗？就和在家里时一样。至于摆什么姿势好，我帮你看着呢。啊，对了，你倚在灯笼边上，双手托着腮，装着好像在眺望天空。对，对，就是这样，好极了！您看，这样可以吗？"

子爵连连点头说："妙极啦！"

尽管宫子的心里有千万个不情愿，但她还是拖着步子，无奈地来到了石灯笼边。唯继看了看，又说：

"这样呆呆地站着，总觉得少了点什么。啊，对了，手上拿点东西应该能不错。"

他这样嘟囔着，急急忙忙穿上木屐，飞奔到阿宫身边，让她按照自己的想法，倚在石灯笼边上，托着腮望着天空。又给她拉平了和服的褶皱，整理好裙子的下摆。他还是不放心，又后退了几步，端详着阿宫的样子。这时，他才注意到阿宫的脸色和平时不太一样，看起来是那么痛苦。他走到阿宫身边，问她：

"这是怎么了？阿宫，你的脸色怎么白成这样？"

"只是有点头疼。"

"头疼？那这样站着，一定很辛苦吧。"

"没关系，还没有那么严重。"

"你这样硬撑着也不行。我还是去和子爵赔个不是,谢绝他的好意吧!"

"不用了,忍一忍就好了。"

"可以吗?真的没关系吗?强忍着也不是个办法啊!"

"没关系的。"

"这样啊。但是你的脸色很难看。"

他多少还是有点放心不下,不愿离开阿宫。这时,在一边早已等得不耐烦的子爵大声喊道:"准备好了吗?"

唯继慌忙闪开身子说:"好啦好啦!您看,这个姿势怎么样?"

子爵又对着镜头,细心地调整了两三处,这才把底片夹插到照相机里。唯继心领神会地避开了镜头。

阿宫仰望着天空,眼睛里仿佛有一团烈火在燃烧,又瞬间被茫然空洞的眼神填满。这并不是为了拍照而装出来的,她那纤细的身子,已经无法承受太多的忧愁。她那华丽的衣裳,在青松翠柏的映衬下,显得更加漂亮。那片秋高气爽的远空,那座四根柱子的石灯笼,那盛开在裙摆处的杜鹃花,还有那池塘上悠闲觅食的白天鹅,所有的一切,都美得如同一幅画。子爵满心欢喜地来到了镜头前面,正当他要按快门的时候,只见贵妇人那撑着腮的手忽然一松,整个人重重地倒在了石灯笼上。

第五章

向来以小心谨慎著称的游佐良橘,这回可惹上大麻烦了。以前,无论是在乡里度日,还是赴东京求学,他做事情没出过什么纰漏,没想到现在就职于日本周航会社,却被三百元的高利贷债务纠缠,这让认识他的人感到非常惊讶。关于借钱的原因,有人说是为了置办婚礼,有人说他是为了装阔摆面子,有人说他在外头花天酒地,欠了笔风流债,总之众说纷纭。一笔去向不明的负债和一位貌美如花的妻子,算得上是和游佐极不相称的两件事。实际上,他会遭此不幸,完全是因为他太看重朋友情谊,没想到反遭毒害。他为一位朋友做了连带担保,盖了图章,而这件事又不好向别人言明,以至于传出了这么多不光彩的风言风语。为他的不幸遭遇而感到悲伤的，只有候补外交官的法学士蒲田铁弥和同一公司货物科的法学士风早库之助。

卖水给口渴的人喝，是高利贷这一行制胜的法宝。当一个人口渴难耐时，哪怕是让他割下一块肉来换水，他也心甘情愿，在所不惜。放高利贷的人就是钻了对方的这个空子，把一杯水的价格卖得比蜂王浆还贵。那些已经渴得神志不清的人，又怎么能分辨出呢？只要能解渴，是什么东西又有什么关系呢？于是他们把水当作蜂王浆，高高兴兴地喝了下去。可是，等到他们清醒过来，为时已晚。任凭他们心里百般悔恨，万般痛苦，也无济于事。只能按照之前的约定，割下自己的肉，抽干自己的血来加倍奉还。如果说，世界上最大胆的是放高利贷的人，那么比放高利贷的人更大胆的，便是借高利贷的人。

由此看来，借高利贷的人一定有着非借不可的原因。在借债之前，一定有充分的思想准备——以上，便是风早法学士对高利贷的大致看法。但是这种说法，并不适用于游佐身上，他既非那样的人，也没有那样的觉悟。他是为了朋友之情，而突然遭此横祸，弄得终日愁眉不展。

马上就要召开同乡会的秋季大会了。参加完今天的委员会会议后，蒲田、风早和游佐三人结伴而行，一同到游佐的家里去。

"家里也没有什么可招待的好菜，倒是还有一些新鲜的松茸，还有啤酒厂送的黑麦酒，再买点鸡肉，我们几个今天痛快地聊一聊吧。"

游佐摆弄着半月形的火腿罐头，这是为了今天的聚餐，刚才特意在路上买的。

蒲田声音明快地说："有这些就足够了。早知道今天要住在府上，就不用这么急着赶回去了。怎么样，我们先去玩一局吧。听说你最近都能和风早对抗啦，真是大有长进啊！不过，貂的腿再长也变不了仙鹤，只能是靠碰碰运气吧。什么？已经完全凭实力了？哈哈，那还是我小看你了，真是可喜可贺啊！居然不靠运气也能获胜，那说明你的水平又上一个新台阶了。看来，今天我可以大饱眼福，看你们决一胜负啦！"

风早照例发着他那嘶哑的声音，哈哈大笑起来："照这样进步下去，就是打曲棍球也没问题啦！恐怕连那二寸三分的台布也非被戳破不可。"

蒲田说:"俗话说,久病成良医。从那以后,我可是完全领会到了竖棍的绝妙之处啦!"

"哈哈哈,最近我的缩球大法,你们大概还没见识过吧?"

听他这么说,这回游佐忍不住笑起来。

"就你那点雕虫小技,也好意思拿出来到处炫耀。前些日子那边的老板还在说呢,风早先生来三次缩球,一包新打开的滑粉就少了大半……"

"真是一语道破天机啊!"

"滑粉的多少,和球技的好坏有什么关系。像游佐那样,球才打了一局,球棍却换了无数个,这才绝不是什么好事呢……"

蒲田突然举起手,示意他们不要再说下去了。

"行了,都适可而止吧。一味地揭别人的短处,这可不是有大家风范的人做的事。你们俩要是跟我打球,恐怕连八十分也达不到,真是可怜。"

"何止八十。"

"那你说还能有多少?"

"八十五!"

"五分而已嘛,真是少得可怜。由此看来,你根本就是胸无大志。"

"争什么争啊,先去打上一局吧。"

"什么话。什么叫'去——吧'?应该说'请您去——'才对。"

蒲田话还没说完,侧腹就挨了一记重拳。

"哎呀,好痛!你总是这么横冲直撞的,所以每次你一打球,台球都要跳到台盘外面去。风早脾气火暴,他打的球简直就是暴力球;游佐又过分温柔,他的球可以说是棉花球。这样的两个人碰在一起,就好像是雷公打蚊帐一样。"

"就你那点本事,能打多少分?"

"我打得不多,只不过比自以为是的风早多个二十分而已。"

他们两人都不肯让步,摩拳擦掌的,恨不得马上一较高下,一时之间,火药味十足。游佐赶紧拉开他们说:"还是先回家喝一杯再去打吧。晚上还长着呢,何必急于一时?先泡个澡,然后再慢慢去打吧。"

穿过车水马龙的大街，拐过澡堂的角落，来到一条安静的小巷内。这条小巷只有外面马路的一半宽，虽然也有些小商店，但主要是住宅区。在巷子的中段，有一家当铺，屋檐上挂着写有"当"字的门灯。穿过当铺隔壁的格子木门，来到一个门前种着交让树的小院，这便是游佐的家了。

游佐拉开格子门，请两位朋友先进去。这时，他那美丽的妻子迎了出来。当她看到丈夫还带着客人回来时，眼中闪过一丝不安的神情，但马上又含笑迎上来说：

"请上楼坐吧！"

"为什么不坐客厅呢？"被丈夫这么一问，她有些尴尬地说："现在这会儿，有客人在呢。"

"那你们先上二楼去吧！"

这两个人都是他们家的常客，于是就自个儿穿过那四叠大的房间，到楼上去了。

妻子看到他们上了楼，这才压低了声音对丈夫说："鳄渊派人来了。"

"什么？"

"说是无论如何也要见你。我好说歹说他们也不肯回去，现在还在客厅里坐着。你还是赶紧去见见他们，让他们快点离开吧！"

"家里还有松茸吧？"

妻子听到他这样不慌不忙地问着无关紧要的事，又惊又恼："我说你，现在都什么时候了，还不快点……"

"急什么啊！对了，前些日子别人送来的黑麦酒呢？"

"松茸和黑麦酒我会准备好的。你就快点去客厅把他们打发走吧。我一看到他们在，心里就烦得不行。"

游佐也知道这件事一时不好解决，皱起了眉头。二楼传来了蒲田和风早争论不休的声音，听到他们那愉快的笑声，妻子的心中更烦恼了。

过了一会儿，游佐走上楼来。

蒲田说："游佐，给我拿块毛巾，我想去泡个澡。"

"哦，等一会儿吧。待会我和你们一块儿去。唉，现在真是束手无策啊!"

正如他所说的那样,他的脸上流露出不安的神情。

风早说:"先坐下再说。发生什么事了?"

"我哪里还坐得住啊!那些放高利贷的家伙,都追到家里来了,就在下面等着呢!"

"那些家伙来了?"

"他们早就来了,一直在客厅里等着我。这可如何是好啊!"

他双手撑着额头站了起来,又慢慢地靠在柱子边上。

"说点什么话,把他们给撵出去。"

"那些不要脸的家伙,赖在客厅里怎么也撵不走。被他们抓到,真是倒霉透了!"

"给他个两三元,先把他们撵走了再说。"

"都不知道给过多少次了。他们一定要我写下借条才行。只给他们点鸡毛蒜皮的延期费,他们今天是怎么也不肯回去的。"

风早听他这么说,也觉得心里难受,于是对蒲田说:"你不如去同他们谈判,怎么样?凭你的三寸不烂之舌。"

"这可不是一般的谈判。对方的眼里,只有钱。我们这样两手空空地去,哪怕有再好的口才也无济于事。稍不小心,中了他们的圈套,岂不是更糟。不如你先去和他们谈一谈,我在旁边观察你们的情况,然后再随机应变,助你一臂之力。"

虽然事情非常棘手,但是这样一直拖着不解决也不是个办法。游佐又重新打起精神,走下楼去了。

风早说:"真是太可怜了!你看他天天无精打采的,都是因为在担心着这件事呢。我说,你也想办法帮一帮他吧!"

"我们还是先去客厅看看情况吧。这点小事,何必担心成这个样子。游佐就是太胆小了,所以吓成这样。这样反而容易被对方抓住弱点,把事情弄得更糟。说到底也不过是金钱借贷关系嘛,又不是什么要命的大事。"

"虽说不是性命攸关的大事,可是会影响到声誉。对一个绅士来说,这难道不是值得担心的事吗？"

"再怎么样也犯不着害怕啊！作为一名绅士，如果去放高利贷，那才关乎声誉呢。再说了，我们借钱，可是付了很高的利息，比起那些只付很少的利息或是不付利息的人来说，要有面子多了。绅士难道就没有为金钱所困的时候吗？就是因为穷，所以才要去借钱。又不是说借了钱赖着不还，这对名誉丝毫也没有损害嘛。"

"赐教赐教。可是，一个绅士去借高利贷，就算不关乎名誉，那他的品德也不免让人怀疑啊！"

"那好，就算退一步来说，假设说绅士借高利贷的这种行为，是一种不知廉耻的行为。既然明知道这是一种无耻的行为，那么从一开始就不要借。既然已经借了，为什么还要用借钱之前那种羞愧的心情来对待已经不可改变的事实呢？大概在宋代的时候，社会上发生了一起动乱。于是有人上奏皇上，说平定此乱，并不用大动干戈，只需派一名大将驻守在河边，对敌军诵读孝经，敌人自然不战而退。虽然这只是个笑话，可是和游佐借高利贷的道理不是一样的吗？现在游佐就对着那群不讲理的蛮徒，一本正经地诵读着孝经呢！既然已经借了钱，从中扣了四成的利息，那么每个月就注定要被榨干一次血。被这群无法无天的人缠上了，还想着什么未借钱前所谓的绅士的道义、做人的良心，又有什么用呢？他们要是懂孝经的话，又怎么会走上放高利贷的邪路？他们都是一群只盯着钱看的畜生啊！"

蒲田滔滔不绝地说着，他对自己的出口成章非常得意，连气也不喘一口，又继续说下去："俗话说：破罐子破摔。如果游佐没有借的话也就罢了，既然借了钱，被目无王法的狂徒盯上，却还抱着借钱前的良心，那就大错特错了。虽说就算借了钱，人也应该有良心，但是借钱前的良心，和借钱后的良心，看似相同，实际上又有所不同。武士的精神和商人的劣根性本来就同根同源，只是因为境遇的不同，一个成了武士的精神，一个却成了劣根性。所谓商人的劣根性，绝不意味着容许有不仁不义之事，这从本质上和武士的精神是没有区别的。成了武士便是武士的精神，当了商人便成了商人的劣根性。而且，作为一名绅士，在没有借高利贷之前，还保有武士的精神，但已经借了钱，如果不把武士道的精神转化为商人的劣根性，那么是无法生存下去的。也就是说，敌人不同，对待的手段也有所不同。"

"虽然我对你的话也有同感，不过你刚才不是还说，绅士借高利贷，比一般借钱的人还更有面子吗？"

蒲田缩了缩脑袋说："那是有白马非马的诡辩在里面。"

"是时候该下楼看一看了吧？"

"来吧，让我们手持刀刃，深入虎穴，杀他个措手不及。"

"可惜只有赤手空拳啊！"

蒲田笑着下楼去了。风早一个人坐立不安，百无聊赖。这时，女主人端茶上来了。

"让您久等了，真是失礼了。"

"蒲田到客厅去了吗？"

她的脸上泛起微微红晕，说："是的，他就在起居室，正在门外听着里面的情形呢。你们来做客，却碰到了这种事情，真是不好意思。"

"哪里，又不是外人。我们本来就是多年的好朋友了，没什么的。"

"一看到那些家伙，我就吓得汗毛都竖起来了，头疼得快要裂开似的。能做出这样厚颜无耻、咄咄逼人的事情来，他们还算是个人吗？他们性格阴暗，内心歹毒，简直就像是侦探小说里写的一样。"

这时，一阵急促的脚步声从楼梯上传来。蒲田慌慌张张地冲进门来，上气不接下气地说："太不可思议了，风早！发生了一件大事！"

蒲田急匆匆地进来，在经过坐在地上的女主人身后时一不小心踩了她的脚。

"真是对不起。很疼吧？太对不起了。"

妻子只觉得痛入骨髓，满脸涨得通红，但还是拼命忍着痛，装着没什么的样子。风早看了也觉得于心不忍，对蒲田说："你怎么整天这样毛手毛脚，冒冒失失的啊！"

"真是对不起。我是一时惊慌……"

"有什么事吗？怎么紧张成这样？"

"我怎么会不紧张呢?坐在楼下那个放高利贷的,你们能猜到是谁吗?"

"是游佐兄的债主吗?"

"什么债主不债主的,女主人还在面前,这样说未免太失礼了。"

"啊,的确是失礼了。"

"我不小心踩了女主人的脚,你这却是把我的脸踩在脚下。"

"多亏你的脸皮比较厚!"

"岂有此理!"

女主人脚上的疼痛仿佛转移到了肚子上,笑得直不起腰来。

"现在可不是开玩笑的时候。楼下还有人在受苦呢!"风早一脸严肃地说。

蒲田回过神儿来:"那个让我们游佐兄受苦的家伙,居然是老间——那个间贯一啊!太难以想象了!"

风早听了,就像是有敌人来袭一样,摆好了架势说:"什么?间贯一?就是我们学校的那个间贯一?"

"是啊!吓了一跳吧?"

风早长长地叹了一口气,瞪大了眼说:"真有此事?"

"你要不信的话,就自己下去看看吧。"

格外感到惊讶的,是主人的妻子。她觉得心仿佛都要从胸口跳出来了。风早和蒲田的脸上,当然也有这样惊讶的表情。

"客厅里的那个人,是你们的朋友吗?"

蒲田连忙点了点头说:"是呢,而且是我们高等中学的同班同学!"

"天啊!"

"之前我就听闻他退了学后,干起了放高利贷的勾当。可是我想他那么温和善良,怎么可能干出这种事,总觉得不太可信。谁能想到现在在楼下坐着的,就是他!我实在太意外了!"

"居然有这种事!一个高等学校毕业的人,居然会走上放高利贷的道路。"

"是啊,谁又能相信呢!"

"真是无法想象啊!"

之前还觉得怀疑的风早,急急忙忙下楼去看,现在满脸信服地回来了。

"怎么样？"

"真是吓了一跳。确实是间贯一！"

"还是有些阿尔弗烈德大帝的模样吧？"

"只不过，是被赶出埃塞克斯的样子。真没料到，那个家伙会去干高利贷这一行，这是为什么呢？"

"他怎么干得出这种造孽的事来？"

"何止是造孽啊！"

女主人美丽的脸上，两条眉毛皱得紧紧的。

"他们非常过分吗？"

"简直是惨无人道。"

她这样说着，几乎要哭了出来。风早突然拿起茶杯来，把剩下的茶一饮而尽，像是下定了决心似的说："不过，碰到了间贯一，还算我们运气好。我们一起冲下楼去，凭借往日的朋友情分和他好好地谈一谈。我看那个家伙也不至于贪得无厌吧。趁此机会，再让他减免一些利息，我看，让他全免了算了。还他一个本金就不错啦！既然是间贯一，那也没什么可怕啦！"

他站起身来，整理好腰带。蒲田看见了，打趣道："哟，您这是要去哪里打架啊？"

"别再说闲话了。你也快点收拾一下。挂表还吊在腰带下面，这个样子，恐怕有损你的威严。"

"呀，真的。"蒲田赶紧站起来，重新结好了腰带。

站在一边的女主人说："把短褂也脱了吧。"

"哎呀，这真是不敢当啊。在整理衣服的时候，还有夫人您在身边提醒着，觉得心情就像是堀部安兵卫[1]一样。不过就算是在舞台剧上，人数多的那一方，也往往是挨打的那一方。大家还是多加注意为好。"

"浑蛋！就凭间贯一那样的人？"

两人整理好衣装，又重新面对面地坐下来。

---

[1] 堀部安兵卫：日本"赤穗四十七义士"之一。在此借喻的是他在马场复仇的情境。

"请用一杯茶吧!"

"马上就要出门征讨敌军啦!来吧,让我们先喝下这杯。"

第六章

气氛沉闷的客厅里,游佐和贯一相对而坐。游佐的脸色窘迫,而贯一则沉着脸。火盘里的火就要熄灭了,但也没人在意。靠近贯一的那边搁着一只饭碗,是女主人今天特意拿出来给他用的。这只碗曾经给一位肺病患者用过,一直忘了丢。

游佐强压着愤怒,用低沉的声音说道:"这是行不通的。虽然朋友也不少,但是没有人能为我做连带责任保证人。你试着想一想,这并不是一件普通的事,就算是朋友,也不能让他们来为我的债务负连带责任啊!提出这样无理的要求,不是让人为难吗?!"

贯一还是用沉着的声音,态度强硬地说:"这并不是我要为难你。你不愿意付利息,又不愿意算上本利另立新约,这样叫我还怎么做事?今天还请你在这两者之中做出一个选择。所谓的连带责任,也不过是一个名义上的事罢了。只要你肯担起责任,又怎么会让你的朋友为难呢!但凡有点交情的朋友,都不会拒绝这点小事吧。说到底,只是借一个他的名义嘛。再说了,我这么信任你,也不会去为难你的连带责任人。如果今天你给不出一个结果,我也没法回去向主人交代。但是,如果我对主人说:'虽然没收到利息,但是另立一张新约啦!'那么事情也就可以暂告一个段落。就请您照这样办吧,怎么样?"

游佐一时不知道该如何回答。

"不管是谁都可以。您就找一位要好的朋友吧!"

"不行。我绝不会这么做的。"

"您要是这样固执,那就对不住了。这样的话,您就不要怪我不顾及您的名声,采取一些不得已的手段。"

"你要怎么做?"

"没办法，只能查封扣押了。"

游佐的脸上虽然硬挤出一丝微笑，心里却早已吓得七魂少了六魄。他内心苦闷，情绪焦躁，几乎把胡子都给捻断了。

"您堂堂一个绅士，却为了区区的三百多元钱，损害了名誉，断送了大好前途。说实话，我也不愿这样做。可是，如果您不能接受我的请求，我就是想帮您也帮不上。和平解决问题，对我们双方都有好处，您请再仔细地考虑一下吧。"

"本来，将契约改期，也并不是不可行。从借款到现在，已经一年了。按照合约上规定的利率，这一年的利息是三百元，再加上这个月应付的九十元，一共是三百九十元。另外，这三百九十元应付的三个月利息大约是一百七十元，这样加起来，共计五百元。按你的意思，是要我重新写一张五百元的借据吧？我不过是一个担保人，因为那笔债务的连带责任，上次已经倒贴了九十元。自己一分钱没花倒也罢了，这次居然又要我写一张五百元的借据。这还有天理吗？你站在我的立场上想一想，我怎么可能写这张五百元的借据呢？"

贯一面无表情地冷笑了一声说："事到如今，你说这些又有什么用呢？"

游佐恨恨地盯着贯一的侧脸，不由得咬紧了牙齿。

由于顾念朋友间的情谊，他当了连带保证人，没想到却遭此横祸，只能说这是对自己的惩罚。善良的游佐当然不愿意把自己所受到的痛苦加到朋友的身上，一口回绝了贯一的要求。可是，这一时半会儿，他也拿不出钱来付利息。在这样进退两难之中，贯一却丝毫也不肯退步。游佐觉得，自己就像是网中之鱼、瓮中之鳖，每一分钟对他来说，都是那么痛苦。可是，除了自己咬牙忍受之外，又有什么办法呢？他痛恨社会的不公平，慨叹命运的不幸，他只觉得胸口要炸裂一般，那满腔怒火熊熊燃烧起来，恨不得把眼前这个毫无人性的家伙烧成灰烬。他再也受不了了："但是……首先，今天还没有到上门讨债的日子吧？"

"本来上个月二十号就该把利息付清，所以现在任何时候都可以上门催债。"

游佐忍不住握紧了拳头，颤抖着说："你怎么能这样强词夺理呢？我不是给过你延期费吗？"

"你还好意思提延期费的事。规定的日子到了，你却拿不出钱来，害我白跑一趟，那点钱，不过是作为补贴费和车费而接受的。如果你硬要把这个称为延期费的话，那也只能算是一天的延期费。"

"你……你！最初你上门来要利息，我说只能拿出十元，你就说什么'十元太少了，不能作为利息的一部分，只能作为三天的延期费，否则不能接受'。你当时不是这样冠冕堂皇地说着，就把十元钱拿走了吗？没过几天，你不是又拿了十元去了吗？"

"钱确实是收了。不过，刚才我也说了，这不过是弥补我空跑一趟的损失费。所以，当天一过，又可以上门来催债。哎，先别提过去的事了，还是……"

"明明是近在眼前的事，怎么能不说呢！"

"今天我来并不是想和你纠缠以前的事。我们还是把今天的问题解决一下吧。这样说来，你是不同意重新写一张借据了？"

"绝不同意。"

"那么，钱也拿不出来？"

"我没钱，怎么给你？！"

贯一斜着眼睛，盯着游佐的脸死死不放。他的目光是那样冷酷无情，足以把游佐那燃烧得正旺的怒火瞬间浇灭。游佐一下清醒过来，由于一时逞能而说出了这些过分的话，自己的处境越来越危险了。

他努力使自己平静下来。

"你什么时候可以付呢？总得给个期限吧？"

游佐赶紧抓住这个机会，像对方一样平心静气地说："您能等到十六号吗？"

"你能保证到时候没问题？"

"如果可以等到十六号的话，一定没问题的。"

"好吧，那就等到十六号吧。不过……"

"难道又要延期费？"

"您别急啊,听我把话说完。请您写一张'如期付款'的票据吧,这样总可以了吧?"

"不行……"

"您没有理由说'不行'。既然今天我来了,那你无论如何也得给我点什么吧。"

贯一说着打开了皮包,取出一张"如期付款"的合同书。

"我没钱!"

"多少拿一点吧,也算是手续费了。"

"又是手续费!那么,给你一元吧。"

"算上今天白跑一趟的补贴和车费什么的,少说也得有五元吧。"

"五元?那我可拿不出。"

"这样的话,那就对不住了。"

贯一的脸上,忽然露出了犹豫不决的神色,好像遗憾似的摆弄着那张凭证。

"那好,就给你三元。"

正在这时,隔门被推开了。贯一的正对面,慢慢地走进来两位绅士。贯一心想:连个招呼也不打就自己闯进来,看他们的样子,也不是好对付的。于是,他端坐好身子,换了一副表情。两位绅士分了上下,坐在游佐和贯一的中间。贯一恭敬地给他们行了个礼。

蒲田说:"我就说说怎么一副似曾相识的样子,原来是老间啊!"

风早说:"几年不见,变化挺大嘛。刚看到的时候,还以为是别人呢。真是好久不见。"

贯一愕然地盯着他们俩的脸看了一会儿,忽然觉得身体发热,终于记起来他们是谁了。

"真是难得呢。我还在想是谁呢,原来是蒲田和风早。好久不见,你们还好吗?"

蒲田说:"你退学之后,过得怎么样?听说你在做一些特别的买卖呢——已经赚大钱了吧?"

贯一强装出笑脸说:"哪谈得上赚大钱! 也是一时之间误走上了这条路。"

贯一丝毫没有惭愧的样子,把蒲田和风早看得目瞪口呆。刚才还在侮辱他的风早,现在觉得这样的人可有点不好对付。

"君子爱财,这倒是常理。可是我们怎么也想不通,像你这样性格的人,怎么会干起这一行? 真是让人佩服。"

"这可不是一个正派的人干的事啊!"

能说出这样的话,可见也不是一个正派的人。看到这个厚颜无耻的家伙,蒲田和风早不由得感到一阵憎恶。

"这话说得有点过了吧? 难道你就不是个正派的人?"

"像我这样的人,本来可以不必严守人间之道,否则是难以生存下去的。我正是觉悟到了这一点,所以才退了学,放弃了做人的道义,开始从事这种买卖。"

"不过我们可是在你还是个正派人的时候结识的朋友。今天难得在此相遇,那么,也请你回归到正派人的那种时候吧,怎么样?"

风早说完,就亲切地放声大笑起来。

"可不是嘛。那时候,你可是名声大噪,轰动一时呢! 对了,叫什么来着,那个,你们家的那个美人儿?"

贯一装着不知道的样子。

"哦哦,对对。那个……啊,那个叫什么来着?"

"哎,老间,她叫什么啊?"

虽然贯一不把自己当成是正派的人,在昔日好友面前丝毫也不觉得丢脸,可是听到这里,心里多少还是有点感触。

"这时候还说那种无聊的事。"

"你现在,还和那个美人儿在一起吗? 哎呀,真是让人羡慕不已啊!"

"以前的事没什么好提的了。对了,游佐先生,请你在这个单据上盖个章吧!"

贯一从随身携带的文具盒里抽出笔来,在票据单上填好了金额。

风早说:"我说,这个票据单是怎么回事啊?"

贯一简单地把事情的经过说了一遍。

风早听完后说:"原来是这样。不过,我有些话想说。"

蒲田一直在边上静候时机,准备插进来帮忙。他把吸剩的雪茄烟插在火盆里,两手交叉抱在胸前,腰杆挺得笔直。他听风早用他那嘶哑的声音施展着他的辩才,一副威风凛凛的样子。

"关于游佐兄借款一事,希望你能特别通融一下。我也知道你们做买卖不容易,自然不会让你们遭受损失。但是希望你看在多年朋友的面子上,适当地放宽一些条件吧!"

贯一没有回答。过了一会儿,风早又说:"你觉得怎么样呢?"

"所谓的通融,你的意思是?"

"也就是说,在不损害你的利益的情况下,适当地减免一些。正如你所知道的,游佐兄的这笔欠款,是因为他受朋友之托,盖章担保而负了连带责任,没想到却受到牵连。欠债还钱,天经地义,对于你们借款的一方来说,上门催讨也无可厚非。可是,从朋友的立场来说,游佐遭此横祸,实在是太可怜了。不过,没想到放款的人是老间你,我知道的时候,简直像是如鱼得水般地高兴。我们出面调解此事,并不是要对作为经营者的鳄渊说,而是对作为我们老朋友的你说的,其实也并不是什么非常无理的请求。据我们所知,关于那三百元的借款,债务人远林已经付了三回利息,共计二百七十元,再算上游佐君付的九十元,你们已经收到了三百六十元,可以说是没有损失的。因此,我想说,能不能让游佐还清那三百元的本金,这事就算了?"

贯一冷笑起来。

"这样的话,游佐等于付了三百九十元。你想想,他一文钱也没有花,却白白损失了这么多,说起来也很惨。而你们呢,看到马上就要到手的钱就这样没了,心里也有不甘。不过,只要你稍做比较,就知道谁更痛苦了。你们这边,三百元的本钱已经变成了六百六十元,也算得上还可以了。而游佐呢,他可是白白贴了三百九十元。希望你从这一点出发,酌情考虑,对这件事特别关照一下吧。"

"真是岂有此理！"

仿佛唯恐秋日太短一般，贯一不由分说地拿起了票据单，毫不留情地在上面写下了约定的金额。一时间，大家的目光全部都集中在了贯一的身上，风早和蒲田的眼里，仿佛要冒出怒火一般。他们互相使了个眼色，又死死地盯着贯一看。

"就按刚才说的办吧？"

"游佐先生，还请你在这里盖个章。还款期限截止到十六日，可以吧？"

看到贯一那种旁若无人的态度，蒲田的脸上流露出抑制不住的怒气。风早见状，向他使了个眼色，又对贯一说："老间，你就不能再等一等吗？或许你还不知道这里面的苦处。对游佐来说，这笔钱已经大大地超出了他可负担的范围。就是每月的高额利息，都已经把他压得喘不过气来。这样利滚利地长久下去，恐怕他的一辈子也要搭进去了。因为这实在是关系到他前途命运的大事，我们也感到非常担心。只可惜心有余而力不足，帮不上什么忙。如今看到放款的人原来是你，才觉得真是命不该绝，或许还能有转机。你就当成是搭救老朋友，帮我们一把吧。再说了，我们也不会让你完全吃亏的，这个要求无论如何也算不上是无理啊。你觉得呢，老间？"

"我只不过是鳄渊一个跑腿的伙计，所以不能理解你的话。游佐先生，你还是快把章盖了，再拿出三元钱。"

游佐一时呆住了，不知道如何是好，只是茫然地点了点头。在一旁观望的蒲田一直没有开口，这时，他再也抑制不住心中的怒气说："没听到叫你等一下吗？为了求你，风早的嘴都说酸了。我们又不是上门要饭的叫花子，你难道不知道对人要有礼貌吗？摆着一张臭脸算什么啊？"

"现在谈的是借债还钱的事，和有没有礼貌一点关系也没有。"

"你给我闭嘴！老间你这个浑蛋！你满脑子都是钱，连人话也听不进去了。谁说要你在催债的时候恭敬有礼了？我们是说，你在对朋友的态度上，也太没有礼貌了吧！放高利贷也该有个放高利贷的样子，也不看看自己是什么身份，还不给我放老实一点！你干了跟强盗一样的买卖，见了老朋友居然还面不改色心不跳的，装出一副见多识广无所不知的样子。难道放高利贷这种勾当，还给你脸上贴金了不成？真是恬不知耻，以为拿着一纸票据，就可以把我们踩在脚底下了吗？真想让荒尾让介看看你现在的样子，看看你现在连畜生都不如的样子。他以为你还是以前的你，还在担心你过得好不好，前些日子一起聊天时还向我们打听你的情况。说失去了你，比失去了自己的亲弟弟还要痛苦。就凭着这一句话，也应该唤起你那沉睡已久的良心来。像风早库之助和蒲田铁弥这样的正人君子来出面调解这件事，是绝不会让你为难的。你还是回去吧！给我滚！"

"我还没有拿到我要拿的东西，是不会回去的。既然你们如此担心游佐先生的事，那就这样办：先让游佐先生在立下的票据上盖个章，这件事就算暂告一个段落。而另外那三百元钱，就请风早和蒲田做连带责任人，重新写一张三百元的借据。你们意下如何？"

蒲田在处理这方面的事情上很有经验，于是回答说："可以。"

"那就这么办了？"

"可以。"

"这样说来，也是可以谈得下去的嘛。"

"不过，不好意思，这笔借款没有利息，分十年付清。"

"你说什么？这不是开玩笑吗？"

蒲田狠狠地给了他一个下马威，带着嘲讽的表情，扬扬得意地笑了起来。

风早说："这也不是些玩笑话。不管怎么样，再给我们四五天的时间，让我们再好好商量一下吧。今天，你就给多年不见的老朋友一点面子，别再多说了，先回去吧。"

"你们硬要这样强词夺理，那我也无能为力了。既然游佐先生已经答应，那么就请在这单据上盖章吧。我还有些要事，其他的话待日后有时间再慢慢说吧。游佐先生，请盖章。你刚才不是答应得好好的，怎么现在却这么磨磨蹭蹭的？"

蒲田说："什么单据不单据的，唠唠叨叨烦死人了。我看你是瘟神附体了，还是让我来处理吧！"

他拿过放在游佐前面的单据。

"金额是一百七十元……什么啊,什么一百七十元?"

"一百七?应该是九十啊!"

蒲田心知肚明,但是还装着一副什么也不懂的样子惊讶地说:"这上面可是写着一百七呢!"

"不对啊!"

贯一斜着眼,在一旁看笑话似的看着他们:"九十元是本金,另外还有二十七元,是按照高利贷的规定,应付的三成利息。"

游佐吓得胆战心惊,连话都说不出了:"这……这……太胡闹了!"

蒲田二话不说,一把抢过凭证撕成两半。游佐和风早还未看个清楚,他又撕了个粉碎,揉成一团,狠狠地摔在贯一眼前。贯一丝毫也不畏惧,还是沉稳地说:

"这是什么意思?"

"这就是我的处理办法!"

"游佐先生,那么,你是不准备签这份单据了?"

游佐以为对方要采取非常手段了,不禁感到恐惧起来。

"不,我不是这个意思……"

蒲田走上前去,对贯一说:"不!就是这个意思!"

贯一觉得蒲田还很幼稚,有点看不起他,于是故意装成和颜悦色的样子对蒲田说:"虽然不知道这样算不算是解决了单据的问题,不过你既然出面调解这件事,那也应该有个堂堂男子汉的样子。你和我可不同,我是个连畜生都不如的人,而你可是一位了不得的法学士啊!"

"是吗?我是法学士又怎么样?"

"要我说啊,你不过是绣花枕头里面空!"

"你有本事再说一遍!你这个狂妄的家伙!"

"爱说多少遍都行。学士也应该有学士的样子。"

不等贯一说完,蒲田猛地跳起来,以闪电般的速度伸出手臂,一把抓住贯一的胸口:"姓间的!你个浑蛋!"

他一边说着,忽然又把贯一的身子拧过来,盯着他的脸说:"就算把你摔个几次都难解我心头之恨。但是这样看着你的脸，又让我想起了当年那个戴着帽子的中学生，想起了在暖炉边促膝长谈的情景。那个温厚老实的间贯一，怎么会变成现在这副模样。想起过去，真让我狠不下心来。告诉你，这就叫人情！"

贯一的身子被紧紧地压在地上，就像是被老鹰抓住的小鸡一样，一点也动弹不了。风早还是起了怜悯之心，也在一旁说："正如蒲田说的那样，我们还把你看成是在学校里认识的那个老间，因此，我们也绝不会做出让你为难的事。你就不能念在朋友的情分，考虑一下我们的话吗？"

"喂，姓间的，怎么样？"

"朋友的情分是朋友的情分，欠款是欠款，这本来就是两码事……"

蒲田的手略微一用力，贯一被卡得喘不过气来，连话都说不出了。

"行啊！你说啊，你有本事说啊！你再敢吱声，我就要你的命！"

贯一被卡得痛苦不堪，他拼命挣扎着想要摆脱，可是，他哪里是学过嘉纳派[1]的蒲田的对手。贯一只能相信他不会真把自己置于死地，恳请他手下留情。见此情景，游佐吓了一跳，风早也不安起来。他们俩在一边劝道："喂，蒲田，不要下手太重，会把人卡死的！"

"不要太粗暴啦！"

蒲田哄然大笑起来，说："看来，比起金钱的力量，还是手腕的力量更胜一筹嘛。哎，你们看，这是不是和《水浒传》里面的情景有几分相似？由此看来，要捍卫国家的利益，保卫国家的主权，单凭国际公约那些顶个屁用。只有兵力才是王道！又没有一个统一的立法君主来统领世界各国，一旦国与国之间发生争端，那么谁又能做到光明正大、公平无私地圆满解决呢？唯一的审判机关只有一个，那就是——开战！"

"我看，你就饶了他吧。好像快不行了。"

"强国受辱，闻所未闻。所以，我的外交战术也是嘉纳派。"

"你现在逞能，把他整了个半死，到时候报复起来，遭殃的可是我。你

---

[1] 嘉纳派：由日本讲道馆柔道的创始人嘉纳治五郎首创的一种武术，为日本柔道的一个流派。

就放过他吧！"

听他们这么说，蒲田才稍微松了下手，但还是不肯放开。

"姓间的，你的回答呢？说啊！"

"就算你卡得再紧，我的回答也不会变的。我既然已经屈服于金钱，又怎么会屈服于腕力呢？如果你恨我的话，那就用五百元的钞票卷成一束来砸我的脸也行。"

"硬币怎么样？"

"硬币吗？也行啊！"

"那好，就给你个硬币。"

贯一一不留神，左脸颊上已经挨了蒲田一个重重的耳光。他"啊"地惨叫一声，双手抱着脸，痛得连头都抬不起来。蒲田总算回到了座位上，愤愤地说："我看这家伙一时半会儿也回不去啦！不如我们就在这儿喝酒，边喝边聊。"

"这样也好。"

只有游佐一个人不同意："事情还没有解决呢，喝酒也觉得没有味儿。再说，他是不会轻易走的。要是酒都喝完了，他还赖在这里，那就更麻烦了。"

"这有什么。待会儿我回去的时候把他带走就是了，让我送他去个好地方。怎么样，姓间的，喂，我在跟你说话呢！"

"嗯。"

"哎，家里有妻子吗？喔，风早！"

蒲田忽然拍着手叫起来。

"什么呀，被你吓了一跳！"

"想起来啦！老间的未婚妻叫阿宫！对，叫阿宫。"

"现在还是像当年一样住在一起吗？哎呀，真是想不到啊，一个魔鬼，居然有一个仙女般的老婆。只不过，恐怕现在也在放着按日归还的高利贷吧。哎呀，我说你也要懂得怜香惜玉。干高利贷这行的，反倒在女人面前格外温柔，对吧，老间？放高利贷的人之所以抛弃了仁义道德，贪得无厌，谋求暴利，说到底，也不过是为了享受荣华富贵而已。吃遍山珍海味，夜夜风流快活，除此之外还能有什么别的目的。但恐怕事实并非仅止于此。从我们的角度来看，一个人之所以能抛弃人情，忍受别人所不能忍之事，惨淡经营事业，这样努力的背后，一定藏着什么特别的目的。比如积累军需资金，或是为了赎回压在当铺里的传家宝什么的。如果说只是为了满足一己之私，而干出这种惨绝人寰的事，那是绝不可能的。如果是那些生性自私、贪得无厌的人尚且可以理解，而像间贯一这样的人，却会采用这样极端的方式，这后面，一定有着什么特别的目的。"

秋天的黄昏总是来得很快，虽然时候还早，但已经点上了灯火。准备好的酒菜，也依次端上桌来。

"噢，麦酒啊，给我来一杯。火锅放在风早的面前吧，还得再好好地煮一会儿。哎呀，这可是上好的松茸，里面雪白雪白的，刀一切上去，发出轻轻的摩擦声。这样的上品，如果不是在京城，恐怕吃不到。今年是小年，土地贫瘠，虫害又多，再加上雨水不调，收成很不乐观。哎，我说姓间的，你的目的是？"

"只要钱。"

"那么，你拿这些钱来有什么用呢？"

"这还用问？钱的本事可大着呢！有了钱，还有什么事办不到？所以我的目的就是要钱。正因为要钱，所以今天才上门来催讨。游佐先生，你到底想怎么解决？"

"你就先喝上一杯，然后再心情愉快地回去吧！"

"就是嘛。来，让我先敬一杯。"

"我的酒量不行。"

"看人家一片诚心，你就喝一杯吧！"

"我真的一点儿也不会喝酒。"

贯一说着，把送到面前的酒杯推了开来。蒲田趁机一松手，只听见哐当一声，酒杯掉在烟盘上，摔了个粉碎。

"你这是什么意思？"

贯一也有点控制不住了："你自己干的好事。"

他正缓缓地准备站起身，没想到蒲田冷不防地往他的胸脯上使劲一推。贯一一时支撑不住，仰着头倒了下去。蒲田见机抢来他的皮包，一把抓出里面的文件。贯一发狂似的追了过去。

"你难道完全不顾自己的身份了吗？"

贯一说着，冲上去想拦住蒲田，却被蒲田那有力的手紧紧抓住。

"你给我安分点！"

蒲田把贯一死死地按在地上，一面冲游佐喊："喂，快啊！和你相关的证件一定就在这里面，快，快把它找出来！"

听了蒲田的话，游佐的脸色都变了，风早也觉得还是不要太暴力的好，有些不以为然。贯一想挣脱蒲田的手，他痛苦地在地上扭动着身子，着急得不知道如何是好。蒲田把他按倒在地，骑在他身上，一面大声地冲他们俩喊道：

"都到这个时候了，你们还在等什么啊！快啊，快！风早，你还在那儿犹豫什么啊！还有游佐，有什么事都由我担着，你放手去干吧！只要把证件拿到手，以后的事就好办了，都交给我就行了。快啊，快去找啊！"

看着两人迟迟不肯动手，蒲田比被按在地上的贯一更加着急。

"这样做，也未免太过分了。不太好啊！"

"什么好不好的，有我在背后撑着，你们还担心什么啊！游佐，这难道不是你自己的事吗？你还在那儿磨蹭个什么劲儿啊！"

游佐吓得直哆嗦，他甚至想冲上去劝蒲田不要用暴力来解决问题，要顾及绅士的身份。而蒲田呢，看到这两个懦弱的家伙，觉得自己真是恨铁不成钢，心情就像是拿到了宝藏却空手而归一样。这种心情让他更加用劲拧紧了贯一的手腕。

"哎哟，等一等！蒲田，再等一等吧！不管怎么样，有事好好解决。"

"少啰唆！一群胆小如鼠的家伙！还是我亲自出马，你们在一边好好学着！"

蒲田放出话来，一只手去解腰带，腰带被表链缠住了怎么也解不开，他气得暴跳如雷。

风早走上前来帮忙:"你这是准备干什么啊?"

"这还看不出来吗!把这个家伙捆起来,我自己来找证件。"

"哎呀,这样可不太好。你还是赶紧停下来吧!刚才老间不是说有解决的办法吗?"

"你还相信他的鬼话!"

贯一痛苦地挤出一丝声音:"刚才我也说了,一定会解决的。你就先把手放开吧!"

"刚才已经谈妥了,你能接受我们的要求吗?"

"接受。"

蒲田明知道他不过是嘴上说说而已,但是看到同伴没有同意他这样做,也觉得有些失望,不情愿地松开了手。

贯一站起身来,把散落一地的文件捡起来,放到包里,慌慌张张地回到座位上说:"那今天就先告辞了。"

贯一领教了蒲田的厉害,觉得此地太危险了,不宜久留。虽然他心里充满了怨恨,但是表面上尽量克制着,对刚才的事闭口不谈,觉得趁着对方没有再提出什么为难的要求,走为上策。

"等一等!"蒲田用发号施令的声音说,"你不是承诺会妥善解决吗?如果你不按约定的要求来解决,那么下次我绝不放过你!"

他挨近了贯一,做出一副准备要打架的样子。

"关于你们提出的要求,我一定会妥善解决。不过你们刚才如此对待我,我觉得心里很不舒服。今天就让我先回去吧。已经在这里待了太久,打扰各位了。那么,游佐先生,这两三天内再找个时间商谈吧!"

蒲田看到贯一忽然变了个样子,不由得冷笑了一声说:"姓间的,你不会是想用什么下三烂的手段来报复吧?咱们走着瞧。要是你吃了熊心豹子胆,敢做出什么事来,那我一定和你斗争到底!"

"我间某也是堂堂男子汉,绝不会用什么下三烂的手段。"

"少拿那种漂亮话来哄我!"

"大家都适可而止吧！老间，你也先回去。这几天一定要把这件事好好解决一下，有什么问题，等到时见面再说。我送你出去。"

游佐和风早起身送贯一出去。女主人这时候穿过走廊来到客厅。

"今天真是多亏您了。真是不知道该怎么感谢您！我的心里，不知道有多痛快呢！"

"一点小事而已。今天上演了一出壮士剧[1]。"

"真是太精彩了！来，我敬您一杯。"

由于刚才的骚动，客厅里一片狼藉。女主人正在收拾的时候，游佐和风早总算回来了。

"风早，今天多谢你的帮助，可是也给你们添了不少麻烦。家里也没什么好菜招待你们，就请你们多喝几杯吧！"

妻子的喜悦之情溢于言表，游佐却脸色发青叹着气，放心不下地说："这回更糟了。你给他点颜色看看当然也很好，可是还不知道他会做出怎样的事来报复我呢！如果他明天忽然闯进门来扣押东西，那我怎么吃得消啊！"

"蒲田下手也太重了，我也在心里犯嘀咕。嘉纳派固然好，可是做事也得思前顾后，这样蛮来不考虑后果，反而让别人遭到更多麻烦。"

"所以我一直说别着急啊！"

蒲田在袖兜里摸了一会儿，掏出两张皱成一团的纸来。

"这是什么啊？"

游佐说："怎么了？"

女主人凑过脑袋，想看一看到底是什么东西。

"我自己也还没看清楚呢！"蒲田拿起其中一张，摊开一看，原来是开给鳄渊直行的一张一百元的公证书，连债务人自己也不知道。

大家看到蒲田拿着这样的一张证件，都不由得大吃一惊。大家屏息凝神地看着。蒲田一言不发，又摊开另外一张纸。女主人把头凑得更近些，

---

[1] 壮士剧：日本明治二十一年，自由党的青年活动家角藤定宪为宣传自由民权思想而首创的话剧，后被称为新派剧。

四个脑袋凑在洋灯的周围,就像池塘里的鲤鱼看到了水面上的麦麸一样。

"这是一张三百元的借据啊!"

他们一张张地摊开来,仔细地看着。债务人的署名里,出现了游佐良橘的名字。看到眼前的这个名字,蒲田高兴得像弹簧一样跳了起来。

"找到啦!就是这个!就是这个!"

惊喜交加的游佐,高兴得连身子也撑不住了,一只手喀嚓一声落到菜碗里,膝盖向前移过去,酒壶也被碰翻了。

"是我的吗?真的是我的吗?"

"怎样?怎样?怎样?"风早着急地伸手来拿证书,可是手指就像失去了活动能力一样,抓了好几次也没有拿到。

"天啊!"女主人忽然喊了一声,觉得胸口就像塞住了似的,连话都说不出来了。蒲田也高兴得手舞足蹈。

"这是我的!真的是我的啊!太好啦!"

证书总算移到了风早的手里,游佐和妻子,还有风早——六只眼睛仔仔细细地把证书看了个遍,简直觉得这是像做梦一般,让人难以相信。

"你是怎么搞到手的?"

风早的表情,又是惊奇又是欢喜,又带着点担忧。证件总算传到了游佐夫妇的手里。他们把证件平摊在膝盖上,肩并肩地看着。蒲田给自己满上一杯麦酒,得意扬扬地高喊起来:

"血滴在了大刀上,拭也来不及拭。我有两下子吧!我反拧着他的手腕,把他按倒在地,又用脚把证件扒拉过来塞到袖兜里。身手敏捷吧!"

"果然还是嘉纳派的手法吗?"

"开什么玩笑啊!不过,这也算是得到嘉纳派的真传了。"

"那你怎么知道这是游佐的证件呢?"

"这我倒事先不知道。当时只是想,管他什么东西,先弄个一张两张的,说不定还让我拿到了个把柄,也好将他一军。忙乱之中,就搞到了两张,没想到居然让我抓到了敌军进攻的把柄,真是天助我也!"

"那也不一定就是件好事。有这个东西在我们手上,就真的不用还那三百元了吗?"

"当然不用还了。只要把心一横,来个死不认账。"

"可是,那张公证书……"

"那完全没关系。而且,公证所里还是公证书的正本,万一有什么事,也好有个凭证。现在这个正本已经落入别人手中,不管间贯一再怎么惊慌失措也来不及了。就像被放光了水的河童[1],凭他有天大的本事也无可奈何。手里没有证据,就算拿来弓箭和大炮也没有用了。不过,完全不还也觉得他可怜,所以给他一点儿意思意思就行了。哎呀,我说你们就放一百个心吧!所有的事情,都由我这个外交大臣帮你们全权代理。游佐在家也可以高枕无忧啦!哈哈,这真是大快人心的好事啊!"

蒲田好像完全看不到人家那目瞪口呆的样子,把两张证件高高举起:"来吧,让我们为游佐兄高呼万岁!夫人,就由您来开个头吧——这是真话。"

一向小心谨慎的游佐总觉得采用这样的非常手段是一件罪大恶极的事,觉得心里不安极了。不过蒲田揽下了所有的事情,而且一直鼓励他让他放心。人生中最大的怨敌已经被击退,真是一件可喜可贺的事。于是,他也和大家一同坐了下来,喝着酒,尽情享受这美好的漫漫长夜。

第七章

置身于茫茫尘世之间,早已没有骨肉亲情,更体验不到爱情的温暖。孤身一人的贯一,与连鸟也不愿飞过的荒野中的一块石头没什么不同。在鸭泽家时,他深深爱恋着阿宫,阿宫那温柔的声音、柔软的双手、温暖的心让他感到无比满足、无比快乐,让他觉得除了阿宫之外,这个世界已别无所求。能同这样一位恋人结为夫妻,便足以弥补生命中所有的空白。阿宫弥补了他没有母亲,没有妹妹,甚至弥补了他没有父亲,没有兄长。阿

---

[1] 河童:日本民间想象中的动物,由水神沦落而变成的妖怪。

宫的身上，有他想要的合家团圆的欢乐。所以，他和阿宫的恋情，并不是普通青年所追求的一场风流美梦，而是远远高于这个意义之上的。对他来说，阿宫不是谁都可以娶到的妻子，他理所当然地对阿宫抱有过多的希望和幻想，并且对自己的想法深信不疑。在这个世界上，他只要得到阿宫一人，便觉得一时之间百花齐放，万木回春。荒野外黄昏下的那块枯石，只觉得如今受到了露水的滋润，只一心沉醉在绚烂的晚霞和夕阳的余晖中。可是，当他对阿宫的爱意越来越浓，爱情之火越来越旺时，阿宫竟然被突然出现的世界上最可恨的竞争者轻而易举地夺走了。这时，贯一该是怎样的心情？那昔日委身相许的恋人，不知其中有诈，忽然背叛了自己，变得如同仇敌一般。这时，贯一的心情又该如何？如今在这尘世之中，他已经没有半个骨肉亲人，更没有半丝爱情的温暖。在这凄寥之上，又平添了无尽的失望和刻骨的仇恨。这块荒野之石，现在又饱受风侵雨蚀，人生的酸苦深入骨髓，无法抑制。对他来说，阿宫被夺走，就意味着他过去所拥有的一切，还有未来尚未取得的一切，都同时被无情地夺走了。

或许是他无法抛弃对阿宫的仇恨，因而也无法忘记那份深深的失望之情。无法抹去的痛苦一旦深深地刺伤贯一的心，就将和跳动的心一起，永远地存在下去。

做高利贷这一行，需要心狠手辣，冷酷无情，每次强迫自己这样做时，贯一都感到无比痛苦。可是，他要用这种新的痛苦，来抑制昔日的痛苦。于是，他也慢慢习惯于在这两种痛苦之中寻找细微的乐趣。他渐渐地懂得了如何去忍受无法忍受之事，如何恬不知耻地去做不知廉耻之事。哪怕受到强敌的进攻，哪怕受到恶徒的袭击，哪怕他遭受到的都是欺骗、戏弄或是威胁，他也不再惧怕。他深谙以毒攻毒、以牙还牙之道，变得越来越无所畏忌，越来越贪得无厌。而另一方面，往日的痛苦不断地鞭挞着他那脆弱的心灵，让他烦恼不已。有时，他甚至连谋求这种龌龊之利的力量也没有，只一心求死，以获得永远的安宁。可转念一想，这样白白死去也太没有出息了，还不如再拼搏一把。于是他这样安慰自己：虽然未来遥遥无期，可是只要能忘却昔日宿怨，还有心中这无尽的痛苦，如此等下去也是值得的。待心中仇恨散尽，清澄若明镜的时候，才是我离开人世之时。

贯一如此贪图高利的目的有两个，一是作为忘却痛苦的手段，二是消除心中的执迷。那么，不知道可以让贯一死而无憾、心情畅快的事是什么呢？酝酿一个复仇计划，对阿宫、富山还有鸭泽进行人身攻击？这不是贯一想要的。他所希望的，是像一个堂堂男子汉一样，干出一番大事业来。每当他回忆起往事，痛苦不堪的时候，总是忍不住流下热泪，如祈祷般地感叹道："与其这样想着，倒不如一死来得痛快。只要一死，也就万念皆空，了无牵挂，所有的痛苦也就瞬间消散。生命已不足惜，却还苟活于世……死本来就不是一件难事，可是我却不能轻易死去。不管怎么想，我心中的仇恨仍没有放下。只要一天没放下这份仇恨，哪怕再痛苦，我也要活在这个世界上。现在对我来说，钱又算得上什么呢？就算我现在家财万贯，最多也不过换到阿宫这样一个女人。但我自己并没有这样的想法。第一，我觉得自己还算不上一个有钱人。我是一个对生活感到失望的人，人世间已经没有任何宝贝，能唤起我的信心。这个宝贝再也无法复原了。就算阿宫哭着来求我，向我忏悔她昔日的罪过，想要和我结为夫妻，我的心也回不到以前了。她一旦变了心，就连身子也是那么肮脏，现在的阿宫，绝不是以前的阿宫，她已经不是我间贯一的宝贝了。我的宝贝是五年前的阿宫。时过境迁，就算是阿宫自己，也回不到五年前的她了。让我迷恋得无法自拔的是阿宫啊！就算是现在，我也忘不了她。可是，我所爱慕的，绝不是今天作为富山妻子的阿宫。让我深爱的，让我日日夜夜无法忘怀的，是鸭泽家的阿宫，是五年前的阿宫。就算我现在成为百万富翁，也得不到以前的阿宫了。现在想起来，有钱又有什么用呢？如果当初我去热海找阿宫的时候，钱包里的钱能有今天的一小部分的话……"

贯一一想到这里，就控制不住自己的情绪，脑袋像要炸开似的，再也想不下去了。倒在热海海滩上那泪眼蒙眬的鸭泽家的阿宫，和在田鹤见的府上逍遥自在游玩的富山妻子，双双在他眼前浮现出来，挥之不去。他无法排解这痛苦不堪的心情，却又不能做其他事来分散自己的注意力，只是不顾后果地做出和自己本性完全背道而驰的事来。他把债务人当成自己的仇敌，用极其残酷的手段来逼迫他们。虽然偶尔他也为自己的行为感到自责和悔恨，可是当他在逼债的时候，在那个情景之下，他可以肆意妄为，竭尽所能地作恶。他就靠这样来转移自己痛苦的心情，来暂时忘却那无法排遣的痛苦。他明知这是一条自绝的道路，却义无反顾地走了上来。他违背自己的本性，让自己在这样的为非作歹之中感到最大的痛苦。他的心里，也并非没有感到惭愧和畏惧，只不过这点痛苦，远远比不上他所承受的撕心裂肺之痛，和那无法填补的空虚。相反，他觉得这样容易承受，甚至觉得心情畅快。

在这样的劳神费思、日夜烦恼之中，贯一的身体每况愈下。他脸色倦怠，骨瘦如柴，如一潭死水般了无生机。他双眉紧锁，目光迷离。但与此相反的是，他的精神越来越亢奋，思绪越来越活跃。他那千丝万缕的愁绪，把他捆得透不过气。他那昔日乌黑油亮的秀发，如今早已没了光泽，后脑边甚至还有些发白。他额头上横着几道长长的皱纹，心绷得紧紧的，脸上如笼罩着乌云般阴郁黯淡。

唉，当初他因为一念之差，误入魔道，如今已经难以脱身。贪欲界的云层层包围着他，离恨天的雨随时浇灌着他，让他早已变成一个只吃人肉、喝人血，置人于死地的恶魔。在这样凄风苦雨、暗无天日的漫漫长夜里，他已经度过了一千四百六十日。他对昔日好友形同陌路，对别人的柔情蜜意置若罔闻。他不知百花齐放的春日的美丽，也不知享受人生的快乐；他不愿走光明大道，也不愿与善为伍；他不祈求福泽的来临，也不感谢自然的馈赠，而是意志消沉，被内心的偏执摆布，沉溺在对利益的追求之中。唉，长此以往，他将变成什么样子。同业之人谈起间贯一的名字，都不免为他的未来暗暗感到担心。

正因为贯一怀揣着这种无法忍受的痛苦，抱着只求早日一死的决心，所以他对债务人的态度也变得越来越冷血无情，弄得怨声四起。因为贯一的残酷而哭泣，在心里痛恨他的人也不在少数，就连同行的人也看不下去了，劝他给人留下一条活路。只有鳄渊对此非常高兴，还夸奖贯一说，这叫"强将手下无弱兵"。他还常常举自己的例子来劝慰贯一，以激发他的意志，说什么"我就算到了今天，也觉得曾经所经历的辛劳还远远不够呢"。但是，鳄渊的话却对贯一没什么安慰，因为贯一并非不知道这一行的残酷无情和惨绝人寰。不过他从鳄渊的话中得到一个启发：这本来就是一个不法的职业，要想在这行干得下去，那就必须采取一些非常手段来经营。我所做的事就是一切高利贷者正在做的事，并非我一个人这样残酷无情，而是世界上所有的高利贷者都是如此。因此贯一深信：债务者的怨恨，并不是我一个人造成的，他们怨恨的，是整个高利贷行业。

实际上，贯一所信任的老板鳄渊直行能有今天的财富，靠的是贯一远不能想象的加倍残酷和永远无法学到的诡计。从这一点来说，他确实称得上是"为人师表"。只不过在这残酷无情、天良丧尽的背后，他并不是一个天不怕地不怕、无所不惧的硬骨头。他常常在心中暗暗告诫自己：晚上少出门，在家里诚心礼佛，而且还是某个教会的虔诚信徒。他觉得自己干着这种人神共愤的恶业，多年来却还安康无事，家业兴盛，一定是多亏了神佛暗中庇佑，因此经常焚香礼佛，祈求神明保佑。贯一虽然不像鳄渊那样冷酷无情诡计多端，但也不像他那样敬畏神佛闭门不出。他觉得自己活在这个世界上，从未做过什么对不起别人的事，却遭到命运的玩弄，爱人的欺骗，陷入永生永世的失望之中，愁肠寸断，生不如死。他觉得，就算天怒人怨也没什么可怕的。他最惧怕的，是他自己的心。

第八章

把事情谈妥后，贯一便冷冰冰地起身告辞。满枝让他再留一会儿，便径自走进房里，好像有什么事似的。贯一只得先坐下来等她。他拿出烟卷，可是手炉里的炭火不知什么时候灭了，只有小桌子上那盏底部铺着毛线垫子、上面覆着石罩的洋灯里有火。贯一点了火，一边百无聊赖地吞云吐雾，一边看着夜色笼罩下的赤樫家客厅。

壁橱里的那台钟，时针已经指向了九点五十。格子柜里并排放着用玻璃盒装着的两个泥人儿，一大一小；下层垫着三层月色绉纱，上面摆着一个七宝烧的小花瓶和一个玉石饰品。客厅的柱子上，装饰着一个绘有松树和人物图案泥金画的牛角花瓶，里面没有插花。地板上摆放着一只古香古色的铁铸香炉，一只精巧的纯白纺绸花篮。客厅的墙上，挂着一幅水墨色的雨中富士山图，在那云雾缭绕的山顶上，有一条金泥精描的腾龙，两只炯炯有神的眼睛特别引人注目。在客厅的另一面，挂着一幅黄海大海战的水彩画，客厅的一角，摆着两盆菊花。

过了很久，满枝才娉娉婷婷地走出房间。她换了一套衣服，穿着件丝绸的斜襟窄袖便服，外罩一件青灰色的碎花绉纱短褂，系着一条锦缎昼夜带[1]，还戴着一条华丽的围脖。她的头发已经重新梳过，脸上略施粉黛，看起来像是换了一个人。

"真是让您久等了。我也正好想出门买点东西，想和您一起去。"

贯一觉得这真是太无礼了，但事已至此，发火也不好，他只好随便敷衍道：

"哦，是吗？"

满枝挨到贯一身旁，在他耳边柔声细语地说：

"给您添麻烦了。"

贯一早就对满枝的这套感到厌烦，但还是勉强附和她说：

"那么快走吧。你准备到哪儿去？"

"我想到大横街去。"

两人出了位于四谷左门町的赤樫家，来到了店铺林立、灯火通明的传马街。虽然正是夜市的好时段，但秋意渐浓，夜晚风寒，街道上冷冷清清，只有几颗星星在夜空中若隐若现。

"真冷啊！"

"是啊！"

"间先生，您就不能离我近一点吗？那样远，连说话声也听不清了呢！"

她一边说，一边走到马路的左侧，紧紧地挨到了贯一的身边。

"这样我连路也不好走了。"

---

[1] 昼夜带：女子和服所用的一种腰带，面和底使用不同布料，情调高雅。

"您觉得冷吧。我来给您拿包吧!"

"不用了。"

"对不起,您能稍微走慢一点儿吗?我连气儿都要喘不过来了。"

贯一没有办法,只能无奈地放慢了脚步。满枝把围脖撩开了一些,对贯一说:

"我有些话一直想对您说,可是从那以后一直没有机会见到您。间先生,您偶尔也来我们家坐一坐吧。上次的事,我绝对不再提起了。您就常常上我们家来小坐一会儿吧。"

"嗯,谢谢。"

"我能写信给您吗?"

"什么信?"

"问问您的近况什么的。"

"可是,你没有理由要来问我这些啊!"

"那么,思念您的时候也不行吗?"

"你怎么老是……"

"爱慕一个人,这可是我的自由!"

"不过,万一被别人看到你写的信不就麻烦了吗?还是算了吧!"

"可是最近我有些话想跟您说。是关于鳄渊的事,真是让我伤透了脑筋。所以,无论如何我也想和您好好谈一谈。"

这时候,两人来到了传马街三丁目[1]和二丁目的拐角上。贯一想在这儿把满枝甩开,于是还不等她把话说完,就停下来向她略微点头致意说:

"那么,我就先告辞了。"

贯一出其不意地撂下一句话,转身走向黑暗的胡同里。

"您要往那边走吗?走这条大路不是更好吗?何必去走那样冷清的小路啊?这边不是更顺路吗?"

贯一已经走出有四五米远,满枝还是舍不得离开似的追了上去。

---

[1] 丁目:日本将町区划成若干部分的单位,相当于胡同、弄堂、街道之类。

"从这边走更近。"

"差不了多少路。从热闹的大街上走不是更好吗？我送您到四谷见附吧！"

"怎么能让你送我呢？夜已经深了，你也早些买了东西回家去吧！"

"您不要说这种虚情假意的话来敷衍我。"

他们就这样争执着，但贯一并没有停下脚步，仍在不住地往前走，满枝也不知不觉地往前走着。

"间先生，等一等……"

忽然间，传来了满枝受惊了似的叫声。

"怎么了？"

"路不好，我的鞋跟好像被路上的缝隙夹住了。"

"我都说了，叫你别跟过来。"他不情不愿地走了过来。

"对不起，您能扶我一下吗？哎哟，麻烦您快点儿啊，我快要倒下去了。"

满枝把手伸出围脖外，贯一抓住那只求救的手，用力一拽，满枝摇晃着走出了泥路，可是由于用力过猛，脚一下子站不稳，倒在了贯一的怀里。

"哎呀，危险！"

"人家要是跌倒了，那就要怨你。"

"说什么傻话！"

贯一想放开扶着满枝的手，可是满枝的手就像是被钉子紧紧地钉上了一般，怎么甩也甩不掉。贯一看着满枝的脸，心里觉得很不舒服。满枝的脸一半都包在围脖里，她背转过脸来，手却握得更紧了。

"行了，快放手吧！"

可是，她却把紧紧抓着贯一的手往自己的袖筒里拉。

"别做这种蠢事！"

满枝一言不发，还是背转着脸，紧紧地握着贯一的手，朝着他走的方向走去。

"别胡闹了。看，后头有人来了！"

"我才不管。"

满枝自言自语地说了一声，又往贯一的身上凑过来。贯一实在受不了了，用力一拽，没把满枝甩掉反而把她拉到自己身上来了。

"哎呀，疼！您干吗对我这么粗鲁？到了那边的拐角处，我自然会放开。就让我陪您走一小段吧。"

"你给我放规矩点！"

贯一使劲甩开了满枝的手，转身就跑。不等满枝追上来，他已经下了津守坂的斜坡了。

一轮镰刀似的新月，冲破了层层乌云，缓缓升起，挂在了树梢枝头。在这抹朦胧的月光下，士官学校的树林，树林里的兵营，还有隔壁街道上的一个街角，都仿佛从慵懒的睡梦中醒来，露出模模糊糊的轮廓。斜坡上巡查派出所门口的那盏灯，放射出虚幻而血红的光芒。奔着下坡去的男子的身影，被他甩下的女人的身影，都没有出现在灯光下。

在这条坡道上，只有道路的一侧有房屋，每家每户都大门紧闭，看不到一点儿灯光。旧炮兵营外面的栅栏里，生长着一片茂密的松树林，在风的吹动下飒飒作响。漆黑的小路上伸手不见五指，苍鹭那唤魂似的凄凉叫声也消失了。夜已深，马上就要十一点了。

忽然，从兵营的门口传来了人的叫喊声，贯一还没缓过神来，就被两个歹徒包围了。其中一人戴着黑呢帽，帽檐拉得很低，几乎遮住了眼睛，半个脸都包在灰色的毛线围巾里，黑布纹章外褂的里面，是纪州绒衬衣，衬衣的一半撩起来塞在腰带里，脚上穿着一双打了后桩的木屐，一双黑布袜，手里拿着一根弯曲的木棍，直径足有六分多粗。另一个歹徒穿着藏青平织布的细筒裤，外面还系着一条围裙，细条纹的短外衣，脚上穿着茶色的靴子，头上还戴着一顶打鸟帽。他抱着一根槟榔树削成的六角形棍子。他们两人的身材都没有贯一高，但是看起来都是血气方刚、体格健壮的硬汉。

"你们是何方神圣？我和你们无冤无仇的……"

"给我闭嘴！"拿着弯曲木棍的朝贯一冲来，贯一用一只手挡住了他。

"我叫间贯一。常言道，冤有头债有主。你们要财要物，明说就是。

千万不要胡来。"

歹徒一声不吭，忽然抡起曲棍往贯一的脑门上打下来，贯一一时头晕目眩。他正想逃走，那个拿着六角棍的家伙一手拿着棍子，朝他的肩膀刺去。贯一站不住，一下子倒在水道工事的铁道边上。拿六角棍的家伙见状，朝贯一直冲过去，没想到被倒在地上的贯一绊了一下，一个跟头飞出了两米远。这时，先动手的歹徒又拿着曲棍从贯一的肩膀上斜劈下去，贯一站不起来，又趴倒在地上。正巧这时，贯一看到手边上有一只脱落的平底木屐，他抓起木屐朝那个家伙的脸上扔去，正好打中鼻梁。贯一趁机跳起身，拔腿就跑，可是才跑了三步，那个拿六角棍的又跳了起来，对着他就劈了下去。棍子擦过鬓角，落在他的肩上。贯一觉得那只拿着包的手就像是要断了似的，痛得难以忍受。他后退了几步，摆好架势，可是对方怒吼着冲过来。贯一知道自己的处境已经非常危险，连忙伸手摸出了包里的小刀，可是两个人已冲到身边，棍棒如雨点般地打到贯一的身上，贯一一下昏倒在地，失去了知觉。

六角棍："怎么样，差不多了吧？"

曲棍："我被这个家伙用木屐砸到鼻子，哎呀，痛！"

他掀开了包在脸上的围巾，鼻子已经像熟透了的西红柿一样红。

六角棍："哎呀，流了很多血！"

躺在地上奄奄一息的贯一，一只手紧紧抱着皮包，右手倒拿着小刀藏在身后，以防这两个歹徒又冲上来。但他还是不敢掉以轻心，装出一副无力抵抗的样子，不停地呻吟着。

曲棍："真是个可憎的家伙！不过，这回也算好好教训他一顿了。"

六角棍："是啊，手都打疼了！"

曲棍："我们走吧！"

他们一边说着，一边窜到旁边的街道上溜走了。贯一勉勉强强地抬起头来，顿时只觉得浑身疼痛，神志不清，渐渐又失去了知觉。

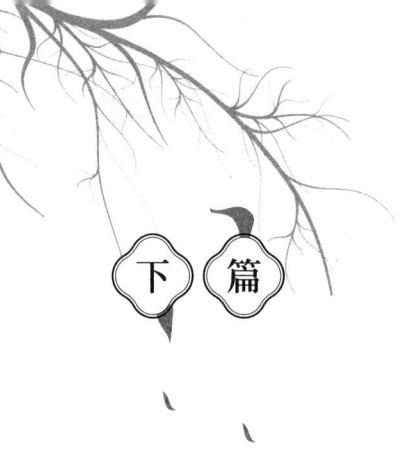

下篇

第一章

　　高利贷者在坂町遇袭的消息登上了次日各大报纸的头条。虽然有些报纸把间贯一误当成是鳄渊直行，但有一点确是毋庸置疑的：负伤者在第二天就进了大学第二医院。而读者对报社把人弄错了的错误报道，并没有感到什么不满。不认识这两个高利贷者的人，觉得这和在澡堂里看到别人争吵一样，不过把它当成是一般的社会新闻。有些知道贯一和鳄渊的人，觉得他们这回就算不死，恐怕也被打成了半个残废，甚至还有人觉得，他们这种人死不足惜，没把他们给打死，真是一大遗憾。关于凶手是谁，虽然还没有抓到，但是各大报纸和读者的看法倒是一致：一定是在借贷关系上对他们心怀不满的人。

　　今天一早，直行就到医院去看望贯一，他的妻子虽然留守在家，但是心里也挂念贯一的伤势。夫妻俩齐心协力地照顾着贯一，为他遭到这样的不幸感到悲伤，甚至不惜花费重金来为贯一治疗，祈祷他能连一点小小的疤痕也不留下，完全康复起来。

　　鳄渊看到自己一直视为心腹，当成亲生儿了看待的贯一居然遭到这样的灾难，就像是自己遭到别人暗算一样，万分懊悔。为了让别人看看他鳄渊绝不是会屈服在威胁之下的人，他对住院中的贯一百般照顾。他就像是发了狂似的用尽一切手段，要将暗地里下这样毒手的卑鄙小人斩草除根。

鳄渊的妻子担心自己的丈夫有一天也会惨遭毒手，如果这样的话，又该如何是好？想到这里，她不由得悲从中来，担忧、痛苦、恐惧，各种复杂的情绪敲打着她的心，让她感到无法抑制的害怕。

贯一平时认认真真替主人办事，却与人结怨，最后还被误当成自己的丈夫遭人暗算，真是非常可怜。有他这样一个勤恳办事的好帮手，不知道为我们省了多少心。真应该好好感谢他。她一会儿想到这个，一会儿又想到那个，心虚得厉害，惭愧、恐惧、内疚，忽然之间一齐涌上心头，占据着她的大脑，责问着她，让她痛苦得难以承受。

一只养了好几年，长得已经像一只小狗那么大的猫，在火钵旁边的猫板上睡得正香。它像一个雪球一样圆滚滚的，一条前腿懒洋洋地伸着，脚爪埋在了灰里也不知道。妻子由于昨天晚上忙了一夜，今天又过度操劳，再加上原来就气虚体弱，这时候在迷迷糊糊地打着盹儿。忽然她的耳边传来门铃的响声，妻子一下惊醒过来，心想大概是丈夫回来了。这时，隔门被推开，进来一个年纪二十六七岁的青年。他个子不高，脸色有些苍白，脸庞消瘦，嘴上留着一小撮胡子，头发乱糟糟的。身上穿着一件双层风衣，衣领立了起来，手上拿着一顶刚脱下来的黑呢帽。他那高挑的鼻梁上，架着一副玳瑁镜框的眼镜，目光犀利，仿佛看什么都来气似的。

妻子的脸上浮现出喜悦的笑容："哎呀，是直道啊，你回来啦？"

男子把外套脱下来丢在一个角落里。他穿着一件不太新的西式礼服，一条宽松的灰底黑纹的西裤，灰色提花的领结，橡皮领口和袖口都已经有点脏了。妻子连忙站起身来，把他的外套挂在了柱子的折钩上。

"发生了这样的事，爸爸怎么样了？我今天一早看到报纸，吓了一跳，赶紧赶回家来。情况怎么样了？"他还来不及问候行礼，就急急忙忙地问着。

"啊，报纸上啊，出事的不是你爸爸。"

"什么？不是在坂町受了重伤，然后就进了医院吗？"

"那是间贯一。你以为是你爸爸？真烦人，不知道怎么搞的。"

"原来是这样。可是，报纸上清清楚楚地写着爸爸的名字。"

"那是报纸弄错了。你爸爸刚才到医院去探望贯一了，待会就回来。你先坐下来，慢慢等着。"

听母亲这么一说，直道反而觉得有些出乎意料，他并不觉得高兴，脸上甚至带着点失望的神情，哑口无言地坐了下来。

"这样说来，间贯一遭到暗算了？"

"是啊，贯一真是太可怜了，受到这种飞来横祸，伤得很重呢！"

"现在怎么样了啊？看报纸上的报道，是说受了重伤。"

"报纸上写得没错。虽说不至于残废，可是要完全康复，少说也得三个月。贯一真是太不幸了，而且，你爸爸为了这件事，也非常担心。把贯一送进了最好的医院，每天细心地照顾着，虽然也不用过于担心，可看他的样子，真是伤得不轻啊！他的左肩骨折，连手也抬不起来，还有那些擦伤、跌伤，大片绀青的地方，肿得像蚯蚓那么粗，浑身都是伤啊！而且，因为头部受到了重创，昏迷了过去，医生说，头脑还有可能出毛病。但从他恢复的情况看来，应该还不至于那样。那天晚上，我看他被送进医院的时候，神志不清，气息也非常微弱，就像是游离在生死的边缘，我心想这肯定是没救了，没想到，他还是挺过来了。人类真是超出想象地坚强呢！"

"这真是一场灾难，贯一也太悲惨了！一定要好好照顾他才行。对了，爸爸有没有说什么？"

"你是说？"

"贯一被打的这件事。"

"他说，一定是因为债务问题被人怀恨在心，那些家伙看到纠纷无法解决，就铤而走险出此下策。这回你爸爸都气得不行了。你也知道，贯一平时为人温厚，也不会随便和别人起冲突，却遭到如此暗算，更让人觉得可怜。"

"好在贯一还年轻，如果是爸爸的话，恐怕被这样一打，连命都保不住了。您说是不是？"

"哎呀，你别这样乌鸦嘴！"

直道低下头沉思起来。过了一会儿，他又慢慢抬起头，带着痛恨的眼

神说:

"妈妈,事情都到这一步了,爸爸还不准备放弃这种买卖吗?"

母亲露出了为难的神情,支支吾吾地说:

"这个……我也不太清楚……这不是我能说得清的事……"

"眼看着这样的报应就落到爸爸头上……妈妈,间贯一遭此横祸,绝不是他一个人的事啊!"

"在你爸爸面前可千万别说这种话!"

"我就是要说。今天我说定了!"

"就算你说了又有什么用?到现在为止,你已经不知道劝过他多少回了。可是你又不是不了解他的脾气,他能听得进去吗?他就是这么固执的一个人,不会听进别人的话的。我看,你也就睁只眼闭只眼算了。"

"并不是我要多管闲事。如果是普通的事,佯装不知也就算了,可是,唯有这件事,我是绝不能放任的。我在外面没有什么可操心的,只有这件事让我烦心不已。我成天为此担忧,晚上也睡不好觉。我一直觉得,不管在外面有多辛苦我都可以忍耐,只有这件事一定要早日解决才行。就算我们全家乞讨度日也好,为什么要去做这样的买卖呢?"

他越说越伤心,低下头去哭了起来。母亲觉得就像是自己受到了责备似的,觉得又惭愧又心酸,处在这样一个位置上真是难堪,可是又找不到什么话来为自己辩解。看到儿子那伤心的样子,她心里也不好受,好不容易才找出些话来安慰他:

"你的话固然有道理,可你爸爸的脾气和你完全两样。你说的话,你爸爸听不进去;你爸爸做的事,你也不能理解。我夹在你们中间,真是为难。现在总算攒下了不少家业,我也想安心度日,再让你早日成家,好享受天伦之乐。可就算我有这种想法又有什么用呢?你父亲的脾气那么犟,根本不会把我这点心事放在眼里,弄不好还会发脾气。我早就看透了这一点,所以才一直没说。我知道你心里苦恼,也觉得你可怜,可又有什么办法呢?我只能把这些咽在肚里,心里暗暗担忧,我自己也苦得很啊!"

"我知道你心里不痛快。刚才说的那番话,你也听不进去。这样下去,只会让彼此更难受。儿子啊,这是我们娘儿俩的知心话。虽然我不知道你爸爸的想法,可妈妈我是非常愿意听你说的。这一点,你爸爸也是很清楚的。现在他这样对你,我心里很是担心。他有他自己的一套想法,绝不会按照你的话行事的。

"而且,现在因为间贯一的事,你爸爸心情很糟。如果你在这时候来劝他,反而会把事情弄砸。直道,你就听话吧,就算是妈妈拜托你的,啊?"

确实如母亲所言,她夹在父子俩中间很难做人。她怕事情闹大一发不可收拾,一个劲儿地苦苦劝着。直道不住地流泪,他摘下眼镜,擦了擦眼睛,哽咽着说:

"每次您这样劝我,我总是忍着不说出口。可是今天,您就让我跟爸爸说吧!不趁此时,以后就再也没机会了。今天受到报应的是间贯一,下一次恐怕就是爸爸了。所以,要说的话就是今天。今天不说,我这辈子都不再说了。"

母亲看到儿子心意已决,不禁吓得身上直冒冷汗。直道摸了摸鼻子,又接下去说道:

"本来我也觉得,爸爸有他自己的道理,我这样一直干涉也不太好。可是我实在讨厌这个行当,不管怎么跟爸爸说,他一句也听不进去。我就是因为不想看到这种肮脏的买卖,所以才离开你们,一个人搬出去住。实际上,我心里也万分痛苦。

"不能为父母尽孝道,枉为人子。你们也一定觉得我是个不孝子吧?"

"我们绝没有这样想。你也有你的立场,只是,一家人住在一起当然最好……"

"我心里何尝不期盼着过这种日子?我虽然嘴上任性说'我宁愿一个人搬出去住也不愿住在这个肮脏的家里',这几年一个人也算勉强活下来了。可是把我辛辛苦苦养育成人的是你们啊,是你们的恩德啊!我明知这些道理,却处处惹父亲生气。您也知道我心里的苦楚,这都是万不得已。我并不想违背父亲,也不是讨厌和父亲一起生活,我实在受不了这样肮脏低贱的高利贷行业。把自己的快乐建立在别人的痛苦之上——这是最卑鄙无耻的行业！"

他颤抖着说了这些话，眼里又噙满了泪水。母亲觉得无地自容，不知道如何是好。他又泪眼模糊地说：

"我的才能比不上父亲，却还说出这种狂妄自大的话来，真是不知羞耻！可是，就算过得辛苦一点，凭自己的力量，也不至于让父母挨饿受冻。只要一家人能开开心心生活在一起，就算住在破草房里也心甘情愿。不会被别人在背后指指点点，不受到怨恨，也不犯下罪孽，清清白白地过日子。人生在世，钱并不是最重要的，难道有了钱就可以随心所欲了吗？何况还是不义之财。用这种伤天害理的钱财来过日子，只会损害阴德，受到因果报应。眼前的这一切，难道还不可怕吗？除了早日放弃这一行，别无他法。如果你明知后果如何，却还一意孤行，那真是可悲！"

举头三尺有神明，因果报应，就在眼前。直道的心里，无时无刻不为父亲的境遇担忧。他怕有一天，父亲会遭到仇人的毒手，横死街头，尸骨被恶狗啃食，脸上满是污泥，一条破草席一卷，了此一生。这些情景总是清清楚楚地浮现在眼前，让直道非常恐慌。他只想用自己的一片诚心来感动父亲，觉得这是唯一的办法。虽然事情都还没发生，可是直道由于过分担忧，内心痛苦万分。他的声音从牙缝里进出来，把母亲吓得不知如何是好。这时，门外忽然传来停车声，隔门上的门铃响了。丈夫回来了！母亲不停地拍着自己怦怦直跳的胸口，试图让自己平静下来，又连忙摇摇直道的肩膀，在他耳边小声地说：

"直道，是你爸爸回来了。这副样子被他看见就糟了。快点到那边去。记住今天什么也别说……"

脚步声已经传到隔壁的房间了。母亲赶忙起身迎了出去，可还是迟了一步。纸门从外面被拉开，鳄渊那高大伟岸的身躯出现在阿峰的面前。

"哦，是直道啊，好久没回家了吧，什么时候来的？"

他看到直道也在，就这样问着。那宽广的额角红得发亮，一双滴溜溜的小眼睛带着愉快的神情。妻子像往常一样，站在那里等着为他脱外套。

她担心直道会出言冒犯父亲，故作镇定地替儿子回答道：

"来了没一会儿。想不到您这么早就回来，真是太好了！对了，间先生现在的情况怎么样了？"

"真是不幸中的万幸啊！他的伤势比想象的轻。这样看来，也可以不用那么担心了。"

他身穿一件绣有三朵家纹的精致斜纹夹棉外褂，一边理着衣领，一边心情愉快地走到火钵旁。直道总算抬起头来，向父亲行礼。

"这是怎么啦，直道？脸色这么奇怪？"

他摸了摸嘴唇上那棕毛似的胡子，皱着两条短而浓的眉毛。妻子在一旁紧张得不行，仿佛踩在刀山上一样。直道抬起头来，双手交叉抱在胸前，气势汹汹地看了父亲一眼，又低头朝下看，慢慢开口道：

"我看了今天早上的报纸，说爸爸您受了重伤，所以马上来看望您。"

鳄渊摸了摸自己已满头白发的脑袋说：

"那个啊，不知道是哪家报纸，把我和间贯一搞错了。要是我的话，才不会被打成这个样子，弄得脸都丢光了。别说对方是两个人，就是来五个人也不是我的对手。"

站在直道身边的母亲悄悄拉了拉他的衣服，示意他不要说话。直道犹豫了一会儿，没有马上开口。

"你这是怎么了，脸色这么难看？"

"是吗？可能是我过于担心了。"

"担心什么啊？"

"爸爸，我已经跟您说过无数次了。您就不要再干这种买卖了吧？"

"又是这个！不要说了！不要再说啦你听到没有！该收手的时候自然会收手。"

"等到那时恐怕已经晚了。今天早上我在报上看到您被打得半死不活的消息，心里不知道有多懊悔。要是早点劝您不要干这种事情，或许就不会发生了。好在侥幸逃过一劫，也更觉得您应该采纳我的意见。否则，这样下去的话，您迟早会遭受和间贯一一样的噩运。我劝您放弃这个行业，并不是因为害怕觉得内心恐惧。如果是为了伟大的事业而献出宝贵生命，那也在所不惜。可这是放高利贷牟取暴利而和别人结怨，以致受到了报复，这是多么让人脸上蒙羞的事啊！一不小心连命都丢了，就算不死也变成了残废，一想到这样的事就要发生在爸爸身上，我担心得每天都睡不着！

"凭我们现在置下的家业，生活根本不成问题，也足够您们二老平安幸福地颐养天年。人生不过是弹指一瞬间，又何苦同别人结怨，赚取这种不义之财呢？钱财本是身外物，就算家财万贯，又怎么用得了那么多？最后还是留下来给子孙而已。爸爸，您只有我一个儿子，我一分钱也不要您的。既然这样，您又何必为了这个无用之财，日日受别人的怨恨，为世人所唾骂，甚至弄得父子反目？就算对爸爸您自己来说，这份财产也没有给您带来想要的名誉和快乐，难道不是这样吗？

"如果您的心里还有我这个儿子的话，就不要把财产给我，只求您能采纳我的意见。不，这不仅仅是我的意见，这是我的愿望啊，是我这一生中最大的愿望。就请您听我的话吧。"

直道在父亲面前低着头，一直不敢抬起来，他的眼里满是泪水，连脸颊都被打湿了。

父亲并没有勃然大怒，反而面带微笑，温和地对直道说：

"你能这样为我着想，说出这番话来，我也感到非常欣慰。但这不过是杞人忧天而已。你和我不同，你本来就精神紧张，所以才会这么想。世界上的事情不是你想象得那么简单，所以，用你一个学问家的头脑来责备一个实业家，完全没有道理。遭人怨恨，被人毁谤，这些对我们这行的人来说，不过是自私自利的想法罢了。所谓世人的毁谤，不过是一些嫉妒之人私底下爱嚼口舌。在这个社会，无论你从事哪一行，只要你有钱，必定会受人攻击。那些没有工作的人因为贫困而受人同情。有钱又有好名声，这样的人，是一个也没有。事实就是如此。你作为一名学者，心情自然和别人不一样，不把这些钱财放在眼里。可是天底下又不能全是学者，对吧？而对一名实业家来说，只有钱才是最重要的。说到人的欲望，不外乎就是钱。这样看来，如果不是钱有着什么好处，又怎么会人人想要呢？钱怎么好，好在哪里，恐怕是身为学者的你所不能理解的。

"你说钱只要够用就可以，除了必要的开支，再多的钱财也是无用。这不过是你一个学者的片面想法罢了。只要满足了自身的需求，就没有必要再去追求更多，如果人人抱着这种想法，那么社会将不会发展，国家也终会走向灭亡。假设一国之中尽是隐士，那么国家又将会怎样呢？所以说，欲望无止境，才是国民生命之根本！

"你不是责问我，说要那么多钱有什么用。哪怕什么用也没有，我看到钱一天天多起来，心情就无比舒畅。对我来说，赚钱是一件非常愉快的事，就好像你研究学问也感到非常愉快一样。如果你们读书也是适可而止，那么学问又怎么会有所长进呢？对于这一点，你又要怎么回答呢？

"你口口声声说这是不正当的行业，是肮脏的交易，可如果君子爱财，人人都取之有道的话，这个行业又为什么会存在？我们放出了高利贷，确实是这样，但是为什么要收高利？你知道为什么吗？因为他们根本无所抵押！既然这些借债人没有任何资产可以抵押，我又把钱借给他们，行了方便，那么自然要收取高额的利润作为报酬。再说了，我又没有谎称收取低利息来欺诈大家。没有资产抵押，借钱自然是高利，这一点大家都是心知肚明的。那么，这怎么说得上是不正当？怎么谈得上是肮脏？如果觉得利息高是不正当的事，那么从一开始就不要借钱好了。当今的社会，借高利贷来救急的事情屡见不鲜。如果说放高利贷是件不正当的事，那么造成这种不正当之事根源的这个社会，才是名副其实的不正当呢！正是因为有人要借钱，我们这一行才应时而生。如果不是有那些非借钱不可的人存在，那我们这一行也无从立足。把握商机，顺应社会潮流，就是经商者的精魂所在。

"钱这种东西，有谁不爱？人人都想把钱搞到手，一旦到手就不愿放开。要想自己的财产比别人的更多，就必须采取一些不同寻常的手段。如果这样两相情愿的借贷，这样赚钱都被说成是不正当，那所有商业买卖都是不正当的了。从一个学者的眼里看，或许一切赚钱的手段都是不正当的吧？"

听了鳄渊的长篇大论，妻子也觉得不无道理。她不时偷看着直道的脸色，觉得他这回一定理屈词穷，无法辩驳了，因而稍稍松了一口气，心里暗暗高兴。

没想到直道严肃地摇了摇头说：

"无论是学者还是商业家，都是同样的人。既然是人，就应该恪守为人之道。我并不是说赚钱就一定是坏事，只要赚钱的手段是正当合法的，无论赚多少也没有关系。乘人之危牟取钱财的高利贷行业，绝不是一个正人君子所为的行业。您居然还说这是所谓的经商者的精魂所在，真是太……就拿这次间贯一遭到暗算这件事说吧，您是怎么看待这种行为的呢？您恐怕不觉得这两个汉子是为了报仇雪恨，您一定觉得他们都是些卑鄙无耻的龌龊小人吧？"

直道提高了声音，逼问着父亲。他看到父亲顾盼左右并没有回答，又降低了嗓音问道：

"您觉得呢？"

"当然了。"

"当然？没错，虽然不知道这些家伙是谁，但确实是些无耻之徒，本性恶劣。不过，单从报仇这一点而言，他们可是非常漂亮地达成了目的。暂且不论他们使用了何种手段。"

父亲还是没有回答，只是含笑捋着他那红红的胡子。

"就算他们卑鄙无耻，手段下流，可是却称心如意、漂漂亮亮地报了仇，他们一定感到很满足吧。而被暗算的一方，却恨不得把他们捆起来杀个痛快，以解心头之恨。"

"可是爸爸，您的经营方法和他们的做法，难道没有许多相似之处吗？这次间贯一遭到这样的毒手，您心里一定懊悔不已，痛恨着那些家伙。那么您换个角度想想，那些向您借了高利贷而深受其苦的人，心里不也是这般痛恨着您吗？"

听了儿子的话，母亲又感到惶恐不安起来。她不知道丈夫要如何回答儿子的这一番大道理，只觉得儿子说得处处合情合理，无可辩驳。她内心慌乱，不由得偷偷观察着丈夫的脸色。丈夫镇定自若，仿佛觉得儿子的这番论述很有意思似的，脸上甚至还浮现出了微笑。

对丈夫的这种微笑，妻子心里再清楚不过。这种情况下，一般人是笑不出来的。他脸上虽然带着这种微笑，心里却早已在揣摩着对付别人的办法。

直道本来就脸色苍白，这时候更是没有一丝血色。他的声音变得高亢而尖锐，放在膝盖上的双手不自觉地颤抖着。

"说来说去，都是浅显易见的道理，多说无益。再这样说下去，只会让您不高兴。我以前就多次劝过您，到了今天还这样不厌其烦地说一通，是因为我实在担心您的安危。您知不知道，暗地里我为了这件事，受了多少苦流了多少泪？您明白我的一片苦心吗？每次一想到这件事，我书也不想念了，什么事也不想做，只想抛下一切，归隐山林，落个清闲自在。爸爸您说这种行业没什么不正当的地方，您难道不知道人家有多么恨您吗？大家把您当成是阎王爷身边的小鬼，不齿与您为伍。您可能会说'我才不管社会上的人怎么看'。可是您想过没有，我是您的儿子，听到别人这样说自己的父亲，我的心里有多难受！您不管社会上的人怎么对待您，可是我们还要在这个社会上生活啊！因为您的行业，我们受到别人的唾骂，受到社会的排挤。我一个堂堂男子汉，连活下去的脸面都没有了，这就是最大的悲哀！如果您从事的是什么高尚的行业，即便不为世人所理解，不被社会所容纳，最后被社会所憎恨所抛弃，那么就算是饿死街头，我也高高兴兴地和您在一起。就算是沦落到这一步，我也觉得这是我们父子俩的名誉，这是我们整个家族的名誉。而现在，我们之所以被社会抛弃、被人们疏远，完全是因为自作自受，是不顾脸面而招致的恶果啊！"

痛恨的泪水从直道的眼中喷涌而出，他不自觉地抬起头来，看着父亲的脸。鳄渊还是那副满不在乎的样子。

直道像是下定了决心，非要在今天一吐为快。他又继续说下去：

"从这件事，可以看出他们有多恨间贯一。他不过是您的一个伙计，都遭到如此毒手，可见您自己受到了多少怨恨和憎恶。我真是不忍心再说下去。"

父亲忽然打断了他的话："行了，知道了，我完全知道了。"

"那么，您是接受我的劝告了？"

"这个嘛，知道了。知道是知道了。"

"既然您说已经知道了我的话，那么，您是准备接受我的劝告啦？"

"我的意思是，你的话我完全了解。不过，你是你，我是我。"

直道忍不住握紧了拳头。

"你还是太年轻，太年轻喽！一心只读圣贤书是没用的，也要多了解了解社会。你念及父子之情，这样为我着想，你的一片好意我心领了。我知道你心里在想什么，也了解你的意见，不过，我有我办事所信奉的准则，就算你好心好意劝说我，也不能硬逼着我听你的话吧。这次间贯一遭到这样的灾难，你一定是在担心，将来有一天，我会受到更严重的毒害。是这样的吧？"

直道知道多说无益，只是沉默不语。

"我非常感谢你能这样为我着想。不过，我的这把老骨头，还是交给我自己做主吧！"

他说着，徐徐站了起来。

"我还有些事情要办，得早些走。"

他匆匆忙忙披上那件双层外套，出门去了。妻子拿着帽子，从后面跟了上来，悄悄地问他要去哪儿。他皱着那个大鼻子说：

"我在这儿的话更麻烦，还是离开好些。你就好好劝他几句，让他回去吧！"

"什么？那怎么能行？你这样走了，我一个人怎么说啊？"

"没关系的。"

"怎么会没关系呢！我可怎么办啊？"

阿峰急得直跺脚，一脸迷茫地看着丈夫。

"有你在的话没问题的。况且他不是马上要走了吗？"

"你就不能等他回去了再走吗？"

"有我在，他是不肯回去的。我还是早点走。"

他不管阿峰还一脸不情愿地站在那里，头也不回地走出了大门。阿峰不敢追上去，她害怕受到丈夫严厉苛责的心情，就像害怕踩到老虎尾巴一样。阿峰回到房间,进门一看,直道呆呆地坐在那里,一语不发,只是低着头笼着双手。

"该到吃午饭的时间啦!你想吃点什么?"

他还是一动不动。母亲又唤了一声。

这时,直道才回过神来,抬起脸叫了一声:"妈妈!"

这一声难受的叫唤,深深刺痛了母亲的心。她想到直道年幼的时候,体弱多病,她常常在他枕边守着他。回忆起往事,母亲的心里一阵心酸。

"那么,我先回去了。"

"还早着呢。着急什么啊!"

母亲的心里,忽然莫名地痛起来,不知道为什么,她是这么地不想让儿子离开。

"已经到吃午饭的时候了,难得回家来,吃了饭再走吧……"

"我吃不下……"

第二章

主人公间贯一正住在大学第二医院里,日夜承受着重伤的痛苦。趁现在无事可记的闲暇,就让我们来听一些阿宫嫁到富山家以后的情况吧。

自从一月十七日和贯一在热海的月光下诀别之后,家长便定了三月三日的良辰吉日,为阿宫和唯继的大喜之日。可就在这时候,贯一失踪了。这件事无疑大大出乎鸭泽一家的意料,闹得家里不得安宁。鸭泽夫妻感到十分头疼,而阿宫的心情自不用说,当然是万分悲痛。她怎么也割舍不下对贯一的爱情,悔恨得一直哭泣,同时,又担心去向不明的贯一是否平安。

最开始阿宫觉得,贯一不过是一时赌气离家出走,用不了多久就会回来。可是一天天等下去,贯一还是没有回来,她又祈祷着在出嫁前能和贯一见上一面,哪怕非常短暂也好。她在内心深处暗暗安慰自己,重逢的日子一定马上就会到来。可是自己出嫁的日子如潮水般一天天逼近,贯一却毫无消息。在焦急而无奈的等待中,阿宫甚至跑到平日里一直觉得不可信的占卜者那里去问卦。占卜者告诉她,将来或许能再相逢,但眼前是希望不大了。但是阿宫又觉得,贯一平时有什么事,总是喜欢写下来,这次他也一定会写一封长长的书信来抒发自己的感情,表达内心的怨恨,这一点是毋庸置疑的。于是阿宫每日翘首等待着贯一的书信。不幸的是,占卜者的话说中了,阿宫甚至连贯一的一句怨言也没有等来。

阿宫最初觉得,在出嫁前无论如何也要同贯一见上一面。等她知道这个希望落空,又寄希望于哪怕只有贯一只言片语的来信。只可惜事与愿违,她不希望的事情,却像滚雪球似的离她越来越近了。她每日苦苦等着贯一的来信,简直是望眼欲穿,而两个多月的日子,却过得比这一天还快。不知不觉,已经到了三月三日这个出嫁的日子。阿宫终于抛弃了曾经身心相许的初恋,在无尽的痛苦和绝望之中度过了人生中本应最快乐的大婚之日。

阿宫在和贯一分开之后,才深深体会到自己有多么爱贯一。

自从贯一音信全无后,不堪忍受思念之苦的阿宫,总是在傍晚来到贯一的房里,轻轻地倚靠在贯一的桌边,回忆着过去的点点滴滴,闻着贯一的衣服,想起贯一身上那熟悉的气息,抚摸着贯一的照片,把它贴在自己的脸颊思念着他。她心想:只要贯一能原谅我,写一封温柔的信给我,那我马上丢下双亲和家庭,立刻就奔入他的怀中,和他远走高飞。定彩礼的日子到了,可是阿宫的心里,还是没有把富山唯继看成是自己的丈夫。然而,她也清楚地知道,自己最终还是要嫁到唯继家去。

阿宫只觉得心乱如麻,一点头绪也没有。要说她深爱着贯一,无法抑制地想着他念着他,可是她也并没有下定决心,要改正自己的过错,坚守自己的节操,保全自己的爱情。对和贯一的爱情,她虽然觉得遗憾和痛苦,可是又没有改变现状来捍卫爱情的觉悟;而唯继这一边,虽然觉得这段姻缘有点草率,可是又觉得事已至此,已经无法挽回。她既不能忘记和贯一甜蜜的初恋,又贪恋着荣华富贵的生活。就在这样的空虚、迷惘、犹豫不决和无所适从中,日子如流水般逝去,不知不觉就到了三月三日的大喜日子。

新婚之夜,当阿宫和唯继喝交杯酒的时候,阿宫还是未能从心里把唯继当成自己的丈夫。只是觉得，从今往后，他就是我的丈夫了，这是改变不了的事实。她在心里暗暗思量着：我的心早就许给了贯一，我的身体却由于因缘巧合许给了唯继。就算我的身体给了唯继，我的心也是永远属于贯一一个人的。阿宫知道这样的想法是违背妇德的，不过就算违背妇德，此生此世也无法避免了。在这种复杂的心情中，阿宫成了唯继的妻子。

新郎一心一意地爱着阿宫，无微不至地关心她，照顾她。阿宫呢，虽然日日锦衣玉食，享尽荣华富贵，可是想到自己以后恐怕再也难以和心爱的贯一相见，就不由得情绪低落，内心愁苦。她无法敞开心扉接受丈夫的爱，只是尽着作为妻子的本分，机械地伺候着他罢了。唯继娶了一位花容月貌的妻子，竭尽所能地爱着她让她高兴。但是，哪怕把阿宫拥入怀中，阿宫也是一副冷冰冰的样子，这让唯继在得意之中又觉得有些莫名其妙。最令他骄傲的是，结婚仅两个月，他最爱的妻子就怀孕了，在第二年的春天，生下了一个漂亮的男孩。可是，让阿宫感到无比悲痛的是，孩子出生才三个月就得了重病，他们请来了最好的医生，还是无法医治。这个可怜的孩子，因为得肺病早早夭折了。

阿宫生了孩子之后，姿色却丝毫不减当年，只是平添了几许淡淡的忧愁。这反而让她更加受到丈夫的爱怜，蒙受更多的宠爱。唯继不知道为什么妻子总是一副闷闷不乐的样子，他在心里觉得纳闷儿，又觉得或许妻子天生就是这样一个冷美人，于是也就没有多问。

虽然阿宫备受丈夫的宠爱，可是她却没有改变初衷。自己背叛了生命中的最爱，舍弃多年来的感情而嫁给了唯继，犯下了无法弥补的罪过，没有想到还生下了别人的孩子。怎么能犯下这种不可饶恕的过错啊！一想到这里，她就觉得羞愧难当，万分悲痛，甚至还怨恨起父母来。自从失去了这个孩子，她就在心里暗暗发誓，以后绝不给唯继生孩子了。两年过去了，三年过去了，到了四年后的今天，阿宫还是坚守着自己的誓言，没有给唯继生孩子。

忧伤的情绪日益笼罩着阿宫的心，她反复思考着一个问题：为什么要嫁给唯继？她这样责问着自己，更加觉得内心为巨大的痛苦所占据。她觉得自己就像是这个豪宅里的一件装饰品,没有生命没有思想,只是如行尸走肉般地伺候着丈夫。想到自己已经身为人妻,就觉得像是一只被关在金笼子里的鸟,日日望着外面的蓝天。过去一心向往的荣华富贵的生活,现在在她眼里,连粪土都不如。在这四年,让阿宫日思夜想、念念不忘的,只有贯一。自从热海诀别,贯一一直音信全无,直到在田鹤见府里见到贯一,这一晃已是四年。其实,阿宫的娘家并非没有听到过一些关于贯一的传闻,只是天底下怎么会有这样愚笨的父母,无缘无故把消息告诉女儿平添事端呢?如此,阿宫就断绝了一切关于贯一的消息。

世界上的事情就是这么奇妙,没想到又见到了让她寝食难安、无法忘怀的梦中人。此时此刻,阿宫的心情该是多么复杂啊!她就像是一个饥不择食的人,恨不得一眼就把四年来那无尽的相思之苦,那日日期盼见面的急不可待的心情,全部弥补回来。自那日以来,她的欲望之火越烧越旺,再也无法抑制。她觉得,只要能见到贯一,和他再续旧缘,哪怕是违背妇德,付出再大的代价也在所不惜。

那天她已经从静绪那里打听到了贯一住在五番町的鳄渊家。虽然路途不远,可是书信难通,以自己现在的身份又不好随便外出。阿宫的心里非常焦急,可是又没有办法。不过转念一想,现在至少还知道贯一的住所,比起前些年音信全无的情况,又不知好了多少。她在心里安慰自己,和贯一再相逢,就如囊中取物一般容易。阿宫内心忧伤,相思之情无法排解,于是决定写一封长长的书信。这封信并不是要找机会寄给贯一,也不是要表达见面时无法诉说的感情。她只想通过文字,来抒发自己内心的寂寞愁苦罢了。

阿宫忘不了贯一,也忘不了热海诀别之痛。冬去春来,岁月交替,每到一月十七日这天,昔日那无法忘怀的伤痛总是被勾起,在那无尽的悔恨的心里又刻上一层新的烙印。

"每年的今日,你一定会看到我的眼泪蒙住了月亮。要是月亮被蒙住的话,那你就知道,一定是贯一在什么地方恨着你,像今晚一样地哭泣!"

贯一哭泣的说话声总是在阿宫的耳边回响。每年的这一天夜里,她总是要看看月亮有没有被云朵蒙上。然而，这种可以证明贯一在哭泣的象征，一次也没有出现过。于是，阿宫感到心安了一些，觉得贯一现在大概已经不怨恨我了吧。可是她又忍不住想，贯一现在在什么地方呢？他是在想念着他的阿宫吗？他在做着什么呢？

不知不觉，已经到了第四个这样的夜晚。晴朗的天空从午后就阴沉沉的，又刮起了寒风，天气变得又阴又冷。阿宫觉得心里特别烦乱，手中拿着笔要写信，可是又觉得无法思考，一点思绪也没有，于是越发心烦起来。

寒气渐浓，阿宫走到西式房间里，让下人把暖炉生起来。在这间有十张榻榻米大的房间里，所有的窗子都拉上了帷幔，连一丝缝隙也没有。炉火渐渐旺起来，室内温暖如春。阿宫把丝绸花衬衣的下摆掀开一些，好让身子舒畅一点。她斜靠在铺着红花缎垫的安乐椅上，那美丽的双眸凝望着雪白平坦的天花板，仿佛能眺望到自己心灵深处一般。

丈夫不在家的时候，阿宫就是这个家的主人。她上面没有需要侍奉的公婆，下面没有需要费心照顾的孩子，身边也没有需要留神的小姑，所有的家中杂事都交给一个老妈子和两个小丫头去打理。她日日悠闲自在，出门有车代步，三餐有山珍海味，还有一个最让人羡慕的对自己百般爱恋、万般呵护的丈夫。这对一个年轻的妻子来说，还有什么比这更幸福、更快乐的事呢？简直就是人生的黄金年代。阿宫心里也暗自感慨，这就是世界上所有女子朝思暮想、梦寐以求的生活啊！而我如今，已经达到了幸福的顶峰了吧！

唉，可是我为了这样梦想中的生活，把再也难以得到的恋人抛弃了。就算我现在享遍世间荣华，也无法弥补当年热海之夜所带来的无尽伤痛。想到这里，她悲伤地叹息起来。时至今日，阿宫终于明白了一个道理，我过去所追求所向往的奢华生活，如果没有我爱的人一同享受，那也没有任何意义。物质上的奢华和精神上的快乐，如果不可兼得的话，那在这二者之中，又该如何选择呢？虽然她现在已经能清楚地给出答案，可为时已晚。

在这寒冷的天气，在这温暖的房间，渴望爱情的身体，多想依偎在爱人的身边，在他耳边诉说热火的情感。阿宫一想到这里，就觉得撕心裂肺的痛苦将她紧紧包围。此刻，我在这里等待的，却不是我想等待的人。她越想越觉得胸中苦闷，于是离开了安乐椅，走到窗边，撩起帷幔，百无聊赖地望着窗外的景象。不知什么时候，天空飘起雪来，院中已铺上了一层薄薄的白粉。阿宫呆呆地看着窗外纷飞的雪花，一月十七日那一天的感受强烈撼动着她的内心。她静静地伫立着，仿佛要从飘落的雪花里聆听到什么语言似的。正在这时候，唯继回来了。他轻轻推开了门，阿宫沉浸在自己的思考中，没有注意到开门声。一双冰冷的手从后面将阿宫紧紧抱在胸前，阿宫"啊"地惊叫了一声。她虽然回不过头去，但从那熟悉的香水味中，她知道是丈夫回来了。

"哎呀，您回来啦！"

"好冷啊！"

"忽然下了大雪，一定冻坏了吧？"

"不知道为什么身上这么冷。"

阿宫服侍丈夫在安乐椅上坐下，又亲自来到火炉边添上薪炭。刚才她还一心一意地想着贯一，一转眼却又服侍着丈夫唯继。想到这里，她觉得自己真是不应该。此时的窗外，风中飘舞的是雪，压在树梢上的是雪，落在庭院里的是雪，放眼望去，白茫茫一片，这难道就是贯一对我那无尽的怨恨吗？阿宫觉得内心痛苦无比，备受良心的谴责。然而在丈夫的眼里，美丽的雪景和美貌的妻子，让他感到非常得意。他岔开八字腿，脸色渐渐暖和过来。

"下吧下吧，这样的雪景，也很有几分情趣嘛。这会儿围着火锅子，喝上几杯美酒才好呢！去拿个火锅子，火锅可是个好东西啊！再煮上一壶咖啡，稍稍多加点白兰地。"

阿宫正准备往外走，被唯继叫住了。

"这点事吩咐下人去办就可以了，你就留在这里陪我吧！"

他按了一下电铃，拉着阿宫来到火炉边上，又把阿宫的手夹在自己的腋下暖着。阿宫虽然顺从着丈夫，可她的脸上看不到一丝喜悦。

"你是怎么了？身子不舒服吗？"

阿宫被唯继一拉，仿佛要跌倒似的倒在了椅子上。唯继把脸凑过去，鼻子几乎快要碰到阿宫的脸。他仔细地盯着这张脸看了好一会儿，说：

"你的脸色不太好。是因为下了雪天气寒冷吗？是胸口疼，还是头疼？什么都不是？那是为什么？如果身子没有不舒服，就不能稍微高兴一点吗？你这样成天唉声叹气地阴着脸，让我不免担心是不是我们夫妻间的感情太过冷淡。我有时候甚至忍不住怀疑，你对我的爱是不是太淡薄了。什么？没有这回事吗？"

门忽然被推开，下人奉命将准备好的东西端进房来。唯继从来不在别人面前掩饰对妻子的爱抚，但是阿宫觉得有些不好意思，走到一边去。下人知道唯继不避讳这些，于是装作没看见的样子，把食具和酒放在桌上，退了出去。虽然唯继这样执拗地爱着阿宫，但阿宫仍旧是冷冷的样子，内心满是忧伤。

雪越下越大，雪花在寒风中乱舞着。夜幕降临，美妙的夜晚马上就要到来了，唯继的眼角，流露出高兴的神情。

"最近这段日子，我觉得你看起来特别忧伤，这样天天闷在屋里，只会变得更郁闷。前些天我碰到鸟柴的太太，她也这样说呢：'最近很少见到您夫人。一起去看看戏什么的不也挺好吗，就算您把她当成掌上明珠，也不能天天藏在金屋里。哎，你就发发慈悲，让我们姐妹几个多聚一聚嘛。'她这样一说，倒让我觉得很尴尬呢。对了，你应该也听说了，这次的选举，实业家福积先生不出所料地当选了。他这次能当选，我也暗中出了不少力。他准备举办一次庆功宴，过几日还要特别设宴，款待那些为他当选出力的人。他说这次的宴会务必夫人赴宴，所以你是非去不可呢。他还对我说，如果能有你出席，那无疑会为这次宴会增添一抹最亮丽的色彩。他连你的面都没见过，却早已听闻你的美貌，这真让我感到脸上有光啊！既然你在外面这样引人注目，随随便便抛头露面也不太合适，还是少见人为上。但我是从健康角度考虑，这样天天闷在家里对身体不好。实际上，我每周日都想带你到外面走走。你刚嫁过来的时候不是也常常出门散心吗？自从生了孩子以后，大概过了半年，你就变得不怎么爱出门了。在那之前，我们不是经常四处游玩吗?

"对了,咖啡煮好了吗?热乎乎的,真好喝。你也喝一点,这半杯给你。太多了?你这个样子,未免太冷淡了吧,这可不太好。那么,喝点没加白兰地的吧?火锅还没有准备好?哦,还在那边准备着吗?煮好了再来请我们去?那好极了!在这样的西式屋子里吃火锅还真有伤风雅,应该坐在和式的屋子里,围着火钵,相对而饮,那才是一大乐事!

"对了,福积的宴会,你一定要好好打扮一番,让所有人大吃一惊。衣服首饰什么的要早点准备。首先衣服一定要华丽得体,这样才能显得楚楚动人,惊艳全场。说起来,最近你好像对服装不太上心啊,那怎么能行呢?像这种碎花短褂,太普通了。披风怎么不穿?那才能衬出你的美。

"后天就是星期天,你想上哪儿去走走吗?到三井家去看看宴会的衣服怎么样?啊,对了,柏原的太太还问我要你的照片呢,说无论如何也得给她一张。每次一碰到她,她就一直缠着我问照片的事,真是被她逼得没办法!正巧明天有些事要上柏原家,如果再不带去,那可就糟了。你还有照片吗?什么,没有了?那可怎么办?一张也没有了吗?那可不行,后天去照几张。趁我们还年轻,多照几张合影。

"太好了,火锅来了!走吧。"

丈夫牵着阿宫正要走出房门,阿宫忽然像想起了什么似的,又走到窗边,撩起了帷幔,望了望窗外。

"怎么一直下个不停啊!"

"在说什么无聊的话呢?哎呀,快走吧。走吧。"

第三章

阿宫已经厌倦了富足优越的生活。话说回来,她之所以嫁进来,仅是因为年轻一时脑热,为了荣华富贵的生活而做出的决定。至于丈夫的爱情,从一开始对她来说有也罢,没有反而更好。如今,阿宫当初的愿望已经实现,而且开始感到厌倦;她对这种黏黏糊糊的爱情已不堪忍受,想到当初像影子一样追随着自己的那遥远的爱情，才能感到些许的甜蜜。

正因为如此，现在的阿宫厌倦了和唯继见面，宁可自己独自待着，回想以往。然而令人意想不到的是，在田鹤见的宅邸竟然见到贯一，他仍然和以前一样，一身书生气。这让阿宫对曾经以为无望的爱情又重燃希望。而且从贯一毫无变化的身姿看来，他一定还是单身，也许一直在迫不及待地希望她回到他的身边吧。

那一天会到来吗？答案还是未知数。阿宫觉得其中一定藏有连她也不曾知晓的秘密，由此感到希望渺茫，但另一方面，还是坚信着那一天会到来。

原来，阿宫意识到自己难以承受丈夫的爱，是在那次照相晕倒就开始的。与其天天忍受着这样的生活，倒还不如干脆抛弃掉。阿宫经常暗自思量，如果真要舍弃，就应该立即行动才是。要说为何至今没有这样做，只是因为她还有所顾虑：就算自己有意相随，对方对她是否仍怀有恨意？

起初，阿宫并不爱唯继，对他也绝没有恨意。可事到如今，憎恨的念头却在无限地扩大。回想起来，唯继欺负我当时不懂金钱和爱情孰重孰轻，就用自己所拥有的财富来炫耀，从而骗取了本用金钱都买不来的爱情，所以才遭到贯一如此的怨恨。造成现在这种局面，都是因为富山唯继！

在这种想法的驱使下，阿宫等到了又一个一月十七日。天又下起了大雪，这使得她更加痛恨曾经让贯一痛苦万分的可恶的丈夫。对此毫不知情的唯继，还想和美妻共度此良宵，因此不断向她表示诚意，说尽甜言蜜语。他哪里知道，娇妻的耳中只听得见外面飘雪的声音。

大雪第二天一早就停了。明媚温暖的阳光洒满这雪白的世界，一天下来，积雪已融化了七成，到了第三天，人们日常的往来恢复了正常。四处遍布的泥潭，在这种持续的晴天下很快变得干涸。

原本被这场大雪困在家里无法外出的人们，看到天气转晴，路况恢复，便争相出来透透气。街上的人明显比昨天多很多。人们并不知道在这样阳光明媚的日子里，那些僻静的小巷以及弯弯曲曲的羊肠小道还是泥潭遍地，和昨天一样难以前行。就在平时往来人数最多的十一点时段，一个弯着腰显得非常疲惫的车夫,艰难地拉着一辆轮子上沾满泥的人力车,从南面缓缓来到芝饭仓大街。车上坐着一位妇人,五十岁上下,穿一件黑绫的外衣,围一条铁色绉绸的头巾。

人力车在一条横街上向西转弯,沿着一座神社的石墙边,爬上一段狭窄的斜坡。由于茂密的树木挡住了南方的阳光,这段路上还是积雪遍地,道路泥泞。人力车被缓缓拉了上去,最后穿过一个装有电灯的巨大围墙,一直往里去了。

这里是富山唯继的住宅,那位女客人便是阿宫的母亲。家里的主人上班去了,每天定时来给阿宫梳头的人已回去,东西还没有来得及收拾。阿宫穿着一件绒布肉色带有鹿点花纹的衣服,大圆发髻犹如水滴般光润,洁白如玉的脖子上围着一块白绸子手绢。当她从里屋出来迎接母亲时,还在一直咳嗽着,好像有些轻微感冒。母亲第一次看到女儿如此憔悴的样子,不禁大吃一惊。

其实作为一个闲人,阿宫每个月都能回到娘家看望自己的父母。母亲同样也会每个月来探望她。对于一个赋闲的老人来说,经常走动走动也有助于保养自己的身体。在母亲看来,女儿终身大事已定,亲家还是大户人家,如今过着富足安定的生活,恐怕没有比这件事更令她高兴的了。每当看到阿宫,母亲就觉得女儿能有今天全是她的功劳,相比之下,其他父母真是一无是处,着实让人觉得可悲!因此,每当她跨进富山家大门时,感觉那正是代表成功的凯旋门,总是充满骄傲。

阿宫把母亲带向里屋,心中充满了期盼。长时间一人独居的阿宫,非常希望有亲人的陪伴。母亲的到来,让她感到犹如被解救一般,更何况她心中还期许着一件事:或许母亲会说说贯一的事情!在这种乐观的想法之下,阿宫心中长久积蓄的苦闷好像也得到些许的释放。

母亲抑制着连日来积攒的体己话,首先问女儿为什么脸色这么难看。想到丈夫也曾问过同样的问题,阿宫不禁担心起自己的身体。

"是吗?但我没有感觉到哪里不舒服。可能是因为不经常走动,身体稍微有些虚弱吧。这段时间的确时常感到郁闷,难道是所谓的妇科病?"

"是啊，这就是妇科病。我也有过这病，和你的症状差不多。可你这么消瘦肯定不是什么好事，还是去看看医生吧！如果放任不管，很可能拖成一辈子的顽疾。"

阿宫只是微微点了点头。

母亲好像是突然想起了什么，急忙问道：

"该不会是有喜了吧？"

阿宫笑了起来，丝毫没有露出一丝害羞的表情，反而觉得母亲的话有些滑稽可笑。

"才没有那回事呢！"

"这么长时间都没有动静可不行啊，真的没有类似那样的反应吗？"

"真的没有。"

"你以为没有是件好事啊！之前已经丢掉一个孩子，你准备怎么办？再不赶紧生一个，将来可是会后悔的！按理来说，现在应该有两个孩子才对，但是后来你一直没有动静，还是因为身子太弱吧！今后可要好好调养，这样下去是不行的。你现在倒还沉得住气，总是以年轻的心态活着，可你也该知道娘家那边一直在焦急地等着你有喜呢！你父亲也在担心：直到现在还没有，这如何是好啊，太难为情了！不生孩子简直是女人的耻辱！都心急得不行。作为当事人的你，竟然还能如此心安理得，丝毫没有难过的样子。你不是很喜欢孩子的吗？难道不想有自己的孩子？"

阿宫有些不知所措地说：

"我也不是不想要啊，可一直没有，我也没办法。"

"所以不管怎样，必须先要调养好身体才对！"

"虽然都说我身体弱，可我并没有感到哪里不舒服啊，去看医生也感觉怪怪的……不过，妈，有件事一直埋在我心底，我总是很在意，它让我感到很难受。我想，这可能就是我身子弱的原因吧！"

母亲不禁睁大了眼睛，把膝盖往前挪了挪，露出惊讶的神色说道：

"到底怎么回事？"

阿宫慢慢抬起头说道：

"去年秋天,我遇到了贯一……"

"还有这事啊？！"

听到这话,母亲如同知道一个天大的秘密一般,回答的声音不由得变小了,甚至还向四周看了看,生怕有人听到。

"在哪里？"

"从他走了以后,你们没有听到过关于他的任何消息吗？"

"嗯。"

"一点也没有吗？"

"没有。"

"连关于他在做什么也不知道？"

"不知道啊！"

母亲嘴上这样简单地回应着,心里已陷入百般焦急的状态。

"真的吗？可能爸爸知道一些没有和您说吧？"

"不,才没有那回事。哎,你们是在哪里遇到的？"

阿宫把事情的经过详细地告诉了母亲。当母亲听到她已安然应对了那次偶遇时,才如释重负地松了口气。回忆起当年在热海的梅园遭遇的尴尬,同时想到阿宫此后一次次的不幸,母亲心里着实觉得女儿可怜,没有比这些更能刺痛一位母亲的心了。比起那些过去的事情,母亲更担心眼前这件事会不会对女儿的前途造成重大阻碍。

"那么当时贯一怎么样呢？"

"我们只是装作互不认识就分别了……"

"那之后呢？"

"事情大概就是这样,但这之后我却一直很在意。如果贯一的处境比较好的话,我也不会多想。可他一副无精打采的样子,显得非常憔悴。我不好意思去看他,可他那难看的神色着实让人同情！而且听说他在番町一个叫什么鳄渊的家里帮忙,做一些关于房地产的工作。在那种地方可不是什么好事,曾经和我一起长大的人竟会落到如此田地,再想想以前我对他做过的事,总觉得自己有些过于无情了……"

说到此处，阿宫不禁用衬衣袖口悄悄擦了擦眼泪：

"心里总是为此感到难受！"

"也难怪，贯一竟成了那副样子。"

母亲的神色也变了，像是受到寒流的袭击一般。

"以前也并不是没有想过他的事情，只是自去年相见后，我每天都会在心里挂念，还会时常做噩梦。我每次见到爸妈，都很想告诉你们，可每次都难以启齿，所以就一直拖到了现在。我想，就是因为这样才影响到自己的身体吧。"

母亲只是默默点着头，眼睛凝视着其他地方，好像在思考着什么。

"所以今天想和妈妈商量一下，看看能否为贯一做点什么。那时我不也说过吗，还是让贯一继承鸭泽家的事业吧，否则我是不会安心的。之前因为我不知道他的去向才作罢，但现在只要打听一下就会知道。曾经把他抛弃确实是我们的不对，不过还请爸爸去见他一面，和他好好谈一谈。之后我们家还像之前那样照顾他，帮助他达成自己的梦想。让他继承我们家的事业，这样一来，我们可以兄妹相称，把他当作我娘家的哥哥，对我也会有好处。"

阿宫的这番话绝不是自欺欺人。与其远隔万里而相思成苦，不如让贯一近在咫尺，宁可被他当众杀掉。既然两方面同样痛苦，她觉得后者更能让自己好受些。

"这话也不是没有道理。关于贯一，我们也时常谈起，他现在在哪里，在做些什么，并不是不挂念着。可你爸爸还是对他怀有恨意，总觉得不管怎样，就那样消失掉实在太过分了。虽然确实是我们毁约在先，年轻人嘛，会生气也是无可厚非。可就算火气再大，也应该先考虑下自己的身份吧？从小就受到我们家不少照顾，不管怎么样他能够像现在这样，还不都是托我们家的福？既然受到这份恩情，就该明白些事理。但到头来却不顾一切一走了之，世上哪有这样不讲良心的啊？

"而且就算我们家违反了婚约，并不代表他已经没有任何用处了。我们也没有说过之后让他自谋生路、自生自灭啊！而且我们也建议过他继承鸭泽的事业，但如果他还想继续留洋也是可以的。虽然他只是出于一时的气愤，但如果能认真地前后想一想，他也应该能够理解我们。就算最后他还是不肯给我们面子，那也不应该让我们受到这种惩罚吧？更何况，你爸爸也曾把理由一五一十地跟他说清楚，就差向他磕头谢罪了。所以说，我们家已经对他仁至义尽了，只是贯一他太不知好歹。

"虽说你爸爸曾经受过贯一家人的照顾，但作为报恩，我们家才把十五岁无家可归的贯一领养回来，直到高中毕业。怎么说也该足够了吧？

"所以说全都是因为贯一他自己过于任性才造成这种结果，因此无论是你爸爸，还是我，心里肯定都是非常难过的。现在，反而要让我们把他找出来劝说，哪有这样的道理？这种事情是不可能的，否则也显得我们家太没见识了！"

其实在母亲的内心，与其说这是没见识的表现，不如说是在暗自担心，如果真去帮贯一一把的话，可能会发生自己所不愿意看到的、恐惧的、足以警惕的事情。

"站在你们的角度来看，这样想也不是没道理。可是如果置之不管的话，我心里也不会好过的。这一切既不是贯一的错，也不是你们的错，都是我让贯一对你们怀有恨意，都是我让你们改变了对贯一的看法！如果我再无动于衷，不去修复我们之间原来的关系，那我也不会安心的啊！贯一的不是，还请看在女儿的面上，让过去的事情都过去吧。求你们重新把贯一当作养子，如果真能如此，我心中的苦闷多少也能减轻点，身体也就会恢复健康的。所以，还请您去拜托一下爸爸，好吗？如果你们拒绝，我的身体肯定会垮掉的！"

说出这番话之后，阿宫就好像忏悔了自己的罪过一样，多少感到心中舒畅了一些。

"既然你都这么说了，那我就回家和你爸商量一下。可你的身体虚弱，也并不是全因为这些吧？"

"不，确实是因为这个。这件事自始至终都在折磨着我，我时常会想到，实在受不了了。在遇到他之前，并没有这么强烈的感觉，但从那之后就突然——怎么说呢——意识到自己实在是太不幸了。他肯定还在恨我!看到他既可怜又可怕的样子,我只感到无尽的悲痛。其他的我已不再奢望,只希望贯一能回到以前的样子,永远温和,始终能受到爸妈的照顾。如果真能那样的话,这是一件多么令人高兴的事情!我就是一直在苦恼这个,本想找个机会和爸谈谈的,眼下就请您先去和爸解释一下吧,拜托了。这两三天内我也会回家的。"

母亲却低着头说道:"依我看来,总觉得事到如今……"

"妈妈,我想你们也没必要再去恨贯一了。本想让您去和爸爸说情的,没想到您也这么说,这样一来爸爸肯定不会原谅他了……"

"你刚才把话都说到那个份儿上了,我并不是不同意,但……"

"算了,您就是不同意!想必爸爸也对他已经恨之入骨了!既然你们都不信任我,那随你们怎么看吧!"

看到满含泪水的阿宫,母亲也担心她会因此越来越焦躁,于是说道:"你听我好好说嘛,那个……"

"算了,妈,我没事的。"

"怎么可能没事?"

"不用您管啦!"

"这个嘛……该怎么说呢?"

"不同意就算了,反正我的事情你们都无所谓,所以……"

阿宫忍不住哭起来,连忙掩面用袖子去擦,可泪水已无法止住。

"你看看你,没必要哭嘛!你真是……让人摸不着头脑!我的意思是,你的话我都记着呢,等一回家就跟你爸说,可你……"

"还是算了吧!我都明白了,以后所有事情,我会自己想办法。"

"这种事情,你一个人是做不好的。这种事情,绝不允许你一人去承担。"

"……"

"我回去会和你爸好好商量的……没必要这样哭吧?"

"妈妈不能理解我,所以,我们已经没有什么好说的了。"

"别这么固执啦!"

"我就是这么固执！"

母亲一脸的凝重，拿着烟杆在火钵边上敲打着。这支专供客人用的烟杆，由于长久无人使用，烟袋锅已经变得有些松动。被母亲这么一敲，烟袋锅掉到火钵灰里了。

第四章

贯一虽然头部受伤，但好在没有引起脑膜炎之类的急性炎症，只是肢体上的创伤，造成一些行动的不便。现在他的身体渐渐好转，尽管有时还有些吃力，但勉强可以独自下床走动了。这样整天无所事事、在病床上静养的住院生活，让贯一无法忍受。此外，在医院里遇到的另一状况，也使他头痛。这个突发状况与贯一住院可以说有着密切关系，也可以说毫不相干。

其实是满枝不断来医院探病。现在，不仅仅是主治医师，连医师助理、护士、女佣、看门人、伙计以及很多患者，没有一个不对贯一投去异样的眼光。人人都认为他和满枝的关系非比寻常。三月份整整一个月里，这位美丽的姑娘频繁地进出，消息传遍了整个医院，甚至有位好奇博士，慕名来到病房，一探究竟。这位叫满枝的姑娘，到底是什么样的人，刚开始谁也不太清楚。在这家医院的医务人员当中，有曾经吃过高利贷苦头的人。从他们口中，这位姑娘的身份才渐渐明朗。原来，她就是大名鼎鼎的"挤牛奶的美人"，大家也不禁为此感到震惊。尽管如此，每当看到她，人们还是不由得心生悦目之感，而贯一的名字也随之在医院里被广为人知。

贯一总觉得满枝来得如此频繁，肯定另有原因。他不止一次地向满枝问过究竟，但满枝坚持说只是来探病。在贯一看来，这不过是一种托词，但他也没有适当的理由拒绝满枝的好意。可话又说回来，明知道这是爱情的陷阱，贯一也不会心甘情愿地往里跳。更何况，他向来不喜欢满枝的为人，所以也并没有准备去接受她的好意。另外一点，满枝身为有夫之妇，与贯一这样频繁往来，将来会有损贯一的名声。所以，每当听到满枝来探病，贯一都不禁出一身冷汗，更奇怪的是，伤口的疼痛会不由得加剧，甚至全身麻木。对自己这种意志薄弱的表现，贯一深感自责，可仍旧无计可施。过去，贯一刻意回避满枝，以免引起不必要的麻烦。而如今情况不同了，他被禁锢在第二医院的病房中，直挺挺地躺在病床上。自己犹如案板上的鱼，任人宰割。看看现在自己不幸的遭遇，贯一也深感烦躁。

经过这些天苦闷卧床的日子，贯一又意识到一件可怕的事情。目前自己的境遇，如临大敌，他情绪烦躁，如坐针毡。就算现在身上还有些病痛，恐怕也是三分外伤，七分内伤了。眼下贯一最关心的，莫过于满枝这件事——好像鳄渊已开始怀疑他和满枝了。但正是由于鳄渊的这种猜忌，他也大致上能够猜到现在鳄渊和满枝之间是怎样的关系。

今天，那个令贯一头疼的人，又来看望他了。对方丝毫没有怨恨之意，反而备了一份小礼物。不知不觉中，她已待了一个多小时了，就在病人枕边站一会儿坐一会儿的，完全没有回去的意思。而贯一为了避免和她有过多接触，特地把身子转向另一边，虽然闭着眼睛，头脑却很清醒，只是一声不吭地装睡而已。趁着女佣出去的机会，满枝把椅子往床边移近了一些，用手指在贯一的枕边轻轻地敲着，说道："间先生，间先生，您，您……"

贯一虽然醒着，却并不回应。满枝便站起身，来到床的另一边，仔细盯着贯一的脸，说道："间先生。"

贯一仍然一声不吭。满枝轻轻地摇了摇他的肩膀。贯一意识到不能再装下去了，无奈睁开了眼睛。满枝以为他尚未清醒，便带着一副同情的表情凑过来，手搭在他的肩上，把脸靠在他枕边，说道："我有件事情不得不和您说。您醒醒啊！"

"原来你还在？"

"每次都来打扰您这么长时间，想必您也比较困扰吧？"

"……"

"我想要跟您说的，不是别的事情……"

贯一不喜欢满枝依偎在自己身边，便把身子转到另一边，向着对面的椅子说道："还请这边坐吧！"

满枝完全明白贯一的意思。她用手绢拍打着床沿，心里暗暗想道：这个男人竟会如此狠心。他这样对我，我为什么还是这样爱他呢？想到自己这么不被贯一待见，满枝心怀恨意地呆站在原地。尽管如此，贯一也并没有催她快点到对面的椅子坐下。

满枝带着满腔愤怒，故意提高嗓子说道："我明明知道您并不待见我，但我为什么还是无法对您发火呢？其实您……"她用力地摇着贯一的枕头，看到贯一仍然一副冷漠的样子，便更加焦急地说道："您对我也太狠心了吧！间先生，您倒是说句话啊！"

贯一好像再也忍不下去了，歪着嘴说道："我对你没有什么好说的。首先你的频繁来访确实给我带来了很多麻烦，所以……"

"您说什么？"

"所以希望你以后还是不要再来看我了。"

"您说什么？"

满枝扬起了眉毛一直追问。但贯一不再说话，只是仰着脸闭上了眼睛。

贯一对自己一向冷酷，满枝其实早有领会。现在尽管表面上她满是怨恨，但并不代表她心里已无法再忍受下去。刚才仅仅是和贯一拌了几句嘴而已，借此获得一些乐趣，来满足她那难以如愿的爱情。此时，她的眼眶开始微微泛红，像载着朝露的花蕾一般，泪水在眼眶中不停打转。

"你家中不是也有病人吗？应该早点回去才好！虽然你这么好心经常来看我，可我的确感到比较困扰啊！"

"您嫌我麻烦，这一点我早知道。"

"不，特别是最近，这种感觉尤为强烈。"

"难道是因为鳄渊先生吗？"

"是的。"

"所以我不是有话想对您说吗？您好像一谈到我就感到十分困扰似的，何必如此呢？这件事情，不仅您感到困扰，我也非常难堪啊！就在前些日子，鳄渊先生还说了些让我难为情的话。我自己倒是无所谓，可事情并非如此简单。这样下去，一定会给您造成更大麻烦，所以我一直在暗暗担心着。"

贯一虽然仍是沉默不语，但满枝所说的话他都听进去了。

"其实很久以前我就想和您谈谈了，可是回想一下，这种事情还是不让您知道为好，所以就一直拖到现在。其实鳄渊先生啰唆那些话，是从很早之前就开始了。我也是没办法，每次只能去随便应付几句，尽量避开他。我和您的事情，鳄渊先生起初并不知道。自从您住院，我就经常来这儿。他本来也常到这儿来，所以就看到我了。或许这让他想到了什么，这几天他问我和你究竟是什么关系，让我老实交代。我实在是忍无可忍，就告诉他我们已经好上了。"

"你说什么？"

贯一抬起缠着绷带的头，恶狠狠地盯着满枝那张得意扬扬的脸。满枝便装出犯了大错的样子，不慌不忙地把左边长袖撩起来盖到膝盖上，翻着那红得像牡丹花一样的绸夹，那个样子好像是害怕受到责备似的。

"真是岂有此理，你竟然说出这种话！"贯一斜着眼瞟了下满枝，又说："算了，你还是赶快回去吧！"

因为怒不可遏，本来坐直身子的贯一猛地躺倒在床上，由于用力过猛，碰到了腰部的伤口，疼得不禁呻吟起来。满枝吓了一跳，慌忙问道："你怎么了？哪里疼啊？"

满枝说着急忙伸手去撩开贯一的睡衣，不料被阻止了。

"你快点回去吧！"

贯一说完，立刻把身子背转过去，强忍着疼痛不再出声。

"我才不回去！您说话这样无情，我更不愿意回去了！本来我也不是非赖在这里不走，但您也该好好说话啊！"

正当她赌气站着不走的时候，房门突然打开了，满枝吃了一惊。进来的人是谁呢？女佣？不是！护士？不是！医生？不是！打杂的？不是，都不是！

慢慢走进来的是一位老绅士，身材高大肥胖，穿着一件芝麻厚呢的外套，看到病房里这种情形，脸上立刻显出不悦的神色。满枝心里有些慌了，但脸上依然保持着镇定，优雅地弯了弯腰，客气地说道："您来啦！"

"真是多亏了你能经常来看望他！"虽然嘴上说着客气话，但他那双凹陷、贪婪的双眼狠狠地向满枝瞥了一眼。这位绅士不是别人，正是鳄渊直行。在病床上躺着的间贯一，顿时感到大难临头，慌忙坐起身来迎接。鳄渊又向着他说道："现在感觉如何？经常有这么好的一个人来看望，真是不错啊！"

听到鳄渊带有讽刺意味的话，两人都显得有些尴尬，谁都没有回应。这种场面，鳄渊仿佛早有预料，独自大笑了起来。在贯一看来，这种局面该如何回应，他和满枝的事情该如何解释，着实难办，只好低头不语。满枝反而像没事人一样，在椅子前面的手炉上取暖。

"不过，府上的事情也很多吧，何况你自己也很忙，还时常抽空来探望，真是太不好意思了。好在贯一伤势就快痊愈了，所以你也不用担心，以后就不劳烦你过来了。"

满枝对这样的话感到不快，板着脸说道："哪里哪里，用不着客气，我每次来这边也是因为有些公事要办，所以才顺道来看看，您多心了。"

鳄渊的眼神又露出一些不悦。贯一怕他受窘，勉强帮腔说道："虽然她来访是出于好意，但反而让我感到有些不太自在，还烦请您帮我解释一下，劝她以后不必这么客气来探望了。"

"你看，人家也感到为难呢！尽管你是好意，但不用太为他担心了，好吗？"

"如果我的到来的确让您感到不便的话，今后我尽量不来就是了。"满枝恶狠狠地瞪了鳄渊一眼，故意转过脸去看着别处。

"不不，我不是那个意思……"

"您也太会敷衍我了！大概因为我是一个女的，您才会这么说吧。早知如此，我就用不着接受您的那些命令了！"

"不不，不要事事都往坏处想啊，说到底还是为了你好，所以……"

"什么？难道我来探望他对我有什么不利吗？"

"难道这一点你都不明白吗？"鳄渊装出一副温和的样子，脸上露出阴险的笑容。

满枝有些生气了:"没有!"

"看来你还是太年轻,我不妨告诉你吧。一个年轻姑娘常常在一个年轻小伙子的住所进进出出,即使你们之间并没有什么,但总会惹出周围人的闲话。现在间贯一是独身,你已经有赤樫先生了,如此往来也会影响到你的名誉。这难道不是对你不利吗?"

满枝听了暗自在想:实际上是对你不利吧,还把闲言说得这么了不起,真是可笑。

"您能如此为我着想,真是感激不尽。我本来也无所谓,不过间先生现在还是独身,将来是要娶回一位美丽的妻子的。当然比我更重要啦!现在由于我的缘故,对他造成困扰,真是太对不起了,今后我会多加注意的。"

"真是抱歉,刚才的话有些鲁莽了,你能理解真是太好了。不过贯一能有你陪着一起聊聊天,倒也是件不错的事情。要是换作我这样一个行将就木的糟老头,恐怕就算生了病,赤樫太太也不会来看一眼吧?"

此时贯一生了一肚子闷气,但只能装作没听到的样子。

"您言重了,肯定也会去看您。"

"是吗?估计即使会来看我,也不会那样频繁吧?"

"这倒是,您还有夫人,要是我经常去的话,估计就会……"

后面的话满枝已经笑得说不下去了,害羞地用手绢遮住了嘴,显得格外妩媚,鳄渊睁大了眼睛,露出一丝贪婪的神色看着她。

"哈哈,这么说你是因为他还单身,所以才能安心到这里来的吧。那我可要偷偷告诉赤樫先生了哟!"

"行啊,您尽管去说就是了,家里本来就知道我会常常来这里。原本我也很忙,但还是会来看他,是因为如果不这样来探望就实在太对不起他了。实际上,间先生对于我的来访,也感到比较困扰。也许是因为像我这样的人来得过于频繁,容易引起别人注意吧。可我来这里不为别的,只是探望而已。所以,您也用不着再说那些话了。

"而且,我之所以如此关心他,也是有原因的。间先生是在来我家的途中受到袭击的,更让我感到抱歉的是,当时他是准备从大道走的,就是因为我说走津守坂比较近，才会遇到这样的事。我听说这事后别提有多难过了，连我家人也很担心，所以才让我经常来看看。刚才听到您的一番话，着实有些意外。我这样的做法，间先生恐怕也不太认同吧？"

满枝说着说着，露出一副心酸、怨恨，甚至有些悲哀的表情看着鳄渊。而鳄渊那凹陷贪恋的眼睛，也同时看着满枝。

"原来如此，听你这么一说我就明白了。你这么关心他，想必贯一也会心怀感激的。我也应该向你表示歉意。不过感谢归感谢，希望你还是要记住我的忠告。你能怀着这样的心情来看望贯一，我也从心底感到高兴。刚才我之所以会说那些，都是为了你好。这也是一个年长之人应尽的责任，希望你不要当作耳旁风。人一上了年纪，总会被人讨厌的，对吧？"

鳄渊一边捋着红胡须，一边偷看着满枝的表情。

"可能是吧，不过上了年纪也没有什么不好，但年轻人之间毕竟更能合得来些。"

"不过，你家里的赤樫先生不也是一位老人吗？"

"就是因为那样，整天唠唠叨叨个不停，真是让人受不了呢！"

"那么，既不唠叨又很和蔼的人，应该比较适合你吧？"

"那我也不喜欢。"

"这样的人也不喜欢？还真是要求严格。"

"其实呢，也不能说上了年纪的我就不喜欢，年轻人就一定能合得来。如果有一个我喜欢的人，无论我怎么样对他好，他都不领情的话，我也就没办法了。"

"这倒是。不过对你这样的人，如果我表示很喜欢的话，应该没有人会感到不快吧？"

"您竟然说出这样的话，这让我怎么说呢，从前我可没有遇到过这种事，所以不清楚啦！"

"是这样吗？哈哈！……"他故作一副仰天大笑的样子，身子几乎要把椅子晃倒了："贯一，你怎么看，赤樫太太这样的想法，对吗？"

"这个呀……"贯一冷淡地回答着，好像在说：这关我什么事啊！

"你也不知道吗？哈哈！……"

"我自己都不清楚的事，间先生当然也不知道了，呵呵……"满枝同样做作地笑着。

鳄渊也不知道该看谁，眼神飘忽。

"好了，是时候该告辞了。"

"你要走了吗？要回家吗？我也还有事该走了，要不我送你一段吧？"

"不必客气，那个……我还要顺便去趟西黑门街，不好意思……"

"没有关系，送你一下吧！"

"不，说真的今天我……"

"没关系，事实上关于旭座公司股票的问题，已有解决的办法了。如果现在不好好商量一下，将来'琴吹'的收款就会有麻烦。今天幸好能遇到你，那我们就来谈谈吧！"

"这事明天再说也不迟，今天实在是比较忙。"

"不要这么轻易地拒绝我嘛，生意场上是不分年老和年轻的，何必这样回避我呢？"

争执了半天，鳄渊终于拉着满枝一起走了，只剩下贯一一个人。他感觉就像做了一场噩梦，不停地叹着气，又无奈地躺了下去，茫然地呆望着空无一物的前方。

第五章

窗外的院子里，孤零零地立着几棵花柏、冷杉之类的古老树木，显得荒凉空旷，如同一个广场。只有明媚的阳光，洒满了一地。稀稀落落的梅花含苞待放，可是也无法形成什么动人的景致，这些稀少的迎春的风景，好像被白白浪费掉了。有几只飞来飞去的小鸟，在晴朗的天空中鸣叫着，此刻大约是午后两点，院子里一片寂静，偶尔能听到住院的病人缓缓通过走廊的声音。

卧床养伤的生活，让贯一感到沉闷至极，难以忍受，手中的书也看不进去了，不知不觉便陷入了梦境。最近他总被梦魇缠绕，有时明知是在梦里，拼命想醒来，却感觉昏昏沉沉，被那梦魇缠住不放。突然他听到耳边有人在呼唤，这才醒转过来。他定睛一看，不禁愣了一下：站在床前的不是别人，正是那个在梦中纠缠着他不放的人——满枝。贯一甚至怀疑自己到底是醒着还是仍在梦中。满枝打扮得比平时更漂亮，仿佛年轻了五六岁，那感觉就像是在梦境中焕发着无限光彩，几乎让人误认为这是他的妹妹。谁能想到其实她家里还有个六十多岁的丈夫！

满枝梳着一盘银杏形状的发髻，头上的装饰不似往常那样华丽，只插着一柄泥金色的木梳。身上穿着一件黑纱短褂，里外都是一样的料子，上面印着光琳[1]派的图案。里面穿着一件灰色格子花的和服，印花点绉纱衬衣，衬衣的衣领使用彩色丝线缝制的肉色料子，使得露在外面的脖颈显得白皙嫩滑。脸上化着浓妆，手腕上戴着一只光彩夺目的金手镯，另外腰上还系着一条蓝紫色锦缎阔带。满枝一副不得已才来、非常过意不去的表情，反而使她看起来更加娇媚了。

"非常抱歉在您休息的时候前来打扰。我本不应该再来的，但确实是因为心里有话必须要和您说，所以不得不再来拜访您。还请您多多体谅！"

她不知所措地站在原地，好像在等贯一许可才敢坐下似的。

"是吗？大前天我就跟你说过好几遍了，而你……"贯一拼命抑制着心中的愤恨，不准备把话再说下去。

"是关于鳄渊先生的事，我实在没办法，简直不知该如何是好。事情是这样的，间先生……"

"这件事不要再跟我说了！"

"您千万不要这么说……"

"对不起，今天我腰上的伤口又在隐隐作痛了。"

"严重吗？"

"还行吧。"

---

[1] 光琳：尾形光琳，日本元禄时代的著名画家、工艺美术家。

"那您还是先躺下吧。"

贯一把薄薄的棉睡衣裹紧了一些又躺下去。满枝生怕又有闪失,忙俯身细心照看,最后终于在旁边的椅子上坐了下来。

"其实在您面前和您谈这些事也是难以启齿。那天我被鳄渊先生拉着出去一起吃过饭后,他说还有事情要和我商量,所以就去了汤岛的天神茶室。果然,他还是啰啰唆唆说着那些让人厌烦的话,而且始终对您表示怀疑,说了半天还是在纠结同一件事。真是让人难以忍受!这么一大把年纪的人,简直是一点道理都不懂!我不知道他心里到底把我看成什么样的人,可事实是他像对待专门做接客生意的女人那样肆意戏弄我,这种事情都不止一次两次了。我对此充满苦恼,那天回去还大哭了一场。当时我已经跟他说得很清楚了,希望以后不要再像那天似的。可那个人疑心实在太重了,说不定他又会迁怒于您。我希望您能理解,原谅我……

"可能之后遇到鳄渊先生的时候,他会向您说些什么,这对您来说想必也是非常困扰的事,可无论如何还请您劝劝他。如果现在您心里有什么想法,尽管说出来也无妨……和我这样一个令您讨厌的人说话,对您来说也是件非常困扰的事情吧,或许认识我还真是不幸吧……

"对您是不幸,对我来说……那更是厄运。这事说起来还真算是一场厄运啊!"

满枝手里拿着那根金嘴烟袋,烟丝管嗞嗞地燃着,她显得茫然若失,一副沮丧的神色。尽管如此,贯一自始至终都没有看她一眼,也没有回应她一句话,宛如一块躺着的顽石。

"我劝您还是死心吧,这完全是一场厄运。您既然已死心,那我也就看开了。

"间先生,我曾经把这种想法告诉过您,还希望您能永远不要忘记。而您也曾经答应过我的。我想这事您大概还记得,对吗?您该不会已经忘了吧,您到底是什么意思啊?"

贯一被满枝逼问得实在没办法,只能勉强地回了一句:"没有忘记。"

满枝带着一脸怨恨,一直盯着贯一的脸。这时门外传来了脚步声,房门被慢慢推开了。

女用人领着一位客人,正要请他进来。那位客人虽然上了年纪,但看样子比较谨慎。他小声对女用人说了几句,便把一张名片递给了她。

满枝瞟了一眼来访的客人,想看看究竟是何人。只见此人花白的胡子已垂到了胸前,显得淳厚朴实,虽然有些消瘦,但并不卑贱。身材不算太高,并不丰满的脸颊由于年老的关系,显得更加瘦削,仿佛冬枯时期耸起的山峰。穿着很普通,但态度端正而文雅。满枝虽然与他并不相识,却也不敢怠慢,把座椅都准备好了。

贯一接过女用人递来的名片,心不在焉地看了一下,"鸭泽隆三"的名字霎时映入脑中,他不禁大惊失色。也许是被这种巨大的惊讶驱使,他立刻转过身来向门口望去,但就在同时,他突然又趴在枕头上,一动不动。他尽力抑制着自己急促的呼吸,满是怒火的眼睛虽然还在凝视着手里的名片,但眼眶中已经不禁涌出极其悲伤的泪水。

女用人见此情景也觉奇怪,便问道:"请他进来吗?"

"我不认识!"

"什么?"

"我不认识这个人!"

要不是有旁人在场,想必贯一早就把名片撕成碎片了。现在他只能把那张肮脏的名片往地上一摔,双目紧闭,双手用力抱着自己的身子,好像在防止自己颤抖似的。贯一一时难消心头之恨,只觉得浑身汗毛都立起来了,沸腾的热血直冲脑顶,难以忍受。可他随后还是竭尽全力克制住了,此时的脸色已是一片惨白。女用人带着一丝惊恐的神色,又偷偷看了那位客人一眼,说道:"您真的不认识这位客人吗?"

"从来不认识,跟他说可能是认错人了,让他回去吧!"

"是吗?但刚才他提到您的名字时可是一点没错的啊!"

"不管怎么样,快点让他走就是了。"

"是吗?好吧,我这就去回复他。"

女用人把贯一的意思传达给了那位客人,并将那张扔在地上的名片还了回去。鸭泽背着双手没有接受，虽然表面上还一副和颜悦色的样子，但脸上的痛苦已无法掩饰了。

"是这样啊！不可能不认识的，可能是隔的时间太长让他有些想不起来了吧。既然如此那就没办法了，我只好亲自去见他。这的确是贯一的房间吧？那就应该不会错。"

鸭泽带着疑惑的神情向那把为客人准备的椅子走去。满枝站起来向他打了声招呼，并请他坐下。

"贯一，是我啊！好久不见，难道把我忘了吗？"

女用人到房间的角落为客人沏茶，满枝连忙前去搭把手。她吩咐着女用人干这干那，不一会儿就亲自端着茶过来了。鸭泽也注意到这个女人不是普通探病的客人。贯一装作无视的样子，把身子转向另一边，沉默不语。满枝意识到其中必有蹊跷，见贯一对客人如此无礼，她只能在一旁干看着，感到既可怜又有些可笑。

"贯一，是我啊！本来很早就想来看你，可一直找不到你住的医院。昨天偶然打听到，今天就急忙赶来了。你到底怎么了，是受了什么重伤吗？"

贯一仍然一言不发。有满枝在一旁，鸭泽不好发作。

"睡着了吗？"

"也许吧。"满枝怕老人继续受窘，便回应了一句，然后走近床边看着贯一。只见他用被子擦着流下的泪水，一直哽咽着。满枝不知道这究竟是为了什么，心下非常吃惊，但仍然保持着镇定，没有说话。一会儿装出一副什么也没有注意到的样子，和蔼地说道："有客人来看您了。"

"我刚才就说过了，我不认识这个人，让他回去吧！"

贯一说完又转过头去不再出声了。满枝早就想到会是这样便不再多问，重新回到座位上，向客人说道："您该不会真是找错人了吧，他说并不认识您。"

鸭泽捋着胡须，无可奈何地苦笑道："我是绝对不可能弄错的，尽管已有五六年没见，但我还不至于年老糊涂到这种程度。至于他说已经不记得我，这也太过分了吧！我还清清楚楚地记得有他这么一个人呢，而且相信我绝对没有认错，所以才特地来看望他的。就算是看在我这样一个老人特地来看望的分儿上，他也应该见我一面啊！"

鸭泽心想这样说贯一总该回应一下吧，但他还是一声不吭。

"什么？难道我这么说你还不领情吗？原来如此，真是无情啊！可贯一你也该好好想想，虽然你对我们是怎么想的我不知道，但你过去的所作所为乃至今天这样的态度，怎么说也不应该吧？不管怎么样，你也不能这么对待我这样一个老人吧！我这次前来看望，实际上是想听听你的想法；另一方面，也有些心里话想要和你说。我特地跑过来探望，已经是某种程度上的让步了，更何况，不仅是我有话想要和你说，我家那老太婆也一直担心着你的身体，还让我替你想想办法呢。我个人呢，当初就没有把你抛弃的意思，现在也和五年前一样。我原本以为，你只是年轻意气用事，才会一气之下发生那样的误会，这也是一直让我感到遗憾的事情。如果这个误会一直没有解开，那恐怕会更加遗憾吧！所以我一打听到你的住址，就立刻赶来了。话说世上真没有比自己的好意被人误会更加难受的事情了。本来是出于好意，结果仅仅因为一些小的误会，立刻就受到别人的怨恨。虽然我也不奢望有什么回报，可因此受到怨恨，这恐怕是谁也不想看到的吧！

"所以，我们原本就是想能像过去那样，一家人和睦相处，我们也能颐养天年，哪里知道因为一些小误会，你就一走了之，毫无音信，这种做法真是让我们心里太难受了。你走之后，不只我一直为此夜不能寐，就是你伯母也一直念叨着你。我现在的想法，就是想恢复原来的和睦生活，如此我也就能安心退休了，但在那之前如果不能得到你的理解，那些是无法实现的。话说回来，退不退休还在其次，当务之急是要让你理解我们。原本以为等亲眼见到你，和你好好谈了之后就可以消除我们之间的误会，所以无论如何希望你能听我解释一下。如果这样你还不能理解的话，那我真就没有办法了。顺便告诉你一声，我已经拜祭过你父母的坟墓了，我把从接你到我们家一直到现在的情况都和他们详细说了一遍。我跟他们说了我鸭泽这么多年来是怎么照顾你的，我们真实的想法又是怎么样的，以及后来事情的发展出人意料，竟导致了现在这种局面。虽然我们也感到遗憾，却毫无办法。我就是这样在你父母坟前把这些年发生的事情一五一十地向他们倾诉的。即使我们真要断绝关系，也希望能够和平分手，或许你认为我们五年来没有任何来往，早就算是断绝关系了。但在我看来，恰恰相反。

"我也想过，我鸭泽或许确实有做得不合适的地方，但贯一你就连这仅仅一次的不是都无法容忍吗？而且，就算无法忍受，也该去努力化解我们之间的矛盾吧？现在我想要跟你说的，主要就是这一点。但我来终究不是和你争论这件事的，我承认我自己之前有些事做得不太合适，所以首先，要向你表达我的歉意。其次，关键还是要告诉你，我的想法还是和过去一样，丝毫没有改变。伯父我都这么长时间没有见过你，所以，看在我今天特意来探望的分儿上，你就和我好好谈一次吧！"

鸭泽刚才说的那些话，在满枝听起来，都是她从来没有听过的关于她喜欢的人的秘密。因此她始终怀着好奇的心情，在一旁仔细听着。

鸭泽说了那么多，贯一仍然没有想开口说话的意思。他终于无法再忍下去了，猛地站起来，走到贯一枕边，想看看究竟是怎么回事。满枝虽然不知道事情的究竟，但觉得客人不再说下去是理所当然，而贯一始终不理不睬的态度也有些不妥。看到贯一仍然眼含热泪，一声不吭的样子，恐怕无论如何也不能说自己不认识那位客人了。满枝猜到了贯一此时的想法，便下定决心准备为他开脱，把他从僵局中解救出来。

鸭泽眉头紧皱，面带怀疑地盯着贯一好长一段时间，正要开口问时，满枝连忙插嘴道："我也是来探望他的，不知您是哪一位，我们应该是初次见面吧？这两天病人发烧，一直迷迷糊糊的，经常小声嘀咕，一会儿哭，一会儿发怒，脾气无常。"

鸭泽转过脸来听满枝说着，表现出一副恍然大悟的样子：

"哦，原来是这样啊！"

"听您刚才说的话，想必间先生之前一直受您的照顾，但今天他这个样子实在太失礼，实际上也是由于发烧的关系，时而意识模糊，还请您多多见谅。我想他不久之后会退烧好转，到那时您再来也不迟。您的名片我先替他收下了，等他清醒之后，再慢慢跟他说也无妨。"

"哦，那真是让你费心了。"

"其实昨天有人来看望，他对客人说了一大堆莫名其妙的话，到底还是因为有病在身，实在没办法。我也感到很尴尬，原本就担心今天会发生什么事，没想到他和昨天恰恰相反，变得沉默寡言了，不过总比发烧说胡话好些吧。"

此时鸭泽的脸色缓和了许多。那表情就好像在说：既然如此，那今天就算了吧！还露出了一丝笑容。满枝自己好像也在为顺利解决僵局而感到高兴。她让女用人备了开水，为客人换了热茶，让他坐回椅子上。

"听你这么说我也就明白了。那好吧，我改天再来看望他。我的名字叫鸭泽隆三，名片就留这儿了，上面有我家的地址。不好意思，请问你也是鳄渊先生的亲戚吧？"

"不，我并不是他亲戚。不过，鳄渊先生和我爸爸确实有很深的交情。而我住的地方离这里也不远，所以就经常过来看看他，照顾一下。"

"这样啊。我有五年时间没见过贯一了，听说他去年结了婚，不知道这事是真是假？"鸭泽想知道这位美女究竟何人，所以特意这样问。

"这事倒是从来没听说过。"

"奇怪，我还以为是真的呢！"

鸭泽打量着满枝，感觉她既不像大户人家的千金，也不像贯一的妻子。看她这浓妆艳抹的打扮，不得不让人联想到那种出卖美色的女人，但她那种端庄的姿态和优雅的谈吐，又不像是那种人。她究竟是何人呢？这个问题着实让鸭泽琢磨不透。

但满枝说父亲和鳄渊先生有些交情以及经常来照顾贯一的事情，都不像是假话。虽然不明其身份，鸭泽猜想她和贯一之间肯定有着某种秘密。如果真是那样，那贯一很有可能因为生活环境所致，变得腐化堕落，品行不端，这种事情也不是不可能。果真如此，也就没必要和贯一恢复以前的关系了。要是这种女人将来在鸭泽家进进出出，还不知道会招来什么厄运呢！鸭泽想到这些，不由得心生畏惧。此时他觉得，如果贯一还记恨着他们，那倒未必不是件好事。总之，今天还是先回去，把情况搞清楚再说。

如果到时候还认为应该来看望贯一的话，也为时不晚。塞翁失马，焉知非福？鸭泽心中倒是有些高兴。

"真是没想到贯一受到你这么多的照顾。那么过几天我再来看望他吧，今天就告辞了。请允许我冒昧地问一下，您贵姓？"

"我是……"满枝边说边从紫蓝色丝绒手提包里拿出一张精致的名片，"真是不好意思。"

"好的，谢谢——原来您的名字是赤樫满枝啊！"

鸭泽对这个女人的身份越发怀疑起来。如果她已是有夫之妇，就不可能不准备名片啊！而且这张名片的背面还写有一小行文字，那就更应该多加注意才是！但话说回来，她如此善于交际，穿的衣服又是如此时髦且充满贵族气息，该不会是亲自经营生意的欧式女职业者吧？从她的姿态来看却又不像。在鸭泽看来，她真是美丽而又充满神秘。当鸭泽离开医院时，起初因贯一对他的冷淡而引起的不快早已烟消云散，反而满枝这个谜让他百思不得其解。

送走客人后，满枝又回到病房，贯一已经坐了起来。只见他上半身挺直着，那瘦骨嶙峋的拳头紧握着，露出一副难以忍受的悔恨神色，独自定睛凝神地望着什么。

第六章

从几天前开始，每当华灯初上，总有一个不知道从哪儿冒出来的老太婆到鳄渊家拜访。这个老太婆看起来有六十多岁，满脸皱纹，不过肤色还算清晰。她的发型是剪短垂发[1]，来头不小，穿着打扮也过得去，只是那件茶色的碎花点子和服外，又罩着一件绉纱短褂，让人觉得有些奇怪。她的肩上搭着一根箭尾形棍子，棍子的一端系着印花布包裹，上面还盖着油纸，

---

[1] 剪短垂发：日本古代大名或旗本的遗孀的发型，剪齐发髻的前端，用头绳扎起。

脚上的橡胶底运动鞋已有些发黑。

据说她是专门有事来访的。不巧的是，每次来时，鳄渊都不在家，她又急急忙忙地回去了。可每天一到固定时间，她又登门来访，这不禁让阿峰感到非常奇怪。

就这样，一连三天过去了，她的举动变得有些反常，特别是她的眼神，总是肆无忌惮地盯着别人看，阴森森的非常吓人。有时候，她还会一个人哈哈大笑起来，就像个疯子一样，让人毛骨悚然。可她每晚都准时到来，一秒不差。这让阿峰感到非常害怕，琢磨不透她要搞什么鬼。于是她把这件事情告诉了丈夫，一个劲儿地在他面前嘀咕，让他和那个疯婆子见上一面，劝她以后别再来了。所以今天，鳄渊特意提早回来，才四点就到家了。

"哎呀，那个女的神志不清呢！看她的样子，应该还是个旗本[1]或是退休官吏的出身吧。不过她那高鼻子、大眼睛，还有那又瘦又长的脸，看起来真让人觉得可怕。她在外面叫门的声音，就像幽灵一样：'开门啊——开门啊——'从没有听过这样的声音。阴森森，拖得长长的，让人毛骨悚然。讨厌，这是哪里跑来的疯婆子，真是个不祥之兆！"

阿峰抬起头来，望了望挂在柱子上的时钟。还没有到点灯的时刻。鳄渊一脸为难地皱着眉，咬着嘴唇。

"不知道是什么人吗？一点线索也没有？连名字也不知道？"

"我问过她，她没有回答。看那个样子，恐怕连自己名字也记不清了。"

"那么，今天晚上还会来？"

"虽然是件烦心的事，可她一定会来的。而且每晚都非常准时，真让人受不了。等她来了，您可要好好跟她说清楚，让她以后不要再来了。"

"这可说不准啊，对方可是个疯子。"

"疯婆子才让人觉得害怕呢。我不就是因为这样才求您见她一面的吗？"

"不管你怎么求我，对方要是个疯子，我能有什么办法。"

阿峰一心想靠丈夫来打发她，可听到他说出这样冷淡的话来，不由得

---

[1] 旗本：日本封建诸侯的护卫。

灰心失望，心里发慌。

"要是您也没有法子，那就报警把她抓起来算了。"

鳄渊笑了起来，说："哎呀，犯得着这样大惊小怪的吗？"

"这怎么算是大惊小怪呢！我天天担惊受怕，实在是受不了了！"

"见了一个疯婆子，谁会高兴啊！"

"等她来了，您亲眼看看就知道了。"

"是个什么东西啊？"

没有人知道，那个老女人到底是何方神圣。是个精神病患者吗？还是个抢东西的强盗？是个做买卖的商人？还是主人的熟人？辨明真身的时刻，在一分一秒地接近。

从清早起天空中就布满了阴霾，灰蒙蒙的云层透不过一丝阳光。天色渐渐地暗下来，寒气逼人，家家户户都早早闭紧了大门。西方的天空像是覆盖着一层厚厚的冰块，透着最后一抹微弱的余晖，在小巷里寂寞地逗留，久久不愿离去。巷子里，星星点点的门灯相继亮起，闪着微微的白光。

一阵疾风卷着沙土刮来。那个奇怪的老太婆像是乘风疾驰一般，又出现在街道上。她头发凌乱，衣服的下摆随风飘舞。她一路上走走停停，沿着街道南侧边走边找，总算找到了鳄渊家所在的小巷。鳄渊家住宅的墙顶上，耸立着一排如枪尖般锋利的铁刺，一株开得正盛的梅花从墙内伸了出来。在门灯的照射下，可以看到紧闭着的大门。

老太婆像是回到自己家一样，径直走到大门前，伸手就去开门。门没被打开，她又拖着那低沉嘶哑的声音，在门外喊着："开门啊——开门啊——"

一听到她的喊门声，阿峰只觉得一股阴风吹过，不由得毛骨悚然。

"您听啊，就是她！"

"哦，那个疯婆子吗？"

鳄渊也不禁有些不寒而栗。他把酒杯搁在炖着小锅的火钵旁，命令侍婢去提灯。来到大门边，他没有马上开门，而是在里面问道：

"您是谁啊？"

"你们家老爷在家吗？"

"在家。您是哪一位？"

外面没有回答，只是传出嘟嘟囔囔、自言自语的声音，不知在说着什么。

"您是哪一位啊？请问尊姓大名？"

"您一见到我，就知道啦！哎呀，这梅花可开得真好啊，用来做插花是最合适不过的了。啊，您请这边走吧。不要客气，请吧。"

她看到门打不开，又在外面一个劲儿地敲打着。鳄渊觉得有些困惑：这无疑是个疯婆子。不过这样让她在门外敲下去也不是个办法，见上一面应该也问题不大。于是，他伸手去开门。门还没完全打开，疯女人就一下从门缝里窜了进来，把鳄渊吓了一跳。

"我就是鳄渊，有什么事吗？"

"哎呀，原来你就是鳄渊啊！"

她冲进门来，瞪着大得吓人的眼睛，一动不动地狠狠盯着鳄渊的脸。鳄渊只觉得一阵阴冷之气迎面袭来，不由得打了个冷战。那老太婆盯着鳄渊看了一会儿，又忽然用满是皱纹的手掩着脸，呜呜地哭了起来。鳄渊一时吓得目瞪口呆，他睁大了那双眼窝深陷的眼睛，呆呆地在一旁看着哭泣的老女人，不知道如何是好。

老女人呜呜地哭个不停。

"真是莫名其妙！这到底是怎么回事？你找我有什么事啊？"

老太婆那干枯的身子如同一棵朽木，她忽然猛地抬起头，挤出了嘶哑干裂的声音吼道：

"你这个大骗子！"

"什么？"

"你这个十恶不赦的浑蛋！像我这样的老太婆你们不抓去服刑，我的……我的……雅之这样一个孝子啊……说起我们的祖上，那可是家住甲斐国的武田大膳大夫信玄入道，不是因为受到山野村夫的蛊惑，有谁愿意嫁到这样一个与世隔绝的地方来当媳妇啊！如果柏井家的铃子肯嫁到我们家来，那不用说我了，就是雅之也不知道该有多高兴呢！世界上或许有送掉孩子性命的庸医，但绝不会有送孩子去服刑的父母！我可怜的雅之啊，才刚刚二十七岁啊，还没有见过什么大世面，怎么能这样狠心地把我给骗了啊！来吧，今天我一定要报仇雪恨！来吧，今天不是你死就是我活！"

鳄渊吐了吐舌头，自言自语地说：

"看来，真是个疯婆子啊！"

眼看着老太婆的情绪越来越激动，她的神态也变得更加可怕，好像鬼魂附体似的，一举一动都和正常人不同。她不停跺着脚，张牙舞爪，白色的牙齿就像恶鬼的獠牙一般露在外面，恶狠狠地盯着鳄渊看。

"我那已故的老伴儿对我是千叮咛万嘱咐，让我无论如何要守着这个独苗儿，你竟敢瞒着我，把我的宝贝儿子送去服刑！你是欺负我一个老太婆，以为我斗不过你吗？我告诉你，你别得意得太早。我的长刀可不长眼睛！"

她忽然心情畅快地大笑起来。

"哎，我说你，你还敢不乖乖低头认罪吗？老娘今天就饶你一条狗命。家里的阿铃长得可真标志，每天穿戴得整整齐齐的。不仅人长得漂亮，脾气性情也是那般温和。琴棋书画样样精通，手工女红也是一流的。她现在正每天翘首以待，盼着雅之早日回来呢！哎呀，真是给您添麻烦了。马车已经在候着啦。对了，您的鞋子还在这儿呢。什么？我啊？我也要准备走啦！"

她一边说着，一边把自己的鞋子脱了下来，又理了理衣服。这时，她才像想起了什么似的，把一直背在背上的包裹拿了下来，解开上面的结，铺开了那张油纸。

"快啊，把你的脑袋放到这油纸里吧！咕噜一下就滚下来了。快取下来吧！啊，快点把你的脑袋取下来吧！"

鳄渊看到老太婆这样发起疯来，简直无计可施。老太婆眯着眼睛，挤出一声仿佛从地狱传来的怪笑，阴沉沉地盯着鳄渊一直笑。鳄渊顿时觉得一股冷气包围着自己，不由得缩了缩肩膀。

老太婆一会儿说什么服刑，一会儿又提到雅之，从她断断续续的叙述中，鳄渊总算想起了这个老太婆的来由。鳄渊原来有一个债务人叫饱浦雅之。鳄渊以伪造文书罪向法院起诉他，就在十多天前，雅之被判罚金十元，还有一年的重禁锢。这个疯女人显然就是他的母亲，因为儿子遭到这样的意外，她才一下变得精神失常起来。

鳄渊虽然记起来这件事，但其中的隐情他却不愿多想。表面上看，雅之是因为伪造文书罪被判刑，而实际上，这件事完全是鳄渊一手策划，雅之不过是中了他精心设计的圈套。

在高利贷者使用的所有毒辣手段之中，要求借款人找一个连带责任人来作保，是其中最重要的一项。高利贷者先打着必须要当面商量的幌子，待借款人上钩后，又假说只要写一份证书就可以。按照惯例，这份证书必须要找个连带责任人来盖章，只要是自己的亲朋好友，以他们的名义找个图章来盖上就行。因为这本来就是双方商谈后的结果，所以也没有什么伪造不伪造，只要轻轻地盖上一个印，那么一张具有法律效力的证书便轻而易举地被骗到手了。借款人心里也清楚私用别人的名义不是长久之计，可已经到了火烧眉毛的时候，哪里还管得了那么多。他们觉得只要在规定时间内把借款还清，也没什么大问题，于是就这样陷入高利贷者的圈套。

到了还款日期，如果借款人还拿不出钱来，那高利贷者就马上露出本来面目。他们以向法院起诉相威胁，趁机非法牟取暴利。待吃尽人肉，喝光人血以后，他们还是不肯善罢甘休，又向连带责任人发起攻势，突然提出要求强制执行。如果闹到向法院起诉这一步，债务人当然是难逃法网。在这种情况下，无论是谁都会恐慌、狼狈、心慌意乱、痛哭流涕，最后东凑西借，竭尽全力要挽回这种局面。这时，高利贷者已掌控着人的生死，他掐着借款人的喉咙，折断人的脊梁，随心所欲地为所欲为。

雅之就是在这一系列巧妙布局里落入了圈套。他私下借用一个同学父亲的名义，成为自己的连带责任人。等到事情败露，正好那位同学到海外留学去了，他的父亲一口咬定不认识雅之，于是事情没有了调停的余地，雅之的行为被定罪为触犯了刑法第二百一十条。

雅之最终还是逃不过法律的铁腕，而他的母亲，也因为儿子忽然离家服刑，而变得无所寄托，精神失常。那个跟跟跄跄的老太婆被一脚踢到了马路边，泪流满面地呼唤着儿子。唉，在这位老母亲心里，还有什么比儿子更让人放不下的呢！她的儿子孝顺娘亲，还和柏井家那美丽的女儿定下婚约。今年秋天，本来就要把她娶进家门；今年年底，他还可以到新兴的铁道公司就职，这可是托了人情才得来的好职位啊。所有的一切都那么顺利且充满了希望。现在，所有的梦想都破灭了，儿子还成了大家所不齿的触犯国法的罪人！耻辱、愤恨、悲伤、忧愁，这位母亲受不住沉重打击，终于发了狂。

鳄渊知道，事情已然如此，再对她说什么都没用，只能巧言相劝把她骗走。他尽量表现出顺从的样子说：

"啊，太好了！是要我的脑袋吗？那就拿去吧。但这里不是个好地方，我们到外面去。来吧，到外面去给你。"

疯女人不高兴地摇着头说：

"你这个骗子，说的都是骗人的话。你就是用这些花言巧语来骗我家雅之的吧，对吧？喂，大家来看啊，我家正直善良的雅之啊，就是受了这个家伙的欺骗。钱被骗光了不说，还被他倒打一耙，被告了一状吃上了官司。事情就是这么一回事！他还装得跟什么事也没有似的！"

她打开了油纸包，突然送到鳄渊的眼前。也不知道这油纸原来包的是什么东西，一股恶臭扑面而来。鳄渊不敢去阻止她，只能不得已地转过脸去。疯女人看到鳄渊的样子，高兴得手舞足蹈地说：

"哈哈哈，哎呀哎呀！看看你的样子，真是太好了！这样的话，你的脖子就会变得越来越细。然后，哈哈哈，马上就要掉下来啦！"

她好像生怕脑袋要掉下来似的，慌忙摊开了油纸，上前要接着。鳄渊瞅准了这个机会，一把抓住她的胳膊，把她推到隔门的外面去。疯女人死死拽着门框，怎么也不肯出去。

"你这个家伙，是想把我从悬崖上推下去吧？你又想暗中加害于我！"

她一面大声喊着，一面扭动着身子往屋里钻。这个弱女人的力气出奇地大，鳄渊被她推得站不稳，脚底一滑，仰面朝天跌在地上。疯女人见此情景，高兴得哈哈大笑。鳄渊连忙爬起来，一把抓住她的衣领，使劲把她往外面推。他本来想把外面的防雨门也顺手关上，但是下面卡住了一下子拉不动。就在这时,疯女人转身跑了回来,那张极端可怕的脸出现在门口。鳄渊觉得非常恐惧,一时失去了理智,一个耳光甩了上去,又趁疯女人惊呆的时刻,赶紧锁上了门。疯女人在门外使劲敲着门,撕心裂肺地吼叫着:

"给我你的脑袋!快!你抢走了我最重要的文件,还有我宝贵的鞋子。你这个偷鞋子的强盗,大骗子!快献上你的脑袋!"

鳄渊伫立在门后看着疯女人耍泼的样子。他的妻子蹑手蹑脚地走过来,在他身后小声地问:

"现在怎么样了?"

丈夫指了指门外,告诉她疯女人还没有离开。阿峰看到泥地房间里乱七八糟地散落着鞋子、油纸之类的东西,心里还在奇怪丈夫怎么无缘无故拿这些东西做抵押。这时,忽然又听到平时让人心烦的喊声。

"开门啊——喂,开门啊——"

阿峰听得浑身打寒战,觉得一刻也待不下去了,让丈夫赶快到里屋去。

敲门声一直持续了很长一段时间。等到鳄渊从后门绕出去偷偷看情况时,却不见疯女人的影子,只见幽暗的门灯下如飞雪般散落一地的梅花。

第二天,一到固定的时刻,疯女人又来了。鳄渊派侍女出去对她说主人不在家中,并且把她昨天留在这儿的两样东西交还给她。这次她神志清醒,完全没有昨晚那疯疯癫癫的样子,拿了东西就听话地回去了。

阿峰怕她次日还是会来,说什么也不肯让鳄渊离开家里。果然不出所料,她又按时来了。这回再派丫头去对她说主人不在,她却不肯轻易离去。

"那么,我就在这里等你们家老爷回来吧!实际上,我有一些重要的东西在他那儿,无论如何也得带回去。如果不拿回去的话,事情就麻烦了,所以不管要等多少天我也要等到你们老爷回来。"

她就在门口蹲了下来,一动不动地等着。不管侍女怎么好言相劝,她也丝毫听不进去,像一尊石菩萨一般,沉默不语。侍女也无计可施,只能回去禀报主人。鳄渊也没有什么办法来应对,只好由她去了。就这样大概过了两个多小时,她才离开。

阿峰只觉得心烦意乱,说再这样下去的话,除了找警察来处理没有别的办法。鳄渊却认为这种事自己应付就行了，何必闹到找警察，因此并没有听阿峰的话。阿峰责问他说，这个疯女人每天都来闹，难道就没有什么更好的办法可以把她赶走吗？鳄渊说，只要她没有做出什么害人的事，把她当成一只露宿在门前的流浪狗就行了，没有必要过分在意。听到丈夫说不用在意，阿峰感到更气恼了。事实上，不仅仅是这一件事，每次阿峰有事同丈夫商量时，丈夫总是多少有点轻视她，觉得她不过是女流之辈，因此也从来不听取她的意见。阿峰感到气恼也罢，可恨也罢，又怎么能改变丈夫的看法呢？她只觉得此身无依无靠，只能寄托于神佛。既然丈夫不能成为自己的依靠，那只能祈求神佛的庇佑。所以，不管是什么神佛，她都诚心奉养，对于近几年特别流行的新兴宗教——天尊教更是深信不疑，日日顶礼膜拜。这派宗教尊崇的神体称为大御明尊，是天上的一颗紫光大明星。当天地混沌、日月还未形成之时，它就出现在高天原上，掌管着天地万物，弥补着诸事不足，成全着世间一切不圆满之事，恩泽广披，永保百姓安宁，世间安乐。自从阿峰信了天尊教后，便把大御明尊奉为自己家的守护神，但凡有事发生，一定会向它诚心祈求。

这天晚上，她又沐浴焚香，在佛前敬献明灯，然后诚心祈求，请求佛恩浩荡，消灾消难，清除业障。可是，到了次日的上灯时刻，那个疯女人又准时出现了。丈夫还外出未归，要是那个疯女人又辱骂胡闹起来，甚至冲到屋子里，真不知如何是好。阿峰吓得浑身哆嗦，于是先派侍女出去打探情况，自己则来到佛像前，带着颤抖的声音祈求一切平安，灾难尽消。疯女人听说主人不在家，也没有多加争论，只是像昨天一样，还是以同样的姿势蹲在大门前，等着主人回来。侍女只得走进门去，紧紧地锁上了外面的隔门。外面暂时安静下来，什么声音也没有，忽然又传来了絮絮叨叨像是在讲故事的声音，一会儿又传来了断断续续的辱骂声。侍女误以为是主人回来，差点儿被疯女人纠缠上。她偷偷从厨房的小窗向外窥探，原来门外除了那个疯女人什么人也没有，只是她自己在那里胡言乱语着。至于絮絮叨叨地说着什么，侍女也听得不是很清楚。大概就是一些什么"我的儿子受了这家主人的欺骗，中了他的圈套，吃上了官司，好冤啊"

这样的话。她一会儿啜泣，一会儿怒骂，前言不搭后语，断断续续地哭诉着。

第七章

疯女人一心要为儿子报仇雪恨，扬言要取鳄渊的脑袋。她每天傍晚都准时来鳄渊家，已经连续八天了。虽然让人觉得心烦，可是又不能阻止她来，也没办法赶她走。她一个人待在门口，并不会去惊扰别人，因而只能任由她去。正如鳄渊所说的，她毕竟没有给别人造成困扰，就暂且把她当成是一只蜷缩在自己家门前的无家可归的流浪狗吧。在寒风瑟瑟的黄昏时分，一个穿着绉绸披风的身影，总是出现在大门前。她灰色的短发乱蓬蓬的，一双妖怪般的眼睛闪着诡异的光芒，表情似笑非笑，似哭非哭，让人分辨不清。她眼神空虚，目光呆滞地望着暮色中的天空，自言自语地诉说着悲恨的遭遇。那深不可测的苍茫天际，比自己的内心更让人捉摸不透。她手中摊开的那张油纸，正等着装仇人的脑袋！阿峰总觉得放不下心来，这样一个丧心病狂的女人，不知道会做出什么过激的举动来。就算她现在没有表现出什么害人的行为，但是她不弄得我们家破人亡，恐怕是不会善罢甘休的。一个人只要下定决心做一件事，哪怕是把水变成火，把山变成海，把钢铁劈断，把岩石粉碎也不在话下。何况这只不过是让一个家庭支离破碎，杀几个人，可以说是不费吹灰之力的小事罢了。阿峰的心里感到说不出的难过和担忧，觉得没有比这些更可怕的事了。

鳄渊当然不会把自己伪造文书陷害雅之的事如实告诉妻子，所以阿峰还以为这一切都是这个疯女人的儿子自身的过错，自己没有理由要受到她的怨恨。纠纷、输赢、弱肉强食，这本来就是事业上永恒的规律，干高利贷这一行，有时也不得不承受烂账的损失。一方打倒另一方，这也是兵家胜负的常理。阿峰想到这些，不由得感到理直气壮起来，觉得这个老女人的发狂，和自己的丈夫扯不上一点关系。她之所以会这样，不过是母子情深，因为自己儿子的事受到了重大打击，因此痛心绝望到这种程度，也是可以理解的。只是我们一家平白无故地受到她这样的怨恨，简直就像是飞来横祸一般，真是怎么想也想不明白，再这样想下去，也只能平添恐惧罢了。

每天一到时间，疯女人就出现在鳄渊家的大门口，一日也没有间断过。阿峰在心里暗自揣摩，她一定是来夺我们性命的。每天一动不动地在门口蹲着，那内心执着的怨念，难道不是在诅咒着我们，要置我们夫妻于死地吗？一到傍晚时分，阿峰心里总是有说不出的烦恼和焦虑，她一看到疯女人出现在大门前，就马上坐立不安，只能到大御明尊的神坛前去诵经祷告，以求得内心的安宁。她一看到佛前的烛影摇摇晃晃昏暗不清，天尊的神像朦朦胧胧若隐若现，就生怕自己没有受到神佛的恩泽，得不到神佛的庇佑，于是抛开一切世俗杂念，一心一意地敬香礼佛，在神坛前添油加香，热得汗流浃背也不肯停下来。哪怕是枪林弹雨，一到傍晚，疯女人便准时出现在鳄渊家的门前。可是在第九天的这个时候，却还没有看到疯女人的身影，大家都提心吊胆地等着。天气已经转冷，这一天更是冷风刺骨，寒气逼人。外面冷风怒吼，树木在寒风中呼啸，房屋也被吹得仿佛在摇摇晃晃，地上飞沙走石，天空中布满了阴霾，灰蒙蒙的一片。天昏地暗，日色黄浊不清，一副凄凉悲惨的景象。

鳄渊家门灯上的玻璃，也被风吹落了两面，灯火已经熄灭，灯也被风吹倒。而屋子里的灯火却比平日里更为明亮，照着主人用晚餐的矮脚饭桌。火钵上架着锅，里面的食物已经煮好，冒着热腾腾的香气。第一壶酒已经饮尽，还没有听到疯女人鬼哭般的吼叫声。阿峰虽然还有几分担心，但也稍稍放下心来，脸上露出了愉快的神情。

"那个疯女人也怕这大风大雨呢。平时一到这个时候，她都准时出现的，今天却没有来，看来今晚她是不会来啦。说不定被这大风吹到什么地方去了。哎呀，这可多亏了天尊菩萨保佑啊！"

她接过丈夫让她斟酒的杯子，又接着说：

"您再来点鲇鱼吧。虽然说不上是什么可口的东西，但现在心情这般舒畅，那吃起来自然也觉得美味啦。要是再这样下去的话……哎呀，我说你啊，现在已经过了七点，看来今晚她是肯定不会来了。这样说来，可以把门闩上了。哎呀，真是好些日子没像今天这样心里舒坦了。那个疯女人天天这样胡搅蛮缠，不知道要让我短命多少年。我还要向天尊大神好好祈祷祈祷，求他让那个疯女人别再来纠缠我们家。对了，快喝吧，这酒可真是香醇！那个疯女人，何止是看起来可怕啊，那个凶狠的样子，可真让人恶心，我是一刻也忍受不了。我一看到她来，就忍不住一个劲儿地打寒战，浑身的汗毛都立起来，这和害怕还不是一个感觉。那个……怎么说呢，就像是被强大的怨念紧紧包围起来一样。对了，就像在梦中被可怕的东西紧追不放，怎么也摆脱不了，不管你怎么拼命逃跑，都无法逃脱。你想大声叫喊求救，却怎么也说不出话来，就算心里再着急也没有办法。哎，算了，先不说这样的事了，我有点儿喝醉了。"

侍女换了一壶酒来。

"阿金，那个疯女人今晚总算没有来。"

"那真是太好啦！"

"待会我要拿些点心奖励奖励你。你看，你天天和那个疯婆子打交道，现在已经同她混熟啦。能对付疯婆子的，非阿金莫属啊！"

"哎呀，太太您就别开我玩笑了！"

窗外又刮起了狂风，仿佛大海的波浪似的汹涌着，发出阵阵轰鸣，风力之大把柱子都摇得咯吱作响。物体被风吹倒的声音，断裂的声音，压折的声音此起彼伏，不绝于耳，就是待在屋子里，也不由得觉得心惊胆战。尽管不停地往火钵里加炭，铁壶里喷出的蒸汽如云雾般缭绕，可背上还是觉得像靠着一块铁板似的冷得不行。鳄渊本来酒量就好，向来不容易喝醉，便一个劲儿地喝着。阿峰由于心里舒畅，也多喝了几杯，本来就有些泛红的脸色，这时像涂了一层油彩般，在灯火的照耀下，显得红光满面。

疯女人果然没有出现。高兴得喝醉了的阿峰，略带醉意的丈夫，还有那个受到褒奖的侍女，不到十分钟就都在酒劲的作用下沉沉地睡了过去。

窗外的风就像是中了邪一般越刮越烈，高处的树枝像笤帚一样被风吹折了腰，天空中零零星星散落着几颗星星，仿佛要被风吹落一般摇摇欲坠，夜晚的寒气凝结，本来就不多的生气和热量都要被这股寒气吸尽。夜色阴冷，越来越黑暗，越来越可怕。忽然，一道亮光劈开这片黑暗，从鳄渊家的栅栏门前一闪而过。由于栅栏比较低，又加上有东西遮挡，让人以为那是某种火光，难以辨认。只是在火光闪过的那一瞬间，借着那一团光亮，可以隐约看到正屋和库房的轮廓。但外面风刮得正烈，那团火光很快就被风吹灭。过了一会儿，又看到同样的火光，虽然是若隐若现的光亮，但这回没有马上消失，而是保持了一段时间的明亮。在风势稍弱的时候，能够看到那团闪烁着的光亮移到了库房的板窗边，那团燃烧的火焰把四周照得亮起来，这时才看到似乎有一个人影，正沿着那边的围墙在移动着，可是由于周围太暗，所以看得不是太清楚。

瞬间火势蔓延，已经烧到了库房里，喷出的黑烟像旋涡一样朝四周弥漫开去，层层叠叠，越来越浓。房屋、仓库，只要是目力所及的范围之内的物体，全都被吞没在熊熊火光之中。无边的夜色被火光划破，浓密的黑烟包住了火焰，烟雾被狂风吹得四处飘散，火势借着大风越烧越旺，火苗一碰到四面有东西挡着的时候，就发出噼噼啪啪连续不断的爆炸声，火花迸溅得到处都是。库房那边的火势很大，不到一会儿已变成一片火海，黑暗的天空在火光的照耀下一片通红。

刚才那张模糊的脸在火光的照耀下变得清晰起来，那不就是每天傍晚准时出现的疯女人吗！这次的火灾，无疑就是她一手造成的。她镇定自若地站在浓烟烈火旁边，静静地看着这火如何焚烧，如何烧毁这一切，如何将她的仇人化为灰烬。她一动不动地站在那里，怒目圆睁，脸庞在火光的照耀下显得格外狰狞，看着给她带来痛苦的这一切万恶的东西都消失在烈火中。风力、火势、浓烟，这三者互相助长着，相辅相成，愈演愈烈，简直没有比这更绝妙的搭配啦！看着这一切，疯女人的嘴角露出了一丝笑意，那满足的神情，是在这个世界上从来没有看到过的。

狂风吹得四处轰鸣作响，这个时候人们睡得正香，谁也没有察觉到发生了火灾，没有一个人出来奔走呼叫。熊熊的烈火蔓延到屋檐下，厨房里也蹿出了火苗，在这一片火海之中，忽然传来了哈哈大笑的声音，那是疯女人发狂般的笑声。

等人们从屋中冲出来,相互呼喊,乱作一团的时候,鳄渊家大部分已陷入了火海,甚至从仓库的窗子里都喷出了火苗,火势已无法控制。由于当时风也很大,消防队虽然努力抢救,但最终还是有三十多户葬身火海之中。直到凌晨两点左右,火势才被控制住。据说在拥挤的人群中当场抓到一个形迹可疑的人,就是那个疯狂的女人,因为怎么赶,她都不走,所以不得已才把她关起来。

不过火灾肯定是从鳄渊家引起的,真是可悲,最终什么东西也没有抢救出来,所有的一切都化为了一片焦土。警察立刻注意到里面还住着人。一番询问之后,从幸存者阿金口中得知些情况。据她说,当她从梦中惊醒时,火势已经蔓延到枕边了。她急忙连喊了两三声太太,没来得及听到任何回应,就慌忙逃了出来。至于后来主人到底怎么样了也无从得知。等到天亮的时候,还是不见主人的身影,警察担心可能会有疏漏,便立刻派人去四处搜查。

从废墟中发现了一具大部分已经烧焦的尸体,显得惨不忍睹。但隐约还可以辨认,这就是主人的太太。根据这一线索,又在其附近翻找,但一无所获。后来一直翻找到看起来是原来仓库的地方,才从地下找到一堆烧得焦黑的尸骸。也不知道他们当时是因为醉酒找不到出口呢,还是因为在危急关头仍然顾及家财。可以肯定的是,夫妇两人均已葬身火海,而且无论是家宅还是仓库,在一夜之间都化为了灰烬。鳄渊家现在剩下的只有一片废墟。但是,有一样东西在昨夜的大风和大火中得以保存下来,那就是放在主人房间里的保险箱。

和父母并不在一起住的鳄渊直道,正巧还在外出旅行中。躺在医院里的贯一,倒是在阿峰的尸体被发现的时候赶到了。虽然贯一现在伤势已经痊愈,基本可以工作,但原定是三天后才出院,事情发生得太突然,让他不知所措,他生怕自己出院以后的这副身体承受不了这么大的打击。因此他一方面处理着善后事宜,另一方面也在急切地等待着直道回来。

原本连一块枕头拿着都费劲的病人,现在却不得不打起精神来处理后事了。想到平常那么亲切照顾他、身体那么硬朗的主人，如今却在一夜之间变成了一堆尸骨！一切来得过于突然，这让贯一一时不知道该说什么吊唁的话，他也不愿相信这就是事实。人固有一死，但是想到和自己长久相处的人死去，一时总会难以接受。贯一看着这个和自己相处了五年的家庭一夜之间灰飞烟灭，恐怕做梦都不会想到吧！这就像是原本放在自己口袋里的东西无缘无故消失的感觉。这么看来，在此之后，人生会有什么样的变数，贯一恐怕也是难以预料。唉！世事无常，有时真是让人肝肠寸断啊！

寄身的依托已被烧成废墟，就连一直依赖的家主也一同丧命，真是宛如梦中。贯一的脑海中还残留着那些死者的音容，他无法分清幽明的界限，医院中长期枯燥的生活让他越发想念这个家，虽然时间已经很晚了，但贯一还是抱着再看看这个家最后一眼的想法，拄着一根拐杖走出市谷的临时住所，蹒跚地来到鳄渊家遗址，凭吊那大火后的遗迹。

一连几日的大风寒冷天气，今晚突然变得有所缓和。月色朦胧，街道静静地沉眠在淡淡的雾色中。四周还弥漫着一股焦臭味。遭受了一场骚乱的路上，积水未干，已经夷为平地的废墟现场，到处都是一堆堆的焦土瓦砾，一眼望去显得非常空旷。鳄渊家的宅院早已面目全非，只能从那一排烧得像乌炭的树木来判断。旁边的那一堆碎砖乱瓦应该就是仓库的遗迹，当贯一走进那里的时候，迎面吹来一阵微微的热气，可见那些灰烬还没有完全冷却。他拄着一只拐杖，眼中一片茫然，在离他两三步远的地方便是发现鳄渊先生尸体的地方。月色显得那样惨淡，仿佛满怀着怨恨把月光洒满这一片已经烧成红色的瓦砾。乍一眼看上去，就像是一块块的人肉，再次抬头看看周围，一切都已静默，空剩下贯一的身影，显得如此寂寥凄凉。

贯一呆呆地站着，脑海里还清楚地浮现出鳄渊家里当时的情景：红光满面的阿峰，爱唠叨的主人……这一切都还历历在目。他又想尽量去忘记这一切，时而仰望着天空，时而俯视着地面，时而来回踱步徘徊着，但反而让他的思念更加浓烈，眼泪也一直不住地流着。人生的无常让他感到了无限的凄凉。他觉得凡是把他当作亲人来看待的人，最后无疑都会把他抛弃。想想自己的人生，有的人把他抛弃，让他至今心怀怨恨，而有的人则不幸逝去，让他心中悲痛愈加。现在无疑又是雪上加霜，抛弃他的人早已远去，不愿舍弃他的人又先他而去，最终只剩了自己。难道说还活在这个世上的人就值得庆幸，逝去的人就值得惋惜吗？虽然还活在世上，但深陷痛苦之中，而逝去的人则死于非命。生者和死者之间到底谁更可怜，谁更可悲呢？

现在深陷痛苦的贯一和不幸逝去的鳄渊一家，其实并没有什么两样，只是一去一留而已。难道他们的死能够给贯一凄苦的生活带来些许安慰吗？因为贯一还活在世上，从而才能有一人来凭吊他们的死吗？一方是肝肠寸断，一方是死尸白骨。他们不散的阴魂还在不断缠绕着现在还活在人世的贯一。倾家荡产，死于非命，即便是罪大恶极的人也不至于要遭到如此惩罚吧！就是那些畜生，也不应该受到这样的灾难啊！这一切到底是天意，宿命，还是报应？但这世上不仅仅只有鳄渊直行一人在做那些不利于他人的事情啊！所谓的人情，只不过都是在暗地里算计别人，处处设套罢了。世界上肯定也没有从来没做过坏事的人吧！如果说鳄渊是罪有应得，那还有谁能幸免于难呢？不是还有一些恶人，一生当中既没有受到过惩罚，而且还延年益寿的吗？所以就不要再对鳄渊一家的死加以侮辱了，谁都无法避免意外的灾难。想到平时鳄渊夫妇对自己厚爱有加，这突然的离别让他感到巨大的痛苦。"话说我也不能这样一直寄人篱下啊！"于是贯一到发现主人夫妇尸体的地方双手合十，向他们告别。带着离别的心情，临走的时候，贯一心头又莫名涌上一阵忧愁，想到曾经在此死去的人，以后就这样被遗弃在巷子的角落里，没有任何人过来纪念他们，这是多么可悲！"让我在这里再多待一会儿吧！"他心想，不忍心就这么离去，便又转回身，坐在一个土堆上。

当贯一在家中面对着鳄渊一家的骨灰时，虽然心里同样不知所措，但还没有像现在这样，感觉到和他们的灵魂如此接近，甚至还希望能从他们那里听到一些遗言，或者从另一个世界传来关于他们的消息。贯一把沉重的脑袋伏在拐杖上，仿佛在与地下长眠的夫妇俩对话般，陷入了沉思。一段时间过后，他感到一无所获，只是忍不住热泪盈眶，泪水不断从脸颊滑落。

深沉的夜色当中，贯一忽然听到一阵声响，只见一辆马车从远处飞奔而来，在火灾现场的附近停了下来。从马车上下来一个人，走到鳄渊家废墟前突然停下了脚步。

贯一注意到踩着瓦片而来的脚步声，抬头一看，只见人影向自己走来，还没看清来人，那人却先开口了："是间先生吗？"

"您……您终于回来了啊！"

那人不是别人，正是贯一一直等待归来的鳄渊直道。贯一慌忙起身迎接。月色下两个孤零零的身影互相对视着，谁也说不出话来。

"这事来得太突然，真是不知该从何说起！"

"是啊，我碰巧出远门，让你费心了。"

"出事的那天晚上，我还在医院里，真是做梦也没有想到会发生这种事情，直到天亮我才赶过来。如果当时我在家的话，绝对不会让这种事情发生的！不过现在说什么都是事无补了，真是令人惋惜。两人在一起，实在太不小心了！一点小事也不至于酿成如此大祸啊！这难道真的是宿命吗？真是太遗憾了！"

直道慢慢睁开一直闭着的眼睛，问道："所有东西都被烧光了吧？"

"嗯，除了一个保险箱，其他东西都被烧成灰烬了。"

"保险箱？里面有什么东西呢？"

"有一些钱，不过基本都是账簿和收据。"

"是关于放款的收据吗？"

"是的。"

"这玩意儿倒是应该被烧掉才对！"

鳄渊直道脸上显露出遗憾的神色。直道和父母一直有分歧，近年来都是两地分住，其中的原因，贯一是非常清楚的。所以他也明白，为什么对应该感到庆幸的事情，反而他会表示遗憾。

"家被毁了，仓库也塌了，这都无所谓。反倒是那收据应是非烧掉不可的东西吧！至于我父母死于非命，这无论对你还是对我……不管怎么样，哭得这样悲伤的，恐怕在这世上也只有我们两人吧！我也相信很多人正为此幸灾乐祸呢。所以，就算我现在已经是父母双亡，但在别人看来，估计反而是件大快人心的事！"

尽管如此，直道还是禁不住流下了眼泪。虽然父亲一直比较排斥他，母亲一直有些畏惧他，但要说父母对直道没有一丝疼爱那是不可能的。其实除了这些，直道所受到的父母的关爱，远远要比和他一样的那些孩子要多很多。此刻，直道虽然仍对在世时和他争论不休的父亲怀有怨恨，可一想到自己几乎没有对父母尽过孝道，他感到一阵难过。

一阵温和的风吹过，轻轻吹起直道身上的外套。他突然想起这件外套还是母亲当年给他缝制的，虽然不是什么大不了的东西，但这世上毕竟没有白给你东西的人啊！直道是从测量工地赶回来的，回想起来，究竟是谁把这些学问教给自己的？正是无法替代、不可能复得的父母啊！现如今，两人却已在另一个世界了。

可以想象得出，当时父母被火势包围的情景，想必是在拼命呼喊求救吧！那他们是在叫喊谁的名字呢？想到这些，直道满腔的痛苦都化成了泪水，不禁哽咽抽泣起来。

"现在那么多人正为此高兴着，那就让他们幸灾乐祸去吧！不过只要你还有一丝心意，想必你父母也会感到满足的！也许，我不该在这个时候说这些话，不过你得知道，在不久之前，你还是有父母的人，仅就这一点来讲，你知道我有多羡慕你！在这个世上，再没有比亲子之间的情感更纯洁的了。十五岁上我就成了孤儿，从那时起，很多人因为我无父无母而瞧不起我。这种被他人蔑视的滋味让我感到自卑，我也逐渐开始变得自暴自弃，最终失去了一个正常人的性格。当然这也怪我自己，但不管怎样，举目无亲的确是一件非常不幸的事情。世上也确实存在着天生薄命的人。一个人长大后就可以渐渐脱离父母自立，这也不是没有道理的。但如果父母随时能在身边的话，对孩子都是一种心理安慰啊！"

贯一从来没有像今晚这样和直道促膝长谈过，直道平时也不太喜欢和贯一说话，反而因为厌恶常常有意识地避开他。在直道看来，贯一如同父亲作恶的帮凶，所以从一开始就把他当畜生来看待，甚至有得了机会就要把他打死的冲动。今天与贯一的对谈，让他觉得对方还像个人样，所以心下也产生了疑惑。

"这么说来，你已经变成一个不正常的人了？"

"是的。"

"你的意思是，你现在就是一个不正常的人？"

"当然。"

直道低头不语。

"在你面前说出这么莫名其妙的话，真是失礼。我们还是走吧！"

直道点了点头，但仍然低头不语。

夜更深了，这里即使不是深夜也非常僻静，此刻更显得悲寂。直道陷入了痛苦的沉思当中，脚下的瓦砾被他踩得咯吱作响。就在这一片废墟上，两个身影一个默默站立，另一个静静安坐，相对无语。在朦胧的月光下，呈现出一幅凄凉的画面。

就这样过了好一会儿，直道突然开口说道："我会把你变成一个真正的人的！"

他的音调中充满着忧伤，贯一当然也明白他的意思。

"谢了！"

"怎么样？"

"承蒙你的吉言，但我想让自己就这样继续下去。"

"为什么？"

"如今的我，没有必要重新来过。"

"这不是必要不必要的问题，我也不是从必要的角度来劝你的。你还是好好考虑一下吧。"

"不，要是我说的话让你感到不快，还请多多包涵。我们之间从来不曾谈过心，我的为人，你大概不太清楚。我倒是从各个方面听说过你，应该说对你还是很了解的。你是一个洁身自好之人，精神上很少受到过打击。所以，我把关于我的事情说给你听，实在是惭愧。其实尽是一些纠结的事情。想必你一时也听不进去，甚至也不愿听。所以，有洁癖的你，和性情怪僻的我，本来就是谈不来的，虽然无意中我已说了一些，你也不必太当真，随便听听就好。"

"嗯，我理解。"

"你刚才说让我去做一个真正的人，我心里还是感到非常高兴的。本来这行就不是人该干的，而我却明知故犯，心里其实也很难受。想想自己为什么要非做不可？这就难解释了。你可以把这些认为是精神上受过重创之后的反抗。如果我能喝酒的话，身体恐怕早就被酒毁了。但我既不能喝酒，又没有胆量切腹自尽。可以说是因为我自己没有志气才变成现在这样的。"

直道听了贯一这番带有暗示性释怀的话后，自己纯洁的心灵也被他打动了，因而带着同情的语气说："你落到今天这步田地，也是出于无奈啊！但造成你这样的原因究竟是什么，能详细和我说说吗？"

"其实尽是些非常愚蠢的事情，根本不值一听的。我也发过誓，绝不会把这些告诉别人，所以很抱歉！总而言之，只是由于某件事情，受到了某人的欺骗，仅此而已。"

"哦，原来如此，那我也就不再多问了。这么说你非常清楚这行本来就不是人该干的事情，但由于我父亲的固执，认为这些事情也并没有什么不好的。我也一直对父亲这种顽固的想法感到可耻，所以曾经有一段时间，我甚至想恐怕只能以死去抗议他了。父亲一直不听我的劝告，而我一直抱着誓不罢休的想法，始终在劝他改过自新，可没想到就在我们僵持不下的时候突发了这样的灾难，父亲也惨遭不幸。令人遗憾的是，父亲在还没有悔改的时候就走了，这真是我一生当中最大的不幸了。我同时失去了双亲，还没来得及尽孝道，甚至连最后一面都没有见到，说我对不起他们也好，遗憾也好……总之，作为他们的儿子，没有比这件事更令人伤心的了。而且，在我看来，最让人无法释怀的是，在父亲死去之前，并没有表示过要对自己的所作所为进行悔改，如果能早有悔意，我想这样的灾难一定是可以避免的。起码我自己是这么认为的。不过既然一切都过去了，再说也没什么用了。但我现在希望你不要像我父亲一样，一定要对之前的所作所为表示悔改之意。如果你能做到，在我看来就如同父亲也同样悔改了，让我心里起码有所安慰。这样既能在某种程度上减轻父亲的罪过，让我安心，你也能够光明正大地、安心愉快地活下去。

"你刚才的一番话也没错，你之所以干这种行当，也是逼不得已，这一点我还是理解的。但无论如何，你就当作为了超度我的父亲，去救赎他的遗族避免迷失在街头，请你放弃这行吧！我决定把父亲的遗产都让给你，你就拿这些钱作为资本，去做一些有利于他人的生意，这样我想再好不过了。我父亲曾经非常器重你，想必你也对我父亲有些感情，如果你真为他着想，就不要再和他一样了，还是改过自新吧！"

贯一低头不语，直道说完以后，他仍然如此。无论后来直道怎样追问，他始终没有仰起脸看他。

一道亮光突然闪过，照亮了这条贯穿在废墟之间的小道。那灯光越来越近，原来是前来巡查火灾现场的警察。一盏方形的提灯照亮了贯一和直道两人，他们只是呆呆地望着，一动不动，着实让警察吃了一惊。为什么这两人脸色会如此惨白，泪流满面？这哪里是哭泣的地方啊，此时已是凌晨两点半了。

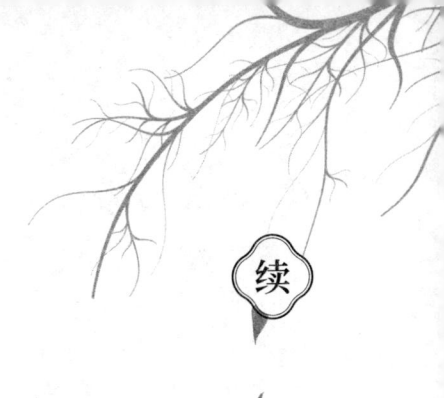

第一章

如果把时间兑换成金钱，把每一秒当作一厘钱来计算的话，那么每个人除了每天八小时的睡眠外，实际上还剩十六个小时，就相当于五元七角六分钱。如果再以一年三百六十五天来计算，就相当于有两千一百零二元四角钱，这是一个很可观的数字。正是因此，每逢岁末的腊月二十七，市面上的气氛便会沉重起来，仿佛在宣告世界末日的来临。人们在家也是坐立不安，只想到外面去。在街上走着的人们生怕脚步太慢，拼命往前赶。只见人们互相推挤，熙熙攘攘，摩肩接踵，连不小心伤害了他人都顾不得；车辆密集，几乎要把轮轴撞坏。几乎每个人都把精神集中在了那稍纵即逝的宝贵时刻，如此紧张慌乱的气氛，简直要把人逼疯。这些人都在懊悔着，后悔不该白白度过前面那十一个月，之前一秒秒积累起来的两千元钱已经不知丢到哪里去了，现在大家不得不睁大血红的双眼，拨开草丛，掀起砖瓦到处搜寻。何况到现在这种时候，一秒钟的价值都可能从一厘钱涨到一角钱。时间飞逝，让人们手足无措，无法平静下来。

但那从来不知疲倦的上天，今天仍然没有一点变化，依然湛蓝、广阔、寂静，而且依然覆盖着本应覆盖着的万物众生。从早到晚吹着北风，傍晚时分，夕阳的光辉还在照射着十二月这尘土飞扬的街道。放眼一望，两边的人家都已经在门口装扮好了过年的松树，松树的枝叶苍翠欲滴。家家户户的屋檐下已经挂上了象征吉祥的稻草绳，映着晚霞在风中摇曳着，一直延伸到远方。也给即将迎春的腊月，增添了繁华的景色，这更让即将失去的一年惊魂不定。

人们为了挽回那两千多元的损失而到处奔走，有的人手里拿着梅花，有的人肩上扛着猎枪，也有带着艺伎驱车的，还有穿着一身漂亮衣服嘴里叼着根牙签的，也有坐着双匹马车的，有提着大包小包的节日礼品的，也有边走边看杂志的，更有带着五个孩子一起走进工厂的。这些人一看就已经有所收获，但显然还没有满足，损失不多的人心里在暗喜着，而损失较多的人心底却在犯愁，当然也有极少几个完全没有损失的，心情当然特别好。但每人心里都是有一把算盘的。略有盈余绝对不允许有亏损，而那些亏损的人就必须想方设法要转亏为盈。总之，每个人都在热衷追寻着自己的目标。每人都想最好从大年初一开始就朝朝花开，夜夜月明，至于一个人到底是勇敢还是胆怯，只会到临死的时候才能看出来。这里，却有这么一个人，他对于眼下的这一切不屑一顾，只见他一手托着一根铁鞭，怀里抱着一卷书，两条小腿裸露在外面，醉醺醺地踉跄走来。再看看这人的衣装打扮，头上戴着一顶已经变成暗灰色的呢帽，下半身穿着一条满是黑色污点的嘉平绸的裙裤，上身穿着一件已经洗褪色的法兰绒单衣，外面套着一件花纹已经变得模糊的格子布棉袄，最外面是一件格子呢的双层外套，看来这一身估计是哪个人穿旧了让给他穿的吧。也不知道比他的体型大了多少，只听到那条裙裤被风吹得啪啪作响，好像随时都会被撕裂。这人看起来有三十六七岁的样子，虽然不是很瘦，但是给人的感觉却像是竖立在荒野当中的一棵枯树，凄凉孤单。唯独那把美丽飘逸的长须，从耳根一直垂到了胸前，分开两边形成了一个八字，面貌显得十分精神，虽然面露几分高傲的神色，倒没有严峻的感觉。现在正是他酒兴大发之际，他好像带着一种在春天田野中散步的心情，从那条通向西边的道路走来，慢慢接近了这条大街的十字路口。

"瓢空夜静上高楼，买酒卷帘邀月醉。醉中拂剑光射月……"

他就是这样有节奏地低声吟唱，边走边自得其乐着。天空晴朗，呈现出一片暗蓝色，还映着夕阳的余晖。突然北风吹起，冷得让人感觉像是针刺一般。但他的脸色却显得像烈火一样通红，他口中念念有词，一路蹒跚而来。

"往往悲歌独流涕。划却君山湘水平，斫却桂树月更明。丈夫有志……"

正吟到这一句时突然有一支近卫骑兵队从大街南边疾驰而来，横在了他的面前，挡住他的去路。他握紧手中的铁鞭，瞪大了眼睛看着那些骑在马背上穿戴整齐的健儿一个个从自己身边闪过，带起阵阵尘土。他目送他们的身影远去，不禁发出了"壮哉！"的感叹。

"我游四方不得意，阳狂施药成都市。"

他又茫然低声吟诵着这首诗的头两句。他的举动不免引起来往人群的注意。大家都很奇怪，在这人心惶惶的岁末，这家伙倒事不关己，独自大醉，究竟是为何呢？是自得其乐还是自暴自弃？是已经领悟了人生的真谛还是在醉生梦死？又或是某个独行江湖的大侠呢？这些来来往往的人当中，有人只扫了他一眼，而有人则仔细观察他的样子，看看是不是自己认识的人，也有人在揣测他的身世。好在他已经喝得烂醉，对眼前的事物根本一无所知。只是两眼茫然地望着熙熙攘攘的街道，心里正犹豫着该去往何处，所以暂时停留在这十字路口。即使人们对他感到奇怪，但这已经不是他第一次出现在此处了，平日他也经常到这儿来散步，不过像今天这种烂醉如泥的状态，连平时对他多加注意的派出所警察都感到一丝意外。

过了一会儿，他把那根铁鞭抽在地上啪啪作响，向右一拐弯，沿着大街向前走去。还没到第二个路口，一辆人力车突然从西北面的斜坡上冲了下来，正撞在那醉汉的腰上。如此猛烈的撞击，顿时把他撞出了一丈多远，摔在地上。车夫惊慌地立刻刹住了车，回过神来定睛一看，也意识到自己闯下了大祸。感觉对方是个不好应付的家伙，所以当街立刻掉转车头，拔腿就跑。车上坐着一位妇女，穿着一件黑绫外套，头上包着一块灰色的绉纱头巾。她慌忙掀开盖在自己腿上的红黄色无花海龙毯子，跺着脚连连叫道："快停下，掉回去！"那车夫哪里会听她的话，只是一个劲儿地拉着车向前逃着。

正当这时候，车子后方也传来了让车夫停车掉头的声音，很多路人目睹了刚才的事故，所以也在责备着车夫的不负责任。而坐在车上的妇人更是无法忍耐下去，硬让车夫停车，就算自己下车也要回去看看究竟。

街上爱凑热闹的人，看到此情此景，也忘记了自己身上的要事，像蚂蚁发现了糖块似的，纷纷围拢过来。有的人围住了蹲在地上的伤者，有的人挤到妇人的附近，都瞪大了眼睛在旁边看着。那位妇人在走回来的时候已经摘掉了头巾，她梳着一个圆形的发髻，用一条花点的绒布扎着发根，斜插着一根玳瑁柄的金镶玉簪和一个泥金花式发梳。那副打扮真是清丽脱俗，如花似玉却又娇嫩得弱不禁风，周围的人们均看得出神，一言不发。

妇人被看得害羞起来，把刚摘下的头巾又重新盖了上去，满脸通红地在人群中踌躇。只见那被撞倒的醉汉抬起了半个身子，帽子、铁鞭、怀里的书本以及脚上的木屐，散落了一地。他一手掩住正在流血的右额，抬头看着向他走来的女人。那妇人走到他面前，带有一丝胆怯地向他打了声招呼："刚才一时疏忽，真是太对不起了！您的脸……难道眼睛也受伤了吗？这真是太……"

"不，没什么。"

"真的没事吗？哪里疼？"

妇人看他无法把腰直起来，所以还在担心地询问。

这时车夫也从妇人背后冒出来连连弯腰行礼，面带歉意地说道："真是太对不起了，老爷！还请您见谅！"

只见醉汉转过脸来看着车夫，没有显出愤怒的表情，只是以一种严肃的口气对他说："这就是你的不对了啊！明明知道自己闯了祸，为什么不把车停下来反而要逃跑呢？就是因为你要逃跑，我才非要把你叫住不可。做事如此鲁莽，真是给你家主子丢脸！"

"是是，我真是太不应该了！"

"对啊，他太鲁莽了，还请您原谅！"

妇人也在一旁忙着道歉。那醉汉点了点头，说道："以后可要注意啊，听到没有？"

"是！是！……"

"快走吧，走吧！"

醉汉说着便从容地站起身来。主仆两人看到这般情景，也意外地感到高兴。倒是那些爱看热闹的人很是失望，本以为要有好戏上演，想不到虎头蛇尾，就这样和平收场。大部分人都转身离开了，但还有人认为好戏在后头，仍驻足观望。

车夫扶起了醉汉，给他捡起散落在地上的木屐和铁鞭，妇人也帮他把书本捡起来，又把帽子擦干净后还给了他。妇人让车夫帮自己拿着头巾，转过来细心地为醉汉拂去外套和裤子上的泥土。尽管醉汉已经不再计较了，但一想起他额上的伤口，妇人心里还是有些过意不去，默默地想看看还能为他做些什么，便一声不吭地盯着醉汉。可不知怎的，她的眼神变得越来越紧张，好像发现了什么可疑的事情。那个醉汉觉得再在这里待下去也是无益，便跟跟跄跄地接着向前走。

妇人没有去阻拦，但过了一小会儿，好像是打定主意般突然追了上去，让他等一等。那醉汉眯着眼睛回头看着，也不知道妇人是在喊别人还是在喊自己，面露一丝惊讶。

"可能也是我认错人了，不过还是冒昧地问一下：您是不是荒尾先生？"

"你说什么？"他不由得转过身来，硬撑着铁鞭站在原地。这到底是在做梦，还是出现了奇迹？醉汉睁大了眼睛，想把事情问个清楚，心里也疑惑起来。

"您是荒尾先生吧？"

"我倒是姓荒尾。"

"请问您认识间贯一吗？"

"是的，间贯一是我的老朋友。"

"我是鸭泽家的阿宫啊！"

"什么？鸭……鸭泽家的……阿宫？"

"对啊，就是间贯一曾经住过的鸭泽家啊！"

"啊，原来是宫子小姐！"

醉汉万万没想到竟会遇见宫子小姐，吃惊得醉意去了大半。他盯着阿宫的脸，好像要从这张脸上找出过去的记忆。

"真是好久不见！"阿宫高兴地跳到他身边。

原来美丽的车主和街边的醉汉不是陌路人，而是早已相识的朋友。间贯一住在鸭泽家的时候，阿宫就把这个善良的人当作贯一的大哥，像对待亲兄长般对待他。那时他们也曾比亲兄妹还要亲切地在一起谈心。也许那时也会想到人生的无常变化，但无论如何也不会想到今天这样的相遇。更何况，曾经亲如一家的两人，如今一个破履烂衫，卧醉街边，另一个驱车过市，荣华富贵。如此天上地下的差距，恐怕更是无法料想到的吧！这样的偶遇加之现实存在的巨大差距，都深深刺激着二人的心。毕竟女人更为脆弱，此时的阿宫已是泪流满面。

"你变了好多啊！"

"您也是啊！"

阿宫这才注意到荒尾先生额上的伤口还在流血，急忙用自己的手帕给他擦拭，还一边担心地说："很疼吧？您忍耐一下。"

她向车夫吩咐了几句，那车夫便慌忙走开了。

"这附近有一个很好的大夫，我们就去他那里吧！我已经叫人去雇车了。"

"其实不用这么大费周章啦！"

"不这样的话可是很危险啊！何况您也喝醉了，反正已经去雇车了，所以就和我去一趟吧！"

"不不，这点小伤不必在意，没关系的。对了，贯一后来怎么样了？"

阿宫听到这句话，仿佛胸口被刺了一刀："关于他，我正有好多话要和您说。"

"那么他现在究竟怎么样啊？没出什么事吧？"

"这个……"

"肯定没事吧？"

阿宫羞愧得浑身发抖，心如刀绞。正在这时，车夫雇到一辆不错的人力车并带着一起来了。当阿宫抬起头时,才注意到周围已聚集了很多人,连让人厌烦的警察也过来了。

第二章

　　荒尾让介的伤口上已经敷了药。从醉意中醒来,面色有些苍白。他盘腿坐在明亮的汽油灯前抽着烟,没有褶子的裤裙遮住了膝盖,一副严肃的神态。阿宫脸色难看地坐在他的斜对面,两人中间隔着一张熊皮的地毯。此时两人已在阿宫认识的大夫家中,他们在这座西式建筑二层的一间大约十叠大小的房间里,幽幽地交谈着。

　　"当时贯一离家出走曾经给我写过一封信,所以他的事情我还是知道一些。看到那封信时,我简直都要气死了。当时我就想立刻来找你,劝你回心转意,如果你还是执意不听,我便不再把你当作家人,还要狠狠揍你一顿,让你这辈子变成个残废,永远不能结婚。在当时我几乎已经下定决心要这样做了。可回头想想,连贯一的劝说你都不听,那我的话更不起什么作用了。而且,你抛弃了贯一,把自己当作商品一样卖给了富山家,我要是再去损坏原本给人家的东西也是不妥。但我当时真是心如刀割,难以接受。"

　　阿宫用衣袖遮住了脸,可是,从露在外面的一点面容可以看出,她也在连连皱着眉头。

　　"阿宫,我从来没有想过你是这样的人,连曾经那样深爱着你的间贯一都被你欺骗,那我就更不用说了。不仅我恨你,我也替贯一恨你!没错,就是怨恨,即使下辈子我也还是恨你,真是恨透你了!"

　　阿宫终于再也无法忍受,开始抽泣起来。

　　"说实话,耽误了贯一一生的,不是别人,正是你!不过贯一仅仅因为遭到女人的抛弃就变得如此消沉,自杀般地自甘堕落,这当然也是没志气,该受到大家责备的。这是他的问题,而你呢?无论贯一做错了什么,你犯的错终究还是得你自己负责。而且,就是因为你抛弃了贯一,他才会堕落到如今这步田地。单从这点来看，你不仅不守妇道，而且还相当于杀害了自己的丈夫……"

阿宫不禁一愣，抬头望着荒尾，好像他那严厉责备的目光中带着贯一的怨恨，让她无地自容，全身在不断哆嗦着。

"没错，你不认为那样做和杀人是一样的吗？你现在也表示了忏悔，这当然无可厚非。但遗憾的是，为时已晚。贯一如今已经堕落，宛如行尸走肉一般。而你已经嫁到富山家六年了，这和泼出去的水、碎了的盘子一样无法挽回。事到如今，就算是老天爷也无法改变这个事实。我这么说可能会让你感到不好受，可这毕竟是你一手造成的，自作自受，我看就是这样。"

阿宫一言不发，只是低着头呜呜地哭泣着。

唉！这都是我的罪过啊！想不到我犯下的罪过竟然如此深重，甚至都引起他人如此的憎恨。那个曾跟我说过"总有一天你会知道"的人又怎能原谅我呢！曾经犯下的罪过真的是不可饶恕的吗？也许此后再也无法见到那个让我十分想念的人了吧！

阿宫心如刀绞，哭成了泪人，简直不知该如何是好。

荒尾虽然觉得眼前这个为了金钱而出卖爱情的女人着实可恨，但看到她在自己面前这种后悔，心里也不禁生出一丝怜悯和感动。

阿宫还是泪眼婆娑地抽泣着。

"不过，你现在能够如此悔过，当然好。虽然你无法求得贯一和我的原谅，但至少你可以让自己好受些，求得自我的救赎。"

阿宫听到这种安慰的话，反而边摇头边哭得更厉害了。

"能够求得自我的救赎，总比得不到任何人的原谅要好。俗话说：求得自我的救赎，是求得他人原谅的开始。我虽然现在还无法原谅你，并且还在恨着你，但对你的心情还是理解的。当然，也很理解贯一的心情，我这话的意思你明白吗？那么，你们俩究竟哪一个更应该受到同情呢？依我看，贯一的遭遇更加悲惨可怜，所以对于你的痛苦，我只能袖手旁观了。

"今天我们能够相遇，确实是意料之外。对我而言，女性朋友从过去到现在只有你一个人而已。对了，过去承蒙你的种种照顾，我心里也是感激不尽。所以时隔多年和你这个唯一的女性朋友相遇，还真勾起我对以前的怀念呢！"

阿宫几乎马上就要放声哭出来，但还是紧咬着嘴唇忍着。用已经浸湿的衣袖不断地擦拭脸上滑落的泪水。

"刚才看到你梳着圆形的发髻，穿着打扮十分华丽的样子，心里其实还是有些厌恶的。你刚才说有很多话要对我说，我还想你当初那样欺骗贯一，我倒要看看你今天准备怎么样来欺骗我。所以我本来是想和你最后较量一下的，但没有想到你会这样悔过自己，我反倒感到些许高兴。今天我还是把你当作我的朋友，这多亏了你今天虔诚的忏悔！否则我定会狠狠揍你一顿。好了，求得自我的救赎，是求得他人原谅的开始。这句话，明白了吗？

"至于你让我去和贯一解释，代你向他道歉，这种委托我可不能接受。我明知错在你反而再去接受你的委托，我可不是这样的人。而且，如果我是贯一，也绝对不会原谅你。

"今天我算是遇到我知己的敌人了。但我不准备对你做什么，咱们就此告别吧，这已经算是我荒尾对你的一丝宽容了。话说今天是我们久违的重逢，好像不应该说这些扫兴的话。好了，祝你以后顺利，就此告辞。"荒尾边说着，边站起身来准备离去。

"不，还请等一下！"阿宫急忙抬起她那满是泪痕的脸，擦着那被泪珠压得沉重的眼睑，"这么说，无论我怎么求您，您也不会代我去向贯一道歉了吗？而且您至今也无法原谅我？"

"是的。"荒尾边说着，边伸直了一条腿准备站起身来。

"请稍等一会儿吧，饭马上就好了。"

"哦，我并不想吃饭。"

"其实还有事情要和您说，荒尾先生，还请留步。"

"随你怎么说，我总不能不回去吧。"

"请不要这么说……无论如何，还请您再忍耐一下。"

只见荒尾把一只手放在火钵边上，好像在思考些什么，把视线转向了一边，默不作声。

"荒尾先生，既然您什么都听不进去，那我就不再央求您了。不再让您去代我向贯一道歉，也不祈求您原谅我了。"

荒尾的视线从阿宫脸上扫过，她接着说道："现在我只希望再看贯一一眼，希望在他面前忏悔我的罪过，只要能够在他面前坦白一切，我也就别无他求了。实际上我也不会去求得他的原谅，而且根本也没想过。对他原谅我我已不抱幻想，我早就做好心理准备了……"阿宫忍住泪水，痛苦地说道："我只恳求您带我去见他一面。只要您陪我去，我想他一定会见我的。只要能见贯一一面，就算最后被千刀万剐我也认了。我宁可去听他和您两人是如何怪罪我，宁可让贯一把我杀掉都可以！我希望贯一把我杀掉！"

之前像严寒之中的松树一样毫不动摇的荒尾听到此话，也不禁心生感动，他不由得捋着长长的胡须，连连点头。

"这话说得有些意思！你希望见到贯一，还希望他把你杀掉，这话讲得好！当然在我看来，必须得这样做才行。但你现在已是富山家的妻子了，唯继是你的丈夫，作为一个有夫之妇，可不能如此任性！"

"我不在乎！"

"不行，这可万万不行！你宁可死在贯一手中，这种忏悔的心情当然勇气可嘉，你这样做只是单纯为了贯一，你把你现在的丈夫又置于何种位置啊？这样不会损害你丈夫的名誉吗？这一点，希望你慎重考虑！

"当年你是为了富山而欺骗贯一，如今这样做的话，就是为了贯一再欺骗富山！这样一来，等于同时欺骗了双方！虽然某种程度上你是为了忏悔，可也是犯下了新的错误，这种忏悔毫无意义！"

"这个我不在乎！"阿宫无法抑制自己激动的心情，紧紧地咬着嘴唇。

"不在乎？这可不行啊！"

"不，我就是不在乎！"

"这是不行的啊！"

"这种问题我早就置之度外了。我的躯体怎么样都无所谓，现在唯一的愿望就是能够见贯一一面，向他忏悔我的罪过，那样我的心里也会好受许多。如果能够死在他面前，这正如我所愿。至于富山……现在的我只求一死。"

"唉！真是个鲁莽、不明事理的人！我是不能和你串通一气的，你的心胸如此狭窄，怪不得当初会把贯一抛弃。作为妻子要去欺骗丈夫，还说不在乎，真是岂有此理！看到你这种心胸的人，我倒是开始有些可怜富山了。有一个像你这样不守妇道的妻子，还真是不幸！富山真是可怜，与其同情你，我倒不如去同情他！我真是越来越厌恶你了。"

阿宫湿润的眼眶中，好像燃烧似的放着光芒："如果按您这么说，那我到底该怎么办才好？荒尾先生，还请您来拯救我的心灵，来教我怎样忏悔吧！"

"用不着我去教你，还是你自己好好想想吧。"

"从三四年前开始，我几乎每天都在想着这件事，所以这些年总是郁郁寡欢，从来没舒畅过。与其如此痛苦，还不如一死了之，之前我一直都这么想。只是，如果我不能见贯一一面，仅仅一面就好，我是死不瞑目的。"

"你自己还是好好想想吧！"

"荒尾先生，您这样对我也未免太过分了！"

此时，阿宫感到说不出的寂寞和惶恐，只是拉住荒尾的袖口啜泣着。荒尾没有甩开她的手。他此时也是满心惆怅，凝视着比过去憔悴许多的阿宫。

"荒尾先生，难道我的这种想法不正说明我在忏悔吗？请您把我当作过去的阿宫来对待，帮帮我吧。求您了！荒尾先生，请您教教我，告诉我吧！"

阿宫哭得连话都说不清楚了。这时楼下传来脚步声，可能是送饭的来了。

果然，有人端着晚饭进来，一会儿工夫就布置妥当了。等用人出去以后，两人仍然沉默不语，房间里恢复了刚才安静的状态。最后还是荒尾咳嗽了一声，提高嗓门儿说道："你说的话我也理解，也不能说完全没有道理。我只是为了劝你，如果真有一些对你好的建议，我是绝对不会沉默的。但是，之所以不能教你，那是因为，一旦我说了，你准以为这绝对是对的……不，不能再说下去了。如果这是好事，那我一定会和你说的。既然是不应该说的事情,更何况还是不能教给别人的事情,仅仅是我暗自想的,我自己的空想而已。把空想教给别人,这是万万不可的。所以,我并非不肯说,只是不能说!给我点时间,让我好好想一想。如果有什么好的方法,以后见面时会告诉你。如果有缘,我们还会再见。什么,我住在哪里?这个嘛……还真是不好说。所谓佛门子弟,四海为家啊!原本讲出来也是没有关系的,但这样的话你就总会来找我,这就让我很困扰了。所以我还是不说算了。不过话说回来,我变成现在这副模样,着实让你吃惊不小吧?连我自己也没想到,可这也是没有办法的事情。我也经历了很多很多,本来也想和你说说,但还是等以后有机会再说吧。

"什么?不要多喝酒?哦,像今天醉成这样还是很少见的。不过,既然承蒙你这么关心,那我以后多加注意便是。

"你说要我帮助你,这当然没问题。从情分上来说,我也应该帮助你对吧?你的想法我已完全明了,我也不会再把你当作敌人看待,但我也不能成为你的帮凶!

"将来肯定有机会见到贯一,我也有很多事情想找他问一问,谈一谈,却始终没有去看望过他。这也不是因为什么大的原因啦。什么?明天就去?这可不行啊!因为我自己还有很多事情。原来如此,你也很讨厌那些世俗的事情啊!看来我和你完全一样呢,这世上只要稍错一步,事情便会变得非常麻烦。像我们这种人,即使现在活着也毫无乐趣,但总觉得如果这么白白死去也未免有些遗憾,所以至今还死皮赖脸地活着。但如果活得如此痛苦,倒还不如一死了之。为什么会舍不得这条命呢?想想也真奇怪!"

荒尾边说着边把饭也吃完了:"受到你如此款待,仔细想想上一次还是好多年前呢,想必贯一也是这样吧?"

阿宫不禁又抽泣起来。这无尽的悲伤到底何时才是个头啊!

只见荒尾好像不胜感激,慌忙整理着衣服,准备要离开了。

"真想不到,受到你如此款待,却还狠狠教训了你一顿。好了,阿宫,那么我先就此别过了。"

"荒尾先生，这个……您……"

只见荒尾早已站起身来，阿宫在他面前挡着，仍然不停地哭泣着。

"我到底该怎么办才好呢？"

"一句话，要有决心。"

荒尾好像在保留着什么，只是大声地说了这么一句话。之后便不顾阿宫的阻拦，向前走去。但阿宫还是紧追不舍地问道："到底是什么决心啊？"

"决心就是决心！"

话好像没有说完，荒尾便已走出了客厅。阿宫既没有送他出去，也没有就此坐下，只是呆呆地面朝墙壁站着，一动不动。

第三章

自从家家户户门口的门松被撤去之后，已经度过了有七八天的时间。但是富山唯继还像是在新年里一般，每天都要到各处去游乐玩耍，根本没有停下来的意思。而阿宫对此却毫不在意，任由他天天从家门里进进出出，而自己就像是旅馆的老板似的，只是天天按照惯例迎送他而已。

这两三年，阿宫就是一直这样对待她的丈夫的，而且早已成了习惯。反过来唯继是怎么看阿宫的呢？因为她的性格以及体弱多病的身子，他也已经习惯了这样的生活，倒也没有怎么责备过阿宫。渐渐地，唯继也变得和以前不太一样了，他越来越沉迷于在外享乐，最初只算是在沼泽边上，但如今已经是越陷越深。阿宫眼睁睁地看着这些，却从来没有想要去阻止或是责备。在这对夫妇看来，对方怎样都无所谓，只是希望不要来管自己。所以这对夫妇就这么互不侵犯地过着相安无事的日子。

话虽如此，但唯继没有完全忘记自己的妻子。虽然阿宫多愁善感，体弱多病，但美貌还是不减当年。所以只要她的美貌还在，相信丈夫对她的爱还是不减当年吧。可自从嫁进来就不曾体会过一丝爱情味道的阿宫，事到如今，不仅没有任何爱情，也开始对现在的生活产生厌恶之情。唯继或许也感到了生活的无趣，因此也就越来越多地到外面寻欢作乐。至于他还不忘每天按时回家，只是因为想来看看妻子的美貌而已。家中有这样美丽的妻子，却感受不到任何欢乐，对唯继来说，家庭就像是一个冰冷的火炉，没有一丝温暖。好在手头上的金钱可以让他在外面得到娇娘的献媚，从而满足他一时的欲望。其实天天把阿宫一人丢在家里唯继心里也不是滋味。但家里有一枝自己亲手栽培起来的鲜花可以欣赏，外面到处有人奉承，作为一个绅士，也已经很满足了。

即使已经厌恶了丈夫的种种怠慢，而且这种痛苦片刻都没有得到任何缓解，作为妻子的阿宫却始终逆来顺受，丈夫整天在外面吃喝玩乐，她从来不责备，也从来没露出过不快的神色，反而还去时时刻刻关心唯继，把家里一切事情安排得井井有条。家里能有这种贤妻，自然会得到丈夫的喜爱，会让他觉得妻子是一个顾家的人，绝不会忽视。而且不仅仅是丈夫，就连公公婆婆和各位亲戚，在对阿宫体弱多病的身子表示同情的同时，也都赞扬她是一个好媳妇。实际上，阿宫确实也不像有些人的妻子总爱外出串门，或是乱发脾气，也不像某些女人沉迷于奢华的享受，她从来没有提出过过分的要求，反倒是比别人有更多的才华，平时除了在家侍奉丈夫，也不做别的事情，这就更惹人怜爱。但没有人知道阿宫内心的秘密，阿宫平日小心谨慎，也绝不会让人看出自己的心思；在家侍奉丈夫兢兢业业，没有一丝敷衍，以此来赢得他人的赞许。在外人看来，她好像在享受着极其幸福的生活，但又有谁知道她内心无法发泄的痛苦呢！这种痛苦仿佛无穷无尽。

十九岁就抛弃恋人的阿宫，怀念着过去，感叹着如今，一天天过得如此无奈。今天已经是二十岁以来的第五个春天了。而这个春天所带来的，除了仍无法挥去的痛苦、悔恨、失望以及郁闷外，还在自己的年龄上又添了一岁。感觉自己就像一个无法获得释放的囚徒一样，带着更深的悔恨踏入了新的一年。虽然自己体弱多病，但毕竟没有到卧床不起的地步，所以在新年这几天还是得去应酬一下。而且好美色的丈夫也要求她更漂亮一些，所以她不得不打扮一番。今天的阿宫确实比平时漂亮许多，但在她心里却有种比平时更加深重的痛苦和悲哀。

丈夫出门之前一定要喝一杯御寒的葡萄酒，阿宫不得不在一旁照料着。

两盆品质不错的梅花在南边的纸窗前挺立着，一缕阳光透过窗纸照进来，使壁架上的五六朵金盏花显得格外鲜艳。不过，房间里最引人注目的还属坐在火钵边上的富山唯继。只见他身穿新做的便服三套件，右手掀开那条法国里昂产的白色丝围巾，左手举起酒杯让阿宫为他斟酒。

"不行啊，姿势不够好看……要溢出来，要溢出来啦！唉！我就说嘛，还是在外面喝酒更潇洒些。"

"那您就在外面多喝些吧。"

"可以吗？太……太好啦！那今晚可能会晚一点回来。"

"大概什么时候？"

"估计会很晚。"

"如果没有个大概时间，那看门的人会很困扰的。"

"确实会很晚。"

"那就十点回来吧，过了那个时间，大家可都要睡觉了。"

"会很晚的。"

阿宫已经感到厌烦，便不再说了。

"肯定会很晚才能回来。"

"……"

"肯定会很晚很晚才会回来。"

"……"

"我说你啊……"

"……"

"你生气了吗？"

"……"

"这有什么可生气的呢？"

唯继不停地边小声嘀咕着，边拉着阿宫的袖子。阿宫挣脱开说道："你要干什么啊？"

"因为你不理我。"

"您会很晚才回来，我已经知道啦！"

"其实也不会那么晚,所以不要这样。大过节的应该高兴一点才对。"

"既然您要晚一些才回来,那就晚一点呗。"

"我不是已经说过了不会那么晚回来吗?你最近是怎么回事,动不动就发火?"

"或许因为我身体多病的关系吧。"

"估计也因为我总是在外边吃喝玩乐吧?那还真是抱歉!"

"……"

"你再来喝一杯吧。"

"不,我不喝了。"

"那么我先替你喝半杯吧。"

"不,我好像已经有点喝多了。"

"不要这样。来,再来喝一点意思意思嘛!"

"您这个人真是的,都说我不喝了。"

"没关系的,你看我这斟酒的姿势,应该算是爱子派吧。"

唯继故意提到妓女的名字,是想看看阿宫的反应,所以带着一种幸灾乐祸的表情看着她,但阿宫只是装作不知道,喝了一口酒,然后皱着眉头咽了下去。

"不喝了吗?那把酒杯给我吧。"

"对不起,还请您见谅。"

"再给我倒一杯吧。"

"都已经过了十点了,您还不去吗?"

"没关系,反正这两天也没什么重要的事情。不过说真的,今晚确实会晚一些回来。"

"是吗?"

"说是要晚一点回来,其实也不是要去干什么坏事。你知道的,本月二十八号不是有一次大型排练吗?所以大家约好今天下午五点在丝川家里彩排,我可要唱一段我最拿手的哟!你听——亲命难违出家门,难波滩头把船坐,忧心如焚泪满襟,只待天明来顺风……"

阿宫厌烦地看着别处，而唯继却兴高采烈地继续唱着："不时相逢……相逢……啊，狂风吹得两分离，但等回到家中，却发现爹娘已为我定亲……"

"您就少唱几句吧。"

"再听我唱几句嘛——坚贞的操守就这样破……"

"我以后会慢慢听您唱的，还是赶紧出门吧。"

"已经进步很多了，对吧？现在应该能听进去了吧？"

"我又不懂这个。"

"这还真是让人头疼，有点难为情呢。还是要稍微了解一些嘛。"

"不懂也没有什么关系啦。"

"什么叫没有关系啊？连净琉璃[1]都不懂，真是让人伤脑筋。你的性格本来就过于冷淡，所以连通俗的段子都不知道，肯定是这样。"

"才没有那回事。"

"不，就是这样，你向来很冷淡。"

"那爱子怎么样呢？"

"爱子吗？这和你并没有关系，你不用去管她。"

"您既然这么说，我就明白了。"

"你明白什么啊？"

"就是明白了。"

"你什么都不懂！"

"算啦，您快点去吧！早去早回。"

"那好。只要你不再那么冷淡，我就早点回来，你会等我吗？"

"我不是每次都在等您吗？"

"总算不冷淡啦。"

唯继终于站起身来，阿宫帮他穿上外套，然后伸出手和他握手。但这一举动绝不是说阿宫开始变得不再冷淡，因为这对夫妇平时在分别和见面

---

[1] 净琉璃：一种用三弦伴奏的说唱曲艺。

时总会握手，这不过是听从丈夫的命令学来的礼仪罢了。

把丈夫送出门之后，阿宫又觉得一阵茫然，慵懒地慢慢走回起居室，这时的她只觉得心中是冰冷的，仿佛置身于地窖当中。和丈夫在一起的时候，总会让阿宫心中充满厌倦，但当独身一人的时候，身处这种家庭只会让她感到无尽苦闷。每次在丈夫面前，虽然不是故意演戏，却又不得不维持基本的态度，所以总感到非常紧张。等到自己独自一人可以随心所欲的时候，苦闷的情绪又会涌上心头，让她感到百无聊赖，心如刀绞。

阿宫斜靠在火钵旁，心中一片茫然。她前思后想还是无法摆脱心中的郁闷，只感到自己在黑暗中徘徊，看不到一丝光明。她无奈地站起身，带着满腔痛苦走到纸门外的走廊上。

明媚的天空，有三四个风筝点缀其中。院子里却是一派冬日枯萎的景象，只有那毫无顾忌的阳光，耀眼得让人有些目眩。在枝头啼鸣的小鸟飞走之后，便又听到邻居玩着羽毛毽子的游戏声。尽管外面寒冷刺骨，阿宫还是忍着站了好长时间。她时而仰望着天空，时而看看眼前这副枯败的冬景。还是和往常一样的阳光，和往常一样的毽子声，唯独今天却让她特别心痛，无法抑制心中的苦闷。她又回到了客厅，在这里也待不住，又走进书斋隔壁的卧室里，最后一下扑倒在床上。

躺在雪白松软的被褥上，阿宫无心去整理那有些凌乱的衣服，更无暇顾及那美丽的姿态。阳光微微透过窗帘照射进来，带着阵阵幽香。阿宫感觉自己像是漂流在大海中，筋疲力尽的身体任凭风吹浪打。她一手撑着下巴无力地睁着眼，不一会儿便叹了一口气，闭上了眼睛，翻了个身，蜷缩着双腿，再次坠入沉思的深渊。

壁架上的小时钟好像停止了摆动，整间屋子一片死寂，四周似乎越发明亮起来。时间在一分一秒地流逝。有两只小鸟忽然飞到屋檐下，在趴在床上的阿宫肩头不停盘旋着。

过了一会儿，阿宫懒洋洋地从床上爬起来，耷拉着鬓发凌乱的脑袋，双眼望着那透过窗帘缝隙可以看到的庭院一角，心里想着别的事情。

这样又持续了一会儿，她走出卧室，再次回到客厅，来到衣柜旁，从里面拿出一条花绸腰带。打开包着的腰带，里面藏着一卷文书，好像是什么文件。阿宫拿着这一卷文书来到书斋，把它放在书桌上摊开来。这并不是贯一留下的什么文书，而是阿宫平时无法抑制心中的思念之情时，偷偷写下的心情日记，准备日后送给贯一。

自从那年在田鹤见府上意外相见后，阿宫就无法抑制心中的苦闷，可又找不到一个能倾诉的人，只好借一支笔来抒发，以暂时缓解心中的痛苦。把那些难以启齿的话断断续续地写下来，将来准备送给贯一，向他倾诉心头之苦，这是阿宫原本的打算。可她转念一想，又倍感疑惑：这封信到时能送到贯一那里吗？就算他收到，或许反而加剧他心头的怨恨，一怒之下悉数退回。然后就可能落到别人手中，变成别人手上的把柄，那岂不是自取灭亡？尽管之前她写一点就毁掉一点，但始终无法摆脱这一想法。所以，每当心里痛苦难熬、无处倾诉的时候，阿宫便会把之前的旧稿件拿出来重写一遍，或者是在原来的基础上添加一段或修改几句。只要把这卷文书铺展开来，就仿佛见到了心爱之人。一旦面对心爱之人，便可以无所不谈，毫无隐藏。在这种心理的驱使下，阿宫仿佛置身于理想的梦境，从中得到些许释放。所以，她一遍又一遍地重复抒写这封无法寄出的信，但仅仅是作为草稿，始终藏在那条腰带中。

这是阿宫生活中唯一的安慰。不过，自从那天巧遇荒尾，她开始变得开朗一些：如果荒尾能作为信使的话，那么一切也就有眉目了！可目前荒尾还是把她当作敌人看待，这无形之中又给她心里蒙上了一层阴影。可另一方面，这也在某种程度上给了她一些希望。阿宫下定决心把信写好，不再把它当作永远的草稿。

她拿了一张最好的纸，用了最好的笔墨，一心想把最真挚的感情写在上面。不管怎么说，今天所写的决不再是一个草稿了。当她用颤抖的双手写了十几行之后，突然将信撕得粉碎，丢进了火钵中，双眼呆呆地望着这些碎片化为灰烬。就在这个时候，纸门开了。一位女佣进门而来，起初还被那一阵火光吓了一跳，惊讶地望着阿宫的脸色，随后便开口说道："那个……府上的老太太来啦！"

第四章

　　主人夫妇不幸葬身火海，贯一就在之前的废墟上重建起一座住宅。虽然比原来的住宅规模要小，但构造和原来基本一样，质量也比之前提高很多。

　　门牌上写的名字是间贯一，现在是这座房子的主人。那么本应继承家业的直道如何了呢？他从一开始就发誓不碰这些肮脏的财产，也早说过要把遗产都给贯一，让他将其作为经营正当生意的资本。本来直道希望贯一能够彻底改变，可没想到自从贯一成为这家的主人后，不但重操旧业，而且变本加厉，更加贪得无厌。那么，两人的关系如何了呢？恐怕没有人会知道。人生在世，都会有一些隐情，也就是秘密存在。现在直道和间贯一之间也正是如此，除了他二人知晓，这个秘密从来没有被泄露出去过。

　　如今住在三番町的间贯一，不再是曾经的鳄渊的伙计，他已经在这一行干出了些名声，放款量大，赚取的钱财也是不菲。家里的事情，都委托给一个老用人负责，虽然不用自己做饭，但始终是个单身，独自维持着家里的生计。从来不懂得享受，生活也谈不上什么乐趣。他把自己还看作当年的小伙计，至今仍然是个落魄的书生样，仍然还有那个怪物的名号。

　　这天贯一又在外忙活了一天，回到家里以后还和往常一样，走进那间毫无人气的客厅，就好像在旅途当中想要寻找一处可以休息的树荫似的。傍晚通常都给人一种悲凉之感，在这种气氛下更让人感到孤寂。这时老用人递过洋灯，对贯一说："下午三点左右曾来过一位客人，他说明日同一时间还会再来拜访，所以请您务必在家等候。我问他尊姓大名，他只说是您的同学，留下这一句话就走了。"

　　"同学？"贯一怎么也猜不出这位不速之客到底是谁。

　　"他是怎么样的一个人？"

　　"这个嘛，四十来岁的样子，满脸络腮胡，身材较高，面相有些让人恐怖，就是一副壮士的模样吧。"

　　"……"

贯一思来想去，还是想不起这样一个人来，心中充满了疑问。

"而且那人还是一副傲慢的样子。"

"他说明天下午三点还会来？"

"是的。"

"可能是谁呢？"

"他的样子真是有些吓人，明天来的时候还让他进门吗？"

"他也没说是为什么事情来？"

"没有。"

"好吧，我就见见他吧。"

"好，知道了。"正当用人站起身准备出去的时候，突然又停下来说："对了，那人走后不久，赤樫太太也来了。"

贯一听到后显出一副不悦的神色，随便应和了一声。

"她还送来三块神户鱼糕，真是不错呢！还送给我藤村的蒸羊羹，这真是……每次连我都能沾点光呢！"

贯一的脸色愈加不快，只是一声不吭地听着。

"她还让我告诉您，说她明天下午五点左右会来看您。"

贯一仍然沉默不语，只是应付地点了点头，示意用人不要再说下去了。

昨天曾以同学的名义来访的客人，果然今天又在同一时间出现了。这次意外的会面，就像是一个难以招架的打击，让贯一吃惊得一时不知所措。荒尾让介坐下身来，不断用手捋着胡须，一直盯着他这位好久不见的朋友。

"我们分别这么久，真是千言万语说不尽啊！不过在此之前，我还是想问你一下，现在你是否还把我荒尾当朋友？"

再看贯一，到现在还是心神未定，仍然无法从嘴里蹦出一个字。

"这个问题也不用深思熟虑吧，是就是不是就不是，一句话的事情。"

"当然你是我过去的知己。"贯一不安地说道。

"好。"

"但现在我想应该不是了吧。"

"为什么呢？"

"因为已经有五六年没见了，到现在恐怕已经算不上知己了。"

"你说什么？！五六年前，我们不一直都是互为知己的吗？"

贯一用一种疑惑的眼神看着荒尾。

"我知道了。当初你是做一名学者还是放高利贷赚钱的生意人，这种决定人生沉浮的事情都不曾和我商量过，最后还不告而别，就此失去行踪，所以我们这还能算得上是知己吗？"

这本来就是贯一始终介意后悔的事情，现在却被对方主动提及并加以责备。这就好像是被别人掀起了旧伤疤，让贯一心里更加难受了。贯一只能在一旁绷着脸，保持沉默。

"当初是你的爱人抛弃了你，但你的朋友并没有啊！可你为什么要把我这个朋友也抛弃呢？更何况就算你把我抛弃了，但现在是我主动来拜访你，这应该说明我主观上还没有抛弃你吧？"

无论是学生时代的荒尾，还是当官时代的荒尾，抑或是现在变得如此消瘦的荒尾，贯一体会到了在他身上的这种感情始终没有改变过。回想过去，仿佛消逝的梦境，却给人留下了挥之不去的痛苦。

"对你来说是否已经抛弃了我已经无所谓了。可在我看来，朋友之间的情义是不应该轻易舍弃的。这也是我今天前来拜访你的原因。所以，我是否要舍弃这份情义，就要看今天的决定了。

"刚才你也说过，现在我荒尾已不算是你的知己了。那么也就是说你已经不再把我当朋友看了吧？既然这样，我也没必要心存留恋了，也可以不再把你间贯一当作我的朋友了。"

贯一只是低着头，默不作声。

"那么，既然今天要舍弃掉把你当作知己看待的情义，那就相当于我们即将永别。但是在临别之前，我还是想给你留下几句话。老间啊，你这么努力赚钱，到底是为了什么？难道说是因为当年自己的心爱之人把自己抛弃，就要拼命赚钱来求得心理上的补偿吗？其实这事没什么，过去的事情就让它过去吧。你为了挣钱，有必要把事情做到如此不仁不义的地步吗？

现在你不也因为他人的责难而感到痛苦吗？所以你就更不应该让他人受苦了啊！我的意思是，你现在就是在乘人之危，榨取暴利。你这种通过暴力来夺取他人钱财的手段简直和强盗无异，难道你真的能从中得到心理上的安慰吗？虽然金钱是一种动力，但一个人若为了金钱不择手段，做出很多罪恶之事，我想，这个人的心是永远得不到安宁的。难道说你现在没有感觉到不安吗？难道说当你每次出去向别人逼债还钱的时候，是怀着像观赏花鸟鱼虫的悠哉心情吗？你倒是说话啊，老间！"

贯一听到这些话，更是无言以对了。

"我想恐怕这些年，你没有一天是怀着悠哉心情的吧？看看你的脸色，简直和那些刚从监狱里放出来的人一样！"

看着现在的贯一，完全像变了一个人似的，憔悴堪怜，连让介都禁不住流下了眼泪。

"老间，我现在为什么会流泪，你知道吗？我想现在的你应该是无法理解的。无论你赚多少钱，都是无法慰藉你自己的。有病就要吃药根治，但现在你好像连这点常识都没有吧？我所认识的间贯一，绝对不是这样的傻瓜。但是现在的你的确太不正常了。一个人由于发疯而做出一些蠢事，其实也无可厚非，可竟然为了一个女人蠢到如此地步。作为此人的朋友，我真是感到太遗憾太羞耻了！老间啊，现在正有人说你是一个强盗，一个罪犯，一个疯子！你应该感到愤怒才对，你应该愤怒地站起来揍我才对啊！"

只见荒尾越说越生气，恨不得打自己几下，他现在就是这样逼着贯一回话。

"我并没有感到愤怒。"

"没有感到愤怒？这么说你承认你自己是一个强盗、罪犯……"

"我其实也认为自己就是一个疯子，就是在为一个女人而发疯。所以我实在没有脸再去见你了。不过既然已经发起疯来了，也就无可奈何，所以就让我这么疯下去吧。"贯一仅仅回答了这几句。

"这样啊，这么说你确实是在通过赚这些不义之财来慰藉你自己了？"

"我还并没有得到任何慰藉。"

"那到什么时候才会得到?"

"不知道。"

"那你已经成家了吗?"

"还没有。"

"为什么还不成家?现在有着这么大的宅子,却还是单身汉,未免有点不合适了吧?"

"这倒不见得。"

"那你现在是怎么看待她的?"

"你是指阿宫吧?她简直就是一个畜生!"

"现在的你不也是一样吗?做着高利贷的勾当,有良心的人是不会这么做的。人一旦没有了心肝,那便和畜生无异了。"

"那这么说这世上,岂不是大部分人都是畜生?"

"你的意思是说我也算是畜生?"

"……"

"因为她是畜生,所以逼得你也非变成畜生不可吗?如果她现在重新做人的话,你也就能够恢复正常了吧?"

"她会重新做人?无稽之谈。我虽然是一个贪图利益之人,但决不会去欺骗他人。用欺骗的方式赢得他人的信任,然后再将其出卖,这样残忍的事情我是不会干的。我在放高利贷的时候已经明确声明是要高利的,如果不愿意可以不借,所以说这并不算是欺骗客户。但像阿宫那样的畜生,怎么可能还会重新做人?"

"为什么不可能?"

"那为什么可能?"

"这么说,你是不希望她重新做人了?"

"谈不上什么希不希望,无所谓。"贯一的表情,简直恨不得朝阿宫脸上吐几口唾沫似的。

"现在的你可能对她不再抱有任何想法。但我还是应该告诉你,她现在已经彻底后悔了。她内心感到深深的愧疚,所以非常悔恨!"

贯一不禁发出一阵冷笑,有一种想要骂人卑鄙的冲动,他边这么想边发出阵阵冷笑,最后遏制不住地大笑起来。

"连她都已经开始忏悔了,你也反思一下吧。我想,现在也应该是你悔悟的时候了。"

"她忏悔是她自己的事情,和我没有关系,看来就算是畜生也还是很狡猾的啊!"

"前几天我偶然遇见她一次,她在我面前哭得十分心痛,看她的样子真的是非常后悔啊!她还一直缠着我,求我代她向你道歉。如果还是无法原谅的话,还希望我能带她来见你一面。但我也有我自己的想法,所以当时她的请求我都拒绝了,也没有因为她的幡然悔过就要劝你去原谅她的意思,这是两码事。但我还是想对你说,既然她已经感到深深自责和后悔,这也算是对她的惩罚吧!所以你大可消消心头的怒气。如果能如此,你不也能变回以前的贯一了吗?这也是我现在的想法。"

"你刚才也说自己并没有得到慰藉,到底何时能得到也未可知。但现在既然她已经开始幡然悔悟了,这对你来说不正是很大的慰藉吗?再说这些年来你赚的钱也不少,可我看来,这么多钱远不如她开始忏悔这件事更能让你得到慰藉。你说呢?"

"她这种忏悔,与其说是对我的慰藉,倒不如说只是她无法排遣心中的痛苦罢了!而且,我也不能因为她的悔恨就可以夺回我曾经失去的东西。所以,我并不认为能从这件事情上得到任何慰藉。她心中的悔恨不会因此消解,我也不会因为恨和无法得到的慰藉而对她进行报复。时至今日,她能够悔悟当然是件好事,但今天这样的局面也是注定的。如果当时她不那么草率,就不会像现在这样。唉!草率啊,太草率了!"

贯一不禁回想起了过去,黯然神伤。

"其实我并不想和你过多谈关于她的事情。既然你认为她的忏悔并不能让你得到已经失去的,无法让你的内心得到慰藉,这也无可厚非。但总之,你的目的就是想夺回你曾经失去的东西吧,而且为了达到这一目的,你才会去拼命地赚钱,对吧?但在我看来,你为了赚钱也没必要去做这种不正当的生意吧？我知道你失去了心爱的东西，我也很同情你，经常因此感到难过，你想以挣钱的方式来慰藉自己，虽然这点我不能苟同，不过我也管不着。想赚钱当然可以，最后发大财也没有关系。但赚钱的方式有很多种，并不需要这样暴力地榨取他人吧！我和你说这些话，并不是想改变你的目的，而是想改变你赚钱的方法。同样是登高山望明月，道路却多种多样。"

"多谢你的好意，可惜我现在还未警醒。你现在就当我已经发了疯，随我去吧！"

"看来，无论我怎么说都是徒劳了？"

"原谅我恕难从命。"

"现在还跟我说什么原谅不原谅！你不是都说过已经抛弃我了吗？我也同样已经把你抛弃了。所以，我们之间现在根本谈不上什么原谅不原谅的问题。"

"从今往后，我们就算是天各一方了。不过我还是想问你一句：最近过得怎么样？"

"你不是已经看到了吗？"

"单凭看到的是无法判断的。"

"我很穷呢。"

"这倒是一目了然。"

"除了这些还能有什么？"

"怎么能没有呢？你是为何放弃仕途而沦落到现在这步田地的？这里面肯定有很多隐情吧？"

"就算说了，一个疯子也是无法理解的。"荒尾装作不予理睬的样子站起身来。

"你先别管我能不能理解，先说说看吧。"

"你问这个有何贵干呢？难道是准备借钱给我吗？还是算了，我尽管现在一贫如洗，但是内心却感到很痛快。"

"那就更应该告诉我了。为什么如此穷困潦倒还能活得如此快活？肯定有一定的原因吧。所以我才让你跟我说说。"

荒尾故意冷笑起来，说道："像你这种冷血动物，就算跟你说了也肯定不能理解，少给我装模作样了！"

"就算你这么说我，这么侮辱我，我还是无言以对，因为我算是已经腐烂的人了。"

"是啊，相当无药可救！"

"变成现在这样，我也是没有办法的事，而你却是以优异成绩取得了学位，甚至还获得了当官的机会，你本来可以成为国家的栋梁之材，这些都是必然的事情。所以，我一直在想着你定会飞黄腾达，还在默默为你祈祷着。就算你把我当作畜生、强盗甚至疯子，我还是非常挂念你。实际上迄今为止，除你之外，我没有第二个朋友。那应该是前年的事情了吧，听说你要到静冈去当官，我心里真是既欣喜，又想念，同时反过头来看看自己如此田地……当时我一整天没有吃饭，也曾想去向你这个好久不见的朋友祝贺一下，但以我那种身份，我怎么有脸去见你？而且我也不想让别人知道我的事情。所以，在你出发那天，在新桥车站，我只能在暗中远远望着你出任的样子啊！看到你那光彩夺目的神采，我心里也是异常高兴，激动得不禁流下了眼泪。"

荒尾不由得点了点头。

"当时，我看到你那神气的样子，真是由衷地为你感到高兴。如今眼前的你却是这副模样，你想想我心里会有多大落差！本来我也不想以现在这种身份和你说这些话，但其实我早就把现在的身份放下了，因为当初受到一个女孩的欺骗而误入歧途，以至于现在明知自己的错误而无法改正，这只能怪我天性愚笨，没有办法。现在的我，已经算是彻底腐烂掉了，那就只能任我自生自灭了。你就当之前所认识的知己间贯一已经死了。所以刚才和你说那些话的，也不算是间贯一所说的，那只是你某个朋友因为担心你而对你提出的忠告。在你身上究竟发生了什么，你不说的话也无人知晓，但我还是希望你能保重身体，能在社会上干出一番事业来。虽然你现在贫困潦倒，但我认为你绝不会被国家抛弃，所以我希望你能保重。这不仅仅是为了你个人，就算是为了国家，你也应该爱护自己才对。只要你有心想要凭借自己的才干为社会做贡献，那你的某个朋友也会倾尽全力来帮助你的。"

此时的贯一仿佛痊愈了一般，脸上焕发出光彩，说出的话也是那么有力。

"这么说来，你看到我现在如此模样也心疼了吗？"

"看来我也不像你所说的是畜生啊！"

"话说回来，老间，就是因为有你们这种高利贷存在，社会上很多有才之人才会被折腾得身败名裂，最终失去了一席之地，从此荒废了一生。不过你能说出为了国家让我保重身体这种话，我还是非常感激。那此刻也允许我用刚才你说话的口气奉劝你：为了社会，赶快放弃那种不正当的生意吧！当今社会很多有用之才之所以会身败名裂，无非是苦于两件事情，一是女色，二就是高利贷。既然你看到我现在的境遇于心不忍，那你就更应该同情一下被你折磨的那些走投无路的人才啊！

"你当初是因为失恋而痛苦，有些人是因为金钱而痛苦，两者都是一样的苦恼。所以我现在穷困潦倒，也未曾不想找一个朋友来分担忧愁。这段日子，我也想过如果身边能有像原来的间贯一那样的朋友就好了。而现在这个朋友也在为我的前途着想，也希望我能在社会上有所作为，并且也愿意帮助我，我听到这些话真是太高兴了。世上最珍贵的是朋友，最可恶的是那些高利贷者。我正因为痛恨着高利贷，所以才会加倍怀念我过去的那个朋友。不幸的是，我曾经的朋友，现在却正是一个万恶的高利贷者，真是讽刺！"

荒尾说完以后沉默许久，一直默默地看着贯一的脸。

"能听到你种种劝告，我心表感激。我何曾不想把我现在这种腐败的状态变回原来清白的样子。如果真能那样的话，那该是一件多么令人庆幸的事情！我希望你也能好好保重自己。即使我现在已被你抛弃，我还是希望你能再次被社会重用。看到今天你变得如此落魄，我不禁深表遗憾，心怀悲痛。我现在这种心情，驱使我想要到你的住处看看。你现在住在哪里呢？"

"放高利贷的人还是不要去看为好。"

"我是作为一个朋友想要前去拜访你的。"

"放高利贷的人是不会有任何朋友的。"

这时纸门被轻轻推开了，是谁呢？原来是赤樫满枝。贯一吃了一惊，心想：她怎么能如此冒失，在这种时候闯进来？但荒尾心中却比贯一更加慌张。他不知所措地不断捋着自己的胡须，又觉得被人看到自己现在的样子有些过意不去，所以立刻把手交叉在胸前，装出一副稳坐泰山的姿态，但自己又感到不太自在。

满枝进来后先向贯一打了声招呼，然后回过头来面对着荒尾特别郑重地以礼相见。满枝的一举一动，像个贵妇人，脸上没有一丝轻浮的笑容，只是一副和蔼的模样在一旁默不作声。荒尾无法再忍受这种长时间的沉默，开口说道："真想不到会在这里遇到，原来你也是老间的朋友？"

"你们是怎么认识的？"贯一莫名其妙地看看荒尾，又看看满枝。

"嗯，倒是有点交情，抱歉打扰这么长时间，我先告辞了。"

"荒尾先生！"满枝叫住了他，"我们就在这里谈谈，您看合适吗？"

"恐怕这里不是谈论那些事情的地方吧。"

"不过您也经常不在府上，所以我一直找不到和您交谈的机会，这让我感到很为难啊！"

"哎！这种事情毕竟也不是随便说说就能谈妥的。反正我也不躲不逃，等有机会再说吧。"

"既然您这么说，那我就再等等。不过事情总不能一直拖下去，还请您务必考虑一下。"

"好吧，这么步步紧逼，手段也未免太狠了点。"

"总之无论如何，请您最近能够有个明确的答复，还请多多见谅！"

"这事恐怕还真是无法见谅啊！"

"对了，前几天我派人去拜访您的时候，可能对您有些冒犯，听说您因此大为恼火，还对他拔刀相向。是有这回事吧？"

"没错。"

"还真有此事啊？"

满枝好像为他感到羞耻而不禁发出了一声冷笑。荒尾对她的意思心知肚明，但仍然装作非常严肃的样子，说道："那还有假？当时我真想把那家伙给宰了。"

"那也是您慎重考虑的结果吗？"

"当然了！他又不是猫猫狗狗，可以随便处置。"

"还真是可怕。这么说来像我这样的人还是少去拜访您为妙。"

只见荒尾仰头打着哈哈，仿佛在说鹿死谁手还不一定呢。

"那咱们就走着瞧吧，看最后到底是我来用刀斩美人，还是死于美人裙下。走了，我回去把大刀擦亮，静候您的大驾！"

"荒尾，晚饭马上就要好了，吃完再走吧。"

"你的好意我心领了，但有道是'不受嗟来之食'。"

"您就不要再客气了。我亲自去给您端，还请先坐下吧。"只见满枝边说着边把一个坐垫推到荒尾的脚边，那种盛情好客的样子，简直就是把自己当成了这里的主人。

"你们挺像一对夫妇嘛，还挺配的。"

"您就这么想吧，还请先坐。"

荒尾根本没有停留的意思，但又停下来看着贯一说："老间啊，你……你还是……"

"……"

"……"

荒尾再一想，也觉得多说无益，便闷闷不乐地独自回去了。但他没说出的话，立刻在贯一心中不断回响着，直到荒尾走后，贯一还觉得好像有些话一直在耳边萦绕，让他纠结得迟迟抬不起头来。

现在已经是点灯时刻。用人点了一盏洋灯过来，放在仍然不知所措的贯一身旁。灯光投射在满枝身上，无形中让她增添了几分妖艳，如同一朵盛开的牡丹花。只见她带着迷人的魅惑向贯一靠近了一些，热情地说道："间先生，您这是怎么了？为什么会变得如此忧郁？"

贯一不为所动，定睛看了她一眼后问道："你到底是怎么认识荒尾的？"

"想不到荒尾竟会是您的朋友，我也感到非常意外。"

"你是怎么认识他的？"

"还不是因为他是个债务人嘛！"

"债务人？荒尾吗？他是你的债务人？"

"不过我和他也不是有直接的关系。"

"那他欠了多少？"

"三千元。"

"三千元？那么，那个直接的债权人在哪里，究竟是谁？"

贯一突然转过身来，不知不觉还向满枝靠近了一些。满枝看到贯一这种样子，笑着说道："您这个人啊！只会关心和自己利益相关的事情，也只听自己感兴趣的事情。平时和您说话，您都不怎么听的。"

"现在不是说这种话的时候。"

"这种话当然得说啦！"

"哦，那么还存在一个直接债权人？"

"不知道。"

"你倒是说啊，只要把事情搞清楚，我想我可以替荒尾支付这些钱。"

"我可不接受您的钱。"

"不是要给你，我的目的只在于真正的债权人。"

"不行，这事还是不和您谈为好。而且如果您执意要支付的话，我宁可放弃这笔钱。"

"这又是为什么？"

"不为什么，反正您要是支付，我就放弃。您乐意这样做的话，那我也乐意。"

"这又是什么理由？"

"想要知道这是为什么吗？"

"这难道不很让人费解吗？"

"当然让人很难理解啦。我自己都不太理解呢。但是，间先生，您对我也不是很了解吧？"

"不，你我还是很了解的。"

"所以嘛，明明很了解我，又装作不懂，那这就让我更加费解啦。"满枝把那支金烟袋在手炉边上啪啪地敲着，眼中带着几分埋怨看着贯一。

"不要再说这种话了，快告诉我为什么荒尾会欠这么多钱。"

"您真是太任性了。"

"快说吧。"

"说给您听行了吧。"满枝突然拿起烟袋，若无其事地吸了一口。

"荒尾竟然会是你的债务人，真是意外。"

"……"

"真是让人难以置信。"

"……"

"足足三千元！荒尾究竟为什么会负上这种债务？应该不会有这种事情才对……"

"……"满枝仍然叼着烟袋。

"你倒是快说啊！"

"我这样不紧不慢的，您现在应该心里很焦急吧？"

"那当然，你也应该知道啊！"

"心里焦急一定很不好受吧？"

"你到底想要说些什么啊？"

"对不起，我跟您说就是啦！"

"快说。"

"我想您也应该知道，曾经在我家的那个向坂已经去静冈了，而且在那边生意做得不错。荒尾先生当时不就是在静冈当官吗？就是那个时候他落入了向坂手中。荒尾就是因为高利贷的事情被上级免职的。后来他走投无路，最后只好回到了东京，所以这笔钱也就自然而然地跟着转到了东京，然后让我来接手。我接手还是去年秋天的事情。这笔钱还真是不容易收回呢！荒尾目前赋闲在家，仅仅做一些翻译之类的工作，也没有什么多余的钱。"

"原来如此，但真不明白他为何要借这三千元？"

"他是给人做了担保的。"

"那个债主是谁？"

"是大馆朔郎，他是歧埠县的一个民主党员，据说是在竞选当中败选了。当时借这笔钱是为了支付竞选时的运动经费。"

"这样啊！大馆朔郎……这恐怕就是真的了。"

"您也认识他吗？"

"他是早年供荒尾上学的人。荒尾一直把他当作自己的恩人。"贯一说着话，痛苦的思绪也同时涌上心头：我敬爱的荒尾让介啊，他之所以能这样毅然接受天命，忍受着贫穷之苦，都是为了情义而抛弃了名利，为了报恩而舍弃了荣华富贵啊！从这点看来，他的贫穷比千万人的富贵都要光荣。我的朋友啊，你真是一个君子！你有着如此高尚的骨气，所换来的回报却是如此残酷。一想到这里，贯一不禁泪流满面，闭上了双眼。

第五章

因为突然要去千叶，贯一匆匆赶往本所车站准备坐下午五点的火车，但还是晚了一步，只好再等两个小时坐下一趟。他有些沮丧地走到候车室，在最里间的屋子里拿了一块格子花毯坐下来，手里捧着一杯热茶。这时，他想起皮包里还有三封信，临出门时收到的，顺手塞进了皮包里。现在正巧没事，贯一便拿来看看，其中有一封信是署名为 M.SHGIS 的寄来的。

"唉，又寄来了。"

只有这封信他没有拆，直接和其他看过的两封信一起塞了回去。他锁好了皮包，便把它当作枕头躺了下来，闭上眼睛准备休息一会儿。但能睡得着吗？看到那个人的字迹，真让他心乱如麻，不知该是爱是恨。尽管心里一度发誓不再理那个人，但现在却怎么也睡不着。

寄这封信的人不是别人，正是阿宫。她的第一封信是在两星期前寄过来的。当时收到信的贯一惊讶万分，不自觉地把那封信从头到尾看了一遍，内容其实和荒尾之前说的一样，无非是亲笔写信告诉他心中的悔恨之意。这次寄信来估计也是同样的内容，所以还是不看为妙，看了也是徒增伤感，还会模糊自己的双眼，所以，还是丢了吧。

但贯一这么做，阿宫会多么伤心。在阿宫寄来的这两封信中，不但倾诉了她心中的苦闷，也表明了自己悔过的意愿，完全坦白了过去的事情。她也曾担心这些信件若落入他人之手，将导致自己身败名裂的下场。但她最终还是下定了决心，一定要以自己的真诚感动贯一。

寄出第一封信之后，没有得到任何答复。在日复一日愈发痛苦的状态下，她又亲笔写了第二封。然而，收到信件的贯一连看都没看一眼，他本已下定了决心，无论之后寄来多少封信，他都不会再接受阿宫的忏悔了。

本来静静躺着的贯一突然坐起来，打开皮包取出了那封信，擦着一根火柴点燃了信封一角，把它放到了火钵上面。几张信笺瞬间被烈火燎燃了，在那缓缓上升的白烟里仿佛包含着阿宫无尽的哀愁，烧完剩下的灰烬中也包含着阿宫无尽的悔意。此刻，阿宫几年来积聚的悲痛、悔恨以及最近心头暗生的喜悦，都在贯一的手中化为了乌有。

贯一又枕着皮包刚才那样躺下了。

过了一会儿，贯一听到外面一个女人和别人打招呼的声音，后来又进来一个男人。他们走到隔壁房间，和贯一只隔着一道纸门。

他们不太像是普通的年轻人，只是默默地坐了下来。

"时间还早，阿铃，喝点茶吧。"男人说道。

"你今年夏天真的准备回老家吗？"

"我总想着七月节的时候，无论如何得回去一趟。你不也说你的父母改变主意了吗？所以就算你还挂念着我，我们也是没有未来的。既然如此，我也就只好死心了。我还是有这点男子汉的骨气的。"

"雅之，你是一个男子汉，所以应该会说到做到。但我怎么可能像你一样呢？我想你一定对我父母的做法深表恨意，而且你也在恨着我，一定是这样的吧？唉，你就随我去吧，反正要是你不要我的话，我今后也不准备嫁到别人家了。"女人说话断断续续的，还边说边抽泣着。

"但要是你的父母无论如何都不同意的话，就算我再想娶你也没用吧。其实这事终究也是怪我，我想任何父母都不会把自己的女儿嫁给我这种有过前科的人。这也是理所当然的事情。"

"不管我父母答不答应，只要你肯那不就行了吗？"

"你怎么能说出这种话来？我现在心里真是无比地后悔，都怪当时太年轻以致犯下那种错。其实我当时也是上了放高利贷的当，毁掉了自己的前程。我唯一的亲人，竟为此丢掉了性命。我们之前订下的婚事也化为泡影。一想到这些，我真是恨不得死在牢里算了，也许这样还好一些！"

"雅之，不要说这种话啊！"

两人同时哭了起来。

"我娘最后烧掉了那个畜生的家，还把那两个吃人的魔鬼夫妇送进了地狱，这倒是件大快人心的事情。但就算这样也无法恢复我的清白之身啊！唉！当时我娘一想到再有不到一个月就可以把你娶进门，不知有多么高兴呢！"

只听女方一下哭出了声，不断地呜咽着。

"我本来也没有取消这桩亲事的意思，但总归是因为我才被拒绝的，所以还请你原谅。"

"不……不……我并不认为你被别人拒绝了。"

"再说你如果嫁给我的话，恐怕面子上也过不去吧！那样的话，你一辈子都会听到别人在你背后的闲话，这也太可怜了！所以，我还是主动放弃比较好。你的心意，我是永远不会忘的。"

女方哭得更厉害了。刚才静静躺着的贯一，不声不响地坐起身，来到了纸门边，想透过缝隙窥视，但还是看不清楚。不过他总觉得这个男的声音好熟悉，仔细想来，他不就是那个放火烧掉鳄渊家的疯婆子的儿子，曾经因为伪造证件而被判一年徒刑的饱浦雅之吗？没错，那个女人刚才就是这么称呼他的。贯一独自点着头，接着竖起耳朵听着。

"既然你都说永远不会忘记我的心意，如果你真这么想的话，那倒不如按照约定把我娶回家算了。雅之你受了那么多苦，如果我早有意取消婚约的话，那我这一年来也就没必要在神前吃斋许愿了。"

女方回想起这一年来的苦楚生活，不禁又哭了起来。

"雅之，你又不是真的做了坏事才会落到现在这步田地，只是受了高利贷者的欺骗才会吃到那种冤枉官司。我一直在想，这件事对你来说，真是一场灾难，我心里特别难过。而且，我什么时候因为你雅之有过前科就嫌弃你啊？我可不是那种势利的女人，不是啊！"

在隔壁偷听的贯一，被女方这种断肠的倾诉打动了。他低着头，把耳朵紧紧贴在门上，手里面夹着一个已经熄灭的烟蒂。

"你之所以会把我想成那样的女人，是因为你完全不知道，你离我而去后，我过着怎样的生活。我为此病了三个多月。父母虽然不想把我嫁给你，但我还是有我自己的主见。如果说你因为这次事件而一蹶不振，那我更应该和你在一起了，因为我想来帮你分担痛苦。否则我心里是对不起你的母亲的，因为我从小就承蒙她很多照顾啊！

"不听从父母的建议反而自作主张，这应该算是不孝吧。但无论如何我都要嫁给你。如果你本意上还是喜欢我，就答应我。我的事情你先别管，我要先问你，你到底还想不想娶我？"

贯一又重新回到了座位上，把手枕在脑后躺着。听完他们这一段对话，最让贯一感动的，既不是那个男人所受的不幸，也不是女人遭到拒绝的悲哀，而是这个女人坚定不移的决心。世上竟还会存在这样纯洁伟大的爱情！这点深深打动了贯一。

之后，那个男子接着说道："阿铃，那还用说吗？要不是这次变故，我早就把你娶回家了啊。现在早该过着一家三口其乐融融的日子了。今天也就没必要再和你说这些话了！而且尽管我如今落魄到如此地步，你还能对我说出这些话，阿铃，我相信这世上也只有你一人能对我这么好了。我也想如果能和我心爱的阿铃在一起，那真是再好不过的事情了。但你也要为你父母想想，他们不让你嫁给我，自然有他们的道理。世上所有的父母都是爱自己的子女的。我就是想到这点才会主动放弃。子女让自己的父母受苦这不仅是不孝，也是一种极大的罪恶。我当时就是因为自己的轻率害死了母亲，这其实和我亲手杀掉她无异。如果将来因为我的关系又把你的父母牵连进来的话，那岂不是相当于我又要杀掉别人的父母了吗？正是出于这种想法，我才逼不得已放弃的。今后我宁可去独自生活，随便找口饭吃就满足了。"

"这么说，你只是考虑到我父母的心情，从来没有考虑过我的心情啊！我今后怎么样你都无所谓吗？"

"怎么会，我只是……"

"不，没什么。唉，算了，你的想法我知道。"

"阿铃，我不是那个意思，你还是没有体谅我的心情啊！"

"那是你自己的事情，你既然能为我父母想得那么周到，就不能多为我想想吗？我早已决定嫁给你，所以嫁妆什么的早就准备好了。你想一想我怎么可能还会嫁给别人呢？只是单纯拿我父母不同意当作借口，你实在是太无情、太任性了！我就是死也不会嫁到别人家去的。算了，你还是不要再管我了。"女方哭得开始颤抖起来。

"不要这么说，那你要怎么办啊？"

"不要管我。要怎么样是我的自由，我自有打算。"

男方无言以对。过了一阵，不知是谁先开的口，两人又开始小声谈了起来，贯一在隔壁的房间已经听不清楚了。但这段对话却显得非常平静，没有任何一句话是提高嗓门儿说的。可见这段谈话应该比较和平吧。

"真的吗？一定要这样吗？"女方的声音变得开朗起来，"既然这样，我也只能这么做了。"

说着说着，声音又低了下去，而且感觉两人变得越来越亲密，一直在说个不停。此时贯一心中在为那位姑娘高兴，也同时非常羡慕那个叫雅之的男人。随后他好像又听到了一阵不知从哪里漏出来的优美旋律，不知不觉中驱散了心中堆积的阴霾。

贯一试想，那个女子如果是阿宫，而自己是那个雅之的话，又会是怎样的结果。我是更乐意现在这种生活，还是偏向于雅之那样的生活呢？他不禁陷入了沉思。

阿宫其实自始至终都从未对贯一有过像那位姑娘一样的热恋。如果她当初没有被那颗金刚钻的光芒迷惑，如果现在自己也是一个有过前科的人的话，她会不会仍然爱我呢？就算没有被唯继的金钱迷惑，那她是否也依然会抛弃曾经入狱的雅之呢？闪闪发光的金刚钻和背负罪名的身世，究竟哪个有着更强的力量能破坏两人的爱情呢？

贯一又不禁思考着，这位姑娘不惜一切代价爱着这个男人，把他当作自己的生命一般，不管天涯海角都要和他在一起，这样纯洁的爱情，是否也会因为金钱而发生改变呢？是不是也会把自己本来献给爱人的心再卖给他人？一个赢在了金钱，一个在爱情上挫败，自己究竟对哪一个更痛恨一些呢？

他又想到，虔诚的爱情应该是不会被金钱迷惑的，应该是无价的。如果爱情可以改变，那毋庸置疑，肯定从一开始就不是一种虔诚的爱情了。难道说他人对于异性的爱意，都比我要虔诚吗？还是说正如我坚信的那样，阿宫只是对我一人不虔诚吗？我因为她当年的背信弃义、毫无贞操的做法而心生痛恨，对世上所有的爱情都产生了怀疑，并且一律都很排斥。但是那种排斥的感觉并不能消除心中的愤恨，本应到手却被他人夺走的郁闷心情，总是在刺痛着内心；虽然没有击倒我，但是如同梦魇一直笼罩在心头挥之不去，使我长时间饱受痛苦煎熬。原本我这颗对任何事情都不会感到喜悦的内心，却在看到他人之间的幸福画面时，不禁为他们而感到高兴，并且想象着他们的美好未来，这又是为何呢？我已经无法得到阿宫的爱情了，但如果有一个能替代阿宫的人出现的话，我的内心是不是也会得到一些慰藉呢？

贯一的思维变得愈发活跃了。最近阿宫已经在对自己曾经的所作所为深感悔恨了，而且她还说为了证明她已经悔过自新，甚至都可以完全无条件地听任于我。自己会不会因为她现在的悔过而忽略掉之前的恨意呢？如果是这样的话，那我是否能和她旧情复燃？不，她的忏悔和我的愤恨是两码事。那么我现在的这种愤恨是否必须要超过富山几倍的财富才能抚平呢？是不是非得把这种愤恨转移到对金钱的贪婪上呢？

贯一深深地叹着气。

破坏我们之间爱情的人正是唯继,那么能破坏他们之间爱情的人又会是谁呢?今天我前往千叶,目的无非也是去破坏他们,但是我究竟能否办得到呢?也不好说呢。那么这种贪婪的欲望又能给我带来些什么呢?带来财富吗?难道说金钱是唯一能够治疗我发疯的药物吗?眼前的这一对恋人,他们之间的爱情之前受到了阻碍,但现在相爱的两人好像已经和好如初,其乐融融了。再回过头看看我们,我们之间的爱情也同样遭到了阻碍,但如今恐怕已如落花一去不复返了吧!难道我这一生注定就要一直生活在空虚之中,随风飘荡,随波逐流了吗?

贯一此时默默地坐在昏暗的车厢里,火车已经驶过了船桥。

第六章

从千叶回来才五天,贯一又收到了署名为 M.SHIGIS 的来信。他也依然直接把信扔到火里烧掉了。看到信封上的字迹,只能让贯一回想起阿宫当年和唯继在热海约会的情景,因此自然会引起心中的一团怒火。尽管已经是第三封信了,但面对阿宫这种妄图凭借一支笔的力量就想重归于好的天真愚蠢的想法,反而加强了贯一内心顽固的程度。

阿宫当然还不知道贯一的想法。她只是想着,只要真诚就可以感动上天。尽管至今仍然没有任何回信,但是这些书信毕竟还是向对方表达感情的途径。虽然还不知道贯一现在是怎么想的,但只要书信里的感情有一点点能进入贯一的心里,就会存在一丝希望。所以只要周围没人,阿宫便会执笔写下自己心里无尽的相思之情。

唯继听说最近阿宫专心学习写字,感到非常高兴,还特意为她买了质量上乘的笔墨纸砚,甚至字帖,来送给他这位德行素养高的妻子。但在阿宫看来,这些东西却显得肮脏不堪,一概不用,甚至后来她连丈夫的写字台都不用了。阿宫一直在不知疲倦地写着书信,果然又过了六天,贯一又收到了一封信。这已经是第四封了。贯一还是不看一眼,付之一炬。又过了几天,第五封信寄来了。贯一曾经暗暗发誓,无论多少封都会统统烧掉。

但是看到阿宫如此执着，而且还是前所未有的，贯一也不禁有些惊讶。所以，今天寄来的第五封信，他没有立刻丢进火里，而是想拆开看看了。

"可是……"他犹豫片刻，便没有继续拆信封了，"里面的内容估计还是让我原谅她吧！可能除此之外也没有什么可看的。即便有，估计也是一些见不得人的事情吧。请求我原谅，那我就原谅呗。就算没有明确和她说过，事实上不也已经原谅她了吗？既然愿意悔改，而且也付诸行动，那就很好了。现在口口声声说一些什么忏悔、原谅，又有什么用？忏悔也无法消除之前行为上的污点，原谅也无法改变当年富山所造成的一切。从这点来看，我贯一还是十年前的贯一，但是你阿宫，已经被人玷污，所以不再是十年前的阿宫了。时至今日，一切都已有了定局。现在再谈什么忏悔和原谅已经完全没有用了。我爱的是当年纯洁的阿宫，我现在之所以会如此恨你，是因为你已经被彻底玷污了。而且一旦一个人有了这种劣迹，就算有再大的德行也无法洗刷清白。况且当年在热海分别的时候，我甚至都抛弃了男子汉的尊严对她说过，我非阿宫不娶，我宁可献出我的生命，也不愿和你分开！所以，阿宫也应该理解我的决心，立刻做出决定才是。我应该是这样说的吧？然而你却抛弃了曾经那样对待你的我。现在竟然还有脸来跟我说你已经在忏悔，还要求我原谅什么的，已经太晚啦！"

贯一把信扭成一条，不断地敲打着柱子。

之后每隔一个星期，阿宫都会寄一封信到贯一那里。贯一收一封，烧一封，算一算现在已寄来整整十封信了。渐渐地，贯一愤怒的心变得平静下来，定期的来信让他一直想着那个天天独自在忏悔、痛苦的阿宫。说是一直想着，并不代表对阿宫有所挂念；怒火渐渐平息，也不代表已经原谅她。要说阿宫对待贯一的感情，算是先爱后弃，抛弃后又开始后悔，而且一直念着旧情。但事到如今，就算她再怎么表示她的悔过之意，现在的贯一就像一块冰一样无法被感化。就这样，两人始终无法再进一步，只是徒增双方内心的痛苦而已。每当收到阿宫的来信，贯一虽然从不拆开看，但心里的痛苦却比阿宫的更深，这反而让他心中滋生很多愤恨。现在他只感觉自己是个孤家寡人，天天闷闷不乐。在这种变幻莫测的世界，他也不知该何去何从，没有一天不是在无尽的不安中度过。天天这种心情，使得贯一几乎要把自己那谋财的本行给忘掉了。昨晚，贯一一夜没睡，直到黎明时分才有了些许困意。早晨七点，外面春雨绵绵，卧室里显得很阴暗，老用人进来唤醒他的时候，贯一正在噩梦中挣扎。他睁了一下眼睛，又昏昏睡着了。老用人没有办法，只好推了他一下，他这才惊醒过来。

"有客人前来拜访。"

"客人？是谁呢？"

"他说他姓荒尾。"

"什么？荒尾？真的吗？"贯一急忙坐起身来。

"要请他进来吗？"

"赶快让他进来吧。还要麻烦转告他，因为现在刚起床，所以请他稍等一下。"

自从那次告别之后，贯一曾去荒尾隐居的地方拜访过三次，但不巧每次他都不在。也给他写过两封信，但都没有回信。后来他又向满枝打听过，得知荒尾还住在原来的住处。因此贯一心里暗自认为荒尾是和自己彻底绝交了，所以一个月来一直闷闷不乐，但也没有办法。没想到今天对方会主动上门来拜访，真是没有比这更让人高兴的事了。贯一认为心中积攒的痛苦只能跟这个人去倾诉。所以打算备下酒食，让荒尾留宿一天。现在，贯一心里高兴得有些不知所措了。

已经和自己绝交而长期毫无音信的荒尾，今天又是为了什么突然造访呢？贯一对此并不关心，对他来访的意图也不是那么好奇。荒尾长期毫无音信，在他看来无非是一种名士风度的表现罢了。对方嘴上说要和他断绝关系，实际上还是无法忘记这段友谊的吧，尽管贯一本人还是无法相信，在他看来，荒尾是不会再把他当作朋友来拜访了。

贯一匆匆洗漱完，频繁地眨着红肿的眼皮，连外衣的扣子都没来得及扣就急忙赶到会客厅，但拉开纸门一看，并没有看到荒尾。等在那里的并不是荒尾让介，而是一位穿着华丽的羞涩女人。当贯一满心疑惑地走进会客厅，那个可疑的女人仍然没有转过身来面对他。外面细雨蒙蒙，院子里的树木显得苍翠欲滴。

"请问您就是那个姓荒尾的客人吗？"贯一礼貌地问了一句，随后坐在自己的座位上。那个女人只是默默点了点头，仍然不肯把头抬起来，也不肯把托住脸颊的手拿开，好像是不愿让他人看到自己的容貌。原本就十分疑惑的贯一，现在更怀疑来者的目的了。他一边仔细打量着这个低头掩面的女人，一边开口问道："您今天到此拜访有何贵干呢？"

"……"

贯一感到越来越奇怪，左看右看打量着她的姿态："请问您此次前来是有什么事情？能否和我说说？"

那女子此时就像一枝暴露在外的野百合受到了清风的吹拂，无法再遮掩下去了。当她怀着愧疚、害怕和犹豫的心情抬起头时，贯一不禁一声惊呼："阿宫？！"

阿宫此时也是心情复杂，只是伏着身子哭泣着。

"你来这里干什么？"此时此刻贯一又是怎样的心情呢？是愤怒，还是痛恨？现在面对此人，是应该无情批判她的可耻，侮辱她，责骂她，还是应该去同情她？只要贯一心境大乱，不知所措的时候，就会全身颤抖起来。

"贯一，请你原谅我吧！"阿宫慢慢把头抬起来，但还是不敢去正视贯一那已经变得惨白的脸，又立刻畏畏缩缩地把头低了下去。

"快给我滚！"

"……"

"阿宫！"

这不正是阿宫多年以来一直希望听到的声音吗？阿宫心中充满了害怕和想念，抬头向发出声音的那边看去，但只见贯一正恶狠狠地盯着自己，眼眶里充满了泪水。

"现在已经没有再见的必要了。再说你又有什么脸来见我？最近你一直给我寄信，那些信我一封都没看过，直接扔进火里烧掉了。所以以后不要再给我写什么信了。现在我身体不太舒服，也受不了这样长时间坐着，你还是快点走吧！"贯一说完便叫老用人送客："客人要走了，送客！"毫不理会阿宫手足无措的样子。

"贯一，我今天为了见你不惜一死，不管你怎么对待我都可以，但无论如何还请允许我和你说一些话。"

"我干吗要听？"

"我已经彻彻底底地悔悟了，贯一。事到如今，我真的是后悔至极。所有的事情，我都一一写在之前寄给你的信里了，但可惜你都没有看到，所以也就无法理解我现在的心情。我当时想，就算见面说，有些事情终究还是说不清楚的，所以还是一一写下来为好吧。虽然我没有什么文采，字迹也不是那么优美，但我相信如果你能一一看过的话，原来心中的那些愤怒定会有所消减。我原本有很多道歉的话想对你说的，但今天一见到你，心中又是惭愧，又感到痛苦，一句话也说不出口了。但是贯一，你也应该知道，我既然今天能到这里来，肯定是做了必死的准备的。"

"那又怎样？"

"我之所以会有必死的决心，是因为真的有很多话想要和你说啊！我也知道我的突然来访非常冒昧，但是求你了贯一，无论如何还请听一听吧！"

只见阿宫泪流满面，跪在了贯一脚下。贯一摆出一副悔之晚矣的样子，冷冷说道："六年前的一月十七日，你还记得吗？"

"……"

"说啊，还记得吗？"

"记得。"

"那时我的心情是什么样的，想必你也是明白的。"

"请原谅我吧！"没等阿宫把话说完，贯一已经转身离去，紧紧关上了纸门，阿宫顿时心如死灰，一下子倒在了地上。

"阿丰，阿丰！"卧室那边传来了呼唤老用人的声音，显得异常激动。随后便传来有人赶往卧室的脚步声，不一会儿老用人又从那边来到会客厅。阿宫还是头也不抬地倒在地上，她那美丽的西式发髻整个盖住了脖颈，身上穿着两件套的绸子和服，上面绣着花纹，淡黄色的领子露在外面，一条带些金黄的褐色腰带在背上打了个结。雪白的丝手绢遮住了泪水，手指上戴着一红一白两只宝石戒指。阿宫就连倒在地上的样子都有一种凄美之感,仿佛神话中的人物一般。这样一位美女身上究竟发生了什么事,连阿丰都有些担心起来。

"那个……真是抱歉,因为最近我家主人身体一直不太好,刚才身体又感到有些不适,所以不得已回去休息了,真是太失礼了。还请您原谅,今天还请您先回去吧!"

阿宫仍然用手绢掩着脸,带着哭腔说道:"是这样吗?"

"今天您还特地跑来一趟,真是非常抱歉。"

"我需要先把衣装整理一下,还请稍等。"

"请便请便。不要着急,看样子又要下雨了,今天天气还特别冷。"

老用人走后,阿宫却没有急着整理衣装,好像刚刚缓过神来,又陷入沉思当中。

过了一会儿,老用人发现客人还没走,便又重新进来看看。这时阿宫突然站起身来,边整理衣服边说道:"那么就此告辞了。我还想和你家主人打一声招呼,请问他现在在哪里……"

"这个……不必如此客气了。"

"只是稍微打声招呼而已。"

"这样啊,那么请随我来吧。"

老用人明知主人不愿见,但也没有办法,便带着阿宫来到卧室。只见贯一连衣服也没脱,一头扑倒在还未收拾的被褥上面。睡衣被他踢到了脚边,枕头也不知被他翻来覆去改放了多少遍。

贯一没想到阿宫会到卧室来,一看到她进来便立刻从床上坐起身。阿宫早已奔过去跪在他的脚下。贯一起身想走,但阿宫却紧紧拽着他的衣袖,不让他离开,一声不吭地在地上哭泣着。

"你这样成何体统!"贯一想把她甩开,可阿宫用双手紧紧地抱住了他。

"贯一!"

"你到底想要怎样,你这个不知廉耻的家伙!"

"都是我不好,但还请忍耐一下啊!"

"真无耻！快给我放手！"

"贯一！"

"没听到让你放手吗？真是的！"

阿宫挺起身死死拖住贯一，贯一越想甩掉，阿宫抱得越紧。两人就这样面对着，近得几乎连对方的呼吸都听得到。贯一不禁感叹，这本是自己再也不想看到的脸，如今虽然已失去了往日的光彩，但脸型并未改变。现在的阿宫已经变了，但我们为什么还会在这里相遇啊！贯一心潮起伏，凝视着阿宫。此时的阿宫已经激动到了极点，接近疯狂的状态。

阿宫为了寻求比人头更大的金刚钻，因而死死抓住贯一的手。阿宫现在已经明白，无论是多么大的金刚钻，都远远比不上人类那颗小小的真诚的心。她手上的那些金刚钻无论再怎么大终究也是有限的，而她曾经抛弃的那人的真诚的心，却是大得无边。而如今那颗真心去哪里了呢？曾经对自己那么真诚的人，如今却是冰冷的双手。阿宫今天来到这里，本就是要抱着这双手忏悔一番的，她的悔恨之心也注定是无穷无尽的。

"好了，快点走吧！"

"我想恐怕除了这一次之外我就再也见不到你了，所以今天无论如何请你忍耐一下，要打要骂随便。只求你能先平息一下心中的怒火，让我向你表达我的歉意吧。"

"真是令人讨厌至极的人啊！"

"如果你觉得难消心头之恨，你就打我吧，我不会……"只见阿宫紧紧抱着贯一摇晃着。

"你认为今天来就能消除我心头的愤恨吗？我告诉你，就算把你杀了也难消我心头之恨啊！"

"好，把我杀了更好。你就把我杀了吧，贯一，我希望你把我杀了算了。倒是一死能让我好受一些。"

"你还是自寻死路去吧！"

阿宫紧咬着嘴唇，心里更难过了。贯一现在把她看得如此下贱，甚至都不愿亲手把她了断，都怕脏了自己的手。

"口口声声说要死，你既然都敢抛弃掉曾经深爱你的人，那死又有何妨？何必今天还要来这里丢人呢？"

"其实我从来没有要抛弃你的想法。正因如此，我今天才想来和你推心置腹地谈一谈。就算你不让我死，我现在也已经如同行尸走肉了。"

"我不想听你那些话，好了，快走吧！怎么还要在这里啊？"

"我不走！无论怎样，现在这种局面我是绝不会走的！"阿宫把贯一抓得更紧了。现在她的心情也是越来越激动，什么丈夫、舆论，早已抛到了九霄云外。她现在唯一要做的，就是一定要挽回眼前这个宁可牺牲自己生命也在所不惜的人。

就在这个时候，外面传来了一阵脚步声。贯一想要挣脱阿宫抓着不放的手。但阿宫仍然死不松手，只是神色有些变化。那阵脚步声果然越来越近了。

"你没听到吗？有人来了。"

"……"阿宫还是不放手。

老用人无意中看到了这幅情景，急忙把纸门又重新关上。在外面说道："赤樫夫人来了。"

贯一立即显出极其窘迫的表情。"还不让我走吗？没听到吗？有客人，你也应该知趣些，赶紧回去吧。听到没有，快放开！都告诉你有客人来了，你到底想要怎样？"

"那我在这儿等你。"

"随你便，放手！"贯一一把推开了阿宫，还没等她起来就转身出去了。

赤樫满枝看到会客厅门口放着一件紫绸夹里的用于女性外出的外套，却一直想不出这位女客人到底是谁，于是把老用人叫来问个究竟。老用人平时得到过满枝不少好处，所以就把事情详细地告诉了她。满枝听后不免心生不满，也希望那个女人能早点出来，看看她会用什么样的态度来对待自己。但等了好久不见有人，卧室那边也毫无动静。满枝实在等得不耐烦，就向用人说道："阿丰，你再去和你家主子通报一下，就说我今天有急事，一定要和他谈谈。"

"可今天这事实在让我很为难啊！老爷和那位女客人闹得可厉害呢！"

"有什么关系，你就说是我让你去叫他的。"

"那我试着和老爷说一声吧。"

"去吧。"

老用人来到卧室门口，隔着门喊道："老爷，老爷！"

"他不在。"里面传来客人的声音。

主人确实不在里面。客人一直坐在枕边，满脸愁容，两边的鬓发已经凌乱，而且左侧胳肢窝下方的衣服已经撕开了将近两寸的口子。看到阿丰走进卧室，阿宫连忙整理了一下衣服说道："他刚才已经去那边了。"

"哦，真的吗？"

"他不是已经去见客人了吗？"

"没有啊，那边客人说有要紧事找老爷谈，所以才让我来叫他的。这么说，他已经去见客人了吗？"

"难道他没去吗？"

"没有啊！"

阿丰急忙走出卧室来到会客厅，对满枝说："没有来这里吗？"

"你在说什么啊？"

"那个……那边卧室也没有人啊！"

"你家老爷吗？到底怎么回事啊？"

"据说刚才到这里来了。"

"才怪呢，没有的事。"

"不……那边只有客人在啊！"

"骗人的吧！"

"不不，我说的是实话。"

"他根本没有到这边来啊！"

"我也纳闷呢，到底去哪儿了啊？"

"肯定是在那边躲起来了。"

"太太，怎么可能会有这种事啊？"

"那可说不定呢！"

"真奇怪，会不会是去厕所了？"阿丰边说着，边急忙去厕所那边找寻。

满枝顿时感觉遭到了侮辱，脸色变得非常难看，可还是尽量忍着心中的怒火，就好像明知眼前是一服毒药却必须要喝下去，心中极其苦涩。而阿宫呢？既然贯一已经溜掉，再在这里待下去也没有任何希望。但又觉得自己没有力量就这样回去。这就是痛苦的报应吧，更令人悲伤的是她感觉前途一片迷茫。今后该如何是好？只见她时而低头深思，时而抬头仰望，还不时地叹着气。

天空瞬间也变得昏暗起来，雨点打在屋檐上的声音越来越明显。

老用人后来除了家里的衣柜壁橱之外几乎全找遍了，还是没有发现主人的身影。她面带着惊讶，重新回到卧室。"到处都找不到啊，真是……"

"是吗？那会不会是出门了？"

"也许吧，真不懂这到底是什么意思！这边和那边明明都还有客人在等，太奇怪了！按理来说他不应该这个时候出去的啊！但家里到处都找遍了就是找不到。看来是真的出去了吧。但是……还请您见谅！"她边说着，又急忙回到会客厅，把事情告诉了满枝。

"我真的到处找遍了，老爷确实不在卧室。"

用人就像突然想到一件事情似的，急忙把雨伞雨鞋拿出来，向外边走去。满枝也跟着她走出会客厅，通过前院的走廊，毫不避讳地来到卧室门口。

阿宫不知道满枝究竟何人，先是一惊，接着又以笑脸相迎。满枝到这里来，主要还是想看看她深爱之人当年的恋人究竟是何模样，没想到那人看着比自己还要年轻貌美，比自己更加堪怜，而且也比自己高贵几分，一时间，妒意与恨意一起涌上心头：正是因为此人，贯一才会对别人的爱意和真诚毫不在意。此时满枝恨不得化身一把利剑，置对方于死地。她抑制不住激动的情绪，心怦怦直跳。

阿宫却显得有些羞涩，像是一朵迟开的花朵躲在绿叶后面不敢露面似的，而满枝却像一轮从房屋后面升起的月亮，把寒光洒在阿宫身上。两人行过见面礼后，满枝先开口说道："过去从来没见过您呢，这是我们第一次见面吧。您是间先生的……亲人吗？"

其实满枝心底是想把这个可恨的对手狠狠挖苦一番的。

"哦，是的，我们算是有些亲戚的关系。"

"哦，是这样啊！我叫赤樫满枝，这几年来，承蒙间先生的照顾，几乎也和亲戚一样经常和他来往。我虽然不算什么，但平时尽量也照顾着他，所以我们之间没有那么多顾忌，就和自己人一样。但话说回来，我还一次都没有见过您吧？"

"哦，我也是前几天才从很远的地方来到这里的，说实话已经好久没有来过这里了。"

"这样啊，应该也是相当长的时间了吧。您说的很远的地方是指……"

"那个……我其实一直住在广岛。"

"哦，原来如此。那现在住在哪里呢？"

"池端。"

"池端是个好地方啊。真是的，间先生之前还一直和我说他没有一个亲人，让我像对待亲人一样去对待他，我还真相信他所说的了。现在一看，他这不是有一个很好的亲戚吗？真不知道当初他为什么要说那样的话。自己有亲戚，这也没有必要隐瞒吧？他这个人就是爱骗人。"

阿宫听后心里顿时升起一团疑云。父亲曾说过，他到医院看望贯一的时候，见到了一个和贯一关系非常亲密的女人。这一定指的就是她吧。这么一想，贯一刚才口口声声说有客人来，其实是在骗人。这个女人很可能就是他的情人，刚才嫌自己待在这里碍事，所以才特地安排她来拜访，就是要让我看看。这么看来，父亲的话是没错的了。阿宫想着这些，感觉好像仇人在鞭笞着曾经的创伤，心如刀绞。绝对不能再待在这里了，必须尽快离开。可自己一走，不知躲在何地的贯一，肯定会出来和这个女人手牵着手，把自己作为嘲笑的对象。想到这里，阿宫悔恨不已，不知该如何是好。

"您时隔这么久难得来一次，但不巧间先生却有事外出，去的地方还挺远，恐怕晚上才能回来。看来您只能改天再来了。"

"我今天在此打扰太长时间了，您也是有事而来。恕我冒昧，也打扰您了，还请见谅。"

"哪里哪里，我经常来这里，用不着客气啦，您才真是太遗憾了！"

"也是，真是太遗憾了。"

"哦，是吗？"

"我们已经四五年没见了，本来想在这里待上一天，和主人叙叙旧，但没想到这么不巧，着实遗憾呢！"

"确实是太遗憾了啊！"

"那么我就此告辞了。"

"这就要回去了吗？外面正下着小雨呢！"

"没关系，雨再大，外面都有车子。"

两人各自带着满腔的委屈和怨恨，经过一番唇枪舌剑的对话之后，还是带着怒气分开了，但她们都有着同样的想法，那就是但愿今后不要再见面了。

第七章

已经把家到处找遍了，依然不见贯一的影子。没办法，只能等他自己回来了。贯一究竟去哪儿了？原来，贯一感到家里已无容身之地，心烦意乱之下，伞都没有拿，直接从后院的小门溜走了。当时只想逃出两难的困境，所以慌忙出来也不知该去哪里。天公也不作美，淅淅沥沥下着细雨。好不容易来到别人的屋檐下，就顺着屋檐往前走，途中正好经过最近偶尔去的棋室。反正现在也没别处可去，贯一便迈步走了进去。

棋室里只有三组人在对弈，均静静地临窗而坐，一边听着雨打翠竹的清脆声，一边研究着下棋的方法。贯一走到里面的一间屋子，一个非常消瘦的老板在里面坐着，留着一缕长长的黄须，一个人在那里擦棋盘。贯一经过他身边,来到火钵旁,烤烤自己已经潮湿的衣服。

就算旁边的人感到奇怪问上几句,贯一也不答话。到现在他还心有余悸,刚才那些不可思议的情景仍历历在目。现在回想起来,还是惊魂未定。对这件事情究竟是该愤怒还是同情?是该感到悲痛还是愤恨?抑或是该感到窃喜还是安慰呢?自己也搞不清楚了。贯一只觉得胸中有股火在燃烧,但四肢还是冰冷的。一种无法描述的情绪和烦恼再次袭来。

主人感到奇怪的并不是贯一被雨淋湿的样子,而是他脸上奇怪的神情,不用问也知道,肯定发生什么事了。

虽然已经逃了出来,但贯一心里还是无法平静:留在家里的两个女人,不知道后来怎么样了。还有,自己今后该怎么办?贯一不禁纠结起来,内心的沸腾和周围的冷清形成了鲜明的对比,只有那时不时从三张棋盘上传来的下棋声音,打破了昏暗中的细雨声。这时棋室老板被叫到窗边观战去了,留下贯一一人在屋里,他一边烤着自己未干的衣服,还一边胡思乱想着。突然从下棋的屋子里传来一阵骚动,贯一有些吃惊地向那边望去,就看到好几个人都在往自己这边看,且一个个都在喊着:"有焦臭味,有焦臭味啊!"他这才注意到自己手中的短褂已有一角掉进火里,正冒着黑烟。贯一急忙把火熄灭,刚才骚乱的人们才渐渐平静下来,贯一也恢复了刚才的状态。

过了一会儿,大门处传来一个女人的声音:"不知道我家老爷是否上您这儿来了?"

老板努了努自己满是胡须的下巴,说道:"嗯,现在就在里屋呢。"

贯一往外一看,是阿丰。

"哦,把伞送过来了吗?"

"是,我就想也许会在这里呢!我把您到处都找遍了。"

"这样啊,客人走了没有?"

"早就回去了。"

"四谷的那个也回去了吗?"

"还没有,她说一定要见见老爷您。"

"现在还在吗？"

"是的。"

"那你先回去，就说没找到我。"

"这么说您现在还不想回去？"

"等一会儿我再回去。"

"已经快到午饭时间了。"

"没事的，你先回去吧。"

"老爷早饭您还没有……"

"不要再说了，回去吧！"

只见老用人把伞和木屐留下以后，便默默回去了。

没过一会儿，贯一披上那件袖口已经烧焦的外套，离开了棋室。

此时的贯一心情烦乱，一想到还有个阴魂不散的满枝，便更加痛苦不堪。心中想着，若满枝不走，他也绝不回家。既然刚才那个藏身之处已经暴露，那现在应该去哪里好呢？快到中午了，从早晨起来后自己还没有吃过任何东西，现在身上也没有带半分钱，这可如何是好？贯一在淅淅沥沥的雨中彷徨着。

初夏时分，白天的时间还是很长的，但在棋室中不过是几盘棋的时间。不知不觉已到傍晚，这时雨也停了，几位棋友收摊准备回家。店里的老板起身点灯相送。就是这个时候，贯一也回到了家。

他一进大门便喊老用人："开饭吧，我要吃饭！"就顺手拉开了纸门。让人意外的是，灯前还坐着个人影。贯一瞪大了眼睛停住脚步，只见那人仍是背对着他一动不动。"难道满枝还没有走吗？"他不禁心下疑惑。满枝听到贯一回来了，也不敢回过头来面对他。贯一故意没有再说什么，直接朝卧室走去，让阿丰服侍着自己更衣，直接在卧室吃完了饭。他还以为等吃完饭满枝便会过来找他，但始终不见她来。"若是能回去的话更好！"贯一心中暗暗想着，伸展了一下疲乏的身体，弯过一只胳膊当枕头，对着纸窗上的那一轮月影躺了下来，默默抽着烟。

虽然现在贯一对阿宫毫无感情，可阿宫那憔悴的面容却一直浮现在心头，就像一只飞蚊在脑袋边上一直徘徊不去，让他不得安宁。一想到早上她那苦苦哀求的样子，贯一就觉得阿宫还躲在家里什么地方没有离去。外边风声萧萧，他不止一次地抬头仰望那映在纸窗上的摇曳的竹影。

　　阿宫不会永远留在这里，自己仍然是孤家寡人，现在想想，也许阿宫当初的忏悔的确是真的。而自己无论如何无法原谅她的心情同样也是真的。虽然她已经彻底悔过，也许只要自己原谅她就好了。但是，贯一做不出来，两人现在这种难以接近的感觉，更让他感到寂寞苦闷，在一种无法释怀的情绪之上，又增添了一层悲凉。今晚的月色碰巧也显得如此孤寂，仿佛正代表着自己现在的心情，因为对于他人的怨恨反而加深了自己内心的痛苦。他终归还是无法抑制自己心中的惆怅，伸手拉开了纸窗，只见明月挂在冰冷的空中，月光迎面洒在他的脸上，而贯一也是满腔愁绪地面对着这一缕寒光。

　　"间先生！"

　　贯一已经忘记家里还有这样一位客人在，听到这个让他讨厌的声音后，他发现满枝已经坐在他背后了。平时她见人总是面带笑容，今天却显得异常憔悴，平时经常暗送秋波的双眼也已失去了光彩。怎么会变成这样？贯一心里暗自想着。

　　"你还在啊？"

　　"是的，我一直在，从上午一直等到现在。"

　　"那真是太抱歉了。话说你有什么急事吗？"

　　"难道没有急事，就不能等你吗？"

　　她的语气突然变得尖锐，贯一对此也有些意外，带着几分茫然望着她。

　　"我想是我不应该在这里等你吧？我知道，最不应该的不是我在这里等你，而是我今天早上压根儿就不应该来这里吧？在您的兴头上来打扰您，间先生真是太对不起啦！"只见满枝盯着贯一的脸，眼中散发出怨恨的光芒。

　　贯一无奈地苦笑着说道："莫名其妙，你这话是什么意思？"

　　"你也不用掩饰了。一对年轻男女同处一室，哭哭啼啼难分难舍，你们是什么关系这还不是一目了然吗？在一旁看着自然心里有数，我又不是小孩子。这点事情还看不出来吗？你出去之后，我也来过这间屋子，也见到了那个女人。"

贯一本来并不想听她唠唠叨叨的话，但当说到这件事的时候，贯一还是不禁竖起了耳朵听她说下去。

"而且她也对我说了很多，所以我对你们俩的事也完全了解了。她甚至把一些不便对我说出口的话都对我讲了，因此我也知道了一些难以启齿的事情。"

贯一紧握着拳头，心想这下可糟了。但满枝的话并没有说完。"不过，间先生您还真是隐藏够深的啊！我不得不心存佩服，请恕我直言，我真是对您的伎俩由衷地感到吃惊！明明有那样一个美女做伴，怎么还会在外面说自己孤独，是个独身主义者呢？还装成一副若无其事的样子，直到今天早晨，你都把这个秘密保守得如此严密，真是了不起的伎俩。我真是无话可说，佩服得五体投地。所谓的高人，我想恐怕指的就是您这样的人吧？"

"快别说这种无聊的话了……你到底想怎样？"

"嘴上这么说，其实您心里在暗自窃喜吧！肯定一直就是那样想念着她对吧？您还真能忍受得了这种相思之苦啊！"

贯一此时心中暗想：看来这一切都是我中途溜走而造成的后果。真是不该让她知道！贯一越想心里越不是滋味，不愿意再开口说话，只是转过去望着月亮，但满枝还是盯着贯一不放。

"间先生，您没必要这样沉默吧？看过那样的美人之后，再听我这样的人所说的话当然不免有些厌烦。这点我还是清楚的。所以我也不想再啰唆了，不过我还是有句话想对您说，就一句而已，可以吗？"

贯一转过身来冷冷地看着她说道："什么话？"

"我真想把您杀了！"

"你说什么？"

"我想把您杀了，也把她杀了，最后我也会一死了之，这就是我现在的想法。"

"这倒也无妨,不过你杀死我的理由是什么?"

"间先生,这您还不知道吗?您怎么还能说出这种话啊!"

"真是岂有此理,你到底什么意思?"

"我岂有此理?您不觉得您说得很过分吗?"

满枝眼里充满了怨恨和愤怒,不禁哭了起来。贯一没想到会变成这样,也有些担心起来。

"您就那么恨我吗?为什么要这么恨我?您今天必须要给我一个理由,我一定要听!"

"我什么时候恨你了?没有那回事!"

"那您为什么要说我岂有此理?"

"你都想要把我杀了,这还不是岂有此理吗?但我实在想不出你非要杀死我的理由。"

满枝委屈地回答道:"有的,而且有着充分的理由!"

"就算你一个人这么想……"

"不管一个人还是什么的,只要有这种决心,我就一定要去做!"

"你指的是要把我杀死的事情吗?"

"我也知道很难把您杀掉,所以我早有这种心理准备。"

"哦,这样。"

月亮已经高高升起。在月光的照射下,地上显出各种奇形怪状的阴影。院子里风景如画,廊檐前的芭蕉树却略显沉重。贯一无法忍受逼人的寒气,不慌不忙地回到了屋子里。关上纸门,调亮油灯,还故意看了眼放在壁架上的钟表。

"时间已经不早了,你也应该早点回去。怎么样?"

"谢谢!"

"不,我只是提醒你。"

"我就是在谢谢您提醒我时间。"

"哦,是吗?"

"如果我是今天早上那个女人的话,我想您应该就不会提醒我时间了吧?"满枝带着一丝怨恨说道,做出一副起身要走的样子,偷眼瞧着贯一的神情,"她究竟是什么人?"

贯一本想说:她既不是狗,也不是猫,只是和你一样的家伙!但再一想这样争论下去也没有什么意义,所以最后还是忍着没有说出口,仅仅在脸上显出一点不悦的神色。但满枝却受不了了:"我想你和她应该认识好长时间了吧?看她那样子,应该不是一个生意人,也不像是一个好女人。您也真是奇怪,竟然会喜欢那样的女人!间先生,恐怕'那枝花'已经有主了吧?"

贯一心里为之一震,觉得这番话实在太狂妄了,可又能怎么办呢?便毫不在意地说:"也不见得吧。"

"和这种人搞在一起,也许有滋有味,但同时也是在造孽,所以您才会把这样一件事一直藏在心里,现在我也终于明白了。像这样的事情公布于众的话,也不是什么光彩的事情,所以就很有必要保密下去了。但现在这个秘密偏偏被您所厌恶——非常非常厌恶的我知道了,所以您现在心里有多么痛苦我还是很理解的。可在我看来,真是件大快人心的事情!之前您那么顽固,一直那样折磨我,这回终于轮到我来好好折磨您了。您就早点觉悟吧。"

贯一听到她的话,不禁冷笑起来说道:"你是不是疯了?"

"确实是疯了,可我为什么会发疯呢?我发疯也是从今天早上开始的,是到这里来以后才开始的。只有您才能让我恢复正常。"只见满枝一点一点接近贯一,贯一虽然感到厌恶,但也无法躲避,好像闻到臭味似的,把身子侧向一边,而满枝还是一步步逼近。

"我还有一件事想要问您,希望您能如实真诚地回答我。可以吗?"

"什么事?"

"我不想听到您说'什么事',我希望您能干脆地答应才好。真是的,您这个人啊!"

"但是……"

"没有什么但是。我每次问您一些事情,您总是爱答不理的。其实我也不会为难您，只要说出真实的想法就可以了。"

"当然我会如实回答。这不是很简单普通的事情吗？"

"其实这并不简单，因为我要您必须真诚坦白地回答我。"

贯一点了点头，表示同意了。

"那您可一定要回答我。间先生，您应该很讨厌我吧？我心里虽然明白，但还是经常来打扰您，事到如今恐怕我再和您说这些话，真是有些可笑了。实际上是因为我平时很想您，无论何时都在想。但就算我再怎么想您，您还是那么讨厌我。有一首诗这样说：'我有意来他无情，镜花水月终成空。'没想到真的会是这样。我所想的正如那镜中之花、水中之月一样，可能终究无法实现。尽管心里明白，可我还是不肯死心啊，间先生！

"被我这样一个人纠缠着，在您看来也许很困扰，可我确实是一直在想着您！这一点我想您应该感觉到了吧？您知道我心里有多么想念您吗？"

"这个……也许……是吧，但是……"

"您这叫什么话，这还用得着说'也许'吗？如果不知道的话，您不至于这样厌恶我吧。您嫌我麻烦，这就是最好的证据！既然因为我一直的纠缠而感到困扰，不就说明您很了解我心里所想吗？"

"这……这么说来，也许真的是因为这样吧。"

"看来尽管您讨厌我，我一直想着您的这份心情，您是已经感受到了吧？"

"是的。"

"那么至今为止，我对您说过不知多少话，您总是对我冷眼相待。表面看来，可能因为我的奢望有些过分，但我也有我的想法，我自己认为我的做法并不算是出轨行为。即便您说得对，但如果把这点先放下不谈的话，我们两人就这样彼此想念着也不为过吧？所以您就是在找一些理由来回避我，我一开始就懂。但既然别人都说你性格倔强、固执，所以我想您现在这种态度大概也是因为生性顽固不愿接近女人，因此还未了解我的心意吧。您不知道我对您的这种态度有多着急呢！但是哪里知道您竟……"

满枝的话已经无法再继续说下去了，只见她拿起烟杆，狠狠地打在贯一的腿上。

"你要干什么？"贯一一把推开了她，但满枝还不罢休，她拿着烟杆，朝贯一一阵乱打。

贯一也不知道这究竟是为什么，不禁吃惊地左躲右闪，但还是挨了三四下，没办法最后不得不抓住满枝的双手。满枝一声不吭，朝着贯一的大腿咬了下去。

"真是个下流的女人！"贯一一边这么想着，一边在愤怒中一把甩开了她。满枝擦着眼泪，还是哭着揪住贯一不放。

贯一看着眼前的这幅情景，自己也吓呆了。他拼命地想摆脱满枝的纠缠，可对方就像牛皮糖似的死死粘住不放，并且越哭越厉害了。她的眼泪湿润了贯一的衣服，渗透到这个薄情郎的皮肤上。

如果放纵她这样胡闹下去，肯定会没完没了的。贯一狠狠地拧开她的手，把她推到一边，准备站起身来，谁知满枝死活不松手，立刻又把满是泪痕的脸贴在贯一的身上。贯一无法再忍耐下去了，厉声喝道："你这是在干什么？！给我适可而止！"

"……"

"你快点回去吧！"

"不！"

"不回去？好，从明天起禁止你再踏入这里半步，你好自为之！"

"我就是要来！"

"我过去确实一直在忍耐，可是现在，我无法再继续忍耐下去了。我现在去找赤樫先生，把你的所作所为都告诉他。"

这时满枝抬起脸，含着泪盯着贯一，说道："好，您尽管去说吧！"

"……"

"您就算告诉了赤樫又能怎样？"

此时的贯一真是恨得牙痒："你……你……真是岂有此理！你没想过赤樫是你什么人吗？！"

"间先生，您认为赤樫算是我什么人？"

"真是下流至极!"贯一恨不得给眼前这个可恶的女人几个巴掌。

"您一定认为他是我的丈夫吧?您完全错了。"

"那他是你什么人?"

"我之前应该跟您说过,他仗着金钱强行把我霸占了,我之所以会变成现在这样,完全都是他一手造成的。所以可以说他是我的仇人!是,在别人眼里,我们确实算是夫妇,但在我心里我完全没有这样想过。所以至今为止,我一直都把自己看作单身,也一直按照自己的意愿爱着我所爱的人。

"间先生,当您见到赤樫的时候,就应该这么说,应该说'满枝一直深爱着我,唉,实在无法拒绝。我要把她带回家,让她为我做饭'。而我呢,也会一辈子好好照顾您的。

"您也许以为只要一提赤樫,我便会有所顾忌。哼,我一点也不怕,反而觉得这样才好呢。恐怕赤樫对此也是无可奈何!"

贯一听后简直无言以对。其实满枝也没想到事情会发展成这样,但还是接着说下去:"如果因为我们的谈话而引起什么事端的话,恐怕感到困扰的不是我,而是赤樫!对此我非常了解,所以就算你为了躲避我去找赤樫,也是徒劳。赤樫也许有些怕我,但我一点也不怕他。不过既然你想这么做,那请吧。间先生,你现在就去找赤樫谈谈吧!

"不过,我也要把你曾经的辉煌事迹向人们宣扬一下:和一个有夫之妇之间有着说不清道不明的密切关系,还掩人耳目私下偷偷约会。我如果把这种事透露出去,咱们就看看,我和你究竟谁会遭遇更大的麻烦!"

"外面的人都说你的聪慧甚至胜过男人,但现在看来也不过如此,毕竟只是一个女流之辈!"

"你说什么?"

"我问你,难道说一男一女在一起说几句话就算约会吗?再说,难道一名年轻女子就一定会是有夫之妇吗?这种肤浅的猜测,真是太冤枉人了!我还得提醒你,说话要有些分寸。"

"间先生,您来这边看一下。"满枝拉着他的手说道。

贯一用力一甩,挣脱了她的手,说道:"不要这个样子!"

"感到厌恶吧?"

"废话!"

"我以后还会加倍让您厌恶呢。对了,刚才您说什么?说我这都是肤浅的猜测?我看倒是您应该说话多留些心。如果您还算一个男子汉,您为何不干脆承认自己有情人?这样一下把我回绝了,不就好了吗?间先生,其实我这样一个女子,没有权利对您这种事情评头论足。就算我想要这种评头论足的权利,也终究是无法如愿的。所以您在我面前也没必要隐瞒、有所避讳吧?

"实话和您说,我还想您应该另外有上百个喜欢的女人,但我绝不会因此厌恶您,对您死心,我不是那种轻浮的女人。另外我也不认为泄露您那些密话,会让我那无法满足的愿望得到满足。虽然我不知道您具体是怎么想的,但我保证,我绝不是那种卑鄙的女人。

"我刚才说要把您的秘密泄露出去,给您造成困扰,这完全出于一时的气愤,我本没有这个意思。这点还请您多多谅解。想不到竟然说出这样的话,我在这里向您道歉。"

满枝边说着,边俯下身,连连对贯一叩头。贯一看到她这种可怜的样子,简直不知该如何是好,默默地摇着头想不出任何对策。

"那么现在还有一事相求,我希望您不要像刚才那种样子对我,好吗?希望您是一个富有人情的间先生,好好跟我说一句。只要有这句话,您无论怎么说,我都无所谓。所以间先生,您就毫无保留地把心中所想都说出来吧!可以吗?

"其实我本没必要说这么多的,我心里怎么想的,我想您也明白。过去即使我那样认真地向您解释,您还是始终对我充满厌恶。我曾经说的那些话,您也从未认真考虑过吧?既然您如此讨厌我,我也知道不该这么恬不知耻,应该趁早断了这份念想。也许我的话不一定对,但作为一个女人,我对许多事情并不都会那么恋恋不舍,都是顺天命的态度。但唯独这件事情,我也不知道自己怎么会这么没骨气。我不曾对任何事情着过迷,但对您,我真的是着迷得不能自拔!

"所以，只要您能体会到我的心情，这就是我现在唯一的愿望了。对您如此痴恋的一个人，却被您如此厌恶着，说起来也算是报应吧。总之，我和您的性格不合，这也是无可奈何的事情。即使遭到您如此冷遇，却还是那么爱着您，我真是苦命啊！就算您不喜欢我，也该体谅体谅我的心情吧！可您并不是那种善于察言观色的人，这点从早晨发生的事情就得到了验证。

"您去爱一个人，抑或有一个人爱着您，从爱情的本质来看，其实是一样的。但对您一直单相思的人，心里该有多么痛苦！间先生，我刚才说想要杀了您，生出这样的念头不也是很正常的吗？无论我多么不才，明明身处和您同等的地位，却像奴隶一样侍奉着您。况且，只要您能够真诚坦白地跟我说句话，那我死也无憾了。如果您能考虑到这些，那就算对方多么令您讨厌，您也该对她流露些真情吧！难道，您连这点要求都不能满足吗？

"我本不想这么频繁地打扰您，只要您能说一句，就仅仅一句让我心满意足的话便足矣了。所以，看在我们这么长时间的交情上，间先生，就请您说一句吧！"

满枝越说越激动，等快说完时，声音已经颤抖得几乎听不清了。没错，满枝为了这一句话，不惜让那一张几千元的借据变为一张废纸。只见她的呼吸愈发急促，面色愈发苍白。她思量着在听到这些话之后，贯一是从袖口拔刀相向呢，还是从心底发出一阵笑声？满枝此时的心怦怦直跳，焦急痛苦地等待着对方的答复。

贯一心里也很清楚满枝此时的心情。要说这话真诚吗？那的确是够真诚的。要说值得同情吗？也确实令人同情。可是，就因为对方爱我，我就要去接近她吗？贯一打心底觉着满枝这种伎俩实在过于卑鄙，因此心里变得更加固执了。

但从礼仪和情分上看，今天好像也不能对她过于严肃地批评。所以，贯一原本紧锁的眉头稍稍上扬了一下。

"那么，你是希望我能和你说一句让你心满意足的话？可是，我要怎么说？"

"您这是什么话啊！自己心里的事情倒问起别人来了，那谁知道呢！"

"你说得没错,但我也不知道自己到底该说些什么才好。"

"这有什么知道不知道的。您总是找借口,不肯再多想想,所以我才求您跟我说一句让我心满意足的话!间先生,我就仅此一个愿望而已啊!"

"不,这点我也是明白的。"

"既然明白,那就请说吧!"

"这点我是明白的,但是你不也说了吗?如果要说的话很多,可以慢慢讲。但不管怎么样,只要能体会到你的心情就可以了!如果明白你的心意,那我只要说一句能够证明确实已经明白你心意的话就可以了吧?你刚才的话不就是这个意思吗?可这确实是一件非常困难的事情,就是因为我实在想不出别的话来!"

"什么话都可以,只要能满足我的愿望就行啦!"

"但什么话才能让你得到满足呢?"

"只要您能明白我的心意,我就心满意足了。"

"你的心意,我深表感激。我会永远记在心里不会忘记。"

"间先生,您说的是真的吗?"

"当然。"

"真的吗?"

"不会骗你。"

"真的是这样吗?"

"是的。"

"那我要看证据。"

"证据?"

"仅凭口头上说,不足为信。不过您刚才说得那么肯定,应该不是假话。那么,至少在这一点上应该有证据的吧。所以,能否让我看看呢?"

"如果真能拿出来,我当然会给你看,但是……"

"可以给我看看吗?"

"如果我能拿出来给你看的话,那当然没问题,可是……"

"不,只要您愿意给我看,那么……"

只见贯一突然跳起身来，推开纸门，跑到外边的院子里。满枝也跟着冲了出去，冰冷的月光洒在她身上，但她的脸仍然像火烧一般。

第八章

现在家里除了我和老用人，应该不会再有人了。但怎么会传来一阵女人的哭骂声？贯一从枕头上抬起头来，竖起耳朵仔细听着，怀疑是不是自己在做梦。

那声音变得愈发激烈，伴有激烈争吵的情绪，连纸门都被震得隐隐作响。贯一感觉越来越奇怪，他掀开棉被正准备起身时，突然啪的一声，纸门倒了下去，跟着进来两个女人，只见她们扭作一团倒在贯一面前。其中一个女人披着头发，像水草一样散乱，身上的外套已被淋湿，看来她应该是被欺负的一方吧。她挣扎着爬起来，一见到贯一，脸上立刻显出一丝既惊喜又怀念的神情。

"贯一！"她喊着他的名字，拼命想爬到贯一那边去。但这时，另外一个背对着贯一的女人，穿着一件淡斜纹外衣，腰带打着夜会结，立刻跳了过去，把她拉了回去。

"贯……贯一！"

贯一听到这求救的声音，几乎要昏厥过去。这不就是自己魂牵梦萦的阿宫吗？另外一个女人正是满枝。我就算投七次胎，也绝对不会答应她的要求！她因为被我拒绝而迁怒于阿宫，刚才那样又打又闹还嫌不够，竟当着我的面来责难她。贯一简直气得要发抖了！满枝一步不肯退让，死抓着阿宫不放。她慢慢地回过头，盯着贯一说道："间先生！这就是您的那个宝贝情人吧？"只见她揪着阿宫的头发，让她抬起头来。

"就是这个女的吧？"

"贯一，我真的是非常后悔啊！这位是你的太太吗？"

"我是他太太又怎样？"

"贯一！"只见阿宫歇斯底里地顿足叫着。满枝又一把把她推到了地上。

"闭嘴！贯一不是在这儿好好的吗？我要说的话比你多多了，你就给我好好听着吧！

"间先生，我想如果一直有这么一个女人的话，想必我说什么都没用了，因为您是如此迷恋着她。但这个女人不是曾经抛弃了您而嫁到别人家了吗？如此薄情，她岂不是连畜生都不如？我也看出来了，您根本不算是一个男人。就算特别爱一个女人，可她抛弃了您而投向他人的怀抱，您居然还对她恋恋不舍，真是太没骨气了！您这么做还像个男子汉吗？要是换作我的话，早就把她宰了！"

阿宫试图挣脱开满枝的手，但还是被满枝按着，说不出一句话。

"间先生，无论我说什么，您肯定会说什么这样做不道德、不正派之类的冠冕堂皇的话吧？您既然是一个正派之人，怎么又会让这种恬不知耻的女人活在这世上？

"您为什么不惩罚她？我今后不会再和您说任何多余的话了。您今天就把这个女人了结掉吧！否则我是不会走的！

"间先生，您是怎么啦？难道不想这样做来挽回尊严吗？我会在场亲眼看着的，您就尽管做吧！

"不过我也担心您的臂力不够。为了以防万一，我已经为您准备了一把快刀。您看！间先生，拿着吧！"

只见满枝边说着，边从怀中抽出一把削铁如泥、闪闪发亮的短刀来。贯一此时已被满枝的这种杀意惊呆了，甚至连指头都动弹不得，眨着眼睛，呆呆地看着满枝。阿宫估计也被吓坏了，仍然被满枝按在地上，一声不吭。

"您看，我已经把她制伏了，无论喉咙还是胸口，给她一刀就解决问题了。您还在犹豫些什么？连刀都不会拿吗？只要这么把它拔出来……"满枝边说着边手持刀柄轻轻一甩，刀鞘便飞了出去。只见刀光一闪，雪亮的利刃出现在贯一的鼻尖前，"拿着它刺进去就行啦！"

"……"

"看来直到现在您还没有对这个女人死心吧？还是不舍得杀掉她？即使

想杀也于心不忍吧？好，那我就替您做吧！很简单，您只管看着就是了！"

没等说完，那把利刃已从贯一眼前消失，来到了阿宫蓬乱的鬓发边上。贯一不禁一声惊呼，就在他惊叫的同时，阿宫跳起身来，躲开了逼近的锋芒。

"贯一啊！"阿宫边叫喊着，边用尽全身的力气试图挣脱被满枝死死抓住的手腕。但接着又被满枝狠狠一推，再次仰面倒了下去。

"贯……贯一！快把那刀子拿上，杀了我吧！用你的双手，亲手把我杀了吧！我本来就希望你能赐我一死的。好了，快点动手吧！我也希望快点死！我现在的愿望就是你能亲手杀死我。求你了，干脆把我杀了吧！"

在如此生死关头，贯一也不知道是怎么回事，既不敢去伸手搭救，也不敢直面眼前的局势，只感到胸口一阵苦闷。两个女人还在自己眼前争夺着那把利刃，只见这把雪亮的凶器忽高忽低，忽左忽右，冷冷的光芒异常明亮，就像一弯新月，在被风吹动的杨柳当中穿梭。

"贯一，你是准备让我死于他人之手吗？你一定要借这个女人把我杀了吗？我虽然并不吝惜这条命，但若是让我死在这个女人手里，我实在是不甘心，不甘心啊！"

此时的阿宫，头发彻底散乱，简直就像一个夜叉。她的身子晃来晃去，嘴唇已经被牙齿咬破，鲜血直流。

贯一内心就像一个旋转着的风车，这边不忍心杀掉，那边不忍心伤害，简直不知如何是好。他好像被身体内部的某种力量束缚，就算心绪再烦乱也还是动弹不得。他也想呼喊，但感觉嗓子就像被一颗铁球噎住似的，一句话也说不出来。

阿宫渐渐支持不住了，这个时候只听她大声呼喊道："要是你不肯杀掉我，那我只求自行了断！贯一，快把刀夺下来给我，快点啊，贯一！我求你了，快把它给我！"

两个女人互相纠缠着，争夺愈演愈烈，最后那把短刀一脱手，啪的一声掉在了贯一的面前，直直地插在席叠上。阿宫趁机挣脱开来，一把夺过刀子。满枝扑了上来，企图再把刀子夺回去。阿宫推开了满枝，趁她转身的时候，从背后一刀刺向了她的腋下。这一刀正中要害，几乎连刀柄都要刺进身体里面了。只听一声惨叫，满枝倒了下去。鲜血，利刃，凶杀，尸体，哀号，犯罪！贯一感觉眼前一黑，几乎要昏厥过去。这时阿宫急忙来到他身边，扶住了贯一。

"这样一来，我也无法再活命了！求你了贯一，亲手把我杀了吧！只有这样，才能代表你原谅了我，我才会死得安心。我也希望你能就此彻底原谅我，把过去的所有怨恨统统一笔勾销好吗？如果你还是不肯原谅我，那我即便转世投胎九百次，也会怨着你贯一这一生一世的。所以贯一，为了不让我在九泉之下不知该何去何从，你就先念几声佛经，然后决然地把我杀了吧！"

阿宫把那被鲜血染红的利刃塞到了贯一手中，又把脸靠在他的手背上，恋恋不舍地摩挲着。

"我一旦死了，我们今世便不会再见了。为了能让我死得心安，你在我死前说一句原谅我的话吧，就一句！不管活着的时候你对我是多么痛恨，死了之后，那之前的一切罪过和憎恨都会一并消逝掉。我今天让你了解我，无非是希望借此表明我已彻底悔悟，向你赔罪。贯一，让一切都过去吧，原谅我！听到了吗？贯一，贯一啊！

"时至今日再后悔当年草率的决定已经太迟了，我也无话可说。你当时流着泪对我说过的话，我依然记得：'没有爱情的婚姻只会给你带来无穷无尽的后悔！'这句话一直在我心中回响。我当年为什么会那样执迷不悟，不能再多考虑一下！这全都怪我自己愚昧，我怎么竟会做出这种只能以死谢罪的事！贯一，你对我的惩罚，让我无法再活下去的惩罚已经实现了。所以从今往后，你就原谅了我吧，贯一！

"我是一个该遭天谴的人！如果到今天还有什么非分之想的话，那简直是太愚蠢了。如果让我带着这些痛苦的想法死去，我的怨念会永无止境。所以尽管我对这个世界还有几分不舍，我还是宁愿早点死掉，消除我身上所有的苦难，以恢复我原本的清白之身，投胎重新做人。这样一来，我下辈子定会不顾艰难困苦，永远陪伴在你的身旁，把我的心事对你一一倾诉。

我要为你做今世从来没有为你做过的事情让你快乐。同时自己也会享受到生活的乐趣，快乐地度过一生。来世我一定不会再做那样草率的事情了，所以也请你不要忘记我好吗？你无论如何也不要忘记我！

"都说临终的一念决定着来世的善恶。我就是准备带着这种想法死去，所以贯一你就原谅我吧！"

阿宫用颤抖的声音说完，便对准放在贯一膝盖上的利刃扑了过去。

"会死的啊！"贯一感觉胸口仿佛要炸裂似的惊呼一声。

"贯一！"当令人同情的阿宫再次抬起头来的时候，只见她的脖颈处已充满了鲜血，那把短刀有一半刺进了她的身体。阿宫仍然紧紧握着刀子，盯着面前这个男人的脸，贯一不由得把她抱了起来。

"阿宫，你说你……到底在做些什么啊！"

贯一说着便伸手想要夺过那把短刀，但阿宫还是紧紧握着刀不肯放手。

"放下刀，听到没有，快把刀放下！都叫你放下了，你怎么还不放手啊！"

"贯……贯一！"

"什么？"

"我现在感到很高兴，因为已经……已经没有什么好挂念的了。你现在原谅我了吧？"

"快放手啊！"

"我绝不放手……我就要这样安静地死去……贯一，我已经不行了，快快说你已经原谅我了……快原谅我，原谅我啊，贯一！"

从脖颈处不断喷出的鲜血让阿宫的脸色变得愈发惨白，她马上要断气了。贯一实在是目不忍视，此时心里慌乱至极。

"阿宫，振作一点！"

"快说……"

"我原谅你，我都原谅你！我已经原……原谅你了！"

"贯一！"

"阿宫！"

"太高兴了，我现在太高兴了！"

贯一只觉得胸口要炸裂一般，一句话都说不出了。热泪夺眶而出，掉在了他抱紧的阿宫的脸颊上。贯一紧紧吻着阿宫冰冷的嘴唇，阿宫吸吮着他湿润的唇，滋润自己痛苦的喉咙。

"既然你都原谅我了，贯一，我现在感觉……好难受啊！让我再给自己一下就……"

阿宫拼尽最后的力气，想把刀子再向自己身体里戳一下，但被贯一紧紧拉住了。

"等一下，等一下啊！无论如何先把刀放下！"

"不，请不要阻止我！"

"都说了让你等等！"

"我要快点死去！"

贯一好不容易把刀夺下来，不料阿宫突然身子一转，掉头奔到了屋外。

"阿宫，你要去哪儿？"贯一急忙伸出手想要去拉住阿宫，无奈手臂太短没有及时抓住她。贯一急得不知所措，便纵身跳过去，不幸踩在了满枝的尸体上，被绊倒了，摔出两三尺远。紧接着膝盖又撞到了门槛，疼痛不已，就像是腿被砸断一样。贯一趴在地上怎么也起不来，一边蜷着身子呻吟，一边拼命地喊着："阿宫，等等，我还有话要和你说，等一下啊！阿丰，阿丰！阿丰你在哪儿？快点给我把阿宫追回来！"

尽管如此号叫着，阿宫还是没有掉头回来，也不见女佣的身影。贯一此刻的心情是又着急又气愤，他拼命站起身，可一下子又摔在地上。最后终于还是慢慢爬了起来，心急如焚地向四周望了望，却寻不见阿宫的身影。但是，从地上残留的血迹可以判断她去往的方向，一滴滴鲜血，连成一条像是麻线的痕迹，从席子上一直延伸到走廊，再到院子，再从院子延伸到门外，就这样不断地往前延续着。这条血迹明确地指出了那个身负重伤的女人的去向。

贯一忍着膝盖的疼痛，就像是负重一般，一步步沿着血迹前行。终于跟跟跄跄地来到了门外，抬头一看，阿宫还没走远。夜色使人感到几分寒冷,天空中还挂着一轮残月,四周没有人迹,那条被白茫茫夜雾所笼罩的大街上,一个孤独的身影在艰难向前走着。

"阿宫,等等!"贯一就这样呼喊着,在这种深夜雾浓的环境下,除了听到从远处传来的回声,听不到任何答复的声音。贯一仍然咬着牙紧追上去。

看起来两人离得并不远,要追上这个身负重伤的女人应该不算难事。但哪知无论贯一怎样穷追猛赶,对方的脚步还是那样沉着如一,两人间的距离并没有缩短。贯一感到异常焦急,就算途中磕磕绊绊,也仍然不放弃拼命追赶。可没想到的是,阿宫没有追上,系在身上的腰带反倒是松了,掉在地上绊住了自己的脚。他想踢开腰带接着追,怎料无论如何也无法挣脱开。抬头看看阿宫,她也是跟跟跄跄地向前走着,显出筋疲力尽的样子。只见她突然摔倒在地,再也没有爬起来。这时的贯一身上没有一丝力气,只能倒在原地拼命呼喊着。

"阿宫!"贯一拼尽全力呼喊着,此时的呼喊声却显得那样沙哑,他急得恨不得咬下一块肉来,他已经完全发不出声了。现在,一切挣扎都是徒劳的,贯一难以抑制心中的愤恨,甚至把喉咙喊破了,向地上吐了一口鲜血。

他心痛难忍,不禁昏了过去。此时耳边突然吹过一阵风掠过松枝的声音,把贯一又吹醒了。睁眼一看,眼前横着一座城壕,仔细一看,阿宫独自走进了那片阴暗的柳林。此时贯一脑中闪过一个念头:莫非阿宫要去投水自尽?便急忙大声呼喊着阿宫的名字。但紧接着他重重咳嗽了几声,又咳出几口鲜血,地上一摊鲜红。这时从那片柳林中,阿宫露出她苍白的脸庞,看着追赶她的人。贯一已筋疲力尽,只能无奈地向她挥了挥手,意思是让她千万不要自寻短见。可阿宫俯下身子向着贯一拜了几拜,仿佛在请求他的宽恕,随后便消失在那片茂密的柳林中了。

贯一不顾一切地冲到了岸边,来到那片柳林。阿宫究竟去哪儿了?他踏着沾满朝露的野草,一步一滑地来到深渊边缘。低头一看,只见滔滔水流疾驰而下,激起一片碎浪。眼前有几块突兀的怪石聚在一起,像是乌龟的嘴露出水面一样，阻挡着倾泻而下的急流，急流拍打在石头上，激起千层巨浪，水花四溅，不断冲击着两岸，同时发出隆隆的巨响，震得好像脚下的土地要坍塌似的。贯一的衣服被水花溅湿，散乱的鬓发在风中飘着。

看到此情此景，贯一不禁心生恐惧，紧紧抓住身旁的柳枝不放。他发现草丛中还有一条蜿蜒小路，直通悬崖边上。顺着这条道，贯一穿梭于篁竹之间，踩着长满芒草的道路，追寻着阿宫的足迹。

现在的贯一，只有一个想法，那就是不让阿宫自寻死路。边想着边不禁加快了脚步，生怕错过了时机。山中猛烈的风，让他无法直起身子。

贯一一心祈求上天保佑阿宫平安无事，可没走多远，又有一条急流横在他的面前，挡住了去路。贯一站到水中凸起的一块岩石上，大声呼喊着："阿宫！"

从对面传来的，只有他自己的回声，并没有听到阿宫的声音。

周围是急流，脚下踩着岩石，一切看来都已经太晚了。贯一哭天喊地，接近疯狂。他那涨得血红的眼睛看着周围寻觅着，想从这水面上看到点什么。但连一块漂浮的树木都看不到。后来他发现离自己二三十尺的地方，有一样东西在随着急流的涌动而上上下下漂动着。那是不是一个人呢？那人会不会就是阿宫呢？正当贯一睁大眼睛想要看清楚的时候，一个大浪拍来，把那样东西又不知冲向了哪里。贯一心里焦急着，又看到它在远处的水面上浮了起来。

贯一心中又放松了几分，也不顾前方是否有路，抓着树枝，绕过岩石，踏着急流前行。水底有很多碎石，凹凸不平，他还是拼命摇摇晃晃地向那样东西走去。近前一看，这不正是阿宫吗？阿宫的尸体被急流冲到树荫下的浅滩上。潺潺的流水不断拍打着她的身体，好像在为她而哭泣。

贯一一下子扑到阿宫的身上，悲伤地恸哭起来。

"阿宫！你真的已经死……死了吗？自杀本就堪怜，没想到还死得这样悲惨！先是被利刃所刺，随后又溺在水中，你这样难道不感觉痛苦吗？可怜的人啊，你想得太多了。

"阿宫，你先是自杀，然后又去投河，难道死一次不够还想死第二次吗？我真是太迟钝了，之前竟然什么都没看出来啊！

"没错，我确实发过誓，无论发生什么，我都不会忘记对你的怨恨。可看到你死得如此之惨，我心中的怨恨早消失得无影无踪了。我都原谅你，阿宫！我从心底已经彻底原谅你了！

"你说过只要我说出'我原谅你'，你再怎样痛苦都会感到快乐的。阿宫，我能原谅你，你真的会感到那么快乐吗？这都是我的错，阿宫，原谅我！行吗？阿宫，行吗？

"可惜，你已不在这个世界上了啊！"

在贯一心里，阿宫死得如此悲惨，如此纯洁。她那不贞的血液已经流尽，身上的罪恶也已完全洗清。为了赔罪，表达自己的虔诚，甚至不惜舍弃自己的生命。贯一眼睁睁地看着阿宫的尸体，感到她无比可怜，自己则无比悲伤。

之前强烈的怨恨已经彻底消失，一度枯竭的爱情源泉，又重新在心中涌动着。能有什么事情比对一个已死之人的爱意更痛苦？贯一今天才体会到，对一个活着的人无论怎样痛恨着，跟现在相比，都不值一提。

贯一此时热泪盈眶，痛不欲生。"阿宫，我的心是属于你的。但愿佛光普照，能够为你超度再生。今世已无可能，只求来世真能如你所说，我们定要结为夫妇，白头偕老，永不分离！你千万不要忘记，阿宫，我也是永远不会忘记的！你要彻底铭记于心啊！"

贯一紧紧握住阿宫已经冰冷的手，失神地看着她死去的面庞，泪水已模糊双眼。他就这样悲伤地哭了好一阵儿。

"可是阿宫，你真是一个了不起的人，勇于面对自己曾经犯下的罪过，并虔诚悔过，不惜舍掉性命，这种精神让人钦佩！非要做到如此地步不可，真是让人动容！你这样做也显示出你做人的气概了！

"但是反过来看看我自己，堂堂男子汉，仅仅因为失去了心爱的女人就一蹶不振。痛恨别人以致不择手段。像一只恶鬼永不满足地从别人身上牟取暴利，可挣的这些钱又有何用？我究竟是为了什么非要绝情到这种地步？

"既然做人，就应该懂得做人之道。除了像我这样的人，其他人都在恪守这种做人之道。而我呢？仅仅因为被心爱的女人抛弃，仅仅因为那一点点的失望落寞，就放弃了作为男子汉的一生，真是没用啊！我算个什么东西！我真的错了，阿宫，如果你已虔诚地向我表示了悔过，那我就更应该为自己不负责任而表示忏悔才行啊！看到你那样勇于向我忏悔罪过，我深表惭愧，反而对你心生仰慕。那个当初被你抛弃而自甘堕落的贯一，今天因你的忏悔而得到重生，以此来向自己没有恪守做人之道而赎罪。但现在身处这个世上还是太痛苦了啊！做人之道终归是一种道义，义务就是义务，乐趣终究还是乐趣，没有这些是不行的。当年住在鸭泽家的时候，天天和阿宫一起读书学习，感觉这个世界宛如梦境，过得无比快乐。现在想想，究竟那时候是在做梦，还是现在在做梦呢？这六年里，我从没有一天像正常人一样好好想过，我究竟是在为什么而活！其实，就是因为没有死的勇气才苟且活着的啊！我根本不算个活生生的人，只是一具行尸走肉而已！

"鳄渊葬身火海，阿宫投水自尽，那我今后该怎么办？难道让我在如此激烈的感情下，把阿宫死的惨象牢牢记在心里，而不得不度过悲惨的一生吗？如果真是这样，那我的人生定会比过去更加痛苦，还活个什么劲呢？

"让自己恪守做人之道，像一个正常人那样活下去吗？太麻烦，真的是太麻烦了啊！只有想做好人的人才会有这种义务，但不想做人的话，那就什么都不需要了！

"通过自杀舍弃自己的生命是一种罪恶，这也许是没错的。但若漫无目的地活着，对整个世界毫无意义的话，那那个人本身就是一种罪恶了。如此说来，自杀未必不是一个解决的办法。更何况，如果我现在立刻死去的话，几十个人也将获得释放，更不知道会有多少人会为此高兴呢！

"我因为一个女人，而堕落成一个和强盗无异的高利贷者，最后落得个默默死去的下场。想一想虽有些后悔，但既然这是当初的草率而导致的后果，那么只有让这个可悲的人从轮回中重获新生了，除此之外，别无他法。也只有这样做，才能消除我今世的一切罪过！"

痛苦万分的贯一，现在好像找到了脱离苦海的方法。脸颊上的泪水不知不觉中已经干了,令人不可思议的是,竟然反射出一种激昂的青光。

"阿宫,你等着,我要和你一起死。你为了我舍弃了生命,我心存感激,我也要把我的生命献给你。但愿我们两人能在来世结为夫妻,今天就是我们定亲的日子,无论何时决不食言!这也是你原本的愿望吧,这样一来我也就没有任何遗憾了。"

贯一还是决定去阿宫投水的深渊自尽。"我们还是在一起吧!"他边这样想着,边背着阿宫前行。但奇怪的是,阿宫的尸体轻如薄纸。他回头一看,身上背的是一朵和人一样大的白色百合花,已经盛开的花朵的花瓣低垂在他的肩头。

贯一不禁大吃一惊,一下睁开了双眼。定睛一看,天还没有亮,原来一切都是一场梦!

再续

第一章

　　贯一觉得心中越来越苦闷，难以治愈。他思绪凌乱，一会儿想到这里，一会儿想到那里，觉得万念俱灰，连活下去的勇气都没有了，心里想着与其这样活着，还不如像在梦里一样死去，更让人痛快！

　　在这样的苦闷和烦恼中，又过去了三天。

　　贯一既没有对象可以谈谈自己的满腔心事，也没有朋友可以倾诉自己的一腔惆怅，还有什么办法可以拯救自己呢？他觉得已无路可逃，也知道不可能会有什么光明前景，这样胡思乱想，只能平添烦恼，长此以往该怎么办？他只求来一场烈火，让自己的烦恼和惆怅在熊熊火焰中化为灰烬。那时，自己也就得解脱了。是活着，还是死亡？贯一只觉得内心的苦闷越来越强烈，仿佛要让他窒息，在这个问题面前，他觉得一筹莫展。

　　我这一生，活得本来就毫无价值，难道还要通过毫无价值的死亡来结束吗？可是，除了这样死去，又有什么办法来偿付我这虚无缥缈、充满悔恨的一生呢？或者，在这罪孽深重的前半生的最后一刻，冲破业障的束缚和困扰，重新做人，开始充满希望的后半生？

　　贯一并非一定要逃避死亡，也并非一心寻死，只不过他觉得生死对他而言都毫无价值，因而难以抉择。如今难以承受的痛苦让他想到了死，前半生的罪恶和悔恨让他备受煎熬。为了能早日逃离这种痛苦，他觉得死这种事根本不算什么，或者应该在这种巨大痛苦的煎熬中来弥补前半生所犯下的罪孽。选择死亡一了百了是容易的事，而忍受着煎熬痛苦地活着，则是困难的。那么，我是应该痛改前非，作为一个正常人好好地活下去，还是应该以死来结束这罪恶的一生？

贯一觉得活着也不是，死了也不行，时时坐立不安，夜夜难以入眠，心烦意乱不知如何是好。

在这个时候，又有一件不得不做的重要事情。过去曾一口答应的一笔巨额借款，眼看马上就要到放款日子了。他必须亲自赶往野州盐原的烟下温泉，到那里的清琴楼旅馆去，暗中将借款人的底细打探清楚。

虽然他知道这是一件麻烦事，心里很不情愿前往，但又不得不去。不过听说那边的景色优美难得一见，说不定还能在美景中暂时忘却内心的苦闷。于是他也就下定决心，打起精神，收拾好行装准备出发。从那次噩梦发生到现在，已经过去一个多星期了。这段时间里，他几乎没出过门。

那是一个白云朵朵的清晨，天空中透露着微光，半轮残月高高悬挂着。为了赶上最早的一趟班车，贯一驱车直奔上野车站。清早的风夹杂着寒气迎面扑来，他禁不住打了几个寒战。

列车疾驰，窗外的景色变换，身边的旅客换了一批又一批，贯一那忧伤的心情，却始终未曾改变。他无法排解内心的苦闷，一个人孤孤单单地熬过了五个小时，总算在西那须站下了车。

出了车站，朝西北方走去，就进入了那须平原。至今，这里还是一片荒芜的古老平原。天宇苍茫，土地辽阔，飞云片片。放眼望去，近处是三里坦途，远处是重峦叠嶂。盐原仿佛近在眼前，可真的走起来，又觉得远在天边无穷无尽。贯一总算走过了千本松，来到了关谷村的境内。走到人迹罕至的尽头，可以看到一湾淙淙的水流，水流上横跨着一座桥梁，便是有名的入胜桥。

过了入胜桥，再走几步山路，便来到了幽深曲折的山涧峡谷。这里日光幽暗，山峦重叠，寒气逼人。沿着弯弯曲曲的羊肠小路前行，只见树木茂密，高耸入云，林间传来小鸟的啼叫声，脚下花草幽幽，香气袭人。待登到高处，可以听到从远处被树荫遮挡的地方传来的潺潺水流声，等到隐约可见这条水流的源头时，一道道闪着白色电光的瀑布从山谷中奔涌而下，水声震耳欲聋。道路的右边是笔直陡峭的崖壁，岩石上长着碧绿的青苔，几条细长的小瀑布从峭壁上垂挂下来，如白色丝带一般，溅得水花四溢。秋风吹过山岭上的松树，树叶沙沙作响，仿佛也和飞瀑合奏着乐章，气势磅礴，让人久久舍不得离开。

驱车越过白羽坡，在回顾桥上回望了三丈高的飞瀑，更觉得此处的景色奇特，堪称一绝。从这儿一路行来，所过之处，有路的地方必定有水，有水的地方必定有桥——全溪共有三十座桥；有山的地方必有岩，有岩的地方必有瀑布——全岭共有七十处飞瀑。此地处处都是温泉，全村共有四十五处温泉。除此之外，还有十二处名胜、十六处古迹、七处不可思议的奇观，谁都不能一一访遍。

说起盐原的地形，从盐谷郡以南的山峦之间分开，往西北方向深入，沿着绵绵不断蜿蜒而下的箒川逆流而上，流经四里，再渡过十一里，所经之处，都是接连不断的悬崖峭壁。沿着两边伸展的幅度绵延，可见九曲十八弯的碧绿色水流，两侧伫立着万丈的岩壁，如同一只青铜的药碾，钵底是捣碎了的琉璃瓦。

一经过大网温泉，眼前就出现了奇妙的景观：根本山、鱼止泷、儿子渊。古箭袋地势险要，白云洞明朗开阔，还有那飞瀑、龙鼻、材木石、五色石、船岩，等等。再往前行驶，来到了鸟井户，这里山峦叠翠，已进入福度乡境内了。

沿路前行，可以看到前方不远处的山崖上，还残留着几簇杜鹃花。几条藤蔓从山崖上垂挂下来，和杜鹃花相映，甚是有趣，让人忍不住将目光停留在上面。而且这一带溪水很浅，水流清澈，平静的水面像一面大大的古镜，静静地安睡在环绕的群山和茂密的森林中。贯一也被眼前的美景吸引，不由得停下了脚步。

他的思绪回到了过去，想起了阿宫那纤瘦的身子跳到奔涌的水流中的情景。当她奄奄一息浮出水面时,那周围的景色,和此时眼前所看到的多么相似。两岸的布局,茂密的树林,甚至这荡漾的水色,还有那清澈见底的岩石,岩石的大小、位置,乃至样子,仔细看来,简直和当时的场景一模一样。

贯一不禁睁大了眼睛,感到一阵寒意。

这真是太奇怪了!现实中经历过的场景原原本本出现在梦境里,这样的情况倒是可以理解,但梦境中出现的场景,却真实地出现在眼前,怎么会有这样的事呢?阿宫的尸体漂浮的水面,还有自己追赶阿宫的小路,梦中所有的场景,和现实无不一一重合,历历在目,真让人毛骨悚然!

贯一回过头来,问车夫这里叫什么名字。车夫回答:这里叫不动泽。

这个名字令人不由得害怕起来。细细想来,这不是一个人结束自己生命的地方吗?难道我来到这里,就是为了一死吗?他想到梦里,背在背上的阿宫忽然变成百合花的怪事,不禁浑身打起了寒战。

贯一忙转过身去,急着赶路。山间云雾弥漫,挡住了去路,景色的奇妙让人瞠目结舌。奇形怪状的屏风岩,高达万丈的悬崖绝壁,巍然屹立于悬崖之巅的苍天古松,在风中飒飒作响。高耸的峭壁如同被劈开的裂竹,从半空中笔直地垂下来,岌岌可危,让人心惊胆战,不敢正视。

贯一觉得茫然若失,呆呆地伫立在那里。

他又想起了梦中的场景。当他追赶阿宫掉下深渊时,不就是从那高高的悬崖上坠落的吗?仿佛从天上掉下来一般,只觉得空虚缥缈,无比恐惧。至今为止,我何曾见过这般绝壁?这样危险,这样可怕!如果不是在梦里,又怎么可能从绝壁上坠落呢?像我这样一个骨瘦如柴的人却没有粉身碎骨,想来一定是在梦境中了。一旁的车夫看到他那瞠目结舌停滞不前的样子,满脸严肃地告诉他说,这就是名副其实的天狗岩。

贯一的心里充满了疑虑和恐惧,他觉得那个梦实在是太奇怪了,而更让人百思不得其解的是,为什么梦中的场景会出现在盐原,而且一模一样。

他愈向前走去,便觉得事情越来越奇怪和诡异。梦中出现的场景,竟然一个接一个地浮现在眼前,让人毛骨悚然。贯一怀着不安的心情向前走去，来到了耸立的山岩顶峰。溪流受到岩石的阻挡，在这里形成急转弯，顿时水流飞溅，咆哮怒吼，如万马奔腾般一泻而下。在激流的中间，横着一块大岩石，有两丈余高。石顶平坦广阔，可以容得下百余人。大磐石经历了长年累月的风吹雨打，颜色已变成了死灰色，寸草不生。石面被冲刷吹打得非常光滑，如一个巨大的怪物巍巍然蹲在那里。上有古木的树荫遮蔽，下面受到汹涌激流的冲刷，虽然夜夜受到天狗岩的风吹雨蚀，但它还是如老怪物般一动不动。

这块岩石名为驻趾石，相传古时的飞单氏曾在这里驻趾，因而得名。贯一一边听车夫解说一边点着头，但目光仍然没有离开这块大石，暗暗在心里思索着。

贯一想起，当他在梦中的山谷里寻找阿宫的时候，的确看到了这块大岩石，这一点他记得很清楚。

他看到阿宫的尸体漂浮在水中，当自己想追上去时，却进退两难：前后无路可走，两侧是深不可测的水潭和高耸入云的峭壁。他勉强攀住了挡在前面的一块岩石，爬到一半时却无法继续攀登。当时他攀登的，正是眼前这块大岩石。贯一想到这里，觉得此处不可逗留。

贯一又向前走了几步，正看到阿宫投水自尽的深渊，还有他自己因为腰带松开而倒下的地方。梦中所有的一切，都历历在目，让人恐惧到窒息。贯一不由得汗毛直立，噩梦中的场景在脑海中一幕幕上演，让他痛苦万分，无法逃脱。

如果只是在梦里，那么就算是恐怖、痛苦，或是悲哀、难过，再怎么难受也无妨。然而，如果梦中的一切，并不仅仅是一场噩梦，还将在现实中上演，那将会怎样？如今在盐原，眼前所看到的一切，和梦中所见的场景无不一一符合，而眼前的一切却绝不是梦境。我因为偶然的机缘来到此地，这也绝不是在梦中。唯一和梦中有所不同的，就是少了一个阿宫，阿宫并没有来这里。

想到此处，贯一不由得怀疑起自己来。难道现在是在梦境中吗？如果这不是梦，为什么我会来到和梦中一样的地方？真是不祥之兆。所幸，并没有发生如梦中那样可怕的事。但这一切真是太匪夷所思了，还是抓紧时间办完应该办的事，早些回去吧。他这样想着，又重新坐上了跟在后面的车子，经过了白仓山山麓、盐釜温泉、高尾冢、离室、甘汤泽、兄弟瀑布、玉帘洲、小太郎渊，往前望去，远处有一片高高的山脉，一座静谧的寺院，十几户低矮的民屋，那边便是烟下户的所在了。

第二章

这个村子虽然只有十二户人家，但温泉却有五处之多，旅馆也有五家。名叫清琴楼的这家旅馆，南临蜿蜒曲折的笞江，从楼上向下望去，水波荡漾，清澈见底。举目远望，可以看到西面的富士山和喜十六的翠峦叠嶂，清风满袖，让人心旷神怡。古井瀑布像是一条白色的缎带，从几十丈的悬崖绝壁上垂挂下来，向着袖之泽的方向流去。东北面群山重叠，仿佛一面美玉做的玉帘，遮住了炎炎夏日的灼烤。放眼四望，既有丘壑的奇观，又不乏林泉的幽美，真是仿若仙境，让人大饱眼福。

贯一看着这如诗如画的美景，觉得心胸豁然开朗，刚才险途中那些峭壁激流所带来的不快和恐惧，也在这美景中烟消云散。他不禁在心里感慨，这真是值得一来的胜地，有一种相见恨晚的感觉。虽说高山巍峨，无非是泥土的堆积，河川秀美，无非是稍纵即逝的流水，我这前半生，就像是被禁锢在牢笼里一般，为什么不能让这泥土和流水，来医治我一身的顽疾呢？要说我有什么后悔的事，那么首先让我觉得后悔的，便是我的愚笨。看啊，这苍翠的树林，这飘飞的云彩，这秀美的群峰，这涓涓的溪流，这高耸的崖壁，这徐徐的清风，这明媚的日光，这天空的颜色，还有这清脆的鸡鸣，所有的一切，都不像是尘世之物。置身于这样的美景中，让我忘记了自身的悲哀，忘却了昔日的忧愁，那一直敲打着我心房的痛苦、辛劳，都在这里沉淀。我只觉得身子像那云朵一般轻盈，心如止水，只愿就这样了却一生。

在这里，没有爱情，亦没有怨恨，没有金钱，亦没有权势，没有名誉，亦没有野心，没有荣耀，亦没有堕落，没有竞争，亦没有执着，没有得意，亦没有失望。有的只是纯然无污、身心清静，这不就是埋葬我的身心，让我长眠的理想之地吗？

过去并没有机会经常游览山水的贯一，在这里尽情领略山之灵动、水之秀美。清琴楼的侍女把他领到二楼的房间，他却不急着进门，而是倚在走廊的栏杆上，远眺着壮美的瀑布，仿佛一个走失的孩童，又重新回到了母亲的怀抱，一刻也不愿离开。

眼前的翠绿渐渐暗了下来，远近的水声更显清幽，暮色渐晚，山风习习，沁人心脾。贯一这才回过神来，想先去泡个温泉，便悠哉地回到房间来。忽然，一样东西映入眼帘，让他不由得心头一惊。

原来，他准备把皮包放在壁龛上，却猛然发现花瓶里插着一朵娇艳的山百合。这枝百合花的花茎略微向前倾斜着，仿佛在迎接似的望着他。

贯一瞬间呆住了。他不由得睁大了眼睛凝视着百合花。这朵百合就像是阿宫的化身一般，在这里等着他。他怎么也抑制不住内心的激动。

刚才所经过的地方，看到的景色，和梦中的场景一一吻合。而在这里，又见到了梦境之中给自己留下最深刻印象的百合花。虽然这只不过是个巧合，可梦境和现实，却出乎意料地重合在一起，仿佛是冥冥中安排好了一样，其中一定有某种深切的因缘，这怎能不令人吃惊呢？

事情变得越来越诡异，越来越让人不可思议，难道其中真的暗藏着什么不可预料的天意？他不禁在心里疑惑起来。

他终于挨近了这朵百合花，仔细地端详起来。这是一朵含苞待放的百合，显得玉洁冰清，芬芳四溢，叶子上含着露水，鲜嫩欲滴，显然是今天一早采摘下来的。

贯一好不容易觉得心情愉快起来，看到了百合花，又不由得心里一寒。他在花前一手托着重重的脑袋，陷入了深深的愁思之中。

"您请去沐浴吧。"

贯一听到有人说话，回头一看，原来是侍女。

"好的。对了，姐姐，可以把这朵花拿出去吗？"

"是。是这朵百合花吗？您不喜欢百合吗？"

"不是，它的香味太强烈了，我觉得头疼。"

"原来是这样。那我马上把它拿走。这是唯一一朵早开的百合，因为很难得，所以我把它采来，就顺手插在了这里。"

"嗯，确实是先开的花。"

"是啊，按理来说，下个月才到百合的花季。这朵花，恐怕是忘了季节了。"

"嗯，开得太早了。"

"请您先入浴吧。"

贯一走进温泉浴室，看到已有一位客人在里面了。因为还没点灯，浴室里的光线微暗，浴池里弥漫着水雾。那位客人察觉到有人进来，有些慌忙地站了起来。贯一一进入浴池，他便马上从浴池里出来，走到一个搓澡的角落，背对着贯一，只留给他一个白白的背影。

这个男人看起来二十七八岁。身子瘦弱，个子不高。虽然他时不时地左右张望，可要想看清他的脸，却不是一件容易的事。说起来，他和自己不过是素不相识的人，可是不知道怎么搞的，他仿佛怕被人认出来一样，总是躲避着贯一的视线。他身材细弱，看样子并非这一带的人。究竟是谁呢？为何这样遮遮掩掩？这些疑问牵动着贯一的心。

待贯一泡好澡起身走出浴池，一直在焦灼等待的那个男人才重新回到浴池里，但仍旧是背对着贯一，只听到他沐浴时那萧索的水流声。

他面无血色，身体瘦弱，无论是从他的行为举止，还是从他那畏惧的神情来看，都和常人有些许不同。看他的样子，或许是个精神病人，这样一想，他那怪异的举止也就不足为奇了。现在的季节才刚进入初夏，天气尚冷，到这样荒凉寂寥的深山来洗温泉的客人，多半也是为了用温泉水疗养的病人。贯一想到那个男人不过是个来养病的，也就疑云顿消，不再放在心上。正在这时，那个男人洗好了澡，换上旅馆准备的浴衣，回房去了。

夜幕降临，溪涧里的水流声越来越急，更增添了几分寒意。或许因为人手不够，到现在还没有拿灯来。浴室里水雾缭绕，贯一独自蹲在阴暗的角落，也觉得有些瘆人。于是，他出了浴室回到房间。壁龛上的百合花已被拿走了，房间里灯火明亮，膳席已备好，膳桌边上还生起了手炉，茶器食具也都摆放妥当。看到这样的情景，贯一觉得一天的舟车劳累顿时烟消云散。

贯一从衣架上拿起一件棉袍披在身上。傍晚寒气渐浓，手炉里的火光让人倍感温暖。贯一用炉火点了一支烟，一边吞云吐雾，一边感受着天地之寂寥，流水之音韵，树梢上拂过的风声，溪涧淌动的水流声，除此便万籁俱寂，仿佛回到了太古时代。

忽然，从长廊上传来一阵急促的脚步声，是另一位侍女端着晚膳进来了，身后还跟着旅馆的主人。

"今天承蒙您下榻我们旅馆，真是太感谢了！一路上舟车劳顿一定非常辛苦吧？刚才您还特别把茶饭钱先赐给了我们，真是让我们感到惶恐万分，实在太感谢您了！请允许我在这里向您表示深深的谢意！

"有一点还希望您多见谅。正如您所看到的，小店拿不出什么可口的饭菜来招待您，真的太抱歉了！您也知道，现在时节尚早，再加上地处偏远，所以客人稀少，因而事先没做什么准备。不过您请放心，虽然没什么山珍海味，但这一两日之内，我们一定给您备出可口的饭菜。今日和明日，还请您先将就一下。希望您能在这儿多住上几日。——哎，还不快去给老爷盛上热酱汤！"

主人小心翼翼地告辞后，贯一便开始用膳。盘子和碗里全是鸡蛋做成的菜肴。所谓的什么菜也没有，便指的是这个了。

"现在这里住着几位客人呢？"

"除了您之外，还有一位客人。"

"还有一位？是单身的客人吗？"

"是的。"

"刚才在沐浴的时候碰到了一位男客。"

"确如您所说的。"

"他是一位病人吧？"

"呃，或许不是这样的人。"

"真的吗？难道他没有什么病？"

"应该是没有的。"

"看起来像个病人的样子，难道不是吗？"

"老爷，您是一位大夫吗？"

贯一忍不住笑得喷出饭来。

"哈哈，你说得太好了。我虽然不是医生，但那位客人看起来，总觉得是一副病人的样子，所以才会那样想。他已经在这儿住很长时间了吗？"

"不是的，他是昨天才到的。"

"昨天来的？是东京来的吗？"

"是的，从日本桥来的。"

"那么，他是一位商人？"

"这点我不太清楚。"

"那么，他同你们亲切地交谈过吗？"

"那倒是有过。"

"和我相比，谁和你们交谈得更多呢？"

"和您相比吗？那当然是您同我们交谈得更多啦！"

"哎呀，这样说的话，我像是个多嘴多舌的人。"

"您误会了，不是这个意思。那位客人沉默的时候比较多。而且，听说他正在等一位同伴，等得很是心焦呢！"

"这样吗？他还有同伴要来？嗯，谢谢款待，已经吃好了。"

"真是没什么好菜能招待您的。"

侍女端着盘盏出去了，贯一放松地躺了下来。

这间旅馆的规模不算小，二十多个房间，却仅仅住着两位客人，难免觉得有些空寂，而且又处在这深山幽谷之内，孤村荒野的边缘。每当夜深人静的时候，通往每间房的悠长走廊，就像是暗夜中的山野小路，让人不寒而栗。单薄的一层木门外，是呼啸不止的山风，湍急的山涧流水，呼呼的风声和隆隆的激流，让人仿佛身处冥界一般可怕。

从仅有两间之隔的屋子里,不时传来咳嗽的声音,听起来是那么萧索。

贯一也不知为什么,那位客人的身影总浮现在脑海中,挥之不去。他为什么一个人住在这间旅馆里呢?他既然不是个病人,和我又素不相识,为什么要一直躲着我?他到底是什么人?他到底在掩藏着什么?难道有什么不可告人的秘密?

贯一寻找着破解这些秘密的钥匙,辗转反侧,在心里苦苦思索着。

第二天,贯一早早用过早饭,便先到狭小的烟下户村里四处走走,把每个角落都逛了个遍,大体上熟悉了这里的地形和路况。他思考着清琴楼的性质,不知不觉来到了河滩上。清浅的河滩上架着一座板桥,在桥上可欣赏到对面的美景。过了板桥,就来到了喜十六山的山脚下。听说从这儿登山二里左右,就可以看见一处名曰须卷龙的温泉。他走到了温泉,在那里逗留了片刻,接近正午的时候又回到了旅馆。

贯一走得满身是汗,想先泡个温泉。当他急急忙忙走过长廊时,正巧看到那位客人泡好了温泉回来,两人擦肩而过。这次,他还是一副不愿被人看到的神情,慌慌张张地侧身走了过去。

一切都明明白白地摆在眼前,他确实在避人耳目。换句话说,他很怕见人,因为他有着不可告人的目的。那么,他究竟是什么人呢?贯一觉得越来越奇怪,不由得在心里暗暗怀疑。

昨天和他相遇,是在黄昏时分,天色黑暗,难以看清他的面容。今天,因为心里早有怀疑,所以一见到他,眼睛就像一架照相机似的,趁他一不留神把他的面容完全拍了下来。

贯一原以为只要瞥见他的容貌,大概就能猜测到他那古怪的性格,所以仔仔细细地回顾着他的面影,然而结果恰恰相反。单凭他的相貌来判断,贯一开始怀疑自己的想法失之偏颇。如果说他遮遮掩掩,好像怕见人一般,那么他躲藏的原因,和自己所预想的似乎又有所不同。仔细想想,看他的模样,也不像是有什么见不得人的事,或许是他生性害羞的缘故吧,这也未可知。在这两个原因中,既不能断定是前者,也不能否定不是后者,一时难以判断。这样想着,贯一不禁焦虑起来。

到了用午膳的时候,一位年纪较大的侍女送饭过来。贯一又暗中向她打听那位客人的事情。她说,那位客人连筷子都没碰就出门去了。

"是吗?连午饭都没吃?这是上哪里去了?"

"听说他的朋友本来昨天应该到达这里,可迟迟未到。他一直等着,非常担心。今天早上,他实在觉得放心不下,跟我们说想到车站去看看,顺便给朋友发个电报。所以就这样出去了。"

"担心朋友也是人之常情,可担心到连饭也吃不下,他要等的那位朋友,究竟是一个什么样的人?是一位年长的人,还是一位小姐?"

"您是说一位怎样的人吗?"

"你不知道?"

"我不知道呢。"

侍女不由得侧着脑袋看着贯一说:

"您也在为那位客人担心吗?"

"听你说有这样的事,我也感到有些挂念。"

"这样说来,您真是太为别人操心了。"

"确实啊,确实。"

"等到那位客人等的朋友一到,如果是位老年人,或者是普通朋友的话那就算了。如果啊,我说老爷,要是位倾国倾城的美人儿,那可就麻烦啦!"

"怎么麻烦了?"

"您不是又要为她操心了吗?"

"嗯,是啊,又忍不住要操心了。"

云淡风轻,空气里弥漫着草木的清香。这难得一见的好天气,却闷在屋里,太可惜了。于是贯一又出了门,来到盐釜西南十町的山里,到名为盐之汤的温泉游玩。待回到旅馆时,已是傍晚。贯一照例到温泉里沐浴,然后回到房间,侍女马上端来了晚膳。灯火渐明,那位客人,还不见回来。

"旅馆清闲幽静本来也是件好事,只不过没有其他客人,仅有我孤零零的一个人，难免觉得有些不安。"贯一又借题发挥地说了起来。

"的确如您所说。唉，只怪我们旅馆地处偏远，在这样的深山荒野之中，您一个人冷冷清清的，实在觉得无聊吧。不过，这也是没有办法的事啊！"

侍女一边说着，一边故意高声大笑起来。

"是啊，这回真是失算了。下次可得事先了解清楚才好。"

"哎呀，您还说什么下次的事。明天您发个电报，让您的同伴也到这儿来不就行了吗？"

"把五十四岁的老婆子叫来，那还不如不叫的好，你说是不是？"

"哎呀，您可真会开玩笑。您想叫的话，怎么会只有老婆子一人呢！"

"那真是对不住了，我家里只有这么一位。"

"所以啊，您就在这里多住上几日吧！而且，外头有的是人呢！"

"今天的菜真不错，多谢款待。哎，哪有啊，仔细一打听，都是有主的人啦！"

"哎呀，别开玩笑了，老爷，您别说那些话来糊弄我。"

"不管真真假假，事实确实如此啊。我要是真有意气相投、能说得上话的人，又怎么会一个人孤零零地来到这深山之中游玩呢？"

"唉，我们这儿确实是穷乡僻壤的山沟沟。"

"何止是穷乡僻壤，你看这里的景色，什么天狗岩啦，七处不可思议的奇观啦，这些难道不让人感到恐惧吗？然而我却装得无所谓似的，来到这里闲逛，发呆，疗养，这真可以称得上是笨蛋的行为啦！"

"这样说来，老爷您不是成了一个愚蠢的人吗？怎么可能会有这种不合理的事呢？"

"傻瓜就是傻瓜，而且还是个大傻瓜。你要是不信的话，可以到账房去看看，旅客登记的本子上写着'东京傻瓜一人'呢！"

"那么请老爷您在旁边附注一行：'侍女，盐原傻瓜一人'。"

"你可真会说笑啊！"

"因为我也是傻瓜一个呢！"

贯一用过晚膳，泡了个澡，时间已近九点了，那位客人还是没有回来。

贯一上床休息，没过多久，听到时钟敲了十下。周围还是什么动静也没有，只听见空灵的水声绕流，呼啸的山风吹过松林。这本来只是微不足道的小事，但贯一从一开始就对那位客人十分好奇，所以对于这件事他越想越不对劲，觉得这样的事情实在太让人疑惑和惊讶。

贯一觉得自己也莫名其妙的。一个和自己素昧平生的客人，所作所为和自己一点关系也没有，可是为什么总是被他的行为牵动，密切地关注着他，对他一直念念不忘呢？

很多时候，一个人往往不能正视自己。贯一之所以抑制不住内心的疑虑，是因为他明白，按常理这件事不值一提，可幻想的世界如同一大片阴影将他的心灵覆盖，让他沉溺于其中不能自拔。或许超出常理之外的事情也是存在的吧。他心存这样的疑虑，越是让自己不要多疑，就越是觉得可疑。

挂在进门处扶梯口上的大时钟，敲响了十一下，那带着病态而且沉闷的钟声在黑暗的长廊里飘荡。

已经到了深夜，客人还没有回来。

他是不回来了呢，还是回不来，或者在回来的路上？贯一在床上辗转反侧，难以入眠。现在马上要到十二点了，他一直挂念着这件事，但还没听到午夜的钟声，就不知不觉睡着了。

次日，等到日上三竿他才起床。侍女备好了洗漱用具，在门外等候着。

"早。"

"老爷，您昨天晚上睡得不好吗？"

"嗯。昨天晚上想着那位客人为什么一直未归，有点担心，等到夜深了才睡下，所以今天睡过头了。"

"那位客人昨晚没有回来吗？"

"是的，没有回来。"

贯一看到那位客人的房间门开着，于是一边用牙签剔着牙，一边装作很随意的样子凭栏远眺，故意从那客人的门前走过。他偷偷向屋里瞄了一眼，只见壁龛里并排放着一只红豆色的手提包，还有一只浅黄色的棉布包裹，边上随意堆放着两三张报纸，衣架上挂着一件丝绸大衣，下面叠放着一双藏青色的袜子。

贯一本想从他的房间看出点线索，然而什么异常也没有。旅客登记簿上写着他从事的是洋服裁缝业。单从房间来看，确实没什么不同之处。

贯一不禁觉得有些失望，他回到自己的房间，对自己自以为是的无端猜测感到羞愧。但事已至此，如果不弄个水落石出，总是觉得难以释怀。如果不弄清楚这位客人到底是怎样的一个人，恐怕心里的疑云是无法消除的。所以，这天晚上，他又暗暗等候着这位客人归来。夜色更深了，贯一还是没有入眠。

夜晚的旅馆，仿佛成了山野妖魅的出没之地，处处弥漫着阴森凄幽的气氛。当太阳升起，一缕光亮冲破了阴霾，那种诡异之气才完全消散。天朗气清，明媚如画，水天一色，让人有一种超脱于尘世之外的感觉。和煦的暖阳给天地万物都蒙上了一层淡淡的金纱，山谷间清泉叮咚，如大珠小珠落玉盘一般，音韵轻灵，让人回味无穷。贯一躺在床上，望着湖光山色，只觉得仿若置身仙境，不禁有些恍惚。忽然，从走廊传来一阵急促的脚步声。贯一吃惊地仰起半个身子，回过头望向走廊的方向。不知道是出了什么事情，那个年纪比较大的侍女，急匆匆地朝着这边跑来。

"老爷！您快来，快来看啊！您快点来啊，快点儿！"

"什么事？"

"您先别急着问，快来就是了。"

"什么啊？出什么事了？"

"快到扶梯下面来看看！"

"是那个客人回来了吗？"

不等贯一把话说完，那个侍女就飞奔似的往楼下跑去，把贯一落在后面。看她那慌张忙乱的样子，显然是那位客人回来了。贯一连忙起身走出房门，准备到大门口的扶梯那儿去，可还是迟了一步。那两个人已经走上楼来，到了走廊里。

那位客人头戴一顶青灰色的呢帽，阔边帽檐略微向前倾斜着。他还像往常一样，不愿让别人看到自己的脸。和他一同来的女子，看上去二十出头，梳着一个银杏髻，深深地插着一只泥金画木梳，发髻后面用雕漆压着，还插着一支淡金色的玛瑙发簪，鬓角处的头发梳得一丝不乱，显得高雅优美。她身穿一件葡萄色的细格子和服，外罩一件绉纱褂子，真丝腰带上绣着荷花的花样，扣着一条细细的金链子。她姿态娇媚，印花衬衣的袖口掩在嘴边，手里还拎着一个短带的手提包。贯一趁她朝这边张望时抬头看了下，她不施粉黛，脸色苍白，像朵盛开的鲜花，已经呈现出凋零的迹象。她那美丽的双眸左顾右盼，好像藏着无数的故事，别有一番风情，十分吸引人。

他们看到贯一，不禁露出了胆怯的神色，急急地从贯一身边走了过去。贯一也觉得自己这样盯着对方过于唐突，因此并不敢多看。虽然相遇只有短短一瞬间，但从大体印象来判断，那位女子并不是这个男人的妻子。

第三章

那对男女一副令人堪怜的神情紧挨着坐在一起，双手握得紧紧的，窃窃私语着。

"是啊，你不知道我心里有多不安，也不能让你在这里一直等着我啊！你一定也非常担心吧。要说我那担忧的心情，真不是三言两语能说得清的。你还让我再好好地考虑考虑，你难道不知道，我们彼此的心情都是一样的吗？唉，直到现在，我的心还是怦怦地跳个不停，就好像后面有千军万马在追赶似的，不知道为什么，总放不下心来。"

"不管怎样，我们总算能按照之前的约定，在这里相会，我已经非常满足了！"

"这倒是呢！前天晚上，我还担心成那样。现在想来，真不知道为什么当时会有那种想法。我们俩的缘分，终究不是段好姻缘啊！"

她悄悄地看了看那个男人的脸庞，轻轻地拭去了眼角的泪水。

"正因为这是一段剪不断的孽缘，才把我们逼到今天这种窘境。我先前也没有想过，事情会变成这样。或许，这确实是我们前世未了的孽缘，是今生难逃的宿命！"

女的把脸背过去，断断续续地啜泣道：

"你张口闭口说什么孽缘孽缘的，就算是孽缘又怎样！"

"难道弄到今天这个地步，还不算是孽缘吗？"

"事到如今，还能怎么办呢？"

"现在还有什么路可走呢？"

"这还用得着说吗？你就是这么冷淡无情！"

"喂，阿静，你说清楚，到底是谁冷淡无情了啊？"

男的情绪激动起来，他脸色严肃，眼眶里涌出了泪水。

"就是你！"

阿静的泪水夺眶而出，扑簌簌地顺着脸颊往下淌。

"我？阿静，事到如今你还说这种话？"

"有什么不能说的！冷淡无情的就是你！"

"你……你说啊，我怎么冷淡无情了？你说啊！"

"说就说，你以为我不敢说吗？每次一见面，你就摆着一张臭脸，孽缘孽缘的，总不离口。难道我的心里就不难过吗？你成天一副怨天尤人的样子，好像对我们的缘分感到非常苦闷，动不动就说什么孽缘孽缘，说者无意，听者有心，你难道不知道我听了这些话，心里有多不是滋味吗？平时你这样说也就罢了，可到了今时今日，你还念叨着这样的话，难道还不够冷酷无情吗？难道除了这些话，你就没有别的话可说了吗？"

"这本来就是一段孽缘，我这样说难道不对吗？这个不能说，那个不能说，你到底想怎么样？"

"没错，这就是一段孽缘，行了吧！"

他们俩背对背地坐着，都陷入了沉默中。女的又忍不住啜泣起来。

"喂，阿静。喂……"

"你一定也觉得很为难吧。你要是那样想的话……那我……我心里也不是滋味。你叫我怎么办？唉，真是太烦心了！"

阿静终于控制不住自己的情绪，掩面大哭起来。

"你哭什么呢？你就不能好好地想一想吗？正是因为之前没有觉得这件事有什么不妥，也没听过旁人的意见，所以我们才能这样亲密无间，以至于……以至于发展成今天的……关系。事到如今，还要被说成什么冷酷无情，什么骗子！难道我听了这些话不觉得刺耳，不觉得难受吗？我现在后悔得真是……阿静，我并不是个卖笑的艺人，也不是生来就专门为你服务，请你明白这一点。"

"狭山，你何必说这些话呢？"

"那还不是因为你先这样说的。"

"话虽如此，可到了今天，你还说出那些引人伤心难过的话来，我觉得自己实在太可怜了，一时不知怎么办才好，所以才……如果我的话有什么说得过分的地方，我向你赔礼就是了。狭山，都怪我不好，你别放在心上了，好吗？"

那个男的凝视着阿静的脸，露出了茫然的神情。

"狭山，你现在到底是怎么想的呢？"

"这还不显而易见吗？在考虑你我的命运啊！"

"……"

"事到如今，还有什么可考虑的呢？"

狭山慢慢地将目光从阿静的脸上转移到别处，长长地叹了一口气。

"别再这样一天到晚长吁短叹的了。"

"你今年已经二十……二十二岁了吧？"

"那又怎么了，你已经二十八了吧？"

"当时那个夏天……你才十九岁的夏天。"

"是啊，一切都历历在目，正是现在这个时节。那天，我穿着一件带里子的和服。湖月先生家的那个池塘，倒映着一轮皎洁的明月。我可是记得很清楚呢，那是个温暖的初夏之夜，我和你一起在池塘边乘凉。当时我才十九岁，二十，二十一，二十二——已经过去整整三年了。"

"是啊，所有的一切仿佛就发生在昨天。时间过得真快，一晃已经过去三年了。"

"现在回想起来,一切就像是一场梦。"

"是啊,真是一场梦啊!"

"就一直在梦里吧……"

"阿静!"

"狭山!"

两人的手紧紧地握着,膝盖并在一起,忽然感到无限的悲伤。

"是梦……是一场梦吧……"

女的喃喃自语着,扑到了男的怀里,呜呜咽咽地哭了起来。

"本来我以为,一切都朝着我们所预计的方向发展,没想到半路上被那个家伙插了一脚,否则,你也不必承受那些意料之外的伤痛。对我来说,已经把各方面的事情考虑得清清楚楚,对自己的终身大事,也早已在心里有了答案。只要再稍微忍耐一些时日,神签上所说之事便能得到应验。眼看着好事将近,未来充满了希望,谁料这个节骨眼儿上,那个蛮不讲理的家伙一出现,把一切都搅乱了。甚至连你的宝贵身体,都受到了难以弥补的伤害。我……狭山……我真的对不起你。你就……你就原谅我吧!"

"你何苦这样说呢,这是我们两个人的事。"

"不!如果当时我能态度更坚决,意志更强硬,或许就不会弄到今天这般田地。虽然我的心里有各种各样的想法,可我生性优柔寡断,最终落得今天这样的结果,真是太对不起你了!我自己这样也就罢了,现在是你的事情让我感到非常担忧。我担心你会因为这些暗自烦恼,觉得为难。每次和你见面,你待我是那般温柔体贴,丝毫没有厌烦我的意思。你不知道,这对我是一个多大的安慰!我在心里暗暗窃喜,说不出有多感激你为我所做的一切。也正因为如此,最近我一看到你,眼泪就不知不觉地往下掉,仿佛觉得心里有无限的悲伤无法排遣。果然这一切都在今天得到了验证。

"你总是怀着这种悲伤的心情,一直在说对不起,对不起,甚至还说这是一场孽缘,这实在让我饱受煎熬。如果你只是觉得我们的相遇给你带来了麻烦和困扰,我还可以接受,但是,如果你是在后悔,后悔同我相遇相知相爱，因为我这样一个莫名其妙的女人而让你遭受不幸，那才真正让我悲痛欲绝！我以为你抱有这种想法，所以才说出了刚才那些过分的话，真的非常抱歉！你说得没错，我们的相遇，的确是一段孽缘。可是，求求你了，从今往后，千万别再说这样的话，好吗？这就是我心里所期望的。

"明明是真心相爱，却被棒打鸳鸯，还有什么比这更悲惨的事啊！

"把我们活生生地拆散？哼，绝不可能！只要稍微一想，都觉得浑身发抖！逼我们分离，断绝关系——这样的事，那个家伙想都不要想！要不是他半路上插进来，连做梦我也不会想到这事会发生在我们身上。家里也对我软硬兼施，让我早日断了跟你在一起的念想……说来说去，都怪那个家伙！所有的一切，都是他一手造成的。我恨不得将他五马分尸！这口怨气，我无论如何也咽不下。让他等着吧，总有一天我要血债血偿！"那个女的咬牙切齿地咒骂着，情绪激动起来，浑身都在颤抖，脸色变得铁青。

不知道被她这样痛恨、咒骂的，是一个什么样的人。

"那个家伙，也是个不折不扣的傻瓜呢！"男的咬着牙齿，脸上露出了讥讽的苦笑。

"何止是傻瓜！简直是个晕头转向的大傻瓜！畜生！他以为有几个臭钱，就可以让心有所属的女人屈服吗？真是异想天开！他每次来的时候，我都不给他好脸色看。他就像瞎了眼似的，还死皮赖脸地缠着我不放。他除了会拆散人家的大好姻缘，还能有什么本事？简直是一无是处！我真是从心底里恨透了他，不知道有多懊恼！狭山，照我说，应该在他的脑门上砸个大窟窿，送给他留作永世的纪念才好！"

"嗯？这是怎么一回事？"

"就在你离开后的第二天，他又厚着脸皮上门来纠缠我，说什么也不肯走。我被他纠缠得实在受不了，便假说身体不舒服，躲回家里去了。没想到他居然追到我家里来，软磨硬泡地缠着不放。我妈那边早就被他收买了，因此对他百般讨好，那个谄媚的样子真叫人看了汗毛直立。这样一来，那个家伙就越发得意忘形起来，一会儿要洗澡水，一会儿要冰镇啤酒，整日指手画脚的，恨不得把小小的屋子搅得天翻地覆才罢休。

"我就像个俘虏，根本无法逃脱。我和你早已有约在先，当然不能眼看着时间这样白白流逝，可是又不好马上和他翻脸。我又急又恼，却实在也想不出什么好办法，只得把那个可恶的家伙丢在一旁，自己蒙着棉被躺下，心里暗暗思考。我越想心里就越着急，恨不得马上飞到你的身边来。可是一想到丹子，我又犹豫了。她实在太可怜了，她和我妈妈一样，把一切希望都寄托在我身上。要是我只顾自己这样一走了之，她该怎么办？日子恐怕就更难过了。想到这一点，我无论如何也放心不下，而且，我很想在出门前去看看她的母亲，总觉得有很多心里话想对她说一说。因为一直惦记着这件事，不知不觉也耽误了不少时间。

"而且，你知道吗，那个家伙居然在我们家赖到夜里两点多才不情不愿地离开。第二天，我妈就把我狠狠地教训了一顿，让我'别那么不知眉眼高低，做人要知趣一点'，还说什么'现在翅膀硬了，就想忘了养育之恩了'。她翻来覆去地唠叨个不停，甚至还踢我。唉，我受点皮肉苦没有关系。只要有你在我身边，哪怕吃再多的苦，遭再大的罪，我也毫无怨言。只要是为了你，让我做什么我都愿意！可是她对金钱的欲望就是个无底洞，成天只知道使唤我，从来也没给过我一丝快乐。我也是个人啊，又不是金属做的机器，这样一天到晚被使唤个不停，什么时候是个头啊！这样活在这个世界上还有什么意思？

"其他的事情，无论她怎么对我，我都能忍受。只要她是明事理的，那就算苦一点我也甘心。唯独这一件事，我是无论如何也不会退让的。活生生地将我和心爱的人拆散，逼我嫁给那个浑蛋，我怎么能顺从呢！我一时气不过，就回答她说：'我不是每天都老老实实地卖力干活吗，您用得着这样凶狠地对待我吗？'她硬揪着我这句话不放，说我说错了话，骂我不老实、浑蛋，还对我拳打脚踢的。你说，这……这算什么事啊！

"她这样对我，我在家里更是一刻也待不住了，也不想同她多理论，只求能赶紧离开。可我的运气真是太坏了，刚准备出门，就被那个家伙逮了个正着。在那种情况下，我没办法顺利逃走。妈妈一看到他就满脸堆笑，一个劲儿地催促我和他一起出去走走什么的。那个家伙也是死皮赖脸地凑上来，硬要我陪他出去散心。我心里暗暗揣度，这样一直待在家里也不是个办法，还不如将计就计，先假装依了他为好。于是，我又被他带到了酒馆里。这个家伙一坐下来就又赖着不肯走，心里不知道打着什么鬼主意，那天晚上喝了特别多酒。我呢，也是满腹心事，虽然嘴里说着不能再喝了，可他给我添上了酒，我也没有拒绝，接过来就一饮而尽。就这样不知不觉多喝了几杯，多少也有了点醉意。

"喝着喝着，他又趁着酒劲说起那些令人作呕的下流话来。他看我默不作声，便更加肆无忌惮起来。那些话实在不堪入耳，我受不了就责骂了他几句，他就发起火来，说的话也越来越难听，什么'拿了别人的钱，就应该乖乖听话才对''受雇于别人，吃点冷饭也是理所当然的'。听了这些话，我愈发地气恼，所以也顾不了那么多，和他对骂起来。

"你知道那个浑蛋是怎么对我说的吗？他说'事到如今，你就算有天大的本事也难逃我的手掌心！你的身子，我早就用钱买下来了！'我听他这么说，实在是气不过，便对他说，就凭你那几个臭钱，还想买本小姐的身子，真是瞎了你的狗眼！"

狭山在一旁听着，也觉得骂得痛快，不住地点着头。

"那个家伙一听，勃然大怒，越发地胡搅蛮缠起来。我责骂他不要这样目中无人，上前一把揪住了他的衣领，把他扑倒在地上厮打起来。大概是借酒消愁，一时喝多了吧，我觉得仿佛像在做梦一般，一心想着要好好教训教训这个禽兽不如的家伙，于是顺手拿起了一个盘子，朝他的脸上狠狠砸去，正巧砸到了他的眉眼之间，顿时鲜血直流，把他半张脸都染红了。我这才意识到自己闯下了大祸，再这样待下去，恐怕会更麻烦，于是趁着大家伙儿一团混乱的工夫，偷偷溜了出来。可是，就算逃出来了，我也无处可去，只能暂时来到丹子的母亲家里躲避。

"我一看时间，已经十点多了，觉得这个时候，假说从外面旅游回来或许可以说得过去。我来到丹子家中，对她母亲说'因为时间太迟，赶不上回家的火车，心里非常着急却没有地方可去，正好也有一些话想同您说，因此想到府上打扰一晚'。后来，她为我梳头的时候，我便对她说'自己因为一些原因，需要离开家里到您这儿暂时躲避一些时日'，接着又把丹子的情况一五一十地跟她详细说了一遍。她真是个善良的人啊，那位母亲！她听了我的话，一直伤心地哭着，却没有多问自己孩子的事，反倒一直在替我操心，这个那个地叮嘱了我许多话。唉，同样的为人母，我的母亲……唉，简直就像是个恶魔！我如果能有丹子那样的母亲，肯定就不会受这么多的苦，而且，她一定会为我能找到你这样一位真正爱我的人而感到高兴的，还能给我出主意想办法。想到这里，我觉得自己的命运是那么可悲可叹，不由伤心地哭起来。

"丹子的妈妈对我的处境感到非常担心，她听说我要暂时到乡下去躲避些时日，也觉得心中不安，怎么也打不起精神来。我看到她那伤心难过的样子，也不忍同她分别。临走前，她还一再叮嘱我，让我一安定下来就赶紧给她来信，一个女孩子出门在外，一定要多保重身体。还说她以后一有机会一定来看我。她是那样诚恳地叮嘱我，日后要是知道了我们的事，不知道会有多惊讶……一定会为我们担心得急出病来！想起来，丹子可怜，她的母亲也是个可怜人呢。唉！"

那个女的忽然不再说下去，抽抽搭搭地哭了起来。

"这样看来，现在你的家里肯定是乱成一团了，不知道在怎样四处找你呢！"

"事情更糟了啊！"

"所以，不能再这样一天天拖下去了。"

"可是，狭山，他们早就知道你的事了……"

"是啊！"

"所以，越早办越好。"

女的伏在他的身上哭泣起来，狭山的眼泪也像断了线的珠子落到脸上。

"阿静……哎，阿静啊……"

"嗯……狭山！"

这对情侣紧紧相拥在一起，显得那么可怜、悲哀、无助。等待他们的，将是未知的命运。

这边的房间里，一对情侣在含泪相拥，互诉衷情；那边的房间里，形单影只的客人正依靠在柱子上陷入沉思，连日影倾斜也没有注意到。

　　贯一原本以为，只要看到自己等待的是怎样的一个人，一直藏在心里的疑问就自然迎刃而解。没想到他回来的时候还带着一个女的，这情况更加错综复杂，让贯一心里更增添了几许新的疑问。

　　不知道为什么，那个女人的脸色不太好看，从这一点看来，和那个男人的情况倒有几分相似，都带着一脸的忧郁。

　　他们究竟是因为什么事逃到人迹罕至的野外来的呢？这里边有什么缘由？真叫人琢磨不透啊！他们是想逃避犯下的罪行，还是想忘却痛苦和忧愁，或者是想成全这段爱情？他们俩并不是夫妇，女的看起来有点像风尘女子，可又绝非青楼卖身的一般女子，而是有着她独特的气质和风韵。看来他们进行的不是一般的幽会。

　　起先，贯一猜测这个男人可能是带着这个女的私奔。可是，当他继续想下去时，一个念头在他脑海中闪过，仿佛是黑暗中出现的一丝光亮，把他的胸膛照得亮堂起来。

　　他不由得回忆起当年在热海的一场旧梦。

　　阿宫口口声声说在这个世界上，贯一是她唯一所爱的人。可是，当贯一提出要带她私奔时，她却迷恋于富山家荣华富贵的生活，说什么也不肯答应，就这样把他们曾经的海誓山盟抛在脑后。唉，当时我对她是多么怨恨，而今日，她又是多么后悔。眼前这个女人，很可能是为了保全自己不为世间所允许的爱情，珍惜着一般人所难以坚守的节操，不为金钱所诱惑，和所爱之人私奔的。

　　这么一想，贯一便不觉得他们俩是偷偷逃跑出来的罪犯，而觉得他们是为了纯洁的爱情而私奔的情侣，甚至暗暗为他们的命运祈祷。如果真是这样的话，那倒是愿意听一听发生在他们身上的那段悲惨的故事。

　　由于在恋情上受到了难以抚平的重创，贯一一直对那段经历无法释怀，因而也特别关心人家的成败。他哀叹自己的不幸遭遇，觉得别人是那么幸运；同样是男人，别人是那样成功，而自己是这般失败；别人的姻缘是那样美满，而自己的是这般不堪一击；别人的爱情是那样深厚，而自己的却这般浅薄。他实在想不明白，为什么自己的恋情会是这样困难重重，为什么会不为世间所容。唉，我对爱情所有的幻想都已经在现实面前一一破灭，不知道这对情侣又会有个怎样的结局呢？

这对情侣白天一直闷在屋子里，到了晚上，他们才一起去温泉沐浴。看到这种情形，贯一觉得他们一定是想避人耳目。

待他们沐浴归来，似乎还带着点醉意，说话的声音也变得细微起来。屋子里静悄悄的，只能看到灯光的影子投在纸门上。窗外的秋风呼呼吹过，或许，此刻他们也醉意正浓吧。

贯一一个人百无聊赖，早早钻到了被窝里。可是刚打了一个盹儿，便马上又醒来，之后便久久不能入眠，往事像放电影般在脑海中一幕幕上演。

乡野的夜晚寂静无声，偶尔能从隔壁的房间里听到那对男女的低声细语。一开始声音压得很低，听不清楚他们在说着什么。渐渐地，说话声越来越大，还传来了不断拍打枕头的响声。

贯一本来就睡不着觉，听到隔壁房间传来的声响，也更加清醒了。他又忍不住开始胡思乱想，在心里猜测着那对情侣的命运。细语声连绵不断，仿佛唯恐这夜晚太过短促。

突然间，声音像是爆发似的变得高亢起来。贯一愕然地坐起身子，靠在枕头上仔细听着。那个女的忽然哭了。

这时，完全听不见那男的声音，只能听到那个女子独自尽情的哭泣声。贯一更睡不着觉了，不知道为什么，他觉得自己的胸口也在轰轰作响。

过了一会儿，女人的哭泣声渐渐弱了下去，但又抽抽噎噎地哭诉起来，好像是因为刚才情绪过于激动，所以声音也比最初说话时高了不少。不过仍然很难听清她在说着什么，男人的声音反而比之前更低了。

贯一连咳嗽声也不敢发出，屏息凝神地倾听着。

说话声时断时续，谈话就像是蚕子吐丝般不知疲倦，没有尽头。他们俩千里迢迢来到这里相聚，难道就是因为一个有满肚子话要倾诉，一个有许多话要听吗？可是，又不是非得今天一口气说完，还有明天呢，还有后天呢，又何必急于一时呢？难道因为实在太久没有见面，有满腹心事要向对方倾诉，不把这些话讲出来胸口就会裂开吗？抑或只有用这样的方式才能抒发彼此的相思之情？贯一这样想着，联想到自己的身世，心中无限感慨。他重新摆好枕头，盖好棉被，翻了个身，继续睡觉。

也不知道隔壁房间里的谈话在什么时候结束了，渐渐没有了声音。

贯一总算进入了梦乡。第二天，他很早就醒了过来，一睁开眼睛便起身出了房门，朝浴室走去。清早天气还比较寒冷，他想浴室里应该不会有人。没想到推开门一看，眼前的一幕让他吃了一惊：那对情侣已经在里面了。

贯一赶紧关上了门，急急地回到房间里去了。

第四章

这天天气闷热，但那对男女却一直闷在房里，到傍晚也没有出门。暮色中的群山云雾缭绕，天终于下起雨来。细雨潇潇，更增添了几许寒意。灯火幽幽，连倒映在墙上的影子都带着几分寂寞。这样一个百无聊赖的雨夜，一个人实在没有意思，贯一早早上床准备休息。

隔壁的房间里灯火幽暗，一点声音也没有。旅馆里的人也已进入了梦乡，大挂钟敲响了十一下。

山谷里的流水发出凄厉的声响，连绵不绝的雨声中，那只带着病态的挂钟，拖着上气不接下气的声音宣告着午夜的到来。那对男女房间里的灯光，忽然明亮了起来。

"把晚膳端过来吧。"

女的小声答应着，却显出一副无精打采的样子，半晌还没有站起身子。

"狭山，不知道为什么，我总是觉得还有什么话没有对你说呢。"

"唉，已经到了这个地步，彼此之间还有什么好多说的呢。再说下去的话，也只是让我们更加恋恋不舍罢了。"

他默默地低着头，闭上了眼睛。

"我们,交换一下戒指吧。"

"嗯。"

他们各自摘下手上的戒指。男的把自己的那只印章戒指戴在了女的手指上,女的把自己的钻石戒指戴在了男的手指上。交换完戒指以后,两人还是默默地紧挨在一起,不愿意分离。

雨忽然间下大了,窗外雨声磅礴。

"雨越下越大了。"

"平时,你不就最爱听雨声吗,一定是……一定是它来向你……向你做最后的告别。"

"这样更好啦。喝酒时能有这样的雨声陪伴……阿静,可以下定决心了。"

"嗯……是啊。狭山,那么我也……也……决定好了。"

"拿酒来吧。"

"嗯。"

阿静这才打起精神回答道。酒菜昨晚就准备好了,放在壁龛上。阿静端来了酒菜,放在自己和狭山之间的膳桌上。男的很快就烫好了酒,随后两人开始换衣服。衣带间窸窸窣窣的摩擦声,在寂寥深夜的雨声中显得格外清楚。

"哎呀,真是烦死人了!"

正在系腰带的阿静一手拽着腰带的一端,满脸厌恶地扭动着身体。

"怎么了?"

"哎呀,带子上居然打了个这么大的结。"

"腰带打了个结?"

"哎呀,你快来帮我解开吧。"

"或许这预示着什么好事呢。"

"万一没弄好,出了什么丑,那真是白费功夫了。算了,就这样吧。"

"没有关系的,阿静,你就放心吧。万一,我是说万一的话,阿静,虽然这种事发生的概率非常小,万一运气不好,你先我而去,我一定会在后面赶上你的——无论如何我也会赶上你的。你一定不要着急,耐心等着我啊!可……

可以吗?"

阿静一下子扑倒在男的膝盖上,咬着他的衣角哭泣起来。

"相反地,如果我比你早走一步,虽然我人不在了,但是……但是我的灵魂将一直跟随着你……陪在你身边。你可千万……千万不能变心啊。知道了吗,阿静?"

"如今你又何苦再说这样的话呢!我们……我们……一定是成双成对地离开的。"

"当然要在一起。"

"一起!一起离开!"

"那么,这个世界……让我们最后喝一杯,同这个世界告别吧。不要哭了,阿静。"

"嗯,我不哭……我不哭了。"

"那我们到那边去喝吧。"

男的先站了起来,扶住了阿静。阿静一边扶着他的手,一边哭哭啼啼地来到了火钵旁坐下。他们还是紧紧相拥,寸步不离。

"也用不着酒杯了,就用这只茶碗吧。"

"嗯,那各喝半碗吧。"

酒已经烫热,散发着浓厚的酒香。阿静颤抖着手,把酒斟到狭山拿着的茶碗里。狭山的手也在发抖。

最让阿静感到悲痛万分的,是在斟酒那一刹那所想到的。这双手,过去曾经为无数人斟过酒,而今夜,也为自己斟上了酒,为自己的爱情斟上了结束生命的酒。一切都恍如一场梦,自己的命运就像一首歌曲一般,变化无常。世事难料,怎能不让她感慨万千,此时的她不知如何是好。

男的因为酒太烫了,一时难以入口,于是暂且拿着酒杯,呆坐着眺望远方。自己马上就要和这个世界永别了,再也回不来了,一切痛苦和忧愁都将结束。他手捧一杯愁酒,对离别的哀愁充满了无限的感慨。

人生若只如初见,何事西风悲画扇。回想那个夏夜,两人互诉衷情,不也是一杯薄酒在手吗?之后心心相许,形影不离,情深意切,酒味不也变得越来越香醇?在这三年的岁月里,为我们增添欢乐,排解忧愁的,不也是一杯酒吗!如今,他又拿着一杯酒,回忆起往昔快乐的时光,想到今晚不得不以这样的一杯酒来结束两人的爱情,不免悲叹。他虽然嘴上没有说什么,可是泪水已经溢满他的眼眶,一滴滴掉落下来。

"今晚……是最后一次喝你给我斟的酒了。"

"狭山!我吃尽了各种苦头,尝遍了各种心酸,没想到到头来……还是不能和你结为夫妻,要以这种艺伎的姿态死去……好苦啊,我这一生。"

听了阿静的话,狭山只觉得内心更加愁苦。他一口气喝下了半杯酒,把剩下的递给了阿静。

"给,阿静。"

阿静随手接过了酒。想到这是一杯诀别的酒,她觉得胸口就像是快要被撕裂了一般难受。

"狭山!到了今天,我才对你说出这些话,或许已经没有什么意义了。我是那样任性、无能。可是一直以来,你都百般地照顾着我,呵护着我,关心着我,不知道给你添了多少麻烦。

"我虽然一直没有说出口,但是我的心里,狭山,不知道有多么开心,常常感谢命运的眷顾呢!我虽然总是在想该怎么报答你,可是你也知道,我的母亲是个那样的人,所以我只好把一切都默默藏在心底,什么事也做不了。我也知道这样的做法实在是可耻,这样下去是行不通的,但我又有什么办法呢!只是一心想着早日来到你的身边,好好报答你对我的这番情谊。这个信念一直支撑着我,是我快乐的唯一源泉,所以我始终承受着一切痛苦和辛劳,可是……可是没想到……所有的一切……一切都成了泡影!

"虽然过去我从来没有对你说过一句客套话,可是我的心里,一直都怀有对你的无限感激啊!而现在,一切都结束了。你……还有我……都将和黄土长眠,再次相见亦不知是何时。所以,今天无论如何,狭山!我也要把我对你的感激之情说出来!"

男的缩了缩身子,泪水夺眶而出。

"别说了……别再说了！事到如今说这些话，只会成为黄泉路上的障碍。我们俩能生死相随，此生也就没有遗憾了，你就不要再挂念其他的事了。阿静，让我们快快乐乐地死去吧。"

"我不知道有多快乐，多高兴呢！不高兴又有什么办法呢。这杯酒，就算是庆祝我们快乐地死去吧。"

阿静说着，将和着眼泪的酒一饮而尽。

"也给我再斟上一杯吧。"

酒刚斟满，女的端起来喝了半杯，把剩下的递给男的。男的接过酒杯，拉着阿静的手。他们彼此深情地凝望着对方的脸，紧紧地抱在了一起。想到马上就要离开这个世界，他们俩感到更加难舍难分，只求一起断绝了气息，共赴黄泉。

狭山抱着阿静，把嘴唇贴到她的耳边，神情恍惚地轻声问她：

"阿静，准备好了吗？"

"已经准备好了，狭山。"

"那就好……"

"那就趁早吧。"

狭山马上从枕头下取出一个绸包袱，又拿出里面的钱包，从中取出一小包粉末。这就是代替利刃，来结束他们两人生命的绝命粉。

女的将两只茶碗并排放着，男的把如玉般洁白的粉末平分成两份，倒进了碗里。

"那么，拿酒来吧。我给你斟上，你给我斟上。"

"好的。"

雨已经渐渐停了下来，屋檐上的水滴断断续续地掉落。不知是什么珍禽怪鸟，发出了两三声凄厉的鸣叫，从窗外飞过。松涛声不绝于耳。

狭山总算拿起了酒壶，开始向一只茶碗里倒酒。阿静闭着眼睛，双手合十，用几乎听不见的声音默默地念着：

"南无阿弥陀佛，南无阿弥陀佛……"

待阿静给狭山斟酒的时候，她觉得自己那拿着酒壶的手，就像是举起了一柄利剑，朝狭山的胸口刺去，苦闷的感觉要让她窒息。她那念佛的声音也跟着颤抖起来。

"南无阿弥陀佛，南无阿弥陀佛，南无……阿弥陀……南无阿弥……陀……佛，南无……"

正当他们万念俱灰，一心与世诀别的时候，忽然听到轰隆一声巨响，一个人破门而入。男的吓得跌倒在地上，女的也吓得大叫起来。这个不知道从哪里蹿出的人影，突然出现在灯光下。

"你们两个！怎么能这么想不开呢！这是万万不可的！"

男的总算慢慢冷静了下来，他愕然地看着那个闯入的人。

"您……您是？"

"您不记得了吗，我也是投宿在这家旅店的客人。擅自闯入你们的房间，真是太失礼了，还请你们见谅。但是，实在是太危险了。你们俩到底是怎么一回事？"

狭山悄然低头不语，阿静躲在狭山的身后，只露出半个身子。贯一望着他们俩的脸，等待着他们回答。

"不用说，这背后一定有什么不得已的原因。所以我才冒昧进来，无论如何也要问个明白。到底是因为什么，让你们连生命都可以舍弃？我想听听其中的缘由。"

"……"

"你们俩想结为夫妇但是又不能如愿，是这个原因吗？"

男的微微点了点头。

"是这样的吗？那么，既然你们想结为夫妇，是什么原因让你们不能如愿？"

狭山又陷入了沉默。

"我之所以向你们打听，是因为只要是我能力范围之内的事，我会尽力来帮助你们。但是，如果听了你们的话，我还是觉得毕竟不是我所能帮到的事，而你们有着自己非死不可的理由，那么，作为一个外人，我也无能为力。那样的话，我绝对不再阻止你们。不仅如此，我还将在这里看着你们壮烈地殉情，并且为你们料理后事。

"既然我已经插手这件事，自然不会袖手旁观。无论我能不能帮助你们，救你们一命，对你们来说都没有什么区别。如果我有幸能把你们从死神手里救出来，我便是你们的救命恩人，那你们还有什么必要向我保守秘密呢？如果不能搭救你们，那你们也离开了这个世界，如此就算你们的秘密被公之于世，也没有什么关系了。我并不是抱着好奇的态度来打听你们的事情，知道吗？我是做了充分的准备来听你们的话。那么，请讲吧。"

第五章

贯一神情严肃，句句紧逼。狭山魂不守舍，好半晌才有气无力地开了口：

"谢谢您的好意……真是太感谢了……"

"那么，就请您讲吧。"

"是。"

"事到如今，也没有什么好隐瞒的了。对了，我还没有自报家门呢。我是住在东京麹町的间贯一，从事律师一职。今天能在此相逢，也算是缘分，我绝不会做出什么对你们不利的事情。我之所以插手这件事，是觉得如果能搭救两条性命，无论如何也要试一试。常言道'救人一命，胜造七级浮屠'，所以还希望你们理解。"

"是，承蒙您的深情厚谊，真是万分感谢。"

"那么，请您讲吧。"

"好，我这就一一道来。"

"那就太好了。"

狭山总算安下心，坐在座位上，一副诚惶诚恐的样子，偷偷地看着贯一的姿态。

"一时又不知道从何说起。"

"对了，就先说说，你们是因为想结为夫妻却不能如愿，所以才想不开的吗？那么，为什么不能结为夫妻呢？"

"是的。唉，如果我不把自己的丑事一五一十地告诉您，您恐怕是不能理解的。实际上，我私自挪用了主人很多钱。"

"哦，原来您是给人办事的啊。"

"是的。我是南傅马町一家名叫幸菱的纸张批发行的经理，名叫狭山元辅。这位艺名叫柏屋爱子，是新桥的一名艺伎。"

那个女人听闻提到自己的名字，这才从狭山的身后怯怯地走了出来，面向贯一，点头行礼。

"哦，原来是这样。"

"然而，就在最近，有一位客人说要给她赎身。"

"赎身？原来如此。"

"虽然她心里有一万个不愿意，可是又不得不去。而且，因为我私自挪用了这笔钱，主人说要向法院起诉我。只要我还活着一天，就无法逃脱，可是又实在想不出什么好办法来，事情迫在眉睫，我们不得已才走上了这条绝路。唉，真是没脸面见人啊！"

与其说他们是对自己莽撞的行为感到羞愧，还不如说是对自己不得不走上绝路，无颜面对大家而感到苦恼。可又有什么办法呢？只能闭了眼睛听由天命了。

"原来是这样。那么，照这样说来，只要有了钱，一切都不是问题嘛。您私自挪用的公款，只要能还回去，再向主人诚心诚意地道个歉，肯定是能够私下了结的。而这位女子的事，既然别人说可以为她赎身，那我们也可以为她赎身啊！不过，你到底挪用了多少钱？"

"三千元左右。"

"三千元？那么您的恋人，要多少钱才能赎身呢？"

狭山回过头去看着她，两人三言两语地低声商量着。

"各种费用加起来，怎么说也得八百元才行。"

"三千八百元。只要有了这些钱，你们就可以免于一死了。"

如此算来，这两人的性命，不过各值一千九百元左右。

"不管怎么说,死也是件让人难受的事!既然是三四千元的金额,那么相信我还能设法办到。还是请您把事情的来龙去脉详细地告诉我,好让我为您的前途出一份力。"

此时此刻,能听到这样的话,是多么令人鼓舞的一件事!狭山来不及细细辨别这些话的真伪,自己已经是山穷水尽,满身伤痕,一肚子的愁闷无处发泄。在此时能遇到一个可倾诉满腹心事的对象,这就像是雨中的杨柳,受到了春风的吹拂,让他顿时增加了不少勇气。

"好。虽然我们只有一面之缘,而我俩又是这般情痴无知,不名一文,您却肯热心地帮助我们,为我们排忧解难,真让我们感到不胜羞愧。

"既然您有心想要了解,那我就趁此机会,把我们的事情向您一五一十地汇报。不过说到底,都是些丑事。

"实际上,刚才所提到的挪用的三千元,最开始不过是在外头花天酒地花了点小钱。时间一长,也就养成了习惯,挪用的金额越来越大,次数越来越多,终于变成了无法弥补的大窟窿。

"然而,拆东墙补西墙的总不是个办法,各处都拖欠了钱款,已经无路可走。眼看着再拖下去,总会被主人发现的,于是我又干起了投机买卖。没想到惨败而归,窟窿越来越大。我心里急得不得了,可又没有别的办法,于是破罐子破摔蛮干起来,结果一发不可收拾,弄成了今天的局面。那三千多元的欠款,就是这样日积月累形成的。

"不过事情到了这个地步,也并非完全没有挽回的余地。主人念着我平时认真办事,也愿意原谅我一次。他把我叫到面前,对我说,'你本来犯下了不可饶恕的错误,但是这次我愿意重新给你一个机会来弥补'。"

"哦,是吗?"

"他之所以说出这番话,是因为主人的妻子有一个侄女,之前就说要带来许配给我当妻子,我心里不愿意,一直推托着没答应。现在他们就想以这个为交换条件,让我娶他那个侄女,来弥补挪用的钱款。"

"真是件可喜可贺的事呢!"

"由于还有一些其他的因素在里面,所以尽管我心里不愿意接受这门婚事，可于情于理都难以拒绝。所以，如果当时就立刻拒绝，事情恐怕就更麻烦了。"

"嗯，是有道理。"

"再说，这次发生了挪用钱款的事，主人却没有过分追究，可以算得上是恩德了。如果我拒绝主人的一片好意，那也只能是自己活该受罪。我心里也明白这些道理，可当时也不知怎么，一味任性不愿听主人的建议，肚里打着自己的如意算盘，就拒绝了这门亲事。

"主人一下非常生气，当时就对我说：'既然你敬酒不吃吃罚酒，那就把挪用的钱全部给我交出来！你要是拿不出钱，不要怪我把你告上法庭！'当时也有很多人劝我说，一旦被告上法庭，那可是会留下一辈子的污点，还是好好考虑考虑，接受主人的好意吧。可我却刚愎自用，别人说的话，一句也听不进去。"

"唉！这只能怪你自己了。"

"是啊，我简直是一无是处！当时满脑子都是这件事，甚至还给主人留下了遗书，表明我已下定决心，死也不接受这门亲事。正当闹得不可开交的时候，又冒出个为她赎身的事情来。"

"祸不单行啊！"

"她刚才所说的那个母亲，其实是一个养母，而且是一个非常粗暴贪婪的女人。这些话早就在外面传开了，我也略有耳闻。唉，真是说来话长，她们虽然名义上是母女，可这养母对待自己的女儿，和一个靠卖艺来赎身的艺伎没什么区别。她的如意算盘全都打在这女儿身上，从不为女儿多花一分一毫，却想着能从这个女儿身上多榨取一分一厘也好。一直以来，她就这样没日没夜地逼迫女儿去赚钱，把她当成取之不尽的摇钱树。

"她也知道我和她女儿两情相悦。可近来她听说我手头紧，已经无法周转的时候，便一天到晚吵着让她女儿早日和我断绝关系。正在这个时候，又冷不防出现了愿意为她女儿赎身的客人。这位客人在去年正月认识了她的女儿，在下谷的富山银行工作，是那儿的董事。"

"什么？您说……什……什么？"

"您也认识这个人吗？他叫富山唯继。"

"富山……唯继？！"

贯一的脸色骤变，声音也颤抖起来，听到那个名字时，他差点儿控制不住就要跳起来。看到他这个样子，爱子不由得惊呆了，狭山也恐惧起来，他们不知道是什么原因，只能战战兢兢地立在一旁。贯一尽力压制着内心的怒火，两只眼睛却像是在燃烧一样，死死盯着这对男女的脸。

"那个富山唯继，就是要给你赎身的客人吗？"

"是的。您也认识他吗？"

"何止是认识，简直是……非常了解。"

狭山觉得非常奇怪，身边的女人也悄悄地发出了吃惊的声音。

"那个家伙要给你赎身？"

爱子听到他这样问，点了点头说：

"是的，是这样的。"

"那么，你不愿意委身于他吗？"

"是的。"

"这样说来，从去年的年末开始，你就在服侍那个家伙了？"

"我才不愿意服侍这种家伙呢！"

"是吗？这样啊。那么你实际上并没有去服侍他了？"

"没有。您或许有所不知，我是在他要请客或是喝酒时，被请去陪酒的。"

"原来是这样。那你是卖艺不卖身了？"

女的听了这些话，觉得仿佛不堪入耳一般，皱起了眉头，不高兴地回答道：

"我是从来不干这种事的。至今为止，陪客人过夜的事，我一次也没有干过！"

"噢，原来是这样……原来如此啊……我了解了，完全了解了。"

狭山在一边低头不语。

"也就是说，你虽然是一个艺伎，但是你并不接客，只是守着自己所爱的人——是这样的吗？"

"是的。"

贯一突然凝视着爱子的脸，看着她的面庞，眼底闪动着泪花，泪水一滴滴地掉落下来。

"唉……真是太让人敬佩了！你真是一位了不起的女人！你连性命都可以舍弃……也要……也要和他生死相随吧！"

狭山和爱子呆呆地站在那里，不知道眼前的这个男人为什么哭泣起来。

贯一确实在流泪。他没有想到一个靠出卖色相为生的女人，却不知是受了谁的教诲，坚守着这份难得的道义，哪怕付出生命的代价也在所不惜。她坚守着一般人难以保持的节操，没有人可以左右她的信念。

贯一又为什么要流泪？那是因为他从不相信，在这个世界上，居然还有这般品德高尚、深明大义的奇女子。而今，这样一位女子就在他的眼前，让他一睹那出淤泥而不染的风姿。长年来积累在他心底的苦闷和仇恨，都在这样一位女子的面前渐渐消散。这，也正是他心底里最期望看到的事啊！他觉得豁然开朗，心里无比畅快，激动的泪水溢满了眼眶。

"当然，这才是最正确的啊！这才是一个女人必须遵守的为人之道啊！非如此不可，非如此不可啊！我过去一直认为，在当今这个浅薄虚无的世界，是不可能有这般纯真的人了。因此，当我知道还有这样的人存在，说不出有多么高兴！我已经很久没有像今晚这样高兴过了，以至于不由自主地哭起来。我觉得这并不是旁人的事，而是我自己的事。因此，我被深深地感动了。"

贯一说着，感觉想要打喷嚏，赶紧摸了摸鼻子。

"那么，那个富山后来又怎样了呢？"

"他每次一出现，都是满嘴胡言。我虽然心里厌恶得不得了，可还得好言好语地委婉拒绝他。后来不知道怎么回事，他越发地肆意妄为起来，天天都来纠缠我，这也让我对他越来越反感。这个人，不但极端大男子主义，一副高高在上的样子，而且还油嘴滑舌，目中无人。三句不离钱，有了钱就能解决所有问题一样。动不动就说什么'这不过是一千元就能解决的小事嘛''一万元总绰绰有余了吧'。只要他一开口，自始至终都在说这些无聊的话。大家还给他取了个绰号叫'假威风'呢！不管他到什么地方去，都为大家所不齿，真是丢尽了脸面。"

"哦，还有这样的事。"

"我心里也清楚他是怎样一个人，所以一直婉言相拒，谁知他还是厚着脸皮上门纠缠，嘴里还不干净，那我也就不会再给他什么好脸色看，说什么也不再搭理他。他看我一时无法得手，便改变了策略，直接找我的母亲去谈判。我母亲本来就是那样的人，被他那一套哄得高兴得不行，简直快发疯了。从那以后，母亲便一天到晚责骂我，没完没了地唠叨个不停，说出让我快和狭山一刀两断这样的话来。听她这样说，我心里更难受了，觉得这样辛辛苦苦地干着实在是没有什么盼头。过去还天真地以为只要这样忍下去，总有一天能过上心里所期盼的幸福生活。昔日所有的梦想就这样破碎了。我越想越觉得活着没劲，没想到就在这个时候，那个家伙提出要给我赎身。"

"嗯，赎身——难道他没有提出别的什么要求，就这样好心好意地要为你赎身吗？"

"是的。"

"真是奇怪，他怎么可能有这么好心！"

"是啊！"

"那给你赎身之后他准备怎么办？"

"他的确对我说了很多，可我一句也不想听。他说，之所以给我赎身，是因为想让我今后能过上好日子。还说这样我总没有什么怨言了吧。他一直强调说他现在的妻子这个不好，那个不好，好像在刻意讨我的欢心似的。"

贯一扬了扬眉毛，心里不由得微微一颤。

"关于他的妻子，他说了什么？"

"实情到底怎么样我也不太清楚。听他的口气，好像他的妻子长年卧病在床，两人也没有小孩，什么事情都不能做，形同废人。所以他最近正打算把她送到别处隐居起来，而把我迎娶进门。他是这样说的。"

"那么，他真的打算把他的妻子移往别处过隐居的生活？真的吗？"

"这个人一向满嘴谎话,所以他说的也未必可信。只不过,他的妻子有病在身,夫妻间关系不太好,这点好像确实没错呢。"

"这样啊。"

贯一突然陷入了沉思之中,他目光游离,仿佛在睡梦中。

"夫妻间关系不佳……长期卧病在床……还要被迫过隐居的生活……唉……原来是这样。"

唉,阿宫的命运竟是这样悲惨!她的后悔,她的怨恨,她的苦恼,她的忧愁,她的悲伤,她的身子遭到病魔的蹂躏,她的心灵备受痛苦的煎熬!想到这里,贯一的脑海中又浮现出了红颜薄命的阿宫,浮现出了那让人无限爱恋的面影。

贯一觉得,阿宫这样生不如死地活着,倒不如这个只求一死的女人来得聪慧和幸运。而自己又何尝不是个愚蠢和不幸的人呢?今日在这里救下了一个素昧平生的女人,而当时,却连自己最心爱的女人也拯救不了。贯一想到这里,只觉得心如刀割。

这时候,爱子又接着说起来。

"本来纠纷就够让人心烦的了,没想到狭山那儿又出事了。我的事情还没什么,他要是不拿出三千元钱来,是会被告上法庭的。我吓得不知道如何是好,觉得既然已经无路可走,那还不如一起死了呢!后来我又转念一想,与其这样死了,还不如以退为进,先找富山谈谈,看能不能说服他,让他先借三千元给我。我把这个想法告诉狭山,狭山却说,'我已经这样了,没有什么前途可言。你还是早点放下我们的过去,到富山那里去吧。不然只有死路一条'。"

"确实如此啊!"

"且不说我要被那个家伙据为己有,单是要把我和狭山之间的缘分剪断,这一点就让我痛不欲生,倒不如死了来得干脆。我早就下定决心,无论如何也不能委身于那个浑蛋!"

"那是自然的。"

"可是仅仅因为几个钱,就让我们白白葬送了性命,想起来也觉得心有不甘。富山肯不肯拿出这三千元钱来,还是个未知数。所以我想不如先到富山那儿探一探口风,如果他真的愿意拿出钱来,那么等钱一到手,我就溜之大吉,拿着这笔钱和狭山好好过日子。虽然这期间肯定也免不了受点苦,但是总比死强点吧。可是我对狭山一说,他却说这是欺诈……"

"可不就是欺诈嘛。"

狭山听到提到了他的名字,便接过话来说道:

"这难道还不是欺诈吗?比起挪用公款而犯下的罪行,那还是让自己的女人去欺诈别人的钱财更严重些。仅仅是盗用公款一事,已经让我的良心备受谴责,后悔得都不想活下去。何况事情已经到了如此田地,还要为了那点钱而委身于那个浑蛋,这也太没有骨气了,今后还有什么脸面活下去?我哪怕是受到世人的耻笑,说我因为穷困潦倒和心爱的人殉情而死,也不愿意被说成是卖了自己心爱的女人苟活于世的孬种!如果连委身于人这条路都可以考虑,那么,还有什么事不敢做呢?

"事到如今,如果还想要勉强活下去,那就得做出更多的坏事来才行。可是,除了一死,又能有什么办法?所以,当时我就对她说,我是决心一死了,就要看你的意思了。"

贯一又转过脸来问爱子:"你又是怎么想的?"

"我之所以忍气吞声地准备去求富山,无非也是为了救狭山于困境。要不是因为我,他也不会弄到今天这个样子。既然他都决心一死,那么我一个人活在这个世界上还有什么意思!我说,如果你想求个了断,那我也跟了你去。所以,我们才相约来到了这里。"

"噢,这回我算是完全明白了。"

爱子的这番话传到贯一的耳中,让他觉得这些仿佛是出自阿宫之口。当时他所期望听到的,不就是这样意志坚定、生死相依的话吗?他觉得胸口热血澎湃,心中无比痛快。

这种感觉,就像是在失恋的一望无垠的沙漠里,在蒙蒙迷雾中,突然出现了一座美丽的宫殿,它是那么富丽堂皇,那么光彩四射,看得人头晕目眩。

他几乎忘记了眼前的这个女人不是阿宫，七年来郁积于心的忧伤与愤恨，在此刻得到了消融。也就是在这一瞬间，让他重新看到了失去阿宫以来的希望，重拾了短暂的喜悦。

这座美丽的宫殿啊！

贯一那饥渴了许久的心灵感到抑制不住的激动，他的声音跟着颤抖起来。

"这样说的话，或许多有失礼之处。你一个靠出卖色相为生的风尘女子，竟然痴痴地守着一个男人，在他最落魄潦倒的时候也始终不离不弃。另一方面，面对一个愿意为你赎身的客人，你却置之不理，丝毫没有保留地把自己所有的一切都献给了所爱之人，哪怕共赴黄泉也毫不畏惧。你的这种精神，实在太伟大了！这种美好的品行，实在让我备受感动，竟然忍不住流……流出了眼泪！

"拜托你！请你无论如何也不要忘记这难能可贵的品德！它将是你一生的珍宝，也是狭山先生的珍宝！它是你们夫妇一辈子最珍贵的宝贝啊！

"从今往后，无论何时，也希望你能为狭山献出自己的生命！请你一定要保持随时为狭山而死的决心！你明白我的意思吗？

"既然茫茫人海中能和这个人相遇，并且深爱着对方，那么自然也应该有为他而死的觉悟。如果连这点起码的觉悟都没有，那一开始何必还要相爱呢？一旦相爱，哪怕是粉身碎骨，也应当在所不惜。要是连这一点都做不到，那还称得上什么恋人？什么爱情？只能说什么都不是！表面上口口声声说什么喜欢、迷恋，实际上却见异思迁、冷淡无情，无论自己付出了多少真心，换来的只是对方的背叛和抛弃。站在被抛弃的这方想一想，这会是怎样的一种心情？"

他的声音越发颤抖得厉害。

"像这样的人是有的！而且我觉得，这种人在世界上还有很多。这样的爱情，就如同游戏一般，对恋爱双方而言，都是莫大的不幸。无论是抛弃或者被抛弃，怎么也谈不上是一件好事。我现在，就陷于这样的处境。所以，今天我看到你们宁愿一死也要捍卫自己的爱情、永不分离的情形，觉得获得了很大的安慰和满足。像你们这样的爱情，才配称作爱情，才是真正的爱情啊!

"因此,你应该把这种美丽的心灵、伟大的精神,当成是一生最珍贵的财富,不管发生什么事情,都请不要丢失这份财富!……你可以做到吗?而且,希望你们两个人永远像现在一样恩恩爱爱、白头偕老,和和睦睦地携手一生。但愿你们对待彼此的这份心意,能像今天晚上这样经久不息。这就是我所希望看到的。

"现在可不是死的时候啊,这点小事还不值得你们去死。如果是三四千元的事,那我无论如何也会想办法帮你们凑齐。"

听了贯一的这番话,二人的心里就像是潮水在翻滚一样,久久不能平静。

还未服下去的毒药,如今却忽然变成了不可思议的救命良药!他们的心情,与其说是喜悦,还不如说是惊讶,与其说是惊讶,又不如说是困惑,与其说是困惑,还不如说是奇怪来得更为贴切。眼前的这个人,是鬼,还是神?如果他只是个凡人,那他又是个怎样的人呢?他们不由得盯着贯一的脸看,又转过头来面面相觑。

天色渐渐亮起来,雄鸡的叫鸣声响彻四方。

天空中,那遮住两颗明星的乌云已经开始消散,一缕曙光透过无边的暗夜,隐隐约约地射到房间里。昏暗的灯光下,那两只茶碗还并排搁着。一只小小的飞蛾,落在了酒面上,轻轻地浮动着。

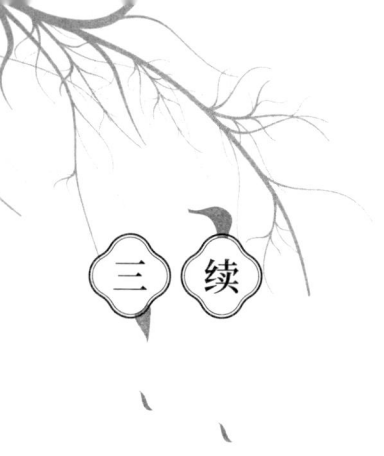

三 续

第一章

　　自从来到这个世界上,我从未相信过神佛,更是一次也没有进过神堂佛殿。而这次,我却诚心祷告,哪怕是要让我减寿数年,也希望你能读一读这封信。我病体未愈,全凭着这份信念的支持,才能给你执笔写信。如果能有幸让你读到此信,那我也算是死而无憾了。我知道在你的心里,我是个十恶不赦的罪妇。但是,希望你把我看作一个自食苦果、痛改前非的可怜女人,就请你无论如何也要看一看我的遗言。今后,我也将铭记你的大恩大德。这对我而言,亦是无上的快乐啊!

　　自从热海一别,久久杳无音信,简直是比死别更让人难受。没想到上次能同你偶然相遇,我惊讶得差点儿跳了起来,多年来郁积于内心的悲痛之情顿时不可抑制地爆发出来,使我忍不住流起泪来。岁月漫漫,十年转瞬即逝,我对你那无尽的相思之情,却一个字也未向你倾诉。虽然我曾无数次设想过再次同你相逢的情形,可是,当这一天真的来到,我却因为自己的害羞和愧疚,而不得不深深压抑着内心的真实情感。身为一个女人,我需要考虑需要顾全的事有太多太多,也因为这样,白白错失了这次来之不易的良机,以至于酿成了终身的遗憾。当时,我透过朦胧的泪眼看到了你的身姿,虽然仅仅是一瞬间的印象,如今还是清晰地浮现在我的眼前,一刻也没有忘记。在街上遇到不认识的人,看到他们的脸,我总是精神恍惚地认为那就是你的脸。我内心空虚,只能日日以泪洗面。

　　一别十载,岁月的风雨让你仿佛换了一个人似的,看得我心里更加悲痛。你面容憔悴,脸色苍白,难道是得了什么病吗?让人非常担忧。但愿你保重贵体,无论如何也要以健康为重。看到你那消瘦的样子,越发让我挂念于心,不甚感伤。

　　上次我恬不知耻地贸然到府上打扰,心中虽然有千言万语,可是也未能向你一一道完。今日仅凭一张薄纸,亦不知能否吐露这满腹心事,还希望你多多见谅。我本来就是个戴罪之身,那天登门拜访,意在负荆请罪,虽然也曾料到你会勃然大怒,可是我万万想不到,你竟然一怒之下摔门而去,把我一个人甩在后头,让我手足无措,只能含恨而归。那天回到家里,我便觉得头痛难忍,胸疼欲裂,夜不能眠。等到次日,越发严重起来。无论看见什么都想哭泣,觉得胸口像是被堵上了一般喘不过气来,万念俱灰。这样一连数日,我内心苦闷,日夜难以入眠。到了第四日的清早,自早上起来就觉得身体不适,中午一过,就早早上床休息,一直到了今日,仍是卧病在床。我唯有思念你,又感慨人生若梦,命运多舛,哭得胸口胀痛,眼睛红肿,身子也一天天地虚弱下去。

　　我郁结于心,日日苦想,又饱受病痛的折磨,自知时日已经不多。只求上天怜悯,能让我在离开这个世界前,再见你一面,也算了结了一桩心愿。我知道自己罪孽深重,并不奢求你能宽恕我,生生死死都将坠入痛苦的深渊,难见天日。事已至此,我知道无论再做什么说什么也无法将你挽回,内心的痛苦实在难以用言语来形容。虽然多有失礼之处,但还是奢求你能读一读这封信,可怜可怜我吧!我实在忍不住一直哭泣,泪水不小心滴到了信上,还希望你不要见怪。

　　因果报应,我深知今日的一切恶果,都是我自己一手造成的,我自愿接受上天的责罚。但是这些年来,我日日诚心忏悔,承受了巨大的痛苦,却在临终之时也无法将自己内心的痛苦告诉你,这真是让我死不瞑目。所以,我有生以来第一次求神拜佛,但愿终有一日,你能看到这封用血泪写成的书信。

热海一别之后的相思之苦，田鹤见子爵家的偶遇之喜，从久未谋面的荒尾先生那儿打听到你的情况，这些已经在前几次的信函中一一叙述过了。但最让我挂念于心的是，这些信函或许都未曾蒙你过目。若是这样，那你自然还不了解我的情况和处境。本来，哪怕是重复上千遍万遍，我也要让你知道这些事。但今时今日，我心烦意乱，往事已不堪回首，只将此时此刻所思所想，一一写在这里罢了。

　　季节变换，寒暑交替，也仿若在弹指一挥间。多年来音信不通，我一直挂念着你的生活如何。世事变化无常，想必你也历经了不少的风风雨雨。万幸的是，听说你的身体还算健康，这也多少让我安心了一些。这些年，我过着不为人知的痛苦生活。日日满腹忧思，无所寄托地打发着时光。我觉得，除了我这苦命的身子，世间万物都那么让人羡慕。屋前的鸦雀，院子里的花草，没有一个不比我幸福。哪怕是受牢狱之苦，终年不见天日的囚犯，也能盼来出狱的快乐时刻，而我这一生，却只能在罪恶的深渊中挣扎。你是否能体会到我内心的悲痛呢？或许说出来你不会相信，我嫁给唯继已经有十年之久了，可是不知道为什么，我从未对他产生过夫妇之间的感情，反而随着时间的推移，对他的仇恨越来越深刻。我怎么也无法忍受和他待在一起的时光，感情也日渐疏远。在三四年前，我们已经形同分居。我这满身污浊，总算得以被渐渐洗去，也增加了坚守贞操的决心。上次荒尾先生狠狠地指责了我，他说我先是对你不忠，后来又对唯继不义。事到如今，我也不想再为自己辩解。当年，若不是因为我愚昧无知，就不会受他人魅惑，以至于走上了今天这样一条不归路。现在，我已经无路可退，只能一个人孤零零地苟活于世，在悔恨的泪水中了此残生。我是这样一个可怜的女人，难道就没有人能同情同情我吗？你又是怎么看待我这样一个愚笨的女人呢？一个愚笨之人犯了错误，那他的罪是和普通人相同呢，还是罪加一等呢？

　　一个愚笨之人总是喜欢多管闲事。虽然我知道自己没有资格，但不由得为你现在的身份问题感到非常担心。你这样一个诚实本分的人，怎么会干起这样的买卖来呢？我至今都无法相信，现在想起来还觉得天旋地转。

世上的职业多得不计其数，你为什么会干上这一行呢？这样不是让别人把你当成瘟神恶鬼一样看待吗？那日在田鹤见府上见到你，我才从侍女口中得知你的情况，为此不知流了多少眼泪。我也知道你这样做，其中一定有什么不得已的缘由，只不过人道鬼道，在于一念之间，却关乎一生的命运啊！苦海无边，回头是岸。我恳请你再好好考虑考虑，早日回到正常的生活上来吧！不仅我在为你暗自担心，还有很多人都抱着和我同样的想法啊！在这个世界上，有一些并非贤能之人，有朝一日获得了较好的社会地位便声名显赫，而你为什么会去选择这样一个不好的职业呢？你这样一个经世治国之才，竟然被如此埋没，实在让人万分心痛啊！

如果我不是因为愚笨，犯下不可饶恕的错误，而是一直守在你的身边，那么就算你有那样的念头，我也会苦苦地劝告你。我的一念之差，不仅把自己往火坑里推，还断送了你的前程。每每想到这里，我就觉得自己实在是罪孽深重，心里的惶恐之情更是无以复加。还请你原谅！原谅我吧！原谅我吧！

我当初为什么要接受富山的提亲？为什么会嫁给他？为什么不肯听你的话？现在回想起来，就像是大梦初醒，悔之莫及。只怪我一时糊涂，除此之外，又有什么能解释的呢？在你和富山两者中，我舍弃了你，酿成了今日的苦果。或许，这就是命中注定的孽缘吧！

如果当时，你能更生气一些，狠狠地把我打醒，也不会弄到今天这样不幸的境地。或许，你再粗暴一些，把我拖到深山里幽禁起来，那我现在该是多么幸福！唉，我这样一个愚笨的人，常常有这样愚笨的想法。

若我能有幸得到你的宽恕，解开彼此的心结，该是多么开心的一件事！我们一起到热海游玩，漫步在昔日的沙滩，眺望着昔日的明月，互诉着昔日的哀愁，那将是一种怎样的心境啊！一想到这里，我的胸口就轰轰作响，写信的手也不由得颤抖。现在到热海去游玩的人一定不少吧，可是我们在一起时的那种快乐，却是别人所不能体会的。当然，热海的海滩上，也不会留下像我这样的可怜人的踪迹。那天晚上的事情一直留在我的心里，让我悲叹不已。

现在，我对这个世界已经了无牵挂，连自己的身子也可以不要，唯独有一件最珍贵的宝贝，说什么也要让它陪伴着我，那就是你留下的三张照片。现在，已经没有什么东西能让我感到高兴，只有看到这些照片，能让我暂时忘却内心的忧愁。每当我看着它们，眼前就自然浮现出当时的情形，仿佛回到了十年前，内心的苦闷也随之一扫而空。在这些照片中，我最喜欢的是那张半身的侧影，可惜现在这张已经有些褪色了。我知道自己将不久于人世，所以我也会在遗言中嘱咐母亲，请她务必在我死后，把这无上的珍宝放在我的棺材里。

有位女子，拥有世界上举世无双的珍贵锦缎，时值盛夏，一时也没有什么用处，便把它借给了别人，没想到这一借便不见归还。秋去冬来，天气渐寒，自己穷得连穿的衣服也没有，这时才记起曾经借给别人的那块锦缎来，可是日子已经久远，也不知道锦缎落入谁人之手，她为此苦恼得染上了急症。一天，她忽然遇到一个美丽的女子，身上穿着这块华丽的锦缎。那位女子并不知道她就是这块锦缎的主人，看她衣着寒酸，反倒在她面前炫耀起来。她虽然遭到羞辱，可也知道这一切都是自己的过错，只能暗自伤心流泪。她心里万分挂念这块锦缎，但是眼前这个女人穿着自己的锦缎得意地炫耀着，这让她感到无比憎恶、后悔和懊恼，可是又能怎么办呢？

上次到你府上拜访，遇到了一位自称是你亲戚的女人，听说她每日都要来照顾你。相信她后来一定也在你面前说过不少关于我失礼的话吧。不过我确实不知道你有一位这样的亲戚，所以在言语上多有冒犯之处，还请你不要放在心上。

我的心里有千言万语想对你一吐为快，可是怎奈书信有限，文笔笨拙，尽说了些让你不高兴的话，反倒漏下了许多重要的事没有向你说清楚。虽然我不愿意就此搁笔，但是这样写下去，不知道什么时候是个尽头。天色渐明，油灯已尽，不知不觉已经四点了，我还是就此和你话别吧！

现在，我的内心有着说不出的痛苦，实在难以承受。想必明天的病情又将比今天更重吧。可是，就算只剩下最后一丝气息，我也要执笔给你写信，我只求在临终之前，把长久以来积攒在内心的一切心思都告诉你。

如今，我已经万念皆空。我的身子，绝非受到病痛的侵扰，而是我日日夜夜地思念着你，想念着你，牵挂着你，这种思念之苦让我生不如死。相信你也一定会可怜我这颗饱受相思煎熬的心。

　　明天就是你的生辰了，我特意为你供了阴膳，同时将自己的心事向上天祷告。我的心里可谓是悲喜交集，希望你保重贵体，从今往后也顺顺利利，幸福安康。这便是我今生所期，毕生所愿。

专此，谨求
　朝思暮想的深爱之人　监察

愚妇再拜
五月二十五日

第二章

　　夏风带着邻室蔷薇的浓烈芬芳，吹进了贯一的房间，落在这封长长的书信上。信纸在风中翩翩起舞，萦绕在贯一的身旁，翻飞着，飘动着。贯一慢慢摊开了信纸，用臂肘压在膝盖上，双手托着下巴，表情慵懒。看到这个让自己深深厌恶的女人寄来的书信，贯一觉得简直是玷污了自己的眼睛，因此在这之前，他把所有的信件全部烧毁，一次也没有打开看过。可是这次，他没有忍住读了这封来信。自始至终，他一直在责备着自己，为什么要拆开这封信，为什么要读它。他自己也不知道其中的缘由，只觉得心里有说不出的羞愧。

　　他好不容易挺直了蜷缩着的身子，可又觉得支撑不住脑袋的重量似的，瘫倒在了桌子边上。

　　院子里绿意正浓，枝繁叶茂，一片生机勃勃的景象。初夏的空气里夹杂着一丝闷热的气息，混着近处花草的香味，给人一种沉闷之感。燕子带着清朗的鸣叫声，在草木间轻快地飞过，盘旋了好一会儿，又向墙边的石榴树飞去。石榴花开得正盛，如燃烧的火焰般耀眼。下午四点的太阳已经开始西斜，耀眼的余晖落在通红的石榴花上。贯一此时心烦意乱，将目光快速地从石榴花上移开，眺望着凉爽清寂的梧桐树。

这封书信的主人，不是连自己的性命都可以舍弃，诚心诚意向上天祷告，连神佛也受到了感动，才执笔写信的吗？贯一也不知道为什么，就像是冥冥之中受到什么力量的牵引，鬼使神差地拆开了这封本不该读的信。漫长的信纸至今还散落在地上，如同悬崖上的飞瀑悬挂在他的身上。

贯一陷入沉思之中，又不由得心烦意乱起来。他转身一看，才意识到自己已读过这封来信，忽然感到一种无法言语的惊慌。他把垂挂在左肩的信纸拉下来，随手撕成两片，又卷起其中一条如丝带般长的信纸，把它撕成一小片一小片的，叠得像一本书一样厚。

手上不由自主地这样做着，心里却仍在不停地思考。他的目光停留在那些已经被撕为碎片的信纸上，后悔是否应该在撕裂前再细细读一遍。所有的信纸都被撕成了碎片，他忽然松懈下来，就像是辛苦劳作之后感到极度倦乏一般，有气无力地支撑着身子，低低地垂下了头。

过了良久，像是实在支撑不下去了似的，他忽然站起身，拿着那叠碎纸，朝院子里的阴暗处走去，每走一步，都要撕一下手中的纸。他穿过树林，绕过花坛，无论是举步向前，还是驻足停留，都要把手中的信纸重新撕一遍，就这样把信纸撕成了小纸条，又把纸条捻成一个长条。最后，他实在走不动了，总算在一排冬青树旁停下了脚步。

这时，一个年轻的女人从走廊那边过来了。她头上刚梳好的圆髻，衬得她特别精神，一条细带子把两边的袖子高高吊起，露出两只洁白如玉的胳膊，手上的水迹还没完全干。她先向起居室里张望，又来到庭院里寻找，一见到贯一，脸上就浮现出了笑容。

"老爷，洗澡水给您热好了。"

这个面容姣好、善良淳朴的阿静，现在可以说得上是唯一能给贯一带来些许安慰的人了。

伺候贯一入浴，热洗澡水，沐浴更衣，端镜子，这些事都由阿静一手照料。从早到晚，阿静都不闲着，细心照顾着贯一。但是，在后院的一间屋子里，还有她需要时时惦记的狭山。狭山是和她生死相依的唯一亲人，而贯一是他们的救命恩人。主人和丈夫，不分孰轻孰重，都要精心照顾。因此阿静每天忙得不可开交，就像是新年和盂兰盆节同时到来一样，一刻也空不出手来。但是她对这种忙碌的生活没有丝毫抱怨，反而觉得至今的一切都如同在做梦一般，无论什么困难都无法再将她压垮。她的心里，有着说不出的勇敢、满足和骄傲，觉得无比快乐。她那美丽的脸庞，总是闪耀着幸福的光彩，看起来越发地娇艳动人。

沐浴后，贯一靠在走廊的柱子边乘凉，阿静在一旁给他打着扇子。她看到贯一一言不发，面色疲倦，不禁开口问道：

"老爷，您的脸色看起来非常不好呢！"

听了阿静的话，贯一这才回过神来，挪了挪慵懒的身子，懒洋洋地回答说：

"噢，是吗？"

"当然了，一眼就能看出来呢。这到底是怎么一回事啊？"

"也没什么事，只是胸口有点闷，有点迷糊罢了。"

"您就放宽心吧。您不喝点麦酒吗？不如来一杯吧！"

"麦酒？不太想喝。"

"您先别急着说不想喝，喝一杯就知道啦！我已经帮您把麦酒冰镇起来啦！"

"那是预备着给狭山回来喝的吧？"

"哎呀，老爷您就别开玩笑了！"

"这并不是在开玩笑，是这样的吧？"

"狭山啊，他现在的身份还不能喝麦酒呢！"

"何必这么拘泥，不都是自己人嘛，你们要总是分得这样清楚，我也觉得很为难呀！"

阿静偷偷地拭去了眼中的泪水，说：

"我们现在已经把这里当成自己的家了。"

"既然是你特意准备的麦酒,喜欢的话就随意喝吧。你的酒量还行吧?"

"是,我也陪您喝一杯吧。我现在就去取冰来,再剥几个蜜橘,对了,还有苹果呢。"

"你喝吗?"

"我也喝。"

"不,你一个人喝吧。"

"在老爷面前我一个人喝酒?那您呢?"

"我就不喝了。"

"那您看着我喝?哎呀,这怎么成体统啊!我一定陪您喝上一杯,好不好?我这就去拿酒来,您先稍等一会儿。"

阿静迈着轻快的步子去拿酒,不一会儿就和老用人把酒杯什么的一齐端了过来。贯一看到摆放在面前的这些东西,心情多少和过去有所不同。以前只有老用人一个人服侍他,他也就像在完成任务般地吃饭,而现在善良的阿静是这样诚心诚意地服侍自己,因此也不好多加拒绝。阿静动作娴熟地为他斟了满满一杯酒,一层厚厚的泡沫从杯子里溢了出来。

"那么,就请您一饮而尽吧!"

贯一只喝了一半,放下杯子嘘了一口气。这时,阿静已经把苹果削好了,麻利地挑了两片送到他面前。

"给您下酒。"

"再给您倒一杯吧!哎呀,您啊——不行,就这样不喝了可不行。您再喝上个两三杯的,等待会儿脸色红润起来,心情就畅快啦!"

"这样喝下去的话,恐怕要醉倒了。"

"喝醉了难道不好吗?今天您的脸色看起来确实很不好呢。为了消除这种脸色,您应该多喝几杯才是。"

贯一露出一丝浅浅的笑。

"就算是药,也没有这么快见效吧。"

"您究竟是怎么了,是身体哪里不舒服吗?要是这样,您就不要勉强多喝了。"

"我的身体向来不太好,所以也无须特别吃惊……那么,就再喝一杯吧。"

"来,我给您斟酒。哎呀,您这次答应得真是太爽快了!"

"这样难道不好吗?"

"不是的,您这样爽快我自然非常高兴,只是……又觉得有点担当不起。"

"仔细想来,人这一辈子也是充满了不可思议的事呢。你我虽然曾经素不相识,非亲非故,但是因为那次在深山里偶然相遇而结识,你们还搬到我的家中居住。狭山是那样一个刚正的人,而你又无微不至地关心照顾着我,我也绝没有把你们当成外人来看待。如果不是一次偶遇,我们至今还是陌生人,不知道世界上有彼此的存在,也决不会生活在一个屋檐下。缘分真是太奇妙了!我心里也希望能和你们永远地待在一起,只不过我是一个放高利贷的人,这本来就是一件为世人所不齿的行业。你们要为我这样一个不光彩的人服务,心里一定也感到非常痛苦吧!而且,一个视财如命、穷凶极恶的高利贷者,怎么会把好不容易榨取来的不义之财——虽然数目是那么微不足道——用来帮助两个素不相识的人,而且还把他们带回家中?这些怎么看也有悖常理,难道其中有什么阴谋?你们心里,多少也觉得有点害怕吧?来,你把这半杯干了吧,把杯子给我。"

"您还要喝吗?"

"喝。"

酒劲上来,他的脸上已经露出微微的醉意。

"阿静,你是怎么想的?"

"要不是您出手相救,我们两个本来已经命丧黄泉,又怎么能有今天呢?我们的命是您救的,身子也是您的了,只要您有什么用得着我们的地方,定当全力以赴,万死不辞。狭山也是这样想的呢!"

"你们的心意,我非常感谢。可是,我既然是一个高利贷者,赚钱的方法自然也非常凶残,所谓'借款不出三月,利息先扣三成',从来不用什么迂回的办法。先对别人略施小恩小惠,再设法从他身上榨取更大的利益,这就是高利贷者的一贯作风。但是,希望你们对我不要怀抱这种想法。当时我只是一时兴起,为帮助你们略尽绵薄之力罢了,只是希望你们从今往后能好好生活下去。只要能实现这个愿望，也就不再有什么赚钱的想法了。可是这毕竟是个见不得人的行业，在你们看来，我就像是个念佛经的小鬼一样，假心假意地帮助你们吧？唉，真是可悲啊！你们一定是这样想的吧，实在是太遗憾了！"

他长长地叹了一口气说：

"狼终究是狼啊！"

"老爷，我们做梦也没有过这样的想法啊！不过，您今天说出这样的话来，是因为我们什么地方做得不好，惹您生气了吗？我们不过是些见识浅短的愚笨之人，自己也找不出原因。"

"不是……"

"狭山也常常说我，让我做事要认真周全。所以，如果有什么做得不好的地方，还请您多见谅。"

"不，不是的。你或许误解了我的意思。我是想到自己过去的所作所为，觉得实在是太愚蠢，所以才一时发起了牢骚，你可千万别往心里去。"

"您过去从来没说过这样的话，今天既然说出了口，那一定是我们近来有什么地方做得不妥，没能让您满意。"

"不不，这都是我的不好，说了不该说的话。你们这样亲切地对待我，万事都考虑得那么周全，把我当作自己的亲人一般，我怎么还会有什么不满意，心里都充满了感激之情呢！过去我也曾和你们提起过，我在这个世界上孤身一人，没有亲戚朋友，有时身体不适，身边也没个照顾我的人，更别提什么嘘寒问暖了，也难免时常觉得凄凉。今天，你看到我郁郁寡欢，便亲切地关心我，还准备了麦酒为我解闷，这对我来说，就像是久旱逢甘霖一般，觉得无比舒畅。这确实是我的真心话啊！为了证明我说的句句属实，你就再给我斟上一杯，我一饮而尽以表心迹。"

"对啦！您一定得再喝上一杯。"

"哎呀，杯里已经没有酒啦！"

"既然没有酒，那就说明您刚才说的不是真话。"

"不是还有半打酒吗，都把它拿来喝了吧！"

"真是太好啦！"

贯一正要唤老用人，阿静早已站起身去拿了。

阿静给贯一斟满了酒，两人换了个话题又聊起来。

"仔细想来，所谓的高利贷者，向来不顾主人的情分，不顾朋友的交情，只要有利可图，那就什么事都做得出来。而我同样身为一个高利贷者，又怎么会一时兴起，救别人——即便是受害者一方——于水深火热之中呢？一个高利贷者怎么会有这样的风度？不管怎么想都是件值得怀疑的事情，对吧？

"不过总有一天，你们会明白其中的缘故，也终会知道我是一个怎样的人。只要你们把这一点弄清楚，那么我散尽家财来帮助别人，施惠于他人，哪怕是十人、二十人之多，你们也会觉得不足为奇。这些话乍听之下或许觉得刺耳，也许自视过高，但我们既然是知己，也没有什么好避讳的，所以我说的都是自己的真心话。

"还是别再想这些事为好。这样想下去的话，恐怕心情就更糟了呢！就到此为止。你再喝一杯吧，给。"

"您先搁着吧！请您今天一定要让我听听您的心里话。"

"要是能当下酒小菜的话，那倒也可以。"

"狭山也常常说，看老爷的样子，也不像是身体上有什么毛病。可是为什么总是一副无精打采、愁容满面的样子呢？私底下，我们都暗暗为您担心呢！"

"嗯，自从你们搬过来一起住，家里也比以前热闹了不少，我也变得高兴多了。"

"那么，您过去是因为什么不高兴呢？"

"简直是心如死灰啊！"

"这里边有什么原因吗？"

"说到底，我也是个病人。"

"究竟是什么病呢？"

"就是说不出的忧郁，真是麻烦啊！"

"您为什么会觉得忧郁呢？"

贯一自嘲似的苦笑着说："就是因为有病啊！"

"那到底是什么病呢？"

"抑制不住的忧郁。"

"哎呀，真是莫名其妙呢！您说因为忧郁成疾，可是问您原因，您又说因为有病才忧郁。说了半天，就像在兜圈子一样，不又回到了原点嘛！"

"嗯，是啊！"

"您别总是这样，请振作一点吧！"

"嗯，好像有点喝醉了。"

"哎呀，喝醉了也不太好啊！您这么躺着，很容易睡熟的，还是快点起来吧！哎呀，看您！"

贯一用胳膊肘撑着脑袋，眼看着就要倒下去了。阿静赶紧来到他的身边，从背后把他扶起来。贯一垂头丧气地靠在柱子上，望着阿静说：

"真想让富山唯继看看现在的一切！"

"哎呀，您快别提这个名字了！一听到就觉得毛骨悚然的。"

"一听到就觉得毛骨悚然？没错，就是这样！不过再想一想，他也未必就一定有罪，所以也不应该这样恨他。"

"哪里！本来就是个让人讨厌的家伙！"

"这样说恐怕太武断了吧！"

"那个家伙简直是一无是处。这种人还活在世上，本来就是一个错误。世界上怎么会有这么多讨厌的家伙呢！您说，这到底是为什么啊？说起人口数，也有三四千万之多吧，可是为什么讨厌的家伙却占了绝大多数，而那些头脑聪明、品德高尚、性格开朗的人却难得一见，您说是不是？"

"对！对！太对了！"

"可是，像富山这样的家伙却多得很呢！感觉随处可见。正因为有很多这样的人渣存在，所以这个世界才永无宁日。真不知道是怎么回事，为什么尽是这般让人心情不快、心生厌烦的人活在这世上。"

"是啊，富山唯继也算得上是个人渣了。"

"哎呀，真是一提到那个家伙就来气，老爷，您别说了。"

"我倒有一个问题想问你。"

"嗯？"

"依你看来，男人和女人，到底哪一个用情更深？"

"哎呀，为什么要问这个问题呢？"

"你先别问为什么，你是怎么看的？"

"这个嘛，我觉得应该是女的……"

"……用情更深？"

"是的。"

"恐怕不太可信。"

"怎么会呢？您有什么证据吗？"

"话虽如此，比如你的情况就应另当别论。"

"您别打趣我了。"

"不是的，说到用情更深，世界上的女子并非全都如此。换句话说，有一些女子考虑问题比较肤浅，很容易变心。只要心不在这儿了，那么虚虚实实，自然无法区分，反而把那些水中月、镜中花看得如同真的一样。"

"女人容易被事物的表面迷惑，这也是实情。不过说到变心，一定是没有经历过真正的爱情吧。如果是真心相爱的话，那是绝不会变心的。虽然有人说女人的心如同海底针，难以捉摸，但是如果她真正爱上一个男人，那痴情的程度，绝不亚于男人呢！"

"这种情形虽然也不在少数，可是，如果两人之间没有产生真正的爱情，那应该归咎于男人呢，还是女人？"

"真是个非常深奥的话题呢！是啊，这到底该归咎于谁呢？当然，这和女人的品行也有一定关系，不过总的来说，首先有最大关系的，当数这个女人的年龄了。"

"什么？和年龄也有关系吗？"

"我们干这一行的有这样一种说法，女人的爱情有眼睛爱、兴趣爱、心底爱这三种类型。所谓的眼睛爱，也有点像一见钟情，单凭外表的感觉就喜欢上了，这多半发生在豆蔻年华的少女中。她们并不知道去辨别这份爱情是苦是甜，只看对方的外表就产生了好感，坠入了爱河。而等她们的年龄到了十七八岁或是二十岁左右，便不再迷恋于外表，而是更看中所谓的兴趣，注意力全部都集中在什么气度才华啊、言谈举止的方面去了。不过这个年龄段，毕竟还比较轻浮，在她们眼里，合适的人选似乎不止一个，心里还是很多变的。所以，一个女人要想真正尝到爱情的滋味，不等到二十三四岁是很难的。这时候起，她才能真正爱上一个男人，同时她已经懂得人情世故，有了自己的主见，即便在爱情的途中遇到什么挫折，也能认真思考，做出正确的选择。因此，不论别人的打扮多么光鲜亮丽，说出怎样的花言巧语，恐怕也不能骗取她的芳心了。也只有被这种女人爱上，才能体验到爱情的甜蜜和浓浓的人情味。所以，只有这种女人是十之八九不会变心的啦！古诗词中不也这样说吗：'年轻女子心思不稳'，因为心智尚未完全成熟，所以她们的喜好，对待爱情的态度，也有一定的局限性。不过要是变成了一个唠唠叨叨的老太婆，那恐怕又成了老爷您的灾难啦！"

阿静笑着举起了酒杯，贯一也连连点头应和道："有意思，真是太有意思啦！眼睛爱、兴趣爱、心底爱，这些都由年龄来决定，真是太正确了。关键在于年龄！太贴切了！"

"让您深感佩服吧？"

"佩服得五体投地啊！"

"那么，我一定猜中了您的什么心事了吧！"

"哈哈……为什么呢？"

"要不然您怎么会无缘无故地对别人的话感到佩服呢？"

"哈哈哈哈，越来越有意思了呢！"

"哎呀，猜中了吧！"

她故意睁大了眼睛，仿佛若有所思似的凝视着贯一那醉得通红、笑得起了皱纹的脸。

"猜中了又怎么样？哈哈哈哈哈哈……"

"哎呀，这样说来，确实是猜中了吧？"

"哈哈哈哈哈哈……"

"您一直笑个不停,这是什么意思嘛!"

"哈哈……"

第三章

信已经寄出七天。

虽然这条命死不足惜,可只要还有一口残气,就会对这个世界充满眷恋,想来真是羞愧啊!正值酷暑,天气炎热,你一向觉得夏天难过,不知近来可好?我一直惦记着你。

在人前,我不得已接受治疗,但这不过是个形式。我根本不想吃药,每次都把熬好的药偷偷倒掉。你自然能理解。我的病在医书中没有记载,医生无法查出病因,便随便给我安上个"歇斯底里"的名称。我不知道这个名称是否符合我的病情,但我明白自己得的不是普通的病,却被医生诊断为这样一个简单的病,除了懊悔,又能怎么办呢?

白天,我四肢无力,头痛胸闷,提不起精神来。别说见客,就连说话的力气也没有。只能把自己闷在房间里,从早到晚,看着日子白白流逝,身子日渐衰弱。我知道,自己将不久于人世了。

到了夜里,精神却有所变化,胸口也不闷了,但也毫无睡意。这种时候,别人会怎么想呢?如果别人处在我的情况下,又会怎么想呢?不用我多说,你也能体会我的心情吧?我情不自禁地想着这些事,辗转反侧,直到天明。

成天沉溺在这样的胡思乱想中,就好比往灯油里添水一样,灯火不会更加明亮,反而会越来越暗。我知道,自己今生今世都难以逃脱世人的谴责,可我一个弱女子,又如何能承受得起这样的痛苦呢?想到这里,我就觉得,反正自己这条命已经不值得怜惜,与其这样半死不活,不如来个痛快。我早已下定决心,到了万不得已的时候,便选择一死,以结束这悲苦的人生。

如今,我已经万念俱灰,唯有一个心愿,至今尚未实现,那就是在我离开这个世界之前，无论如何，请让我见你一面。俗话说，心诚则灵。我日夜向苍天祈祷，只求能实现这个愿望。相信老天有眼，一定会庇佑我，不会让我的愿望落空。

唯继的母亲昨天来看我。她挂念我，但主要是为了唯继。

听说唯继最近在外头花天酒地，报纸上也有不少关于他的丑闻。她放心不下，特意来和我谈谈，并嘱咐我不要把这件事告诉别人。唯继这样为所欲为，毕竟有损家族的颜面。若是婆婆责骂我治家无方，没有尽到妻子的本分，厌恶我，甚至一怒之下把我逐出家门，反而能使我心安。可是，她心地善良，平日里对我百般呵护，如同亲生女儿一般。面对这样一位好婆婆，我能说什么呢？只能强忍着内心的悲痛，流着眼泪，怨恨自己没有遵守妇德，失去了做女人的资格。

我这条命，就算不为你舍弃，也将为婆婆舍弃。如果她是我母亲，你是我丈夫，那么，即使睡在泥地中，身披破草席，我也会觉得无比快乐。这些不可能的事情充斥着我的大脑。等我死去，这个世界上真正会为我流泪的，恐怕只有婆婆一人了。而我居然欺骗这样一个好人，真是罪孽深重！我自知将遭天谴，为此感到痛苦不堪，只是心里还无法放下。不知道在悲惨的结局来临之前，这种心情会不会成为我的阻碍。

常听人说，死并不可怕。我如果能够像现在这样死去，可以算是莫大的幸运。只是想到我死后，亲人们将承受巨大的悲伤，我感到非常痛苦。我和这个世界的缘分是这样浅薄，本该美好的年华却在虚度；这个身体不久将从世界上消失，而眼前的这支笔，这个砚台，这个戒指，这盏灯，这栋房子，这个夜晚，这个夏天，连同这蚊子的嗡嗡声，所有的一切，都将永远地存在下去，唯有我这个人将永远地离开。

人生如梦，人的兴盛荣衰如同花草一般。想到这里，我感到无限遗憾，这颗心仍深深迷恋着这个世界。